U0893996

谷长春／主编

满族口头遗产传统说部丛书

元妃佟春秀传奇

剑侠佟春秀出身于明代“勋阀世家”，一次巧遇努尔哈赤而喜结良缘。她积极协助努尔哈赤构筑波罗密山城、佛阿拉山城，总理内务，参谋军政，和亲睦族，统一女真，建立政权。本书以生动的语言讲述了这位女政治家鲜为人知的传奇故事。

张立忠／讲述　张德玉　张春光　赵　岩／记录整理

吉林人民出版社

满族口头遗产传统说部丛书

爱新觉罗启骧题签

滿族説部是我國
非物质文化遺產的瑰寶

周巍峙題
丙戌年

满族说部是北方
民族的百科全书

九十三翁贾芝

丙戌之春

满族说部

清太祖努尔哈赤朝服像　荆宏　提供

波罗密城遗址　张德玉　摄影

波罗密山城

辽宁省新宾满族自治县费阿拉城遗址

荆宏　摄影

费阿拉城西墙遗址　张德玉　摄影

《满洲实录》古勒山大战图

荆宏　提供

满族说部

明代佟登画像 张德玉 提供

《佟登传》片断 张德玉 提供

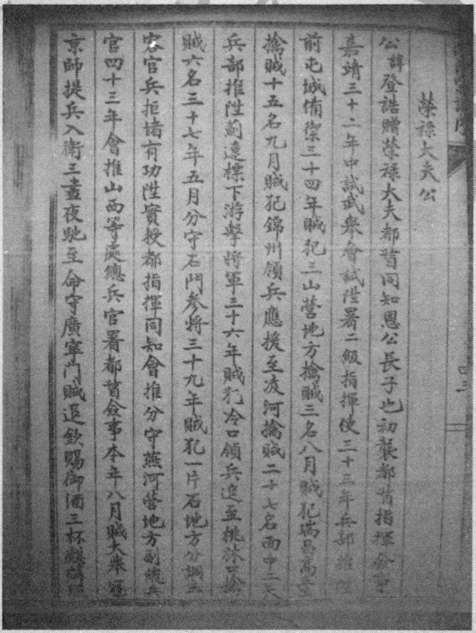

榮祿大夫公

公諱登誥贈榮祿大夫都督同知恩公長子也初襲都指揮僉事
嘉靖三十二年中試武舉會試陞署二級指揮使三十三年兵部推陞
前屯城備禦三十四年賊犯三山營地方擒賊三名八月賊犯瑞昌高臺
擒賊十五名九月賊犯錦州領兵應援至凌河擒賊二十七名西中三天
兵部推陞薊遼標下游擊將軍三十六年賊犯冷口領兵追至挑林口擒
賊六名三十七年五月分守石門參將三十九年賊犯一片石地方分調三
屯官兵拒堵有功陞實授都指揮同知會推分守燕河營地方副總兵
官四十三年會推山西等處總兵官署都督僉事本年八月賊大舉逼
京師提兵入衛三晝夜馳至命守廣寧門賊退欽賜御酒三杯綵段

《满洲实录》灭亡叶赫部图 荆宏 提供

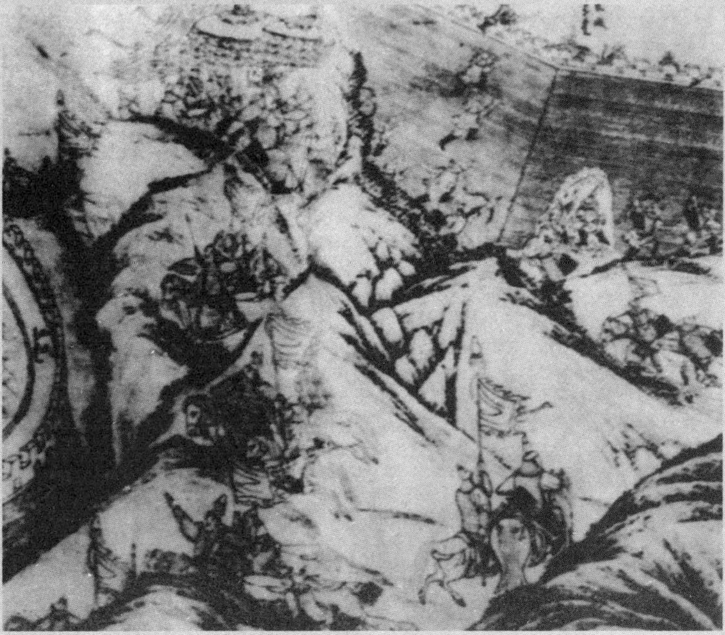

《佟佳氏史略》 张德玉 提供

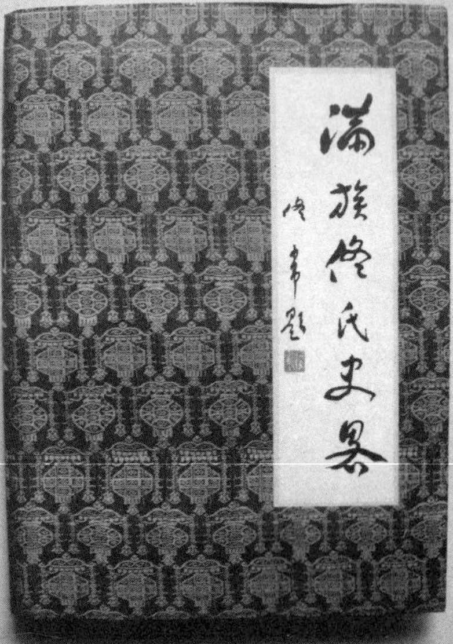

佟氏宗谱 张德玉 提供

辽宁省凤凰城市佟氏祭祖 荆宏 摄影

满族口头遗产传统说部丛书编委会

主　编：谷长春

副主编：吴景春　周维杰　荆文礼

编　委：（以姓氏笔画为序）

于　敏　王宏刚　王松林
尹俊明　朱　彤　邢万生
谷长春　吴景春　苑　利
周维杰　周殿富　荆文礼
赵东升　胡维革　曹保明
富育光　傅英仁　魏克信

编辑部主任：荆文礼（兼）

总序

《满族口头遗产传统说部丛书》在文化部和中共吉林省委、省人民政府的领导与支持下，经过有关科研和文化工作者多年的辛勤努力和编委会的精选、编辑、审定，现在陆续和读者见面了。

中华民族大家庭中的满族，同其他民族一样有着自己独特的文化源流，作为非物质文化遗产的满族传统说部，是满族民族精神和文化传统的重要载体之一。“说部”，是满族及其先民传承久远的民间长篇说唱形式，是满语“乌勒本”（ulabun）的汉译，为传或传记之意。20世纪初以来，在多数满族群众中已将“乌勒本”改为“说部”或“满族书”、“英雄传”的称谓。说部最初用满语讲述，清末满语渐废，改用汉语并夹杂一些满语讲述。在漫长的历史进程中，满族各氏族都凝结和积累有精彩的“乌勒本”传本，如数家珍，口耳相传，代代承袭，保有民族的、地域的、传统的、原生的形态，从未形成完整的文本，是民间的口碑文学。清末以来，我国社会发生了翻天覆地的变化，由于历史的、社会的、政治的、文化的诸多原因，满族古老的习俗和原始文化日渐淡化、失忆甚至被遗弃，及至“文革”，满族传统说部已濒临消亡。抢救与保护这份珍贵的民族文化遗产已迫在眉睫。现在奉献给读者的《满族口头遗产传统说部丛书》，是抢救与保护满族传统说部的可喜成果。

吉林省的长白山是满族的重要发祥地。满族及其先民世世代代在白山黑水间繁衍生息，建功立业，这里积淀着深厚的满族文化底蕴，也承载着满族传统说部流传的历史。吉林省抢救满族传统说部的工作始于20世纪80年代初。在党的十一届三中全会解放思想、拨乱反正精神的指引下，民族民间文化遗产重新受到重视，原吉林省社会科学院有关科研人员，冲破“左”的思想束缚，率先提出抢救满族传统说部的问题，得到了时任吉林省社会科学院院长、历史学家佟冬先生的支持，并具体组织实施抢救工作。自1981年起，我省几位科研工作者背起行囊，深入到吉林、黑龙江、辽宁、北京以及河北、四川等满族聚居地区调查访问。他们历经四五年的艰辛，了解了满族说部在各地的流传情况，掌握了第一手资料，并对一些传承人讲述的说部进行了录音。后来由于各种原因使有组织的抢救工作中断了，但从事这项工作的科研人员始终怀有抢救满族说部的“情结”，工作仍在断断续续地进行。1998年，吉林省文化厅在从事国家艺术科学规划重点项目《十大艺术集成志书》的编纂工作中，了解到上述情况，感到此事重大而紧迫，于是多次向文化部领导和专家、学者汇报、请教。全国艺术科学规划领导小组组长、中国文联主席周巍峙同志，文化部社文图司原司长陈琪林同志，著名专家学者钟敬文、贾芝、刘魁立、乌丙安、刘锡诚等同志都充分肯定了抢救满族传统说部的重要意义，并提出许多指导性的意见。几经周折，在认真准备、具体筹划的基础上，于2001年8月，吉林省文化厅重新启动了这项工程。2002年6月，经吉林省人民政府批准，省文化厅成立了吉林省中国满族传统说部艺术集成编委会，团结省内外一批专家、学者和有识之士，积极参与满族说部的抢救、保护工作。

这项工作，得到中国民间文艺家协会以及黑龙江、辽宁、北京、河北、吉林等省市民间文艺家协会和有关人士的认同与无私帮助，特别是得到了文化部和有关部门的鼎力支持。2003年8月，满族传统说部艺术集成被批准为全国艺术科学“十五”规划国家课题；2004年4月，被文化部列为中国民族民间文化保护工程试点项目；2006年5月被国务院批准为第一批国家级非物质文化遗产名录。这使我们增强了责任感、使命感和克服困难的信心。根据文化部和中国民族民间文化保护工程国家中心有关指示精神，我们对满族说部采取全面的保护措施，不但要忠实记录，保护好文本，还要保护传承人及其知识产权；不但要保护与说部的讲述内容和表现形式相关的资料，还要保护与说部传承相关的文物，从而对满族说部这一口头遗产进行整体保护。我们坚持保护为主、抢救第一的原则，以只争朝夕的精神，组织科研人员到满族聚居地区深入普查，扩大线索，寻源探流，查访传承人，利用现代化手段，通过录音、录像、文字记录等方式采录传承人讲述的说部。在记录整理过程中，不准许增删、编改，只是在文法、句式、史实方面作适当的梳理和调整，严格保持满族传统说部的原创性、科学性、真实性，保持讲述人的讲述风格、特点，保持口述史的原汁原味。

几年来的工作，使我们深感“抢救”二字的重要。目前健在的传承人多已年逾古稀，体弱多病，渐渐失去记忆。就在二三年前，我们刚刚采录完傅英仁、马亚川讲述的说部，还没来得及进一步发掘其记忆宝库，他们就溘然长逝了。一些熟悉往昔满族古老生活的长者和说部传承人，如二十多年前我们曾经访问过的黑龙江省的富希陆、杨青山、关墨卿、孟晓光，吉林省的何玉霖、许明达、关士英、赵文金、胡达千、张淑贞，辽宁省的张立忠，北京市的陈氏兄弟、富察·庄净，河北省的王恩祥，四川省的刘显之等先生都已相继谢世，使其名传遐迩、珍藏在记忆中的说部无以名世，成为永远的遗憾。今天出版这套丛书，也是对他们最好的纪念。

《满族口头遗产传统说部丛书》所选的作品，都是满族各氏族传承人讲述的优秀传统说部的忠实记录，反映了满族及其先民自强不息、勤劳创业、爱国爱族、粗犷豪放、骁勇坚韧的民族精神，具有很强的思想震撼力和艺术感染力，可以说是我国民间文学中的宝贵珍品，具有较高的科学价值。它的出版，不仅是对弘扬我国优秀民族文化遗产，建设社会主义先进文化的贡献，而且也为世界非物质文化遗产保护工程增添了一分光彩。

一、满族传统说部产生的历史渊源

满族及其先民是一个有着悠久历史的古老民族。满族的先民肃慎人自古就在白山黑水一带繁衍。据《山海经》载：“东北海之外……大荒山中有山，名曰不咸，有肃慎氏之国。”据《孔子家语》卷四载：肃慎就以“楛矢石砮”为信物贡服于周天子。而后，汉、魏、晋、南北朝之挹娄、勿吉，隋唐之靺鞨，辽宋之女真，明清之满洲，这些同属于肃慎族系，只是不同朝代称谓不同罢了。唐朝初年，靺鞨人曾建立“渤海国”，是北方少数民族的地方政权，史称“海东盛国”。辽代以降，满族先世黑水女真部迅速崛起，其首领阿骨打，承继祖业，韬晦，扫平有二百余年历史的桀骜恃强的庞然大国——辽王朝，建立了雄踞北方的大金王朝。到金世宗乌禄时代，在文化和经济等诸方面均达到了鼎盛时期，史称“小尧舜”。明末，建州女真首领努尔哈赤统一女真诸部，建立中国历史上又一个东北少数民族地方政权“后金”。其后人又从建立大清国，到打败明王朝，定鼎中原。满族及其先民绵长的一脉相承的历史，是满族传统说部赖以产生的客观基础。

满族是一个创造源远流长、光辉灿烂文化的民族。满族及其先民女真人作为北方边远的游牧、渔猎少数民族，能够两度逐鹿中原，建立政权时间长达420年，对统一中国版图，形成多元一体的历史格局产生了深远影响，做出了重要贡献，这是与其以自己的文化养育顽强、坚毅的民族精神分不开的。一方水土养一方人。满族及其先民历经三千余年的风雨沧桑，世代生活在广袤数千里的山林原野，征伐变乱的砥砺，苦寒环境的锤炼，培育了自己的民族精神与品格，使他们成为粗犷剽悍、质朴豪爽、善歌尚勇、多情重义，“精骑射，善捕捉，重诚实，尚诗书，性直朴，习礼让，务农敦本”（引自《盛京通志》）的民族。渤海的武人颇喜角斗，以骁勇为荣，有“三人渤海当一虎”（引自宋·洪皓《松漠纪闻》）之谚。靺鞨人盛行歌舞之风，其渤海乐不仅传入中原王朝和日本，而且在民间不断延续流传。金太祖完颜阿骨打在对辽作战相当激烈的时候，便命开国元勋完颜希尹创制女真文字，在金朝建国不久的太祖天辅三年（1119年）正式颁行，当时被称为国书。女真有了文字，促进了文化的发展，以歌伴舞在民间广为盛行。有些贵族子弟为求佳偶，常“携尊驰马，戏饮其地，妇女闻其至，多聚观之，间令侍坐，与之酒则饮，亦有起舞讴歌以侑觞者”（见《三朝北盟会编》）。这说明，女真民间一直保持先祖古朴的风俗习惯。随着北宋灭亡，金人大量入关，女真民间歌舞很快传遍中原大地，甚至在金、元杂剧中广为传唱。满洲统治者从建立后金到入主中原，注意保持满族及其先民尚武骑射和语言风俗方面的独立性，努尔哈赤时期创制满文，皇太极时期改革老满文，推动了民族文化的发展。康、雍、乾等几代皇帝，在强调“国语骑射”为治国之本的同时，也注意各民族之间的文化交流与融合，特别是积极吸收汉文化。这是满族传统说部得以滥觞的文化根源。

几度争战几度崛起，几度鼎盛几度衰落，漫长的历史充满着可歌可泣的英雄人物和壮烈悲怆的故事，构筑了深厚的文化根基，从而孕育和产生了古朴而悠久的满族民间口头文学——传统说部。满族说部的形成与传播，历史相当久远。满族先民，在从肃慎、挹娄到靺鞨以及创建大金国的历史过程中，各氏族、部落迁徙、动荡、分合频繁，到明中叶以后，随着女真社会内部矛盾日益尖锐，强凌弱，众暴寡，各部落之间互相争雄，连年战乱，及至进入清代，内部争斗不断，外患与内祸迭起，这使各个氏族都无法选择地交织在历史的漩涡里，涌现众多的英雄人物和感人的业绩。满族及其先民凭借自己对善恶美丑的感受和对社会现象的审视，把一桩桩、一件件值得传诵、讴歌的人和事，详细地记载在各个氏族世代传袭的口碑之中，以此谈古论今。为此，不遗余力地随时积累、记录、采集、传扬本氏族的英雄故事，以光耀门楣，激励族人。满族诸姓氏间，都以据有"乌勒本"而赢得全族的拥戴和尊重，"乌勒本"令族众铭记和崇慕。

满族传统说部的广泛流传得益于"讲古"的习俗。满族及其先世女真人，是一个讲究慎终追远，重视求本寻根的民族。他们通过"讲古"、"说史"、"唱颂根子"的活动，将"民间记忆"升华为世代传承的说部艺术。讲古，就是一族族长、萨满或德高望重的老人讲述族源传说、家族历史、民族神话以及萨满故事等。元人宇文懋昭所撰的《金志》中说，女真金代习俗，"贫者以女年笄行歌于途，其歌也乃自叙家世"。这说明在女真时期就有"行歌于途"，"自叙家世"的讲古习俗。据《金史》卷六六载："女真既未有文字，亦未尝有记录，故祖宗事皆不载。宗翰好访问女真老人，多得祖宗遗事。"从中可知，金代初期民间讲古的习俗就很盛行，已引起上层统治者的重视。据《金史·乐志》载：世宗不令女真后裔忘本，重视女真纯实之风，大定二十五年四月，幸上京，宴宗室于皇武殿，共饮乐。在群臣故老起舞后，自己吟歌，"上歌曲道祖宗创业艰难……歌至慨想祖宗音容如睹之语，悲感不复能成声"。世宗及群臣参与"唱颂根子"的活动，势必张扬民间讲古的习俗。满族先人的故事在"讲古"中传播，在传播中又不断被加工、修改或产生新的故事。讲古不单单是本氏族内部的事，各氏族间互相比赛，场面十分热烈。据《爱辉十里长江俗记》中记载："满洲众姓唱诵祖德至诚，有竞歌于野者，有设棚聚友者。此风据传康熙年间来自宁古塔，戍居爱辉沿成一景焉。"由此可见，满族早年讲唱"乌勒本"，是相当活跃的，甚而搭棚竞歌，聚众观之。此景与我国南方一些民族的歌圩相类似。

满族及其先民将"讲古"、"说史"、"唱颂根子"的"乌勒本"，推崇到神秘、肃穆和崇高的地位，考其源，同满族先民所虔诚信仰的原始宗教萨满教的多元神崇拜观念，有着十分密切的关系。原始先民在漫长的社会劳动和生活中，由于生产力的极端低下，无力与强大的自然力抗衡，于是幻想在人的周围有一种超自然的力量主宰一切，并认为自然的东西都有灵魂，是他们控制着人类，给人类带来幸福，也带来灾难。正如恩格斯所说的，“由于自然力被人格化了，最初的神产生了”。这就是万物有灵论和原始神话。原始先民有了原始信仰和原始神话，便利用各种方法举行祭祀，向神灵祈祷、膜拜，于是产生了原始宗教，即萨满教。在萨满教诸神中，除自然神祇、动物神祇（包括图腾神祇）外，最重要而数目繁多者便是人神，即祖先英雄神祇。宗教与民俗从来就是形影相随的，“讲古”的习俗与萨满教的祭祀仪式结合了起来。满族及其先民以讲唱氏族英雄史传为中心主题的说部艺术，正是依照传统的宗教习俗，对本族英雄业绩和不平凡经历的讴歌和礼赞。人们对祖先英雄神，供奉它，赞美它，毕恭毕敬，祈祷祖灵保佑族众，荫庇子孙。萨满教极力崇奉祖灵，亦包括对本族历世祖先和英雄神祇的讴歌与缅怀。所以，在萨满祭祀中，有众多歌颂和祈祷祖先神祇的神谕、赞文、诗文和祷语，亦有叙事体的长篇祖先英雄颂词。满族及其先民的“颂祖”、“讲祖”礼俗，世代承继不衰，是因为把勉励子孙铭记祖先创业艰难，承继祖德宗功，继往开来，奋志蹈进，作为祖先崇拜的根本目的和信条。特别是乾隆十七年颁布的《钦命满洲跳神祭天典礼》，统一了萨满祭规，使萨满祭祀变成家族祭祖活动，把祖先崇拜推向高峰。经年累世，各氏族在集体智慧的滋育下，赞文日益丰富扩展，情节愈加凝炼集中，使之逐渐升华为长篇祖先颂歌。这也成为满族传统说部的一种源流。

二、满族传统说部的本体特征

满族传统说部经过千百年来的创作、传承和演变，形成了独特的表现空间和表现形式。满族先民自古“无文墨，以语言为约”（《太平御览》卷七八四），所以，说部是以口头形式产生和传承的，讲唱内容全凭记忆。最初记述手段，用一缕缕棕绳的纽结、一块块骨石的凹凸、一片片兽革的裂隙，刻述祖先的坎坷历程。这便是说部的最古老的形态，也叫“古本”、“原本”、“妈妈本”。满族人将这种“妈妈本”尊称“乌勒本”特曷。古人就是通过望图生意，看物想事，唱事讲古的。随着社会的发展，氏族中文化人的增多，满族说部的“妈妈本”逐渐用满文、汉文或汉文标音满文来简写提纲和萨满祭祀时赞颂祖先业绩的“神本子”。讲述人凭着提纲和记忆，发挥讲唱天赋，形成洋洋巨篇。

满族传统说部内容丰富，气势恢宏，它包罗天地生成、氏族聚散、古代征战、部族发轫兴亡、英雄颂歌、蛮荒古祭、生产生活知识等，每一部说部都是长篇巨著。满族说部之所以如此厚重，主要有以下三个方面的因素：

（一）关于记录和评说本氏族所发生的重大历史事件的说部，具有极严格的历史史实约束性，不允许隐饰，以翔实的根据来讲述；

（二）说部由氏族中德高望重、出类拔萃的专门成员承担整理和讲述义务，整理和讲述时吸收了众人谈资，所讲内容全凭记忆，口耳相传，无固定文本拘束，因而愈传愈丰愈精，是群体创作的累积；

（三）具有民间口头文学的生动性。说部多由一个主要故事为经线，辅以多个枝节故事为纬线，环环相扣，错综复杂，又杂糅地域的、民俗的奇特情景，加之口语化的北方语言，因而有深厚的文化积淀和感人的艺术魅力。

据我们掌握的三十余部满族说部来分析，从内容上可分为四种类型：

（一）窝车库乌勒本：俗称“神龛上的故事”，是由氏族的萨满讲述，并世代传承下来的萨满教神话和萨满祖师们的非凡神迹。窝车库乌勒本主要珍藏在萨满的记忆与一些重要的神谕及萨满遗稿中，如黑水女真人创世神话《天宫大战》、东海萨满创世史诗《乌布西奔妈妈》、爱辉地区流传的《音姜萨满》、《西林大萨满》等。

（二）包衣乌勒本：即家传、家史。如富察氏家族富希陆、傅英仁从爱辉、宁安传承的姊妹篇《萨大人传》和《萨布素将军传》（又名《老将军八十一件事》），黑龙江省双城县马亚川先生承袭的《女真谱评》，河北石家庄王氏家族传承的《忠烈罕王遗事》，乌拉部首领布占泰后裔赵东升先生承袭祖传的《扈伦传奇》，富氏家族传承的《顺康秘录》、《东海沉冤录》，傅英仁先生传承的《东海窝集传》等。

（三）巴图鲁乌勒本：即英雄传。满族说部有关这方面的内容很丰富，可分为两大类：一是真人真事的传述，如金代的《金兀术传》，明末清初的《两世罕王传》（又名《漠北精英传》）、《雪妃娘娘和包鲁嘎汗》，清中期的《飞啸三巧传奇》等；一是历史传说人物的演义，如《乌拉国佚史》、《佟春秀传奇》等。

（四）给孙乌春乌勒本：即说唱故事。这部分主要歌颂各氏族流传已久的历史传说中的英雄人物，如渤海时期的《红罗女》、《比剑联姻》，明代的《白花公主传》以及民间说唱故事《姻缘传》、《依尔哈木克》等。

满族传统说部在长期流传中形成了自己独特的风格，凝聚了有别于其他口头文学的鲜明特征。主要表现在：

（一）讲述环境的严肃性。各氏族讲唱"乌勒本"是非常隆重而神圣的事情。一般在逢年遇节、男女新婚嫁娶、老人寿诞、喜庆丰收、氏族隆重祭祀或葬礼时讲唱"乌勒本"。讲唱"乌勒本"之前，要虔诚肃穆地从西墙祖先神龛上，请下用石、骨、木、革绘成的符号或神谕、谱牒，族众焚香、祭拜。讲述者事前要梳头、洗手、漱口，听者按辈分依序而坐。讲毕，仍肃穆地将神谕、谱牒等送回西墙上的祖宗匣子里。这一系列程序表明有严格的内向性和宗教气氛。不像平时讲"朱奔"（意为故事、瞎话）那样随便地姑妄言之，姑妄听之。

（二）讲述目的的教化性。满族传统说部与萨满祖先崇拜的敬祖、颂祖、祭祖观念密切相关。讲述祖先过去的事情，都是真实地记述，是对祖先英雄业绩的虔诚赞颂，不允许隐瞒粉饰和随意编造，否则则认为是对祖先的不敬。讲唱说部的目的，不只是消遣和余兴，而是非常崇敬地视为培育儿孙的氏族课本和族规祖训，是对族人进行爱国、爱族、爱家的教育，起到增强氏族凝聚力的作用。因此，讲述内容、目的以及题材艺术化程度，均与话本、评书有较大区别。

（三）讲述形式的多样性。满族传统说部多为叙事体，以说为主，或说唱结合，夹叙夹议，活泼生动，并偶尔伴有讲叙者模拟动作表演，尤增加讲唱的浓烈气氛。从《萨大人传》和《飞啸三巧传奇》中我们可以看出，有说有唱，甚至还记录了讲唱的曲谱。讲唱说部关键在于说，说讲究真、细、险、趣四个字。真，即真实，故事情节合情入理，真实可信；细，即细腻，绘声绘色，细致入微；险，即惊险，突出关键的地方，有悬念，有艺术魅力；趣，即语言要风趣幽默，使人发笑。说唱时多喜用满族传统的以蛇、鸟、鱼、狍等皮革蒙制的小花抓鼓和小扎板伴奏，情绪高扬时听众也跟着呼应，击双膝伴唱，构成跌宕氛围，引人入胜。

（四）传承的单一性。满族传统说部的承继源流，主要以氏族中的一支或家庭中直系传承为主，虽有师传，但多半是血缘承袭，祖传父，父传子，子子孙孙，承继不渝，从而保持了说部传承的单一性与承继性。《萨大人传》是富察氏家族的祖传珍藏本，其传承顺序是：富察氏家族第十一世祖、清道光朝武将发福凌阿传给长子、爱辉副都统衙门委哨官伊郎阿将军；伊郎阿又传给长子富察德连；富察德连又传给其子富希陆和其侄富安禄、富荣禄；富希陆又传给长子富育光。一般来说，讲唱人大都与说部所宣扬的事件及其主人公有直系血缘关系，他们既对本氏族历史文化有一定的素养，又谙熟说部内容，并有组成说部题材结构的卓越能力和创作才华。《扈伦传奇》的传承就是很好的证明，其最早的传承人乌隆阿，纳喇氏第十一代，他把家史传给曾孙德明（五品官，通今博古），德明经过梳理后传给其侄十六辈霍隆阿（笔帖式），再传给十七辈双庆（五品官，精通满汉文），下传伊子崇禄（八品委官），二十辈的赵东升继承祖父崇禄先生，对家史进行整理。这些传承人都有高深的文化和创作才能。他们把记忆和传讲自己的族史视为己任，当做崇高而神圣的事情，世代不渝。他们在氏族中自行遴选弟子或由自己的后裔承继传诵。传承的方法是口耳相传，心领神会。所以，传承人在满族说部的纵向传承与横向传播的过程中，为保存民族文化遗产做出了应有的贡献。可以说，没有传承人，就没有满族说部。

（五）流传的地域性。满族说部在一些地域流传过程中，深受广大群众喜爱。因此，有的说部逐渐脱离原氏族的范围，被众多氏族传承诵颂，如《尼山萨满传》、《红罗女》、《飞啸三巧传奇》、《双钩记》（又名《窦氏家传》）、《松水凤楼传》、《姻缘传》等，在长期传诵中，已成为该地域更多姓氏甚至外族群众讲述的书目，并代代传承。

满族传统说部和其他口头文学一样，在流传过程中也有变异性。在传播中，传承人根据自己对讲述内容的认识和理解，不断加工、升华，从而产生新的故事纲目。特别是，随着氏族的繁荣，分出各个支系，每个支系都有自己的传承人，在讲述内容和形式上也有了变化。所以在不同的支系、不同的地域出现了不同的传本，如《红罗女》在黑龙江省牡丹江一带流传《比剑联姻》、《红罗女三打契丹》，而吉林省的东部就有《银鬃白马》、《红罗绿罗》等不同传本，这是正常的现象。说部在传播中演变，获得新的发展，并吸收汉族的评书和明清小说章回体的特点，这正是满族传统说部具有顽强生命力的表现。

三、满族传统说部的价值和意义

满族传统说部，是满族及其先民在一定历史时期、一定社会中的一种意识形态的反映，其中蕴藏着丰富、凝重的社会、历史内容。

满族传统说部具有历史学价值。满族传统说部大都是以古代英雄人物为中心、以历史事件为背景编织而成的，是述说满族及其先民各个部落、氏族的兴亡发轫、迁徙征战、拓疆守土、抵御外患等“先人昨天的故事”。如《萨大人传》、《东海窝集传》、《扈伦传奇》等所讲述苦难的经历，不朽的宗功，都从不同的侧面反映了各个氏族充满血泪、卓绝斗争的雄浑壮阔的历史。从各个氏族的说部中，能使人更好地了解到满族及其先民是怎样从遥远的过去走过来的，经历了哪些曲折坎坷和历史沧桑，而且比起正史有更多底层人民群众的历史活动和当时社会各层面的具体细节。高尔基说：“如果不知道人民的口头创作，那就不可能知道劳动人民的真正历史。”说部的历史价值在于它是原生态的历史记忆，是“那时”民间留存下来的口述史。满族的先世在没有文字时，许多史实都靠各个氏族的说部代代相传，据《金史》卷六六载：“天会六年（1128 年）诏书求访祖宗遗事，以备国史。命勖与耶律迪越掌之，勖等采撷遗言旧事，自始祖以下十帝，综为三卷。”金代统治者重视采集民间遗闻旧事，并根据民间传说给始祖以下十帝立传，编入金史，这是满族说部为民间口述史的很好证明。满族说部是满族及其先民用自己的声音记述自己的历史，对各个部落、氏族重大事件的生动描写，细致记录，很多实事是鲜为人知的，有的补充了史料之不足，有的供专家研究或可匡正史误。说部以浩瀚的内容、恢宏的气势展示北方民族生动、具体的历史画卷，提供了各个历史时期活生生的人文景观。在《两世罕王传》、《扈伦传奇》、《雪妃娘娘和包鲁嘎汗》中记述了明朝与女真的交往、马市的内幕、东海窝集部与乌拉部的关系、扈伦四部争锋角逐，努尔哈赤创建八旗对女真的分化等等，都是各部族祖先的亲身经历。这对满族史、民族关系史、东北涉外疆域史的研究，都有见证历史的特殊价值。

满族传统说部具有文学审美价值。满族传统说部之所以能够世代传承诵颂，因为它具有独立情节，自成完整结构体系，人物描写栩栩如生、有血有肉，是歌颂克难履险、不畏强暴、能征善战、疾恶如仇的英雄的壮丽诗篇，充满了对英雄的崇敬，对美好生活的向往。说部中讲述的故事曲折生动，扣人心弦，语言朴实无华，简洁明快，具有感人至深的艺术魅力。许多说部都展现了浓郁的民族风韵，朴素、剽悍的独特风格，贯穿了反抗强权、除暴安良、保家卫国、急公好义、扶危济贫、知恩必报的积极主题，突出体现了满族及其先世的人文精神。它对启迪人们的智慧，端正人们的品格，鼓舞爱国主义思想，增强民族自豪感，有着潜移默化的作用。满族传统说部中反映的内容，与人民息息相通，因而受到北方各族群众的欢迎和享用。像《尼山萨满传》、《萨大人传》、《雪妃娘娘和包鲁嘎汗》、《松水凤楼传》等故事早已在达斡尔、鄂温克、赫哲、鄂伦春、锡伯以及汉族中广泛流传，只是过去没有被发掘而已。说部的创作不排除有被流放到北疆的高官和文化人的参与，如《飞啸三巧传奇》把北方民族抗俄守边的斗争与宫廷斗争相联系做了具体生动的描写，就可见流民文学的影子。满族传统说部创世神话《天宫大战》，反映了原始先民与自然力的抗争，歌颂了掌管日月运行、人类繁衍的三百女神与恶神进行惊心动魄地鏖战，是我国史前文化的重要遗迹，可以同世界诸民族的古神话相媲美，丰富了世界神话宝库。满族传统说部中的史诗《尼山萨满传》和有着六千余行的萨满史诗《乌布西奔妈妈》，以北方民族的独特语言，瑰丽神奇的情节，宏伟磅礴的气势，歌颂了萨满的丰功伟绩，具有很强的震撼力。可以说，满族说部是满族及其先世的史诗，是民族文化的精华和古卉，是我国和世界学术界研究满族及其先民历史和文化的不可或缺的宝贵资料，填补了我国民间文学史的空白。

满族传统说部具有民俗学价值。满族及其先世，在长期社会生活中，主要靠口碑传承生产、生存经验。在《飞啸三巧传奇》、《雪妃娘娘和包鲁嘎汗》中介绍了用桦树皮造纸、皮张的熟制、不同兽肉的制作和保鲜、鱼油灯的制作过程等古老工艺，还介绍了北方各种草药的药性和采集，北方少数民族的海葬、水葬、树葬等民俗。在《天宫大战》中介绍了祭火神，“跑火池”，在《两世罕王传》中记述了明末清初一种娱柳活动——“跑柳池”等等。因此满族传统说部，为我们展现了满族及其先民等北方诸民族沿袭弥久的生产生活景观、五光十色的民俗现象、生动的萨满祭祀仪式和古时的天文地理、航海行舟、地动卜测、医药祛病以及动植物繁衍知识等，特别是有关生产知识，操作技艺，往往通过故事中的口诀和韵语得以传承。这为研究北方诸民族的人文学、社会学、民俗学、宗教学等学科提供了具体、真实、形象的资料，使这些学科得到印证、阐明和补充。所以，有些专家称满族传统说部是北方诸民族的“百科全书”，其言不为过誉。

满族及其先民，数千年来，在亚洲阿尔泰语系乃至通古斯文化领域里，做出了不可泯灭的贡献。特别是有清二百六十余年来，为世界文化保留了浩瀚的满学典籍及各种文化遗产，满语的翻译历来为世界各国学者所青睐，满学已成为民族学、语言学的重要学科。满语因久已废弃，现存满语仅是清代书面语的沿用。近年来，我们采录了黑龙江省孙吴县78岁的何世环老人用流利的满语讲述的《音姜萨满》、《白云格格》等满族说部，它向世人重新展示了久已不闻的仍活在民间的活态满语形态，这对世界满学以及人文学的研究是弥足珍贵的。除此，在满族传统说部中还保留着大量的环太平洋区域古老民族与部落的古歌、古谣、古谚，故而具有丰富世界文化宝库的意义。

满族传统说部作为民间口述史，其中对历史的记忆也会有不真实、不准确的地方，但它毕竟是民间口头文学而不是史书，作为信史虽不排斥传说但不可要求口头传说与史书一样真实可信。满族及其先民由于受历史的局限和各种思想的影响，在说部中难免有不健康的东西和封建糟粕的成分，但这不是主流，它和所有非物质文化遗产一样，自有其存在的价值。我们把满族传统说部原原本本地奉献给广大读者，相信在批判地继承民族文化遗产的原则指引下，一些不健康的东西会得到剔除。我们在采录、整理、校勘、编辑过程中难免有所疏漏，敬请读者批评指正。

我们抢救、保护和编辑、出版《满族口头遗产传统说部丛书》，是为了贯彻落实党的十六大精神和“三个代表”重要思想，传承中华文明，发展社会主义先进文化，为建设社会主义精神文明和构建和谐社会尽绵薄之力，希望这套丛书的出版能发挥它应有的作用。

谷长春

2006年6月

目录

《元妃佟春秀传奇》故事流传情况

张德玉

《元妃佟春秀传奇》是流传于辽宁省东部地区的有关清太祖努尔哈赤与元妻佟春秀的传奇故事。从故事发生到今天，已经流传了四百多年。佟春秀婚后的15年，由于主持家政，辅佐太祖，呕心沥血，操劳过度，积劳成疾，终于撒手人寰，香销玉殒，英年早逝。但是，在她短暂一生中的所思、所言、所行、所为，尤其是婚后析居自立、创建波罗密山寨，收纳流人降户、和亲睦族、襄夫教子，建筑佛阿拉城，并组织努尔哈赤在佛阿拉城自中称王，支持努尔哈赤起兵复仇、统一建州各部，积极制订远交近攻、抚剿并施的战略战术，传承弘扬汉文化，推进汉文化与满族文化的融合与发展，促进满族共同体的快速形成等等，都做出了默默无闻的无与伦比的巨大贡献，为努尔哈赤创立后金民族地方政权打下了坚实有力的基础。

然而，佟春秀的伟大功绩，无论在明史中还是在清代文献里，无论是官修史书还是私家著述，均无载记。这是为什么呢？其实，原因很简单。佟春秀在世期间，努尔哈赤还没有创制满族自己的文字，用以记录满族事务和建州卫的事务，因此，有关这时期努尔哈赤的家务和政务均无专门的记录。另外，当时辽东官吏和知识分子很少与建州女真人的社会生活接触，极少了解，更不重视，所以，很少记载。

佟春秀死后，努尔哈赤庞大繁杂的家政由其继妻富察氏衮代主持。后来衮代参与并卷入了努尔哈赤后金政权汗位继嗣的斗争，激起了努尔哈赤极大的震怒，不仅贬斥了继妃衮代，而且，将其打入冷宫。从此，努尔哈赤从各个方面严重歧视、压抑和限制妇女参政，并把妇女当作阿哈奴仆，甚至视为牛马物品，对生活在他身边的贵族妇女更是严厉地限制她们的生活自由。因此，无论是清前史还是清代实录文献，甚至私家著述，都极少记载满族妇女的社会活动。因而，有关努尔哈赤元妻佟春秀的活动情况，也自然被无情地忽略并全部被抹煞了。

可是，在民间，尤其在满族佟氏的家庭中，却口传语诵，将佟氏春秀高祖姑奶的事迹传说了下来。在抚顺地区民间至今还流传有《剑侠佟春秀》的故事。故事讲述了佟春秀在少女时代跟随爷爷到辽东购山货皮张草药归来时，在媳妇山（今辽东抚顺市大伙房水库东之山）遭遇劫匪，佟春秀勇斗四名劫匪。恰在此时，努尔哈赤从辽东总兵府请假回建州（今辽宁省新宾满族自治县）探望爷爷、建州左卫老都督交昌安途经这里。由此，二人相识，并结下了姻缘。此故事传说已由张德玉记录整理，收入其主编的《满族民间故事选》（辽抚图临字 1999 年出版）之中。

1984 年，张德玉调任新宾满族自治县县志办公室编辑，后任县志办主任，并携家迁居新宾县城，其父张立忠老人亦随子定居县城。张德玉任县志办编辑后，担任满族志等十余志的编写。张立忠老人知悉后，便引发一连串的关于佟春秀和努尔哈赤的故事。于是，便每每在饭后等闲暇时间，津津有味、兴致勃勃地一段一段地讲述起佟春秀的传奇故事。直到 1988 年的春节，老人终于将佟春秀的传奇故事全部讲述完。1988 年 4 月 29 日，老人因肝硬化病故，享年 81 岁。

张立忠老人本与满族佟氏无任何瓜葛。那么，他老人家讲述的佟春秀的传奇故事是从哪里得来的呢？

原来，早在 20 世纪的 30 年代，新宾满族自治县的大四平村属于桓仁县第六区公所所在地，其地正处新宾、桓仁、本溪三县交界的三角地带，又正是清代柳条边封禁的边外之地，交通闭塞，车马难行，主要交通工具只有几家富户养的花轱辘铁轴车，其余主要是骡马驮载。当地的针头线脑之类主要由货郎挑走村串屯叫卖，而布疋、棉花、大盐、犁铧、煤油等生活生产必需品，就靠人背马驮，用当地的土特产品大豆、大麻以及山货皮张等，去安东市（今丹东市）、辽阳市以物易物。每至秋冬之季，张立忠老人便赶骡驮子去这两个市交换货物，而每每都住在安东市郊和辽阳市郊的车马大店。巧的是，这两个车马大店的掌柜的（店主、老板）都姓佟，都是抚顺佟氏人。每有住店的人，掌柜的在晚饭后，点燃豆油灯碗，给客人讲述抚顺佟氏高祖姑奶奶佟春秀的传奇故事。张立忠老人凭着他的博闻强记，将佟春秀的传奇故事，才在晚年讲述了出来。

张德玉在县志办和抚顺社会科学院满族研究所工作期间，曾遍访新宾、清原、抚顺、桓仁、本溪等县，作了大量的田野调查，接触了数十位满族民间传说故事讲述人，可惜没有一人能讲出佟春秀的故事。因此，可以说张立忠老人是唯一的佟春秀传奇的讲述人了。另外，关于佟春秀的胞姐佟喜兰嫁给辽东总兵李成梁，婚后同努尔哈赤爱恋，久之，被李成梁发觉并追杀等等，据承德市有位 90 多岁的佟姓老人讲，这都是历史真事，不是虚拟的故事。努尔哈赤脚心有七颗红痦子被李成梁发现，要逮送京师，被喜兰相救，努尔哈赤骑马逃跑，狗和乌鸦救主，喜兰上吊自杀身亡，努尔哈赤得了天下后，供祭喜兰妈妈等故事，是民间的传说，但实际是承德 90 余岁高龄的佟老人所述，是史实。根据张立忠老人传承的佟春秀传奇的故事内容，也可佐证承德老人的口碑事实。

关于努尔哈赤起兵，用了他阿玛遗甲 13 副半铠甲起兵的事，实录中有所记载。但原辽宁大学历史系教授，后任图书馆馆长的兴振芳老人说，他在十二三岁时常在抚顺佟氏外祖父家看《佟氏族谱》，谱书中记载说，佟春秀与努尔哈赤婚后，为报父祖被杀之仇而决计起兵，是佟氏将佟家当铺中的“死当”铠甲 13 副半送给的努尔哈赤，并在经济、物资、人力上积极支持努尔哈赤起兵大业。《满洲实录》中记 13 副铠甲为塔克世的遗甲，是后世文人的有意编造。

佟春秀是努尔哈赤的贤内助、好管家、大高参，努尔哈赤的许多方针政策、战略战术，诸如筑波罗密山城、佛阿拉山城，支持努尔哈赤与各部联姻，再赴李总兵标下学习锻炼，与额亦都、噶哈善、常书、杨书结盟，继用衮代，重用阿敦，说服龙敦，收服厄赫等等事项，虽然在各种《实录》等清文献中没有把功绩记在佟春秀名下，那是《实录》的编纂人为突出太祖高皇帝努尔哈赤。但在佟春秀传奇中，却处处显露出佟春秀所秉承的汉文化在早期满族人中展现的聪明和智慧，也透析出出身于勋阀世家的佟春秀的汉文化底蕴。各种清代《实录》所记的史实，无不影射出佟春秀的功绩的影子。

当然，传奇故事不是历史，但可以折射出历史的真实。满族的早期雄豪巨酋人物如董山、李满柱、王杲、王兀堂、海西女真的王台、布占泰等等出名的大首领，他们都有能力有机会统一女真，可为什么没有成功呢？与上述人物相比，一个小小的努尔哈赤为什么成功了呢？根据佟春秀传奇中所透析出的信息，我们可以肯定地说，是佟春秀将厚重而先进的汉文化带进了女真人的生产生活，尤其直接影响到了努尔哈赤，使汉文化和满族传统文化撞击、融合、发展、进步，促使努尔哈赤最终获得了成功。因此，佟春秀功高盖世，彪炳千秋。

然而，由于各种原因的促成和制约，满族（女真时期）的所有史料实录等文献，基本上没有载录妇女的活动轨迹。而佟春秀的传奇故事之所以得以传承下来，没有被四百多年的历史长河所淹没，还真就得益于佟氏族人和满族民间故事讲述家张立忠老人，凭其博闻强记，诉说流利清晰，才由其子张德玉、其孙女张春光、赵岩记录，并整理成书。于是《元妃佟春秀传奇》得以呈奉与广大学者及读者，为弘扬满族历史文化做出了自己应有的贡献。

2005 年 11 月 7 日

第一章　五岳真形空紫府　万年天祚[1]佑皇清

诗曰：

诘旦升柴温德亨，
高山望祭展精诚。
椒馨次第申三献，
乐具铿锵叶六英。
五岳真形空紫府，
万年天作佑皇清。
风来西北东南去，
吹送膻香达玉京。

据传这是乾隆皇帝所作《望祭长白山》的诗。这首诗把长白山和大清皇朝的神秘关系说得透明透白，表明清皇室与长白山有着割不断、理还乱，千丝万缕的渊源关系。

闲言少叙，书归正传。听客问了，你要讲的元妃佟春秀传奇故事，与长白山有什么关联？听客您坐好了，请听我慢慢讲来。

话说老早老早年以前，谁也说不清道不明是哪一年的事儿。在一个风和日丽的晌午期儿，那是一个三伏天儿，天头正闷热，巍巍的长白山显得格外亮丽，风平浪静的长白山天池，在群山峰峦的环围下，就像一面硕大无比的宝镜，诱引着羽毛绚烂的鸳鸯，在水面上悠闲地弋荡。而那说不清名字的异草奇花，更散发着扑鼻的芳香。天池岸边那一簇簇的樱桃红果，鲜红晶莹，更是令人垂涎欲滴。

这时，从瓦蓝瓦蓝的天空中飘来了三朵五彩祥云，飘飘忽忽地飘到了天池的上空，从彩云上飘下了三位仙女，响着银铃般的笑声，落在了天池边上。霎时，使静寂的天池充满了欢乐。三位仙女身上那无可名状的香气和着鲜花绿草的芬芳交织在一起，使整个长白山充满了神秘的光环和亮丽的色彩。

---

① 祚为作，见《清帝东巡》，铁玉钦主审，王佩环主编，1991 年辽宁大学出版。

三个仙女说说笑笑地脱下了衣裙，轻轻盈盈地跳进了瓦蓝的池水里，痛痛快快地洗浴嬉闹起来。三个仙女那种兴奋愉悦的神情和轻松开心的笑容，发出金声玉韵的声音，使整个长白山都充满了欢乐的活力。

她们洗啊、游啊、嬉啊、闹啊！忘掉了一切，好像只有她们的存在。一个时辰的光景①，三位仙女洗嬉完了，上了岸。三仙女上岸后，一眼看见自己的衣裙上有一颗红得发紫、晶莹剔透、明亮照人的大樱桃，她二话没说，两指捏起来就放进了嘴里，立时有一股甜酸清香的感觉，令她精神一爽。

说来奇怪，那颗樱桃进了嘴里，顺顺溜溜清清凉凉地就咽下了肚，不等穿完了衣裙，肚子不知不觉地就鼓了起来，只觉得肚子里有什么东西在蠕蠕而动，一下子不知是怎么回事，神情有些紧张，立即叫来了大姐二姐，把吃了一颗樱桃的事说给大姐二姐听。二姐手捂嘴笑了起来，说："我们的佛古伦小妹有喜②了吧！"被称为佛古伦的三妹听了，急头白脑地说：

"二姐！别取笑小妹了，快告诉小妹，这是怎么地了？"

这时，大姐恩古伦呲搭③二妹说：

"正古伦！别闹了。"又抚慰小妹说，"别怕，让大姐看看。"

说着，就掀开三妹的衣裙，用手摸了摸，又贴耳朵听了听，沉吟了一下，神情严肃地说：

"是有喜了！这样吧，我和你二姐先回天宫，你在这把孩子生下来，再回去吧！"

三仙女眼泪巴叉地点头说：

"那……也只好这样了。"

恩古伦、正古伦两姐妹驾着彩云飞升上天了。三仙女佛古伦撅了些树枝，薅④了些青草，在那墩⑤樱桃树下铺了个窝⑥，坐了下来。抬头瞅瞅树上的樱桃，一枝枝，一串儿串儿，一颗颗，鲜亮透红，光滑晶莹，煞是可爱，伸手就要摘来吃，可又怕肚子里再"有喜"，就又缩回了手。

---

① 光景：辽东方言，时间之意。
② 有喜：辽东方言，怀孕之意。
③ 呲搭：辽东方言，谴责之意。
④ 薅：辽东方言，採、摘、撅、捋之意。
⑤ 墩：辽东方言，一堆、一簇、一丛之意。
⑥ 窝：辽东方言，铺之意。

这工夫，肚子阵阵疼痛，不一会儿，一个又白又胖、精灵百怪的小男孩“呱呱”墜地。只见这孩子见风长，眨眼儿工夫就会“讷讷，讷讷[1]”地叫上了。佛古伦用树枝做了一个小船，让孩子坐上去，对他说：

“上天老祖让讷讷告诉你，你得去一个地方，平定那里的战乱，做那里治国安邦的明主，统领三姓族人和和睦睦、快快乐乐地过日子。”

孩子问：

“那人家问我什么哈拉穆昆[2]，叫什么名字，我怎么回答呀？”

佛古伦想了想，说：

“你是交罗哈拉[3]，叫布库里英雄[4]。”又说，“去吧，顺着这条河下去，有人会去接你的。”

说来真怪，这孩子越长越大，眼瞅着长成个大小伙子了。他又问：

“那我想讷讷了怎么办？”

佛古伦说：

“讷讷是天仙女，想讷讷了，就对天喊三声额娘[5]就行了。”

说完，三仙女就飞升上了天。

这布库里英雄顺流来到了一个三姓地方，果真有个俊俏的姑娘在河边，见了布库里英雄，觉得他是个奇人，就跑回村里，叫来了不少村里人。大家伙来了一看，都说，“这是上天老祖派下来的！”就联手把布库里英雄请进了村里，又把那个姑娘给他做了媳妇，推举他做了首领，平定了几个村的战乱，做了那里的国王。后来，这个地方总受外族人的欺负，人们就决定搬走，搬到长白山南边去。他们不知过了多少道河，爬了多少座山，吃了多少苦，一直朝南走啊走，终于来到了尼雅满山下[6]，就在这里扎下了根儿。

这个尼雅满山是什么地方呢？就是兴京[7]老陵[8]那个地方。又不知过了多少年，布库里英雄的交罗家族中，出了一个罕王，他就是清太祖

---

① 讷讷：满语，妈妈之意。

② 哈拉穆昆：满语，姓氏之意。

③ 交罗哈拉：满语，姓交罗之意。

④ 布库里英雄：满族始祖名，亦写作“布库里雍顺。”

⑤ 额娘：满汉结合名词，即妈妈之意。

⑥ 尼雅满山：满语，即启运山。

⑦ 兴京：即今新宾满族自治县。

⑧ 老陵：即永陵，清代东北三陵中的祖陵。

努尔哈赤。

罕王后来起兵，把各地方各部落自己说了算的女真人都统一在他的大旗之下，由罕王一个人说了算。于是，他向大明朝廷挑战，率领满洲八旗大军打进北京，得了中华一统江山。在北京城，他登龙基，坐龙椅，当了皇帝。这时，他高兴极了，对大臣们说：

"我老罕王坐北京，心满意足了！"

第二章 乌拉特偷情仙女三小妹 佛古伦喜诞布库里英雄

老罕王坐没坐北京，咱们先不说，那是后来的事儿。老罕王的老祖宗究竟是谁，他的根脉究竟在哪，这可得说说。因为树有根，水有源，没根没脉，那他是从哪来的呀。听客问了，刚才你不是讲了，是三仙女吃了樱桃有孕生了他的老祖宗布库里英雄的吗？听客朋友问得好，可是大家想想，这天地乾坤千秋万代哪有什么仙女呀！那不过是掩人耳目，宣扬“君权神授”而已，实际上他的老祖宗也是人。你们愿意听，我就给你们讲讲。

迷人的长白山，草木繁茂，郁郁葱葱，环山争秀，万峰丛翠，空气馨香，风光绮丽。在一个艳阳高照、百鸟和鸣的伏景天[①]，明丽的长白山下，忽然响起一串莺啼似的笑声。三位妙龄女郎，一个穿着绿装，一个穿着红装，一个穿着白装，一个个骑着高头大马，嬉戏笑闹着进了山林。这三个少女个个赛似年画上的美女，一个比一个俊俏可人，他们是布库里山的女真族人，是布尔胡里寨主的三个宝贝女儿，大女儿叫恩古伦，二女儿叫正古伦，小女儿叫佛古伦。大姐已嫁人，二姐已订亲，三的正待字闺中。

三个少女骑马登山，上到了长白山顶，见天池水清明透彻，大姐二姐欢跳着脱衣下水洗了起来。二姐忽然发现三妹不见了，急忙上岸去找，原来三妹坐在一棵大树下发呆，嘴里还不住声地说着“乌拉特”的名字。大姐二姐一听，吃惊不小，这乌拉特不是仇人的儿子吗？那是坏人啊，三妹怎么能对这坏人念念不忘呢！

在这里，我要说说这乌拉特是何许人也，他怎么是仇人坏人。

原来乌拉特是布尔胡里寨主也就是三姐妹父亲干木儿的仇人的儿子，他的父亲是梨皮峪寨寨主猛哥的儿子。两个山寨世为仇敌，往常发生械斗，常常因为些小事而大战。多少年来，仇怨越积越深，最后终于兵戎相见，誓不两立。两个寨子每次械斗都互有伤亡，特别是乌拉特这小子更是勇猛善战，使布尔胡里寨吃了大亏。所以，布尔胡里寨的人，

① 伏景天：辽京方言，伏天之意。

一听到乌拉特的名字，就咬牙切齿，恨不得抓到他，把他撕个粉碎，嚼个稀烂。

大姐二姐一听，三妹叨念仇人乌拉特的名字，真是吃惊不小，以为乌拉特来了，就急着问，他在哪里，是不是这坏蛋欺侮你了。三妹分辩说，“没有，乌拉特不是坏人，是难得的好人。”两姐妹口口逼问三妹，到底是怎么回事。三妹被逼无奈，就向两个姐姐述说了春天巧遇乌拉特的事。

正是春暖花开的时候，佛古伦一个人骑马进山。突然，一头一人高的黑熊扑了上来，马儿一惊，佛古伦被摔下马，黑熊扑上来就把佛古伦摁在屁股底下了，张开大口就要舔。正在这千钧一发的时刻，一个彪形大汉一下子跳到跟前，一刀结果了黑熊的命。一看，姑娘已经被吓昏了过去。这青年大汉把三妹抱在怀里，又是叫又是晃，好一会儿，三妹才睁开眼醒过来。三妹一看，那黑熊已经倒在血泊中死了，自己却躺在一个英俊的年轻人怀里，就很不好意思地起身，感谢那青年的救命之恩。那青年说，他早就对三妹朝思暮想了，今天正好借救她命的机会，见了她的面，说这是天老爷有意安排的。在这春暖花开的季节，又是在深山老林里，一对青年男女，又是早已心仪倾慕，于是，两个青年人相拥在一起。只这一次，三妹就身怀有孕，怀上了仇人家的孩子。

大姐二姐一听，可就为难了，这将来怎么办，怎么对寨主老爹说啊。三妹一看两个姐姐为难，自己也没有主意，就苦苦哀求两个姐姐给想个法子。大姐二姐看这事儿早晚瞒不过，等孩子生下来了，说什么也晚了。还是大姐道眼多，她想了想，说出了一个道道，二姐三妹一听，都高兴地说，“这个办法好！”

那么，大姐究竟说出个什么主意呢？这就是我们在开头说的那三仙女吞食樱桃怀孕生下布库里英雄的故事。

过了些时日，佛古伦就要临盆[1]了。这天，艳阳高照，一群喜鹊落在高堂之上，叽叽喳喳，好象在报喜。果真，佛古伦在一阵剧烈疼痛之后，“呱呱”生下一个又白又壮的男孩子。千木儿夫妇一看女儿无夫而孕，孩子出世又有喜鹊群集报喜，这一定是大吉大利了。这“天生”的孩子必定是天神下凡，长大后必成大器。这孩子落地后也着实叫人喜欢。孩子迅速长大。一天，三妹对他说，“上天生你，以定三姓之乱，

① 临盆：辽东方言，即分娩。

你要前去平定。”后来，三妹偷着进山，找乌拉特去了，再也没有回来。

布库里英雄长大后，善骑射，英武绝伦，他决心遵照妈妈的嘱咐，去平定三姓之乱，做一番大事业。于是，他同几个莫逆之交的朋友，一齐动手扎了个木排，他要到河那头的三姓地方去。他们上了排子后，正巧一阵狂风大作，木排顺着河水漂流而下。

下边的故事，就跟前边讲的一样了。布库里英雄到三姓地方平定了战乱，做了三姓的酋长，娶妻生子，繁衍后代。经过多少代人不知道了，后来，有外姓外族人总是兴兵动武地来侵扰抄掠，三姓的人不得不往南举族搬迁。最后，终于来到了苏子河畔的呼兰哈达山[1]下定居下来。

① 呼兰哈达山：满语，即今辽宁省新宾县永陵镇的烟筒山。

第三章 交昌安夺都达执掌卫印 老罕王坐北京心满意足

他们住到了木胡交罗地方，后来的祖上有个叫福满的，生了六个儿子，六个儿子住六个地方，都在苏子河两岸，人们就把这地方叫作宁古塔。福满的四儿子名叫交昌安①的，死后谥封为景祖翼皇帝。交昌安生了五个儿子，特别是大儿子礼敦，勇武绝伦，父子俩从老大德世库手中夺过总穆昆达②。为争夺穆昆达，掌管全宗族事务的大权，英勇善战的礼敦将大伯父家力胜九牛的儿子加虎和他的七个儿子，还有硕色纳和他的九个儿子全杀光了，族中其他各祖子孙虽然有气不服劲儿，却谁也不敢支毛炸翅儿。交昌安夺得了穆昆达，做了总穆昆达，就是都达，又掌了卫印，势力渐渐强大起来。

他们这支人，就住在赫图阿拉地方，而长祖德世库仍住木胡交罗地方，这地方后来降为交尔察，叫交尔察地方了，德世库的子孙也就不姓木胡交罗，而姓了交尔察了。

交昌安的五个儿子，有勇有谋的礼敦死的早，还就是老四聪明绝顶，他跟随老父亲交昌安左右，交昌安做了建州左卫的都督，老四做了指挥使，父子二人都受朝廷封赏。这老四就是塔克世，他就是罕王的父亲。罕王后来打下天下，做了皇帝，塔克世被封为显祖宣皇帝。

那个时候，咳，咱们扯的远了，可不说清楚，怎么知道我们主人公的底细呢？所以，听客朋友还是得耐着性子，听我接着讲下去。

当时，呼兰哈达山北就是由东向西流的苏子河，河北与呼兰哈达相对的山名叫尼雅满山，这座山像一条长龙一样，斜卧在纳绿窝集③山前。尼雅满山西边有个屯子叫西尼雅满屯，住着喜塔腊氏阿古都督王杲族人。王杲生有三子三女，三个儿子名叫王太、阿台、阿海，三个女儿中二女儿就嫁给了塔克世，后来封塔克世为显祖宣皇帝，元妃喜塔腊氏额穆乞谥为显祖宣皇后。王杲的大女儿嫁给了住在东尼雅满屯的萨格达

① 交昌安即觉昌安，讲述人习惯将觉字念成交字，以下同。

② 穆昆达：满语，哈拉是姓，穆昆是氏，达是长，穆昆达即族长；都达，都是总之意，就是总长，总穆昆达之意。

③ 纳绿窜集：满语，即龙岗山。

氏，小女儿也嫁给了东尼雅满屯，姓伊尔根交罗氏。

喜塔腊氏额穆乞生了三个儿子一个女儿，大儿子就是努尔哈赤，民间都称他为小罕子，他后来做了王，又称他为汗王。

说起小罕子这名的来历，还有一段故事，在民间广为流传，让我说说你们听听。

话说在辽东的长白山里有一对靠放山打猎为生的小夫妻，收养了一个病饿瘦弱的外地来逃难的小伙子，叫王杲的，这人长得憨厚老实，人们就叫他老罕，猎人就收留了这个老罕。一天他洗脚，猎人发现他脚心有三颗红痦子，听老人们说，这是顶星星的人，他的子孙一定能做官儿。夫妻两人一核计，就琢磨让他给自己留下顶星星的人种，丈夫就动员妻子如何这般这般如何地说了一大气，妻子也就不再说什么了。后来，丈夫故意躲出去，让妻子跟老罕睡觉，果然有孕，生了个儿子，夫妻俩就给这儿子起名叫小罕。小罕就是后来的汗王。

罕王后来以报父祖被杀之仇为名，在辽宁的新宾地方，起兵复仇，杀掉了仇敌，兼并了建州女真五部，统一了建州女真九部，在进兵辽沈之后，战刀直指明朝廷。最后，真就占了北京，一统华夏。

第四章 佟家江畔祖居地 勋阀世家佟百万

老罕王坐北京，那是后来的事了。咱们先讲讲老罕王是怎么打的天下，是谁做他的第一个军师、第一个内当家的。没有这个人，他的天下恐怕来得更难些。这个人是谁呢？就是他的元配妻子，“辽东首富”佟氏，甘肃挂印总兵佟登的小女儿，名叫佟春秀，婚后改女真名叫哈哈纳扎青，佟氏加入满族后，姓氏改为佟佳氏。她的丈夫罕王，后来被尊为清太祖，他的第一个妻子佟春秀后来被尊为元妃。

我们这个故事，就是讲元妃佟春秀的传奇故事的。

说起佟春秀，话可就长了。我得先说说她祖上的事儿。

听老辈人讲，这个佟春秀的祖上是北宋人。北宋那个时候，皇帝宋徽宗一门心思地在笙歌书画上，成天价宴饮游乐，没心思好好治理国家，富国强兵，稳固江山。闹了归齐，到后尾儿①，金兵攻陷了东京开封府，活捉了宋徽宗、宋钦宗两个无能皇帝，还掠去了皇宫后妃、皇族、大臣等等好几千人，押往金源内地。这些皇族大臣加上他们的家属随从，拢共有一万多人，押解途中除了逃跑病死的，到了金源内地的时候，就剩五千多人了。老佟家的祖上就是这些被俘的北宋人。

到了明代，朱洪武灭了元朝，建立了大明王朝。这时候，这些北宋汉人在女真人中已经生活了两个半世纪了，他们已经变成了女真人了。这时，他们老佟家祖上有个叫佟满之的，后来不叫汉名佟满之了，叫女真人的名，叫成巴虎特克慎了，就成了女真人了。

巴虎特克慎家族在三姓地区生活了两百五十多年，随乡入俗，成了女真人。他一共生了七个儿子，都跟他们的老爹一样，也起了女真人的名字，老大叫屯图墨图，老二叫坦图墨图，老三叫额和礼图墨图，老四叫嘎尔翰图墨图，老五叫达尔汉图墨图，老六叫颜图墨图，老儿子，也就是老根子叫阳加图墨图。这图墨图是什么意思不知道，怎么七个儿子名后都有图墨图呢，不知道。

巴虎特克慎的子孙都挺有能耐，不是在朝廷做官，就是做生意。到

① 尾儿：发“衣儿”音，辽东方言，尾之意。

了明正统初年吧，他们跟随一个叫李满柱的女真人大酋长来到了桓仁浑江西岸一个叫雅尔瑚的地方住了下来，因为佟氏家族人枝儿兴旺，又是名门望族，那浑江的名字就改叫了佟家江了，佟满之的后人就叫成了佟佳氏。

后来，在佟家江发生了一场残酷的大战，在佟家江住的女真人被“犁庭扫穴”，死伤惨重。佟氏七兄弟的家族也遭到了灭顶之灾。战争的硝烟消散了以后，佟氏兄弟纷纷举家外逃，有的搬到了鄂谟伙索洛地方，有的搬到了沈阳南的地方，有的从本地佟家江又搬到了大山沟里去，佟佳氏四分五裂了。

搬到沈阳南的是老五达尔汉和老六颜兄弟俩。他们在一个山沟里住了下来，种地打粮过日子。后来，这个山沟就叫成了佟家堡子沟。种地闲暇的时候，这哥俩就到开原马市上做点小买卖，得了利益。哥俩一核计，干脆弃农经商。于是，就把家搬到了开原城，专门从事商贾贸易。

在开原城，佟老六得了一匹三庹长的花斑宝马，开原城明军备御官儿看中了，急欲抢夺，佟老六为防不测，就天天穿暗甲防身。老五怕事发连累自己，就向备御官通告了这件事，申明与自己无关。备御官把佟老六抓去询问，老六不服，还挨了打。老五花了钱，才把老六保出来。老五说，“你赶快逃吧，还能保住命。”夜里，老六骑着花斑马逃向了长白山。

佟老五在开原又恢复了汉人民籍，不叫女真人名达尔汉了，改成汉人名叫佟达礼。他的生意越做越好，越做越大，越做越富。后来，朝廷在抚顺新开了马市，与建州女真人、海西女真人和东海女真人开市做买卖。佟达礼在辽东生活过，知道辽东特产丰富，买卖活跃，生意好做，就又搬家到抚顺来了。

在抚顺，佟氏家族经过了六七代人的苦心经营，终于成为“辽东首富”。到了佟意这一代，已经成了“佟百万”了，人枝儿也更兴旺发达了，成为辽东的名门世家。

佟氏家族在抚顺城，那可是举足轻重的了，佟意老爷若是在城南咳嗽一声，城北都会地动[1]，那真是在抚顺城一踩乱颤，佟老爷说话，吐口唾沫就是钉，没有不宾服的。

抚顺城里还有两家，也是富得流油的大户，一户是“艾半街”，一

---

① 地动：二十世纪五十年代以前，辽东人说地震为“地动”。

户是“王八斗”。

这三户，“佟百万”有百万家业，“艾半街”在抚顺城的中央大街有半街的店铺，“王八斗”有八斗的金银财宝。三大富户数佟百万最富有，富得佟家说第二，就没有敢说第一的了。

据老人传说，朝廷命令抚顺城将军韩将军修抚顺城，朝廷拨的银子用完了，可城还没修完。韩将军就命令艾半街和王八斗接着修，没修完又令佟百万接着修。这时天头冷了，泥水不和，可命令不能违抗啊。佟老爷就把自己家的三个大烧锅烧的烧酒全部用来和泥。到上大冻前，终于把抚顺城修完交工了。韩将军查看验收，很满意。

抚顺城有三个城门，东门、南门和北门。从南门直通北门的一条大街叫中央大街，有五条稍窄点的马路，横架在中央大街上，抚顺城的人都以中央大街为界，把五条横马路由北向南，分别叫成一、二、三、四、五马路，中央大街东侧的五条马路，分别叫做东一、东二、东三、东四、东五马路，而中央大街西侧的又分别叫做西一、西二、西三、西四、西五马路。

抚顺城南边有一条大河，叫混河，宽有二三十丈，深也有两丈多。它的上游有两条大河，南边的叫苏子河，北边的叫清河，两条河在铁背山北汇合成一条河，混在一起，就叫混河。混河南是大平原，城北是一片宽阔的草地，草地北是一条由东北向西南横的不高的山，像一个长条的大屏风一样，把抚顺城横挡在山南怀里。这个山叫高尔山。山上有个古城座子，传说是盖苏文废了高句丽王，自己要做王，领几万大军在这山上修的军城，叫什么新城。高句丽本来是大唐皇朝辖属管下的少数民族。后来，势力强了，就不服唐朝中央天朝管治了，自己建立了高句丽民族地方政权，叫高句丽王国。到了唐朝初年，高句丽的大将盖苏文作乱，是大唐朝廷大将薛礼率大军打败了盖苏文，毁了新城，现在只有城窝子了。山上还有一座辽塔，象个站岗放哨的士兵，高高地站立在山顶上。

佟百万佟意老爷一大家人住的地方在抚顺城的东五路，是一个庞大的庄园，宏伟豪华，称为“佟府”。那王、艾两家住在西五路，两家并摆，中间只隔一条小道。抚顺城的将军府衙坐落在东二路，守城明军兵营在东一马路。中央大街南北贯通，街两侧全部是作买卖的商业店铺，十分繁华，人来人往，吆喊叫卖，格外热闹。

从抚顺城出东门，往东走三十里地有一个叫关岭的地方。大明朝廷在辽东出名的抚顺马市就设在关岭的东边。关岭是一条不怎么高的黄土岗，由西北向东南伸展，辽东边墙就建在这小山岭之上。明廷的抚顺马市就设在这条关岭的东边，混河的北边。马市的四周除了山险墙外，就是人工土石杂筑的围墙，把马市围成一个不十分规则的正方形，每面墙长三四里。马市里能容纳三四千人做买卖，进行商品交易。马市开有三个门，东门、西门和北门，都开在围墙正中间。北门外有个瓮城，门开在瓮城北边。

抚顺马市东边三里远的地方有个小山，叫白龙山，明军保护马市的兵营就设在小山上。

现在回过头来，再说说佟府。

佟府是一座南北长方形的院落，四周石座青砖围墙，有一人多高。门洞前横马路南是一个大影壁，石砌底座，四周镶青砖，上盖有青砖檐，壁中白灰抹面。门洞左右各有一个大石狮，高高地蹲坐在石基上。门洞两侧沿街房各六间，门洞一间。院内四层院子，每层院子东西各有厢房，全部是青砖瓦舍，宽敞明亮，能住二三百口人。最后一层院子是演武场，两侧厢房是武器库。

辽东首富的佟家在明代是勋阀世家。自第二代的佟达礼就任过洪武时的百户长、镇国将军、都督，他的儿子佟敬诰封镇国将军、继嗣都督，第四代佟昱承袭都督，任镇国将军，第五代佟璜任指挥佥事、指挥同知，诰封怀远将军。到第六代佟棠不做都督同知，诰封为荣禄大夫。佟意老爷是第七代，哥四个，老大叫佟思，老二叫佟惠，佟意是老三，老四佟恕。

佟思在世时，官做到都督同知，诰封荣禄大夫。他生有佟登弟兄三人，佟登就是后来的清王朝的开国皇帝，大名叫努尔哈赤的老丈人。佟登，女真人叫他塔木巴彦。“塔木”谐音为“佟”，“巴彦”是富翁。佟惠、佟恕都没做官，兄弟三人做了一辈子买卖。明朝嘉靖时诰赠佟意为光禄大夫。

到了佟登这一代就是第八代了。佟登在朝廷做官儿越做越大。佟登考中武进士，任险山堡参将，后升为副总兵，最后升任山西、甘肃挂印总兵官，一辈子在边疆与各少数民族打交道。

佟登生了八个儿子两个女儿，有的儿子考中文官，有的儿子考中武官，都在朝廷中和各地任上，没有一个从商务农的。他的大女儿十七岁时，就嫁给了辽东总兵李成梁为妾，名叫佟喜兰。小女儿佟春秀已经十五岁了，在她叔伯爷爷佟意老两口子身边。两个女儿都长得赛似画上美人，天仙神女。

佟意老爷已是快七十岁的人了，身子骨却十分硬朗。老两口膝下只有一个儿子，在开原城当掌柜的，每个月能回来一趟，探望老人，尽尽孝道。老两口就把佟登的小女儿留在身边，说说笑笑为老人增添许多的乐趣儿。

第五章 遭劫路遇匪强盗 喜逢壮士小罕子

佟氏家族在抚顺经商已经七代百十余年了，在辽东各地都有佟氏的买卖。佟氏族人枝繁叶茂，人口众多。加上用工、仆人，总有三百多人，是辽东的大户望族。从打明初，直到万历初年，佟氏家族人历世历代都习武练功，跳出一个，都能统兵打仗。在他们的武器库里，各种兵器都有，各种练武习功的器械都具备，就是在他们家做仆当佣人的，也个个会些武把操，站出一人，也顶他五七八人。佟府内只要有警，男男女女一出来，就是飞贼也难逃出。佟氏家族哪一代人都有考中武举人、武进士的，练武习文，任将做官，代不乏人。

辽东汉人跟女真人居住犬牙交错，交易接触频繁。女真人个个勇猛强悍，性格刚烈，打劫杀人的事时有发生。而佟氏族人有时进村入屯收购贩卖，经常是一二人单行，不会武功防身自卫，那小命就是别在了裤腰沿子上了，随时都有丢掉的可能。那时女真人打劫行抢，杀人就像宰小鸡一样，毫不手软心怯。有时人死了，货没了，家里连个信儿都得不着。所以，佟府的人上上下下都练武习功，既防身护院，又壮身有趣儿。

这年刚刚立秋，佟意和佟春秀从险山堡回来。佟登接到命令调往甘肃任挂帅总兵，几日内即交接赴任。佟意领佟春秀去探望的路上途经羊胡沟、东大阳、南营房、东营房一带地方，见可收购些山货林果，就派人回去送信儿，来了一挂车拉货。在返回的路上，正走在一个大山沟的林间山路上，这个时候的天气，虽然立了秋，可骄阳烈日，炎炎似火。他们行进在谷间山路上，林阴浓浓，清风阵阵，虫鸣鸟叫，伴着“咔哧咔哧”的铁车轮子碾石压路的声音，“叮呤呤”的马铃声，在空中仿佛形成一种悦耳的轻松愉快的奏乐声，令人心旷神怡。一阵清风过后，稀拉拉的不知名的几片树叶，飘飘忽忽地落在了树下。

突然，一只毛绒绒的长尾巴的花鼠子[①]从一棵树下，箭打一样地爬上了树，更给这林间山路增添了许多的活力和情趣儿。

---

① 花鼠子：辽东方言，山林间一种鼠类的小动物，黄皮黑道，善于跑爬抓。

这时，只见从上头下来了两匹枣红色的高头大马，那马头上的红绒团儿，随着马头的上下颤动，一忽闪一忽闪地，煞是好看好玩儿。伴着那晃晃的马铃声，更使山林充满了生气。

前边的马上骑着一位年近七旬的长者，那饱经风霜的脸上，长有五缕青白相间的长鬚，白里透红的脸庞，五官端正，那两只炯炯有神的眼睛，透着聪睿和精明。他身穿蓝色缎面长袍，腰系寸宽绿丝带，在左腰间打了个活结。头戴青色缎面八块瓦小圆帽，帽顶镶嵌一颗墨绿色的翡翠宝珠，足蹬一双高腰软便皮靴。精神抖擞，身骨健壮，宝鞍骏马，一看就是一个富翁老爷。

走在老者稍后边的是一个花季少女。只见她在马上左顾右盼，兴趣昂奋，神采飞扬。青丝秀发巧梳盘龙髻，斜插一只绾发凤钗，银红绸帕盖顶，双翅儿燕子尾，耳戴珍珠八宝环，微微一晃动，珍珠便闪耀光辉。看面容，明眸皓齿，凤眼桃腮，不擦粉自来白，不粘胭脂桃红色，星月眉，樱桃口。穿一件银红绣花纳袄，腰系丝罗带，荷红色绣花武打短裙，油绿色绣花中衣，粉红缎子绣花蓝底儿武功鞋，金黄鞋带，白绫长袜，外披一件粉红翠绿缎子富贵图大氅，左腰斜挎一支镶金嵌银的龙凤青锋宝剑，看年纪也就在十四五岁的样子。这青春少女骑在马上，看景观花，追学鸟叫，扬鞭打虫，兴致勃勃。不觉间，已被老者落下十丈开外。

前面老者正走在一个小路狭口，两侧密树荫荫。突然，一根绳索陡然而起，那枣红大马陡然一惊，顿失前蹄，老者被这突如其来的一惊，毫无防备，跌下马来。好在老者身子骨健壮结实，就地一滚，没有摔坏，立时翻身坐了起来。

这时，只见树林间突地冒出四个大汉，拦住了去路。一个挥刀喝道："呔！来人听着，爷等住在高山万丈崖，只管杀人不管埋，就是天王老子从此过，也要留下买路钱！要是胆敢说个不字，叫你重新再投胎！"

只见这几个大汉个个身穿墨绿色武行衣，手使闪闪发光的镔铁大刀，"刷"地将老者围住。一个上前用刀逼住老者，一个上前就要搜身。老者面不改色，不慌不忙，冷冷静静地说："别急，我给你们掏钱袋子。"边说边一手伸进腰间，"哗啦！"掏出银光闪闪的七节钢鞭，"刷"地飞旋一圈儿，站起身来。四个大汉一愣神儿，被老者的麻利动作惊呆了，他们惊慌失措地连连后退几步。正当此时，只听那少女大喝一声，

"住手!"早已飞身下马,"嚓啦"一声抽出宝剑,跳进圈儿里,护住老者,问:"爷爷,伤着没有?"老者说:"没有。"少女说:"爷爷,您把两匹马牵到一边儿,先歇着,看孙女怎样收拾这几个蟊贼。"

说时迟,那时快。四个大汉早已扬起雪亮的大刀,摆好了架势,围住了少女。

那老者将两匹马牵在一棵树下,让马啃吃青草,自己则坐在一块石头上,观起战来。

只见那少女一个野马跳溪之势,将四个大汉引至一个空阔之地,仗剑迎敌。她大声喝问道:"尔等何人,胆敢对老爷撒野!你们知老爷是何人,一人可抵千军万马,被朝廷封为镇国将军。你等几个小小蟊贼,岂是拦路绊脚石!还不快放下屠刀,跪地求饶,本姑奶奶还可留下你们项上人头。"

那四个汉子哪里能把一个如花少女看在眼里,放在心上,那为首的冷笑着说:"你个不知死活的黄毛丫头,乳臭未干,还出口狂言,敢在我等面前逞能!老子不给你点颜色看看,你也不知天高地厚!"

另一个汉子喝道:"好一个没深没浅的丫头片子,看你长得金枝玉叶,老子不忍心要你小命,你竟敢在爷们面前叫号,你这是天堂有路你不走,地狱无门你自来,你纯粹是自己找死!"

"好吧!"那少女冷笑一声,说:"本姑娘今天就叫你们认识认识天王老子,叫你们知道知道天多高地多厚。"说着,一剑就向那为首的大汉刺去,可半道上,"刷"地回手一剑,直刺向那第二个说话的汉子。那汉子还没回过神儿来,一眼见剑锋直奔喉头逼来,迅猛之势,迎不住,躲不过,还没等后退一步,就一个趔趄摔倒在地。他急急忙忙惊慌失措地爬起来,不等他回过神儿的工夫,只听"当郎"一声,为首的大汉的刀已被击落在地。这时身后的两个汉子也向少女并刀杀来,少女蹲地,一个扫堂腿,将两个汉子撂倒在地。少女站起身子,挥剑直指那为首的汉子,说:"知道天高地厚了吗?"

这时,四个汉子刷地翻身站起,又从前后左右四面一齐向少女逼近。那老者见了,喊了一声:"春秀,小心!"只见那少女抖擞精神,胸有成竹,朗声答道:"爷爷,放心!这几个蟊贼只当陪我练功了,对付他们不在话下。"

四个大汉虽然没把这个叫春秀的少女看在眼里,放在心上,但已经领略了少女精湛的剑法,知道一时难以取胜,就一刀紧似一刀地向少女砍杀上来，将少女团团围在中央。那叫春秀的姑娘则心气平稳，不慌不忙，刀来剑往，左招右架，轻松自如，心里话，“看来不叫你们尝尝本姑娘的厉害，你们还上样儿了呢，给你们脸，还往鼻子上抓了！”

只见少女把剑一紧，寒光一闪，瞅准一个汉子那攥刀的手腕子，一剑刺去，点到为止，击破了手腕，心里话：“先留下你这只手。”那汉子的刀“当郎”一声落在了地上，另一手捂住被击破的手腕，呲牙咧嘴地退到一边，心里感谢道：“这姑娘没有杀人恶意，不然我这手腕子早废了。”

那三个汉子见自己的一个弟兄败下阵去，心中一惊，不觉一愣，“这姑娘是手下留情了啊！”

只见那春秀少女宝剑飞旋，寒光夺目，锐利无比，式式难抵，招招难防，一招一式，令人胆颤心惊，不得不横心壮胆应对。又一想，一个壮年大汉，竟被一个妙龄少女击败。四对一，还吃亏，姑娘却毫发未损，不由得怒从心头起，恶自胆边生，大呼小叫，刀刀相迫，招招紧逼。

春秀姑娘依然故我，不声不响，招招迎对，稳稳厮杀，越战越勇。那粉红色的氅衣，在绿树翠草间飘忽翻飞，如萤如蝶，似神似仙，乐得那老者拈鬚微笑，不禁脱口赞扬。

这时，落在后边的花轱辘马车，满载着一车货物咔咔嚓嚓地下来了，那赶车的汉子一个响鞭，“驾”地一声，马车呼呼隆隆地来到了跟前。

车夫一看这打斗的情景，立刻“吁”地叫住马车，稳稳地停在那里。车夫扔下鞭子，“刷”地抽出三节棍，就飞身上来助战。春秀说：“你不用上来，先看爷爷去！”那车夫急忙跑到老爷身边，一看老者没事，也坐下来观战。

正在酣战之际，“哒哒哒”地从上边又飞来一骑，一个不胖不瘦，躯干健壮，宽膀细腰的年轻壮士，骑着一匹高头大青马，马铃“叮铃叮铃”地赶了下来。

你道这是谁？听客朋友有所不知，他就是女真人建州卫老都督交昌安的孙子，卫指挥使塔克世的大儿子，阿古都督王杲的外孙子。

听客朋友们，你们都知道，在辽东一提起王杲这个人，男男女女，老老少少，没有不知道的，他的大名可算是家喻户晓了。若一说起老罕王，都知道是王杲，王杲的传说故事恐怕谁都能讲上几段，特别是那棒槌鸟“王杲哥”的叫声，谁都能学几声。在民间传说中，都把罕王说成是王杲的儿子，是王杲跟一个放山人的老婆私生的，说王杲能坐天下，这老婆和丈夫为了要这个人种，才勾搭上王杲，生下了小罕。又有说小罕子在李成梁总兵手下当差，给总兵洗脚，说总兵脚心有三颗红痦子才坐上总兵官，小罕说自己脚心有七颗红痦子，总兵说是草龙，能坐人王地主，就要把小罕押送北京斩首，被总兵小妾救下来，王杲领小罕逃出总兵府。还有说王杲贪色，把他收养的女子调理怀孕了，又把这女子送给塔克世为妻，生下了小罕。这个说法，那个讲法，无怪乎都是想说，小罕与老罕王王杲有着血脉根源。其实，这些都是讲故事人的瞎胡说，不可听，不可信。若说王杲跟小罕子有血亲关系，这一点不假，让我慢慢讲给你们听。

王杲，在咱们辽东历史上，是确有其人，他是女真人，姓喜塔腊氏，他的女真人名字叫阿突罕，他在少儿时代，被他爹爹送到辽东巡抚官张学颜那当人质，因为他爹总好寇边掳掠，朝廷官员把他独生子当人质，好对他有个约束。王杲聪明伶俐，巧言善论，博闻强记。张学颜教他学汉语、识汉字，他不仅能读《三国》、《水浒》，还学会了测算占卜。张学颜很喜欢他，就给他起了个汉人名字，叫王杲。

王杲回到建州继承了他爹都督职位，掌管了建州右卫大印，就在古勒渡地方筑城建寨，招兵养马，这个地方就叫做古勒城。王杲在古勒城地方勒索渡资，劫持贡道，霸水为酋，势力渐强。汉人称他阿突罕，往往称呼他时把阿突罕的“罕”字简化脱落了，直接称呼他“阿突”，阿突又谐音成“阿古”，所以，后来人们干脆就称呼他为“阿古”、“阿古都督”了。

王杲生有三子三女。二女儿嫁给了塔克世，后来生了长子努尔哈赤，大女儿嫁给了萨格达氏，三女儿嫁给了伊尔根交罗氏。王杲的大儿子王太死于来力红寨的战火，二儿子阿台和三儿子阿海后来死于古勒之役。

小罕子家住在东建州，王杲住在西建州，相距八十里地。那萨格达氏和伊尔根交罗氏都住在尼雅满山前。努尔哈赤打了天下以后，安排他的两个姨娘家搬到了尼雅满山以西，萨格达氏住苍石伙洛①，伊尔根交

---

① 苍石伙洛：满语今名苍石，清原县内。

罗氏住在洼珲木[1]。

小罕子，后来叫努尔哈赤，在他十岁的时候，妈妈喜塔腊氏额穆乞生下女儿东果就在月子里受了风，死了。小妈待他们不好，他就领弟弟舒尔哈齐去姥爷王杲家生活。后来王杲屡屡犯边作乱，肆杀命官，掳掠抄夺，朝廷派大军攻破了古勒城，杀城内一千多人。那年努尔哈赤十六岁，舒尔哈齐十一岁。他见机行事，痛哭流涕，抱住李总兵马腿，唯求一死。

李将军看是两个孩子，心就软了。正好，他的爱妾也骑马立在身边，这小妾见了努尔哈赤，看他长得一表人才，精灵百乖的，打心眼里喜欢，就说："看着怪可怜的，留下做个书童幼丁吧。"李总兵听了，觉得挺好，就问：

"你叫什么名字？"

"努尔哈赤，"努尔哈赤口齿伶俐地答道，说："这是我的阿珲德[2]舒尔哈齐。"

"你爹爹是谁？"李总兵又问。

"阿玛塔克世，玛法交昌安。"努尔哈赤答。

李总兵"噢"了一声，说："本将军知道了，你是建州左卫老都督的孙子。"心想，这交昌安、塔克世早就派王胡子、李麻子等四人向我表示，愿意忠于朝廷，不再跟王杲犯边作乱，以前跟王杲作乱，也是自己力量弱，不得不听王杲调遣。现在，正应该培养一个实心实意忠于朝廷的建州左卫的新掌卫印的人，收下努尔哈赤，正应这种需要。这时，爱妾又在一旁说好话了，哪能拨爱妾的呢魂儿[3]呢！

李总兵说："好吧，就留在府里做书童吧！"

后来，交昌安听说两个孙子在总兵府当了幼丁，觉得舒尔哈齐才十一岁，太小了，就打发人去领了回来。

这是后话，我们还是先回过头来，讲完这古勒被攻破以后的情形。

古勒城快被攻破的时候，部族的人们劝王杲逃命，王杲带着妻妾儿女二十七人，顺着古勒山往东逃进密林里，躲过了这一劫。可他却没能

① 洼珲木：满语大伙房水库淹没区。
② 阿珲德：满语，弟弟之意。
③ 拨魂儿：辽东方言，反驳。

顾及他的两个外孙子，抛下了他们，带着自家人跑了。战后，王杲和他的家眷等人逃进了小罕子的六爷宝实的山寨，躲在宝实的儿子阿哈纳家中。可是，明兵搜剿紧急，势在必得。在这之前，小罕子的爷爷和爹爹就不愿意跟王杲寇边掳掠作乱，觉得跟朝廷作对没有好果子吃，曾偷偷派人和朝廷官军互相通好，表示永远忠于朝廷。王杲逃跑以后，朝廷官吏就叫交昌安塔克世父子打探王杲下落，给他们立功赎罪的机会，否则，必然治罪。交昌安塔克世父子也觉得王杲逃跑时没能把自己的孙儿带出来，光自己一家人逃走了，这若是努尔哈赤和舒尔哈齐有个三长两短，我交昌安也要跟你王杲战个你死我活。所以，两个人对王杲都心怀不满，也积极打探王杲的下落。当塔克世侦探到王杲就藏在他六叔的儿子、他的叔伯兄弟阿哈纳家中后，立即派人报告了官兵，官兵来抓的时候，王杲穿上了阿哈纳的衣服又逃跑了。往哪跑呢？平常跟王台关系不错，就奔王台去吧！他跑到了哈达部王台那里，王台给他们筑了城叫王杲居住，这个城就叫王杲城。王台和王杲关系密切，王杲逃到那里以为安全保险了。可是，朝廷官兵决心捕捉王杲，皇帝严令抓获，不得宽恕，非要他命不可了。官兵下令，谁要藏匿不报，同王杲一样，一律死罪。因王杲杀朝廷官吏三百多人，杀官军和汉人百姓数千人，朝廷下死命令，捉拿王杲，以绝祸根。

王台又一向忠于朝廷，这命令一下，他立时吓得头上冒汗，哪敢不听从啊，这要是朝廷怪罪下来，他和他的儿子们的小命就保不住了。他跟儿子们一合计，决定，为保住全家的命，保住哈达部的命运，只好把王杲捕获献给朝廷。可他知道王杲不是善茬子，惹翻了他，他可是六亲不认的主，他不仅骑射绝伦，武艺超群，他的两个儿子也是如狼似虎的汉子，打将起来，都是不要命的主。

王台跟儿子孟格布禄、扈尔罕、康古陆几个人合计，决定去王杲城宴饮，下蒙汗药。就这样，他们把王杲和他的妻妾、儿子等二十七人全部捉住，装入木笼囚车，派兵押送到开原，献给了官军。朝廷得报后，哗然轰动，惊喜万分，可把为首作乱的王杲抓住了，可算能为那些死去的官兵报仇了。北京城里，兵部鸣放鞭炮来庆贺。朝廷命令只将王杲押往北京，余人全放了。王杲被押到北京城，万历皇帝亲自监斩。王杲死时，才四十七岁，正是青壮年时期，大有作为的年纪。

王杲死的时候，小罕子正在辽东总兵李成梁的麾下当幼丁充军。听到了这个消息，大为震惊。他回忆起在姥爷家时的生活，他姥爷教他说汉话、学汉字，讲历史故事，他的舅舅们教他练功习武，他练跳坑，腿累肿了还坚持跳，他姥爷夸讲他是个要强的好孩子。

还有一回，小罕子和他小舅练摔跤，他本来比他小舅小六七岁，他小舅已经是个汉子了，哪里能摔得过他呢？可他就是不服，摔输一次再摔一次，摔几次输几次，可嘴上还是不服输，说非要赢他小舅不可。这种非要赢、不服输的倔犟精神，受到他姥爷王杲的大加赞扬，说："这才是真正的巴图鲁[1]呢！"

女真人崇尚英雄，崇尚胜利者，不同情软弱失败的人。有人为部族献身捐躯了，就受到全部族人的赞扬，家人也感到自豪。女真人就是有犟劲儿，身子服了，心里不服，心里服了，嘴上不服，永远不承认自己是弱者，不承认自己输。输了的，还要叫劲叫号，明天再来。"谁英雄，谁好汉，练兵场上比比看"，这就是女真人的性格。

王杲的死，在小罕子的心灵上造成了严重的创伤，他憎恨朝廷官兵抓捕了姥爷王杲，他更憎恨朝廷皇帝杀害了姥爷王杲。因此，在他的心里，已经种下了仇恨的种子。

这回，他得信说他爷爷病了。他崇敬爷爷，爷爷和姥爷一样，是他心目中的英雄、榜样。爷爷不能有半点闪失。所以，他请了半个月的假，回家看爷爷。他的妈妈去世后，他们几个没娘的孩子，总是受小妈的气，只有爷爷千方百计地呵护他们，才使他们感受到了亲情的温暖。听说爷爷病了，想他了，他才急三火四地抄近道走小路，加鞭催马，奔回建州。

可他万没想到，能在这半道上遇上有名的美女佟春秀。这可能就是天老爷的主意，月下佬的安排吧！

话题真的是扯远了，一说起小罕子来，就收不住口了。现在我们再说回来。

小罕子到眼前一看，只见那挂车停在路上，旁边两匹马在路旁吃草，一老一壮的二人在观看。只见那三个大汉飞刀横刃，猛劈一个少女，招招紧逼，式式斗狠。他一下子明白了，原来是遇上劫财的了。他真为那少女捏一把汗。他二话没说，"嗖"地跳下马来，摘下弓箭挂在

---

① 巴图鲁：满语，英雄之意。

马鞍子上，“刷”地抽出大刀，飞步上前，架住一个汉子的大刀，又将刀一横，照那汉子的脖颈砍去，那气势，能折断钢梁，压倒玉柱。少女一见，大喊一声：“刀下留命！”小罕子收住刀锋，斜刺一刀，将那汉子的大刀“拍”的一声，打飞两丈开外，震得那汉子手臂发麻。

这时，少女边战边说：“请壮士歇息，不必相助，我跟这几个蟊贼练练，练够了，再收拾他们不迟。”说着，扭头对小罕子笑笑。这一笑不打紧，立时在她那少女的心中，掠过一种异样的感觉，这感觉令她心神愉悦，似有股热流，暖遍全身，一种羞涩的感觉，浮上桃花似的面容。

而小罕子只正眼一瞬，立生好感，两眼就不离开少女的身上了，心里就像三九天从外边回家里喝了一口热酒一样，连头发梢都热烘烘地。

小罕子听少女一说，就收了刀，来到了老者身边，见了礼，也观起战来。

只见那为首的大汉从少女的左侧飞身横刀，对着少女的腰部力砍而来，犹如玉带缠腰；那另一个汉子则从右侧横刀飞来，恰似金蛇盘柱。惊得那老者开口大叫：“春秀小心！”那车夫更是嗖地站起，提棍奔来，那小罕子更是飞兵向前，欲助少女。那春秀少女脸不红，心不慌，只见她“噌”地立地拔葱，腾身而起，“啪啪”两脚，鱼皮靴左右开弓，正踢在两个大汉的迎面脸上。两个汉子猝不及防，万没料到姑娘能来这一招，立时被踢得鼻青脸肿，两眼发黑，嘴巴子歪，仰面巴叉地摔倒在地上。少女落地，两脚如立柱一样，稳稳地扎在那为首的大汉眼前，用剑直指大汉，厉声地说：“起来！姑娘我还没玩够呢！”

那汉子翻身跪地，求饶说：“我们有眼无珠，请姑娘饶我们小命！”那三个汉子也赶忙凑上来跪地说：“我们打劫，是官家逼的，实属无奈。为了活命，养活老婆孩子，我们没有出路啊。”

这时那老者、车夫和小罕子也都过来了。少女训斥地说：“干什么不挣碗饭吃，出来当匪打劫，不走正道，怎么能饶恕！姑娘我早看出来你们不是惯匪，才没下手要你们的命，否则，就你们这两下子，哪里是我的对手！给我当陪练的，也是勉勉强强，我才跟你们玩的呢！”

老者也过来说：“听你们说话不是本地口音，你们是哪里人，原来是干什么的？”那为首的汉子说：“我们是海城陶瓷场的。”一个汉子指着那为首的大汉说：“他是我们的师傅。自从朝廷派来个烂肠子坏透腔了的大太监，叫什么高淮的，到辽南来监收盐矿税银，兴师动众，横征暴敛，敲骨吸髓，无恶不作，淫戏妇女，杀人放火，破坏马市，罪恶累累，把辽南搞得鸡犬不宁，老百姓简直没法活了。我们陶瓷作坊，也被逼得破产停业了。我们的老板娘有几分姿色，被高太监玩得投井自杀了，老板被逼得悬梁自尽了，老板的儿子跑到姥姥家躲起来，才保住性命。场子黄了，我们这些工匠也没了生路。没有办法，就想依靠会点拳脚，舞枪抡刀的混混，抢劫富人的钱财，好买几亩地种，也好有个出路。”

四个汉子说得鼻涕一把，眼泪一把地，悲悲切切，老汉说：“你们起来吧，我孙女春秀原本就没打算杀你们，她哪一剑都是点到为止，给你们留个活路，要不，你们早身首异处了，还能在这流鼻涕说话吗？高淮乱辽的事儿，我们早就耳闻了，人人皆知的。你们起来吧！”

那车夫开口说：“还不快给佟老爷和佟春秀姑娘叩头，起来滚，要不的话，早让你们的脑袋搬家了。”

“佟老爷！”那为首的汉子抬起头吃惊地问：“佟老爷，是抚顺城的佟老爷吗？”

“那你们以为是谁？”车夫反问道。

“唉呀！”那四个汉子连忙又跪下叩头，“我们该死！我们该死！”又说，“谢谢姑娘不杀之恩，谢谢姑娘不杀之恩。我们早就听说佟老爷德高望重。”

佟老爷问：“你们说你们是海城陶瓷场的，我问问你们，你们掌柜的是谁？长的什么样？”

那为首的被叫做师傅的工匠说：“掌柜的姓王，叫王家淦，长得五短身材，精明干练的，五十多岁了……”

“不用说了，我知道了，你们没有撒谎。起来吧！”佟老爷说。

那工匠师傅一拍脑门子，惊诧地说：“噢，看我这笨脑瓜子！佟老爷，我们有一面之识。佟老爷您到我们场里买过几车货。装完车，又想看看花瓶筒，是我们王掌柜的领您进的库房，王掌柜的让我给挑几对火候好的。小的我挑了几对，您都看中了，还是我给您打的包装，装上车的。佟老爷您大仁大义，小的们这边有礼了。”

说着，跪地就叩头。

佟春秀听了，原来这几个汉子是海城陶瓷作坊的工匠，气也就全消了，看了一眼小罕子，轻轻笑了笑，就去牵马。

小罕子听说是佟老爷，早就听爷爷说起过，又见了佟春秀，真是打心眼里庆幸自己的幸运。他有礼貌地见过佟老爷，说：“佟玛法[1]，请受小的一拜。”他想按汉族礼节要跪地给佟老爷叩头。

佟老爷赶忙叫车夫扶起，说：“壮士免礼，壮士免礼！你是……你好像是女真人？”

小罕子说：“佟玛法，好眼力。小的我是建州卫老都督交昌安的孙子，指挥使塔克世的大儿子，我叫努尔哈赤。”

佟老爷一听高兴地说：“你是交昌安的孙子？交昌安是我的老朋友了，常听他说起，他有个好孙子，原来就是你啊！”回头对佟春秀说：“春秀过来，见见这位壮士，叫努尔哈赤哥哥。”

佟春秀来到爷爷身边，腼腼腆腆地向努尔哈赤道了个“万福”，说，“这位哥哥好！”

努尔哈赤和佟春秀这对年轻人就是这样相识了。

人们这时都找地方坐了下来。那几个大汉找来了几块石板，给佟老爷等人坐，那车夫又去车上取来了两块皮垫子，给佟老爷和春秀垫在石板上，又找了件旧衣物给努尔哈赤坐。这时，佟老爷问那四个汉子：

“你们打算去哪里，干点什么？”

那工匠师傅说：“我们已经有家归不得了，实在不知干什么好，没有钱什么也干不成，给人打工，又不会种地，我们是走投无路了。”

“春秀，把钱袋拿来，”佟老爷说，“我这里还有一百两银子，给你们拿去，回去做点小本生意吧！”

那四个汉子说什么也不接，他们千恩万谢，感谢佟老爷，感谢佟春秀。他们把刀别住石头，上去一脚踹折了，说：“穷死不下道，再也不干这杀人越货的营生了。”

这时，努尔哈赤说：“这几位兄弟，你们若没地方可去，可到建州找我玛法、阿玛[2]，他们可以收留你们，干什么都能塞饱肚子。”

四个汉子互相瞅了一眼，那师傅抱拳谢道：“不管怎么说，我们先谢谢这位兄弟。”

努尔哈赤又说：“你们要不愿去建州，到辽东总兵那投军也可以，半月后我回兵营，我可以向总兵推荐你们。”

那师傅说：“谢谢您了。我们还是想干点什么活，学点手艺，俗语

---

① 玛法：满语，也有称玛发的，即爷爷。

② 阿玛：满语，爹爹。

说，家有钱财万贯，不如薄技在身，有个手艺，就能养人。当兵，家口怎么办，老了的时候，谁来养活！”

“这么说，……那样吧，”佟老爷说，“你们先到我们的烧锅里干活吧，先有个吃饭安身的地方，以后你们想走，想干什么，去哪里，再走也不迟，若愿意在我这干呢，就把家接来，在这长干。”

那工匠师傅捅了捅那三个人，跪地就磕头，说：“佟老爷，佟姑娘，我们先是受活命之恩，这又再受养育之惠，我们，我们只有给老爷、给姑娘磕头了。”说着，四个人就伏地嘣嘣嘣地磕起响头来。“我们给老爷叩头了，谢谢老爷！”

佟老爷忙叫车夫，“快扶他们起来！”又说，“春秀，快把棒枪药拿来，给他手腕子敷上药。”

这时，佟老爷舒了一口气，说：“春秀，快把水壶拿来，喝口水，好赶路，天黑前得进城。”

三个水壶都空了，春秀的壶里也只剩一口了。车夫要去沟里灌水，努尔哈赤说：“你赶车先走，我去找水。”又对佟春秀说：“你陪玛法说话吧！”他接过了水壶直奔沟堂子跑去。

车夫看了看佟老爷，见佟老爷点了头，就去摆弄车，那四个汉子也来帮车夫顺溜马、理绳套，又把那三匹坐骑牵了过来。车马理顺好后，佟老爷说：“你们先走吧！”车伙子扬起皮鞭，皮鞭根上红绒团一甩，“嘎”地一响，“驾！”车就动了起来，那四个汉子说：“佟老爷，佟姑娘，您慢慢走，我们先跟车走了。”马车忽忽隆隆地向沟外走去。

努尔哈赤下到沟堂子里，见有小溪，清清凉凉的，自己先喝个饱，又灌满了三壶回来。佟老爷喝了水，留一壶，那两壶让春秀赶上车，给车夫他们喝。他看了看山说：“这个山叫媳妇山，奔西南去出沟就是辽东边墙，过清河，奔辽阳。”对努尔哈赤说，“看来你走的这是条近路。”努尔哈赤说：“这里确是一条近路，我也是冒朦子走的，没想到在这里能得识佟老爷。”

佟老爷问：“努尔哈赤，爷爷我今天认识了你小子，也算咱们爷俩有缘份。我想问问你，你是从哪里来，干什么去了，这是要回家去呢，还是要到什么地方去？”

“爷爷，”努尔哈赤说，“您老听我慢慢说。明兵破王杲的古勒寨时，我们兄弟俩被俘，我到了李总兵标下当了军差。前天家里捎信说玛法身体不适，想我了，我很担心，就请假回去探望一下。”

“那好吧，今天你怎么也赶不到家了。不如先到我家住一宿，明后天再回去也不迟。你看怎么样?”佟老爷邀请努尔哈赤，自有他的心思。努尔哈赤呢，也正打心上来。他不失礼貌地说：“玛法相邀，小子哪有不听之理？只是打扰府上了。”又说，“佟玛法您跟我玛法既是固出[1]，那您也就是我的玛法，春秀格格[2]就是我的嫩嫩[3]了。”他跪下一条腿就要拜佟老爷，佟老爷赶忙扶起，说：“使不得，使不得!”

说着，三个人上马，努尔哈赤说：“山不转水转，今天能有幸拜见佟玛法，真是连做梦都想不到啊!”

佟老爷说：“春秀她爹在险山堡任参将，充神机营参将，兼辽东总督指挥同知。现在，朝廷又调他出任甘肃省挂印总兵官，立马赴任。我和春秀去看看他爹妈，刚回来，见地方有山货，就叫来车收购了一车。没想在这会遇上了这四个小子打劫，高兴的是又巧遇上了我朋友的孙子你小子。”又说，“今天见了你，爷爷我打心眼里高兴。你玛法总跟我说他有个好孙子，说将来准有出息。今天见了，你确是块料。”停了停，又问：“你多大了?”

努尔哈赤高兴地回答说：“虚生十八了。”

佟老爷捋捋胡须，笑着自语说：“比我孙女春秀大三岁啊！年龄很般配啊!”

佟春秀骑马撵上车马，把水壶交给车夫，就停住马，在路旁等爷爷。这时见爷爷正同那个叫努尔哈赤的壮士亲切地交谈着，并一同走马过来了，一阵喜悦涌上心头。

---

① 固出：满语，朋友之意。

② 格格：满语，因佟意被诰赠为镇国将军，佟登是总兵，故称其女为格格，即女子、姑娘、小姐之意。

③ 嫩嫩：满语，妹妹的意思。

第六章 白云无情留归客 青山有意款英雄

说书人讲话了，天下的事就是这么怪，这也可以说是无巧不成书吧。听客朋友问了，你说的这书巧在什么地方啊！说书人说了，这巧啊，真是巧得很咧。不信，你听我说说，一说你们就明白了。

说书人说了，佟氏家族是勋阀世家，自打明朝初年开始，佟氏家的人就在朝廷做官。到了佟登，武进士出身，官做到总兵，一辈子跟女真人打仗。佟意做生意，却跟女真人交上了朋友，今天见了朋友的孙子，又喜欢上了，有意将侄孙女嫁给女真人。你说巧不巧呢？佟老爷寻思到这，不觉笑出声来。听客朋友，你们听到这里，不也觉得好笑吗？

一路上，努尔哈赤跟佟老爷侃侃而谈，十分投缘。佟老爷也兴奋得满面红光，满面春风。那佟春秀呢，只是跟在他们的马后，插不上言，搭不上话，只是脸上甜甜地微笑着，有种异样的快慰。

三个人出了沟，努尔哈赤放慢了马步，指着一座山问："春秀嫩嫩，你看，那座山长得像个大板柜似的。"佟春秀知道他是没话找话。他们经常到抚顺东边一带地方收购山货野果、草药皮张什么的，常常经过这里，能不知道这座山的名字吗？但她还是忍不住回答说："那山叫木橱山。"

努尔哈赤诡秘地笑笑说："我知道，我们叫它萨尔浒山。"

佟春秀也笑没掺儿地反击说："我明白你是没话找话。"

这座山，林木茂密，山高岗长，传说是唐朝军师徐懋功和大将薛礼平定高句丽叛乱时驻军的地方。

佟老爷催马赶上了马车，故意让两个年轻人有更多的接触机会。

他们信马由缰地转过了木橱山，往北一折，眼前出现了宽阔巨大的岔地。佟春秀见爷爷赶上了马车，把他们两个年轻人落在了后边，就无拘无束地说起了高兴的话。她一一介绍铁背山说，"你们女真人叫它界凡山，高句丽人在那山上建过南苏城，东边几十里的地方还有个苍岩城，和抚顺城北山上的新城连成一条线，都是高句丽西部的军事重城，都叫薛礼一连气破了。”经过明盘[1]的地方，佟春秀又介绍说，这里曾是唐军兵营，薛礼就是从这里发兵攻破的南苏城、苍岩城的。还在这里杀了个探报不明的儿子。杀儿子的地方就是“杀儿处”，后来叫白了，叫成了萨尔浒了。山下的河，就是苏子河，当时叫它南苏河。

说着话，他们来到了一个游蛇形的小山下，这里西距黑虎山约三里地，距抚顺马市“圈门”有四里半地，章党河从山的西边二里地的地方注入混河。这个小山就是白龙山。山上有四个独立的小山头，主峰约有五十丈高，山的南坡陡峭，北坡平缓，东西两个山头有明军营寨，当地人叫它“明营”。山顶平面像一个箭头，箭锋朝西。明营内的地形东、南、西三面略为平坦，地势狭窄，最宽的地方也不过十五丈。中部和东部有三处地段比较平缓，有水井两眼，一眼在东头，一眼在西头。明营的寨墙主要依山就势，利用山险陡坡的天然峭壁做寨墙，在山势缓展低矮的地方切山皮土垒砌，有的地方挖壕。营寨有东西两道门，西山头上有狼烟台。

佟春秀说到这里，努尔哈赤忍不住问道：“你一个姑娘家，怎么对明营这么熟悉?”

佟春秀笑了说：“这你就有所不知了！你可知道，我爷爷是佟百万啊，抚顺城还有我们老佟家修的一段呢！我爷爷出入抚顺城将军府就如走平地一样，明军官兵谁不高看一眼。我爷爷走南闯北，什么地方没走过！有时路过这里，明营官兵看见了，非请爷爷入营喝几盅不可，都想巴结爷爷好在将军跟前给他们美言几句呢！我跟爷爷走，你说，能不熟悉他们吗?”

说着话的工夫，他们就到了抚顺马市了。这个地方是吉林、辽东到抚顺马市的通道，是辽东山区与混河平原的分界地。混河在马市南一里地，章党河从马市东边流入混河，东州河从西边汇入混河，北边是横亘东西的小山，南边有一条东西走向的长岭，把马市与混河隔开，部分地段有垂直峭壁，高出河岸约二十丈。长岭东西两端分别是章党河、东州河河口，长岭的东端就是黑虎头，西端就是鹰嘴砬子，抚顺马市、抚顺关就开在混河岸群山和长岭之间的一马平川大地上，从白龙山到马市也就是八里地远，是平坦的河川平地。混河名字是明代的名称，到了清代改叫浑河了，嫌混河说起来咬嘴，不如浑河好说好听。

① 明盘：今名营盘。

抚顺马市都用围墙圈定。马市开放时，军民的交易活动都在围墙内进行。马市区域被称为“市圈”，东西稍长，南北稍窄，是一个占地足有五六千亩的长方形。周围的围墙称为“圈墙”，长约十二里，人马从“圈门”就是东门验放进入。围墙大多是用土坯垒筑的。东墙有三段是人工土筑墙，剩下的是山险墙。南墙全都是山险峭壁，西墙由人工土筑墙和堑壕组成，

北墙全部是人工土筑墙，东、西、北三面墙外有一丈深两丈宽的大壕。土墙状如云梯，上窄下宽，高六七尺。圈门开在东墙正中，门南是山口防御墙。北墙中部墙外有一个东西长方形的瓮城，东、北两面有两丈长的瓮墙，西面开门，门宽一丈有余。进入瓮城门，可直通圈墙墙顶。瓮城地势高耸，南可见马市的大部分区域，北可俯视墙外，东北可见章党河谷，西面可遥望抚顺关内的西毛台子狼烟台。马市内，西有两个小城，南边的小城是卫城，北边的小城是关城，两城仅一墙之隔，都是长方形。关城西北，也就是马市的西北角，有一个长方形的高地，高地上建有一套四合院，南边有个门洞，门洞上高悬一个牌匾，上边用金色油墨写着三个大楷书字：“抚夷厅”。出入四合院，仅这一道门。四合院内有房屋三十余间，抚顺备御就在这里宴见、抚赏前来马市交易的女真人首领，还在这里验查进贡马匹、货物。备御坐在“抚夷厅”的大堂上，两旁站立武士，被召见前来交易的各部女真酋长依顺序站立在大堂上，接受抚赏和检验。“抚夷厅”南约半里地，就是马市的西“圈门”，这里是抚顺关的关口。在马市的四周，还有四座狼烟台，卫城东一个，马市西北一里地的西毛山梁上一个，鹰嘴砬子山上一个，黑虎头山上一个，四个狼烟台警戒、瞭望、联络、捍卫着抚顺马市和抚顺关。抚顺关正位于浑河北岸，从这里能进入宽阔平坦的浑河谷地，这谷地就是抚顺千户所的所在地。

介绍到这里，佟春秀扭头问努尔哈赤，“你说抚顺马市为什么建在抚顺关的外边，而别的地方的马市都建在关的里边呢?”

努尔哈赤爽朗地笑着反问道：“这么说你是去过那几个马市喽?”

佟春秀得意地笑着说：“那是自然。刚才我不是说了嘛，我跟爷爷去过好多地方。我从小就跟爷爷跑，眼见的听说的，知道的多了。就说这抚顺马市吧，建在抚顺关的里边就不行，因为没有防御的地方，没法防御你们女真人闹事。建在这河谷险隘的地方，外边有明营兵寨，里边有千户所防御，城里又有城防将军，抚顺马市有明营、关、市三重防

线，这样既可防御有人在马市上闹事，又能扩大抚顺城的纵深防御体系，所以说，马市建在关外是有道理的。”说完，又洋洋得意地“哼”了一下。

“喝！还真看不出我们的佟嫩嫩还是个军事家呢！”努尔哈赤脱口称赞说，“不过，你说的这些，我早就知道喽！”

“你知道还问，让我费了这许多唇舌！”说着就举起马鞭子，要打努尔哈赤。努尔哈赤两腿一夹，马“噌”地向前跑去，佟春秀没打着。

两个年轻人说说笑笑，不觉已被马车落下老远了，见前边佟老爷快进城门了，他俩才将马鞭向后一甩，“驾！”“嘚、嘚、嘚”两匹马四蹄蹽开，眨眼工夫就撵了上去。

到了抚顺城北门，门楼上横挂一块门额，上书“德盛门”三个隶书大字。守门官兵一看是佟老爷的车马，二话不说，麻麻溜溜地打开了城门。

咱们先撂下佟家老爷和佟春秀请努尔哈赤进佟府做客的事，再说说抚顺城的事。说来话长，听我细细道来。

元代末年，朱元璋崛起，在南京登龙基，做了皇帝，戊申年就是洪武元年，成为大明皇朝的第一位开山鼻祖，死后被谥为明太祖。那个时候的东北边境，有那么几股元朝的残余军旅分据在几个地方，势力较大的是拥有数十万众的元朝世将纳哈出据守在金山，养精蓄锐，伺机南下，欲收复元王朝的失地，恢复元朝的统治。也先不花驻兵开原，洪保保据守辽阳，哈剌章割据沈阳，高家奴凭险平顶山。这几股残余势力都拥有数万、数千的兵力。可是他们之间互相并不团结，争强夺霸，互争雄长，各不统属，甚至互相攻杀，给辽东人民造成了深重的灾难。

朱元璋为了完成统一中国的大业，在集中主要兵力消灭云南的梁王势力的同时，也开始对辽东用兵。这时，辽阳行省平章刘益投降了明王朝，洪保保对刘益投降十分不满，就派遣秘密杀手赶赴辽阳刺杀了刘益。刘益死后，他的步将张良佐、房暠极为愤怒，于是发兵直逼沈阳，誓杀洪保保以雪主将刘益被暗杀之仇。洪保保见势不敌，没办法，就逃到开原投降了纳哈出。为了彻底消灭辽东残元势力，洪武皇帝朱元璋再次派兵辽东围剿纳哈出，在大军压境的紧急情况下，纳哈出不得不向明王朝投降。纳哈出投降后，其他小股残余势力，也没支撑几天，便纷纷举起了白旗。

明朝统一东北之后，开始在东北设置军政衙署，管理地方，保卫疆土。洪武四年，在辽阳城设置了辽东卫指挥使司，后改为辽东都指挥使司，下设二十五卫、二州。又在东北的北部地区设置了最高军政机构奴儿干都司，最后确立了大明王朝在东北广大地区的疆域和管理体制。

明王朝为了防御东北女真族的袭掠，加强对东北边疆各少数民族的镇抚，从关内移来大批居民开垦东北，固守辽东，并以这些移民为基础，在辽东各地要塞之地建筑了十八座城池。抚顺城就是其中的一座。

抚顺城设有将军，驻军一千七百员，管辖边墩十九座，有瞭守官军一百零二员。洪武二十一年，朝廷又在抚顺城设置了抚顺千户所，隶属于沈阳卫，千户所有兵一千一百二十员。

建州女真人千里奔波，几次南迁，历尽千辛万苦，最后落脚在抚顺城以东的苏子河畔，从此拉开了辽东历史新的一幕。

明王朝为了安抚女真人，稳定女真人的生活，使他们安居乐业，为大明皇朝守卫明朝的边疆国土，在天顺八年设置了抚顺马市和抚顺关。到这时，明廷在辽东就开设了五关五市了，这就是广宁关和广宁马市、开原关和开原马市（也就是新安关和庆云堡马市）、广顺关和貂皮屯马市、镇北关和马市堡马市，再加上抚顺关和抚顺马市。

马市贸易，是明皇朝对女真族进行统治的一个重要环节。闭市就是惩罚，开市就是怀柔。开市，初期有严格的规定和限制，后来就逐渐松弛。特别是到了万历以后，交易的次数愈来愈频繁，每次入市的人数也愈来愈多。成化年间大体上每月开市一次，嘉靖年间就是每隔三四天开市一次。到了万历年间，几乎每隔一两天就开市一次，有时三四天连续开市，几乎变成了常设集市了。

万历以后，抚顺马市的交易越来越大，有时在旺盛季节更是连日开市。万历六年的四、五、六三个月就交易了二十四次之多，一个女真部落酋长张海，一次就带一百三十人到抚顺马市交易，用人参、貂皮、狍皮、木耳、马匹等，换猪、牛、羊、棉花、布疋、锅、盐等铁器生产生活用具。到了明朝后期，明朝廷根据建州女真的要求，在辽东又增设清河、叆阳、宽甸三个互市场所。但是，成化以后，明朝皇帝朱祁镇被蒙古族首领也先俘虏了去，明朝廷的威望一落千丈。这时，居住在苏子河谷的建州女真人便乘机向明边进攻抢掠，使辽东没有安宁的日子。在这种情况下，明朝廷为了固守辽东，便决定在辽东修筑长城。辽东东部的明长城北从开原镇北关一直修到安东（今名丹东）的江沿台。经过抚顺的这段是从铁岭的黄泥洼，经张木沟、山城堡、龚家、边墙沟、李其、关岭、腰堡、兰山、西崴子、西古、上马古、五龙、王家，蜿蜒东折，直抵鸦鹘关，再南折经苇子峪、桦皮峪南去。沿长城沿线，还修筑了许许多多的村堡和狼烟台，抚顺城附近的会安堡、东州堡、马根单堡和散单峪堡，就是这时候修筑的。到这时，明朝廷在辽东的军事设施体系才算完备了。

抚顺城是在洪武十七年修筑的，原本是贵德州之地，城虽不大，却很坚固。城周长仅有三里之遥，护城壕又宽又深。抚顺城是个长方形，东西稍长，南北稍窄。有三个城门，北门叫“德盛门”，南门叫“迎恩门”，东门叫“抚绥门”。

佟老爷的车马进了城，沿中央大街一直往南走。只见中央大街左右两侧的店铺一个挨一个，店铺的掌柜的、伙计见了佟老爷，都出店门与佟老爷打招呼问安，跑堂的见了，更是点头哈腰地问：“佟老爷您好！”

这时，早有腿快的跑到佟府去送信儿，佟府的管家佟福早赶出来迎接佟老爷，在路口等上了。佟老爷的车马到了东五路路口向东一拐，早有人走上前去接过马鞭子，牵过马，又上来接过佟春秀和努尔哈赤的鞭子和马，先牵进院子。佟福从守门人手中接过鸡毛掸子，给佟老爷掸身上的灰尘，又给佟春秀、努尔哈赤掸掉衣服上的尘土。守门人早已打开两扇黑漆大门，拿起挡门的又大又厚的木板，先放车进去，那四个陶瓷场的工匠也跟车进院子卸车去了。佟老爷说：“佟福，先安排这位壮士到客房休息，那四个汉子安排他们到西烧锅，给他们每人做套行李，晚上都请他们到客厅就餐。”

努尔哈赤下了马，抬眼一看，这大门洞的房檐下横着块黑地金字的匾额，雕刻着“佟府”两个隶书大字。

佟老爷进院后，各房的人都出来问安问好，有叫爹的，有叫叔的，有叫爷的，一些佣人杂役，都叫老爷，向老爷问安。佟老爷径直去了后院，第三层院的东屋。那佟春秀在大门口下了马，看了一眼努尔哈赤，就一溜风似的飞进了爷爷的房里，去看奶奶去了。这时候，她正扶着奶奶在房门口等佟老爷呢！佟老爷走近跟前，嗔怪佟春秀说：“也不跟客人打个招呼就跑了，没教养！”佟春秀扶着奶奶一只胳膊说：“我想奶奶了嘛！”佟老爷进门，也搀扶老夫人一只胳膊，穿过客厅，进了卧室。

老夫人说："李妈，快服侍老爷洗把脸先歇歇吧！"又自言自语地说："这疯丫头，说来了一位年轻的客人，也不先请过来让我瞧瞧。"佟老爷说："别急，一会儿就请过来，让你瞧个够。"

女佣人李妈，端进来一盆洗脸水，拈湿了毛巾，递给了佟老爷，又递上了胰子[①]，让佟老爷擦脸洗手。接着出去端进一盆清水来，让佟春秀洗漱。也给努尔哈赤安寝的房屋送去了洗漱水。等他洗完，就请他来到了客厅。

努尔哈赤进了院子，就四下打量起佟府的建筑设施。四层院子，每层院子东西部有厢房，一色的青砖青瓦房，连牲口棚子、库房、磨房、井亭子，都一色的青砖青瓦，用工仆人杂役住的房子，跟佟氏主人的房子没有两样，分不出主人仆役等级来。每栋房子的屋檐前都修有长方形的花池，种满了花草。前三层院子东西各有一个花架，摆的盆花。第四层院子是演武场，两头厢房是武器库和练功房。第二、三层院子比第一、四层院子稍宽些。佟老爷夫妇住第四栋房东头，西头是客房。门房和第五栋房还有第三层院的东西厢房住仆役，其余皆佟氏族人住。第二层院的西厢房是学堂，第一层院子的东厢房是磨房、井屋子，门洞房东头是库房。努尔哈赤一边看一边心里话，辽东首富"佟百万"，果真名不虚传啊！这诺大的宅第，少说也得住二三百人。我能跟这样的大家攀上亲戚，也不枉活人生一世！不过，我也一定要自己置下豪宅华屋，享受到人间最大的乐趣。

努尔哈赤被佟福引进客厅。原来这客厅就设在佟老爷卧室的外屋，这恐怕就是为了方便吧。进了客厅，见地当央已经放好了一张大方桌，八个小方凳一面两个。桌上已经摆放了八个凉碟。佟老爷见努尔哈赤进了客厅，就同佟春秀扶老夫人从里屋出来，说："努尔哈赤，来见过春秀的奶奶。"努尔哈赤行了汉人鞠躬礼，说："玛玛好[②]！"佟老爷介绍说："这位壮士叫努尔哈赤，就是我常跟你提起的建州左卫老都督交昌安的孙子。"佟春秀扶奶奶坐在了主人席上，佟老爷在老夫人的左手坐下，努尔哈赤坐在老夫人右手桌的另一边，佟春秀则坐在她爷爷的左下

① 胰子：一种自制的肥皂。用猪胰子切碎捣成泥，加上碱面，搅和均匀，中间穿插上一根细绳，便可放在干燥的地方烘干，挂在柱子上，洗手洗脸时使用。

② 玛玛：满语，奶奶。

手，佟氏三人坐在主人座上。这时，佟福引那四位海城汉子进了客厅，佟福说："各位，先见过老夫人。"四个汉子一齐打躬施礼，说"老夫人好，佟老爷好！佟姑娘好！"

佟老爷说："坐吧！"又说，"佟福，把养性、养正叫来。"佟福应了声就出去了。不大工夫，佟养性、佟养正来了。佟养性兄弟俩陪努尔哈赤一面坐，佟福坐在佟春秀一头，海城的四个汉子也都坐下了。

佟老爷说："养性、养正，你们见过客人。"佟养性、佟养正和努尔哈赤三人行了抱拳礼，互相说出自己的名字，就都坐下了。

努尔哈赤借着说话的空隙，拿眼打量这客厅的设施。只见正北窗上横悬着嘉靖皇帝的诰命书，封授佟意为正一品光禄大夫，诰授老夫人为一品夫人，右是诰命文，左是皇帝的大红钤印。窗下摆放了一张古色古香的大八仙桌，桌上放着精巧的南泥茶具，两边各有一个大彩瓷花筒，桌两头各放一张太师椅，垫着绣工精美的坐垫。里屋二道门上悬着一匾，也是嘉靖皇帝御笔亲题的"勋阀世家"楷书烫金字。二门北侧壁子上挂着一张虎啸山林的国画，两边是字迹遒劲、流畅大方的对联，右侧上联是"虎啸撼山岳"，左侧下联是"龙吟动地天"。二门南侧有两架书柜，装满了线装书。八盏蜡烛灯分几面摆放，把客厅照得亮亮堂堂。

这时，李妈和另一女佣人各端着方盘进来上菜，她们都穿得整整齐齐，利利索索，干干净净的。八道凉菜，八道热菜，一大碗汤全上来了。佟养性起身先给老爷、老夫人斟上酒，佟福先给佟春秀斟酒，又给努尔哈赤和四位海城人斟酒。佟老爷端起酒盅，将要说什么，冷丁想到，对站在一边的李妈说："李妈，快给这位，"他用下巴点了一下努尔哈赤，"快给这位客人换酒碗，他们女真人喝酒都用碗。"

努尔哈赤连忙制止说："不，不，我还是就用这酒盅好。"佟老爷看了一下，说："那好吧！咱们喝酒。"佟老爷说，"今天说来也是巧缘，海城几位朋友是不打不相识，若是不打呢，我们也就很快出了沟。出了沟我们往西折，也就不一定能遇上努尔哈赤，努尔哈赤就算脚跟脚赶上来了，要不遇上我们，他也就出沟奔东而去了。所以我说，今天真是个巧遇，有个机缘。养性、养正，你们认识认识，青年人嘛，志在四方，多个朋友多条路。你们是经常在外边闯荡的人，出门靠朋友，没有朋友，有个熟人也好嘛。来！喝酒。"

那四个汉子，为首的工匠站起来，双手端着酒盅，又用肩膀碰了一下左右的三个人，都站了起来，说："我们借花献佛吧，感谢佟老爷、老夫人，感谢佟小姐救命之恩，我们是下人粗人，老爷还让我们上桌，跟老爷同席，我们……我们真地太感谢了。小的我家里有个妹妹，他们三个都是单身一人。小的想回去把妹妹领来，我们做牛做马，听凭老爷吩咐。谢谢老爷！”四个人将酒一饮而尽。

佟老爷说：“你们就到我的烧锅里干活吧，好好干，工钱我不少给，愿意干下去呢，就在这成家。”又对努尔哈赤说：“你还是换碗喝酒吧，这小酒盅只能斯斯文文的人用，你们女真人豪放，还是用碗对。”他们用的小酒盅都是从海城买来的，一个个就像牛眼珠子似的，小巧玲珑。

努尔哈赤说：“玛法，您老有所不知，我一向不赞成喝大酒。在总兵府我听人说过一个故事，说四大金刚论酒色财气，说无酒不成席，可饮酒过量，嗜酒如命，那酒就是穿肠毒药了！古时的桀王、纣王、秦二世、隋炀帝、金完颜亮啊一大些的帝王，都是因为沉溺于酒而亡国。一个人，喝醉酒与人打架、伤人，与人失和，毁坏器物，饮酒丧命，不一而足。所以，我觉得，喝大酒实在没一点好处。”说完了，又觉得说的不是场合，看了看佟老爷、老夫人，又不好意思地说：“噢，我多言了。”

佟老爷说：“不不不，没有多言，你说得很对！有句老话说，酒大伤身后悔难哪。有才德的人多因饮酒失才，公务人员饮酒误事，买卖人饮酒失财，饿了饮酒不能饱肚子。人，是有理智的，喝多了酒就失去了理智，失去理智的人就跟疯人一样了，什么事都干得出来。”

这时，佟春秀着急地说：“爷爷，你们说这么多饮酒多了的坏处，那这酒还喝不喝了？”老夫人也插话说：“是啊，咱们喝酒。来，小伙子们，吃菜，喝酒。”

佟老爷笑了说：“说归说，喝归喝。来，喝一口吧！”

大家都高兴地饮了一口酒。

老夫人一边向努尔哈赤让菜，一边说：“老爷说你是建州老都督交昌安的孙子，你爷爷跟我们家老爷是多年的老交情啦，今天你们能在路上巧遇，真是有缘份哪！”又对那海城的四个陶瓷工匠说：“你们四位年轻人也别客气，老爷不是说了嘛，你们只要好好干，不会亏待你们的。在我们家铺子干活的，都是儿孙几辈子地干，我们把他们当成自家人，他们也把这里当成自己家。就说这佟福吧，从他太爷十多岁被我家收养，到他这辈子就是五辈人了，他太爷不知自己的姓，就跟我们姓佟了，现在就是我们佟家人了。你们干吧，有我们吃的，就得有你们喝的。”说着，端起小酒盅，“来！喝一口。”大家都呷了一口。佟福一会儿给大家斟酒，一会儿给老爷、夫人夹菜。那四个汉子大概都不胜酒力，几小盅酒下肚，脸就红了。

佟福说：“那就先给你们上饭吧。”他们先吃饱了，就千恩万谢地下桌了，佟福送他们休息去了。

佟福回来看了看，叫李妈说：“你把这几个菜都撤下去，叫伙房再新炒几个来。这碗也撤下去，再做个鸡子粉面甩袖汤，老夫人爱喝。”又给桌上的人斟满了酒，说：“养性、养正，你们也喝。”佟老爷爱吃炖小鸡的山蘑菇，佟福就把这个菜端到老爷面前。老爷笑了说：“让客人吃，让客人吃。”

佟福起身给努尔哈赤和佟氏二兄弟斟上酒，佟老爷说：“我们买卖人见面喝酒是常事，但都是客气酒，没有喝得醉满天地，喝好为止，适量即可。喝得东倒西歪，大呼小号，说南是北，成何体统，那还能干什么事！”

努尔哈赤说：“玛法说得太好了！汉人有句话说得好，朋友之交淡如水，有情有义不在酒上。”这时李妈端上了新炒的热菜，还有新做的一大碗汤放在桌子当央，春秀把老夫人桌前收拾了一下，要端那碗过来，刚一伸手，努尔哈赤先将汤碗端给了老夫人，春秀看了他一眼，笑了笑，佟老爷也点了点头。佟养性、佟养正和佟福一齐端起小酒盅，与努尔哈赤互相劝酒。佟春秀起身给两位哥哥斟上酒，回来又给佟福斟，佟福忙站起说：“我自己来。”

老夫人说：“努尔哈赤，我们没把你当外人，你爷爷跟我们老爷是朋友，你就不要见外。你爷爷没什么大病，不用急，在这玩两天。要不就先打发人送个信，也省得你爷爷惦记。”

努尔哈赤忙说：“不用送信。小的愿意听玛玛、玛法吩咐。”

佟老爷说：“那好了，就这样定了。”佟老爷一边慢慢地一小口一小口地饮酒，一边跟努尔哈赤唠着，佟奶奶不时地给努尔哈赤夹菜。

佟老爷说：“现在大明皇朝就像一个没落的大家族一样，已经破败不堪了，再也旺兴不起来了。来，喝一口。”

二人轻轻地举起了小酒盅。

努尔哈赤深有感触地说：“我看当今的中原皇朝，是得该换换了。”

“呀！说这话，你可只能在家里说，千万别到外边去说啊，那可是杀头之罪啊！”佟老夫人赶忙制止说。

努尔哈赤说："晚辈正是看出您老是个口紧可靠的人，才敢说出这话的啊！"

佟老爷说："年轻人，你想度过一个什么样的人生啊？"

努尔哈赤说："小子我在辽阳总兵府里当了二年小兵，亲眼看到听到大明皇朝的腐败没落，皇帝无能，奸臣当道，天下哪有不乱之理！皇帝轮流坐，朱明皇朝的金銮殿已经到了该让能人上去坐坐的时候了。您老问我今生的志向，我就是想改天换地。"

"志向远大！可你有什么本事来保证你的志向的实现呢？"佟老爷问。

努尔哈赤说："我有百步穿杨、百射百中的骑射本领，有可举二三百斤的力气，我有会使拳脚、会使刀枪的功夫。"

佟老爷说："这些本领都不错，可这样的本领只能当将军，干好了，还可以当元帅。刘邦、朱元璋，都是出身低微的人，可他们却能打下天下，建立王朝，除了乘时而生，逢机而遇外，是靠艰苦奋斗，善于用人，笼络人心，对那些有才干的人，要善于使用。更主要的还要有计谋，讲策略，才能夺取天下。我是汉人，你是女真人，咱们都是华夏一家人，都是炎黄的子孙。孔子说，'有教无类'，说的正是这个道理。在中华几千年的历史上，秦始皇能统一六国，朱元璋能击败元朝势力建立大明皇朝，他们靠的是什么，除了靠强大的军事力量外，还要靠有头脑有谋略的人给策划，靠天下人的支持拥护啊！"

努尔哈赤听了，十分钦佩地说："佟玛法说得太对了！"说着站起身来，恭恭敬敬地给佟老爷斟满了酒，请佟老爷喝，他自己也呷了一口。

佟老爷接着刚才的话题说："要有能人帮助，才能干大事。孙武子帮助吴王阖宫女兵，孙膑帮助田忌赛马，马陵道孙庞斗智，张良桥上见黄石公，韩信能忍胯下之辱，这一大堆的历史故事，都说明什么呢？都说明大丈夫要有所为，就必须有所不为。只有这样，才能出现西汉的'文景之治'，大唐的'贞观之治'，才有强大的国家。"

"玛法，听您一席话，胜读十年书，晚生我记住玛法的话了。"说着又陪佟老爷喝了一口酒。

佟奶奶不停地劝努尔哈赤吃菜，佟春秀听爷爷和努尔哈赤谈的事，也颇感兴趣，就慢慢地有一搭无一搭地伸着筷子，也说不上夹没夹到菜，也说不上送嘴里的是什么，听得津津有味。

这时，又听爷爷说起了佟氏家族，佟春秀更是注意地听着。

佟老爷说："我们的始祖本是北宋时的汉人，跟着徽钦二帝到了金源内地，洪武时我们的始祖佟满之才加入女真人，改名叫巴虎特克慎，二世祖兄弟七人跟随建州女真人到了婆猪江以西地带。我们佟家人枝兴旺，人们就把我们住的婆猪江改名叫了佟家江。后来，我们祖上到开原经商，又恢复了汉籍，抚顺设马市后又迁来抚顺，现在，我们在抚顺已经住了一百五十多年了。"

佟奶奶催促说："光说话了，来，吃菜!"佟春秀看了看说："奶奶，再添几个菜吧，都凉了。"佟养性听得津津有味，着了迷。听了春秀的话，不等叫人，佟福早同李妈端着热菜热汤上来了。

佟老爷又接着刚才的话题说："从打我们三世祖以后，我们佟家就分成两派了，有愿意做官的，有愿意经商的。经商的，经过六七代人的苦心经营，才有了今天……"

佟春秀不言不语，认认真真地听着。她心里话，自己的爹爹总跟女真人作战，爷爷却与女真人交朋友，自己也……。她插话说："爷爷经商一辈子，亲眼看到了朝廷的腐朽，就如一个城堡，被皇帝自己和大臣官员挖墙角、抽基石，挖窟窿盗洞的，再坚固的城堡也迟早会坍塌崩溃的。"

"玛法说得对。现在，官军克扣军饷，冒领赏银，花钱买官，令士卒怨声载道，士气低落，作战时观望不前。朝廷里呢，皇帝昏庸，奸臣当道，忠良难以报国，才干难以发挥，长此下去，如何长治久安!我看是到了改朝换代的时候了。"努尔哈赤越说越兴奋，又说，"汉人能做皇帝，别的人也可以做嘛。"

佟老爷说："今天的话，咱们只能在这说说，出了屋子可半个字也不能出口啊。"大家都点头说是。

这时，佟养性忍不住说："大丈夫生世间，就该轰轰烈烈干一番事业。宋代女词人都能说'生当作人杰，死亦为鬼雄'的豪言壮语，何况我们七尺男儿!俗话说，乱世出英雄，我看，英雄大展宏图的时候来到了!"

佟老爷说："咳，我老了，以后的日子，是你们年轻人的，就看你们的了。"

"我们决不做平庸之辈，爷爷放心。"佟养正也插上了嘴。

"是呀，江山代有才人出啊。"佟老爷呷了一口酒，看老夫人撂下了筷子，就关怀地说："不吃了？春秀，扶你奶奶休息吧!"老夫人缓缓地站起来，说："养性、养正，陪客人多吃，别光说话。"

佟养性乘兴奋劲儿又说，"现在正是乱茬行[①]的时候，只待真龙出现，扫平天下，才能新桃换旧符啊！"

这时，佟福进来问："老爷，账房问什么时候报账？"佟老爷说："我吃完了，就看吧！"

努尔哈赤也吃好了，老爷让佟福送努尔哈赤休息。佟养性哥俩说："我们送吧。"

佟老爷说："你们明天安排一下，抽工夫陪努尔哈赤玩玩。"

佟春秀忙说："爷爷，哥哥他们没时间，我陪他吧！"

佟老爷笑了说："就你道道了，哪也落不下你。"

佟福挑灯笼引领努尔哈赤去客房，佟养性哥俩说："今天累了，您好好休息，明天见。"

到了客房，佟福点燃了豆油灯，把捻子挑大挑亮，将被褥放好。李妈端过来温水，侍候努尔哈赤漱口洗脚后，就出去了。

佟福坐下唠了一会儿，说，"我们佟家人口众多，光养字辈儿的就三十多人，祖孙四代人，老老少少，上上下下，连给佟府干活的人都算上，足足有三百多号人，这还不算在佟府的买卖店铺作坊里干活的人，在辽阳城、开原城，在京城，还有佟府的买卖。佟府家里事业多，摊子大，佟老爷只管大事，各个摊的有养字辈的人管。佟老爷善于培养青年人，锻炼青年人，让人人都有事干，不能吃闲饭。有的事一个人定不了，就叫拿事人跟大家一块合计定，定下来的事，有专人负责去做。这是说的买卖上的事。佟家府上的事，吃喝拉撒睡，年节礼仪，婚嫁生育，人情往份儿，盖房修舍，耕园种菜，养禽饲猪，等等等等，都有专人管，老爷是总管，把佟家管得井井有条，可真是不容易啊！"

临出屋时，佟福说："您先休息吧！茶水泡好了，有事儿就拽一下炕头柱子上的绳，就有人来侍候。"

"好！谢谢您了。"努尔哈赤说。

努尔哈赤解衣宽带，熄灯睡下了。

---

① 乱茬行：辽东方言，乱世。

第七章 练武场上宝剑生辉 月黑夜里真情凝结

佟春秀的闺房，就在她爷爷奶奶卧室的小北屋，由漆木雕花隔板隔开。可能是几天的劳顿，她洗漱后就早早地睡下了。可她怎么也睡不实成，好歹朦朦瞪瞪地睡着了，却又做起了梦，说自己变成了一只美丽的凤凰，飞到了一个想像不到的仙境里。那里山川秀美，绿水莹莹，百花争艳，百鸟竞鸣，男人女人都欢歌笑舞，一片乐融融的景象。人们见了她，都把她捧为月亮，捧为星星，抬着她高高地坐在台阶上面的大太师椅子上，一群群的男人，一帮帮的女人，簇拥着她，好像她是女王一样。她刚想开口问这是什么地方，就听爷爷轻轻地喊："春秀！练功了！"

佟春秀睉睉瞪瞪地问："爷爷，什么时候了？"

"四更多了。"

"噢，我怎么睡得这么沉。"她轻轻地起来，穿上练功衣，提起心爱的宝剑就出去了。只见她穿着一身浅粉色的练功衣，淡绿色的宽腿裤子，腰系红色丝带，青丝带扎着裤角，足蹬绣花轻便武功鞋，在演武场上，轻轻地舒缓一下胳膊腿，活动一下手脚，抽出宝剑，就开始练了起来。

这天夜晚，皓月当空，明亮如昼。万里无云，花树清香，随风飘来，沁人心脾，令人陶醉。练功场上，早已有二三十人在施展拳脚的，舞枪弄棒的，要刀练鞭的，单练对打的，举石砍砖的，只听兵器的乒乓声，刀剑的嗖嗖声，棍棒的呜呜声，人们的嘿嘿声，和奏出一曲曲的协鸣曲。

佟春秀舞起龙凤青锋珍珠剑，呼呼生风，闪闪寒光，一刺一击，招式井然。先是慢，后是快，快而疾，剑人旋舞，变化莫测，真的是好一个周天夺命剑：

剑起形柔和，发剑势沉着。
虽有千斤力，轻似鸿毛落。
剑随身手变，寒光把人裹。

护体针难进，对敌人头落。

佟春秀练罢了一套周天夺命剑，收手时面不改色，气不涌出。在佟府中长大的小女子佟春秀，在高手云集的佟府里，勤学苦练，潜心琢磨，练就了高超的剑技在身。此外，她的拳脚功夫也甚了得。当下，她收起青锋宝剑，往场子里一站，全身立定，紧握秀拳，嗖地出拳，啪啪啪，一趟拳打将出去，又一个鹞子翻身，回转手脚，立地拔葱，连踢几脚，落地后，几个箭步就跳到了沙袋子旁。那沙袋子吊在四个横木架起的四框上，一根横木吊四个沙袋子。佟春秀对着一个沙袋连连出击，只听一声“招打”，通通通几拳，连连打在沙袋上，若不是沙袋吊在横木上，早将它打出几步开外了。说时迟，那时快，只见她忽地一闪，跳到了沙袋对面，还没等沙袋荡回去，她一提气，“呔”地一声，抖手就是一个老龙吐丹，对着沙袋肚，就是狠狠一拳，就听得“噗”地一声，那沙袋荡了回去。只见她悠地一跳，又跳了回去，把身子一沉，运足了力气，猛地一个孽龙奔海之势，对沙袋子又狠击一拳，那沙袋子又荡了过去。她发拳如箭，收手如电，双臂一回，稳稳地站住了。

这时，佟养性从对面过来说：“妹子，我看了，你的剑术大有长进，越发的精妙绝伦了。”没等春秀答话，他就去到兵器架下，在大小石蛋、石锁、石板、石凳、石担等石器中，一脚踩在石担担杠的正中，用脚推了推担杠，脚在杠子下面一滑，脚尖一翘，一个勾提，将一副石担挑了起来，抛过头顶，一伸单臂，将担杠接住了，顺手将石担落在地下，人往下一蹲，来了个骑马蹲裆式，猛然一出手，一掌劈在一个条石凳上，就听得轰地一声，那石条已经被劈得折成两段。

就在这时，只听场外传来“啪啪啪”的鼓掌声，佟春秀不由得大喝一声：“谁?”话虽如此喊出，可心里早已猜出八九不离十儿了，这人准是努尔哈赤了。因为在佟家的练武场上，从来没有人来打扰，没有人鼓掌喝彩，都是只顾练，没有观看的。

这时，从场外走出一个人来，不用说，就是他了。只见努尔哈赤脑瓜门上亮如月色，脑袋后甩条小辫子，上身穿青黑色紧身短打，上安十三太保紧身排扣，下着青色绸裤，腰系黄色丝线杠带，下脚打着小绑腿，足蹬青缎子纳云薄底靴，走上前来，道：“佟嫩嫩真是好功夫，努尔哈赤这边有礼了。”说着，向佟春秀施以抱拳之礼。

佟春秀一看真是努尔哈赤。在这清晨人静之时，一对青春男儿少女相聚，不禁令人尴尬，况且又有那么多的兄叔们在场，她倒是有话说不出口了，只是心里怦怦乱跳，两耳发热，脸上发烧，低着个头，停立在那里。她扭头看了看佟养性他们，见佟养性他们没有理会，就轻声说："你来了。"

为了打破僵局，努尔哈赤说："今晚真是风清月明啊！"

刚出屋时，佟春秀并没怎么注意看天，经努尔哈赤这么一说，她抬头看了看，只见那偏西的月亮犹如一个明光光的大铜盘、大圆镜，光色柔和，明亮清纯，不觉随口念道：

良宵一刻值千金，
花有清香月有阴。

努尔哈赤不懂诗，但这两句话的意思，他还能明白一些，这是说她俩相见时间虽短，却情谊很深哪。他说："实在惭愧，汉文还刚刚在学，仅能粗略地读读书，诗呀词呀什么的，实在不懂，不如我们练练刀剑吧！"说着，抽出了腰刀，佟春秀也提起了青锋宝剑，二人一招一式，由慢而快，由缓而疾地练了起来。之后，努尔哈赤说："能跟嫩嫩一起练功，真是荣幸。"

"不要说了，出招吧！"

两个人刀来剑迎练了一大气。佟春秀说："你去跟哥哥们熟悉熟悉吧，他们个个都是人才，你要改天换地，新桃换旧符，这些人都是有用的将才。"努尔哈赤说："好，我这就过去。"她俩走到了佟氏兄弟堆里，边各自练着，边说着话。天快亮了，他们进到练功房里坐了下来，闲谈起来。

佟春秀一一介绍她的叔叔、兄弟们认识，说："我们府里男男女女都练功，都有几手，若不怎么世世代代都出将军呢！连我们家干活的人都练，你也看到了，我们这么大的家业，在外边轰轰扬扬的，有多少人在惦记着我们的家财啊！就是真的来个三五十人，他们也不敢动手，就是来个百八十个的，也不好使。一旦有事儿，铜锣一响，一出来就是二三百人，那些歹人休想逃出院子。"

努尔哈赤说："这我信！"

佟养性他们一帮年轻人齐呼啦地抢着说："我们倒希望真有那么几个不怕死的来，较量较量，让他们看看我们的真本事呢！"

佟春秀说："这回在媳妇山遇到的那四个海城的工匠们虽有些功夫，可我没一点本事，敢跟他们斗吗，那车伙子小柱子早也上了，早就把他们打趴下了。"停了一会儿，又说："我们家有个青年女佣工，叫杨丽珍，天天陪我练，她回去看妈妈了，别看她年轻，三个四个人也不是她的对手。"

"你们真是簪缨世家啊！"努尔哈赤赞道。

佟养性说："我们佟家人出过不少将军，可我叔爷和我们一辈子都做生意。佟登我叔就做总兵。可我们看到朝廷这个样子，不愿意考取功名，经商做买卖，赚个富裕日子过也不错。我们练武，就是两个用意，一是御身防敌，一是让身子骨长得结实些。再说了，我们把练武也当成乐趣了。"

佟养正也插嘴说："昨天我们认识了你，我们觉得你是个有大志气的人，你这个朋友，我们交定了。今后你有什么用得着我们的地方，有什么难处，只管找我们，只要说到我们跟前，你就说吧，出人、出钱，我们二话不说，把你的事当成我们的事。"

努尔哈赤高兴地站起身，一一同大家碰肩拥抱。

唠了一气喀，佟春秀感到有点冷了，说："你们唠吧，我先回屋了，一会儿见。"

早饭后，佟老爷叫过孙女，见她今天格外容光焕发，光彩照人，手捋胡须，格外高兴地说："今天你就不要钻书堆了，和你养性哥哥陪陪客人。"又让佟福叫进佟养性，对他说："你把店铺里的事撂给别人，叫掌柜的管，抽出身来和春秀陪陪客人。"佟养性高兴地答应着出去了。

佟春秀正转身要出去，奶奶连声喊道："傻丫头，就你这么一个姑娘家的，跟一个刚来的小伙子上街？多扎眼哪，叫人家说三道四的，笑话咱。奶奶看，你还是改改妆束吧。"佟春秀在奶奶怀里撒娇说："还是奶奶想得周到。"她回到自己的绣房，不大会儿工夫，就已经化完妆出来了。爷爷奶奶一看，不由得高兴地笑了起来，原来他们的宝贝孙女已经变成了一个英姿勃发、风韵飘飘的俊美少年了。只见这美少年一身公子打扮，文质彬彬。看年纪也不过十四五岁，高不过六尺余，举止潇洒，相貌堂堂。头戴银红缎子文生公子绣花巾，大红缎边，金线盘绣万字格纹。正面嵌块羊脂玉，上安一颗透光宝珠，双飘文生绣带。身穿银红绸绣花，绿绸里，白绸护领白衬衣，下穿油绿缎子绣花中衣，青缎子粉底快靴。葱芯绿丝带系腰，腰间佩带一支绿鲨鱼皮鞘宝剑。从外表一看就是富贵豪门家的公子，斯文读书之人。两位老人见了，高兴地说：“去吧！不要贪玩，早点回来。”佟春秀答应了一声“知道了。”就飞出了屋子。

第八章 地摊场上幸识将才 关帝庙中结党挚友

抚顺城虽不如辽阳繁华热闹，但中央大街上各种买卖兴隆，花样繁多，人来人往，车水马龙。马蹄嘚嘚，鸾铃响亮；车轮滚滚，鞭声，吆喝声，叫卖声，巡城官兵驱赶人群的骂声，嘈杂声不绝于耳。努尔哈赤心想，“真是一处二三里，各地一方风啊。”

佟养性、努尔哈赤和佟春秀三个人首先来到中央大街，只见大街两边各式店铺，鳞次栉比，男男女女，进进出出，喧喧嚷嚷，热热闹闹。单说那铺面吧，就有黑皮铺、皮板铺、马具铺、刷子铺、牛奶店、米店、杂粮店、酱菜园、面铺、酱园、饭店、切面铺、油漆铺、饼铺、馒头铺、酒店、烟店、烟袋铺、棉花铺、麻绳铺、毯子铺、毡子铺、毛巾店、服装店、靴鞋铺、帽子铺、笼屉铺、灯笼铺、蜡烛店、金银店、锡器铺、响器铺、刀剪铺、首饰铺、扇子店、乐器店、药铺、颜料铺、烧纸铺、葬仪店、蔗铺、木匠铺、影像铺、理发店、浴池、旅店等等，各种店铺齐全，无所不有，而最大的也是最兴隆的店铺，就数佟氏的当铺、药铺、珠宝铺、绸缎布疋庄和果酱烧酒等铺面了，不仅门面大，货齐物全，花样新颖，排场阔，装饰好，就连那制做精良、用意考究的店铺幌子，也着实令人赞赏不已。

他们边走边看，不觉来到北门，上到城墙上。这抚顺城虽然不大，可城墙建得又高又厚，坚固异常。墙顶之上可跑一挂车，墙垛可藏人射箭。城墙基座全是大方块石头砌筑，墙内夯筑黄泥，两面砌的砖石，白灰勾缝。

看着坚不可摧的城墙，佟春秀自豪地说：“这北城门这段墙就是我们老佟家修的。”佟养性笑着嗔怪地说：“你又显摆上了。”努尔哈赤“噢”了一声，故意问：“是吗?”佟春秀说：“那可不是怎么的。”

他们一路说着，看着，一边出了北门，越过城北的宽阔草地，一步步地蹬上了高尔山。

这高尔山青翠葱茏，蜿蜒如蛇，卧在抚顺城之北。浑河就在山南脚下东流而来，西流而过。站在高尔山上，居高临下，地扼要冲，东控建州，西连沈阳，北通铁岭，南达溪湖，地当孔道，地理位置十分重要。

这里曾是唐代高句丽民族的西部重要军城，高尔山上还有当年建的新城的遗址呢！山上西峰还有一座辽塔，高高地竖立在山顶之上。

他们三个人登临山上，抚顺城市容一收眼底。他们站在辽塔下，细细观赏，原来这座塔是用多种型号的青砖砌筑而成，塔身共分为九级，呈正八角形，实心密檐，塔底约二丈有余，向上逐渐收缩，状如立椎，高不足五丈，塔身坐落在一个大圆形的台基之上，台基下又有一层高一丈的砖座。砖座与塔身造型对称，也是八角形，每边宽三丈多。塔身自下而上，用密檐、斗拱分出比例匀称的层次，每层又用磨砖立柱，构成了八个对称的圆弧形犄角。在塔身底层的八个立面上，还各有进深四寸的长方形佛龛，上有砖雕宝盖，龛下有飞天左右拱托，各自组成一幅完整的浮雕坐佛。

佟养性和佟春秀正专心致志地品味着辽代的文化艺术，忽听努尔哈赤一声感叹，说："世事沧桑，天命难定。"佟养性也深有感触地说："汉武帝雄才大略，在抚顺东设高句丽县，在朝鲜半岛北半部设四郡，后来又迁玄菟郡于高句丽县，再西迁抚顺城南山下，高句丽又在高尔山上建新城军事重镇，辽代又建塔于高尔山，金朝又设贵德州，本朝又筑抚顺城，真是：

帝王兴替，
山河依旧；
大河西去，
逝者如斯啊！

如今，这大明帝国已经像一头又老又瘫的猛虎，还能称王多久呢？"

佟春秀听了他们两人的议论，也禁不住说："古语说得好，皇帝轮班做，今朝又谁人呢？"她不由得脱口吟出唐朝大诗人李商隐的诗来：

人事有代谢，
往来成古今；
江山留胜迹，
我辈复登临。

三个人出来已经一个时辰过去了，都觉得有些口渴。当他们回到城里，就已经晌午时分了。

中央大街两边店铺的人，见佟养性陪两位客人，都出店门打招呼，见佟春秀英俊萧洒，举止大方，不知是哪家公子，都用惊异的眼神看她和努尔哈赤。他们三人走得有点累了，又饥又渴，就进了一家又宽敞又洁净的饭庄，上到二楼，挑了个临街的桌子坐下。小二一见，马上又抹桌凳，又打招呼，眨眼工夫，茶水就上来了。原来这家饭店，就是他们佟家开的。店掌柜的见是佟公子和佟姑娘，春秀虽然改成男装，还是被老板一眼就认出来了，就格外热情地上来打招呼，连忙叫掌勺的师傅炒菜。

三个人正喝茶之际，忽听对面街上呼声乍起。他们抬眼望去，只见街面上正聚着许多人，在围观看什么热闹，不时地发出一阵阵的喝彩声。这时，一个肥得流油的家伙挤进人群，叫骂着，“谁让你们在这摆地摊卖艺的？快走快走，不走老子我可就不客气了。”说着，一脚踢在地上的一把长枪上，长枪当锒锒滚出去老远。

佟氏兄妹二人一听，知是滚地熊来捣乱了，不知摆的是什么摊，哪里的人。好奇心驱使他们又下了楼，店掌柜跟下楼，边走边说，听说是辽南来的兄妹俩，投亲没投着，卖艺讨碗饭吃的。他们三人到近前一看，原来是一男一女的两个年轻人，那男的有十七八岁的样子，中等身材，四方脸，浓眉毛，大眼睛，高鼻梁，长得壮壮实实，精精神神，不胖不瘦，头扎白方巾，身穿青色武行衣，双排吉祥盘龙扣，足蹬青色武功布靴，倒提着一口亮银单刀。那女子大约十四五岁，也是中等身材，鸭蛋脸庞桃花面，明眸皓齿粉艳艳，柳眉杏眼玉柱鼻，樱桃丹朱小口，头上是青丝盘龙髻，外扎红绸包巾，双翅燕子尾，八宝耳环坠，印堂正中点有朱砂痣，身穿大红绸镶云边的上衣，下穿粉绸大脚宽腿儿裤，金黄丝带系裤脚，白绫袜子，朱红缎子绣花武功鞋，腰间围条荷红色绣花镶边练功短裙，手执一柄明晃晃宝剑，站在场中间，真不亚于月里嫦娥降世，九天仙女下凡。

这时，只见那青年男子站在场中央抱拳拱手，对围观者作了一个左手抱右拳的转圈抱拳鞠躬礼，开口说道：

“各位先生，列位朋友，三教九流，诸子百家，汉满两门，僧道两帮，各门各户，各位当家理事，各行各业各位掌柜的，请听着：在下本辽南人士，因家遭不幸，流落本城，投亲不遇，盘费用尽，举目无亲，日食艰难，人穷当街卖艺，虎瘦拦路伤人。由于我兄妹在家，得蒙家师指点，初识拳脚，万般无奈，才借一席之地献丑求济。抚顺城是卧虎藏龙之地，高贤众多，名师甚广，恕小子不知其住所，未曾登门叩拜，只好当街请安。人有失手，马有漏蹄，有不周不全之处，还望各位海涵。适才和令妹过手几招，不过是请客的帖子接客的柬，众位驾到，让我兄妹再次献丑，请各位观赏。看后请各位施仁相助。若富贵不随身者，请把金刚老腿站稳，给我兄妹捧个场，出门人亦感盛情。话已说明，请看我兄妹比手。”

佟春秀看到这里，心下翻腾，对场中的少女情有独钟。心想，我何不认她个干妹妹，也好有个姐妹情趣，那青年汉子也可作爷爷的伴随，岂不更好。想到这里，她扭头看了看努尔哈赤，见他也正在看着自己，想着心事。他想，我们何不与这汉子交个朋友，干什么也好有个帮衬，将来必有大用。佟养性也看中了那青年壮汉，外出行路也是个帮手。这时，佟春秀扯了扯佟养性的衣襟儿，正要说话，只见那滚地熊进了场子，一脚踩在地上的长枪杆上，用脚尖一勾一抬，长枪腾空，一伸手抓住枪杆，将枪一头着地，斜擎手中，上去一脚，踹在枪杆上，只听“咔嚓”一声，枪杆折了。滚地熊大骂说：“就这破玩艺儿，还出来混饭吃啊！也不打听打听，这抚顺城里谁不知道我滚地熊的厉害，今天你兄妹不给我滚地熊叩头叫爹，你们就别想在这混！”

那青年女子刚要发作，她哥哥递了眼色制止。青年汉子上前施礼说：“小的实在不知天高地厚，本想做下一场，有了铜板，再去贵府拜谒孝敬，您既然屈尊亲自来了，就请您先在旁歇歇，待我兄妹练上一手给您看看……”

那滚地熊抬拳照准那壮汉的脑门子，就要打下去，这时，忽地一下，飞进场中一人，还没等人们看清是谁，这人一顿连环脚踢在滚地熊的脸面上，滚地熊那圆乎乎的脸，立时红肿，两眼昏花，嘴丫子流血，他大叫着：“你是何人，胆敢对你熊爷爷下手。”

佟春秀在场中一下子拽开头巾，怒骂道：“让你看看你姑奶奶是谁，光天化日之下，你竟敢如此放肆，我岂能容你！”说着，旋身飞脚，一下子踢在滚地熊的球一样的脑袋上，滚地熊一个仰巴叉，重重地摔倒在硬地上，好半天才爬起来双手捂脸滚蛋了，说：“佟姑奶奶饶命，小的再不敢了。”

佟春秀的一连串动作，赢得了场外一片叫好声。她抱拳施礼，对那兄妹说：“二位请收拾了，跟我哥哥们去喝杯茶。”这时，佟养性和努尔哈赤也进了场中，五人相见，分外亲热。那兄妹收拾了器械，五个人又回到了那个饭馆。这兄妹俩抬头一看，原是“悦来饭馆”，冷眼一看便知，这可能是抚顺城中最为讲究的了。他们看佟春秀三个毫无歹意，也就放心大胆地跟了进去。上了二楼，他们就在临街的桌前坐下了。

这“悦来饭馆”不仅楼阁华丽，装饰考究，卫生洁净，而且场面宏大，生意兴隆，是当时抚顺城中最阔绰的饭馆了。你看门外挂的饭馆幌子，就很令你琢磨。原来一般的小吃铺的幌，是长方形或半圆形的木板，下坠穗状布条，是低档的饭幌，像煎饼铺、馒头铺、酱汁果子铺了，就用这种幌。饭店的幌有“巾”字旁，坠布条穗，由来已久。古时酒店招幌是由店家用竹竿或木杆高高挑起一块布帛，上书一个偌大的“酒”字，称为“望子”，也称为“招子”或“青旗”。唐诗中有“千里莺啼绿映红，水村山郭酒旗风”的描写，宋词里也有“一片春穗，待酒浇。江上舟摇，楼上帘招”的名句。这是过往客官商贾喝酒吃饭的店铺。幌子挂出就是告诉人们：开业了！可以接待食客酒友了。幌子摘下就是告诉人们，上板闭店谢客了。为了摘挂方便，还将幌子顶端安上一个金属钩和吊环，由吊环上拴上三根绳索，平稳地吊起下面一个蒸屉圆状的箩圈，箩圈的大小决定幌子的大小。三条绳索上装饰三个花朵的造型，喻作馒头、花卷或菜肴。箩圈下面又围一圈穗子条，有布条，绒绳条，齐刷刷地挂下来，是象征一般的面条食品或长棵蔬菜。挂一个普通幌的为小吃店，以经营主食、粥饭、小菜快餐为业；挂两个幌的为中档溜炒、酒菜俱全；四个大幌的既经营南北大菜，又包办高档宴席。幌子还有三个颜色不同的区分，红色幌是满汉大席，随人进店品尝，蓝色幌是穆斯林的回教清真，黄色幌则专营素食佛斋。

这“悦来饭馆”的匾额，横悬在店门之上。门前立有一柱，柱上横一木条，木条端上悬挂一串儿幌子，由四个箩圈儿穿串而成。每个箩圈儿都钉有菱形薄木板，上书一个扁隶大字，四块板四个大字“悦来饭馆”。箩圈下边是红色的布条穗子，垂成了一圈儿。

店小二见佟氏兄妹引三位客人进了店，就远远地大声招呼着将他们迎上了二楼，店掌柜的也一溜风似的上楼招呼。店小二将热茶端了上去，给每个人斟上了茶，站在一旁侍候。掌柜的早进了厨灶间，安排酒菜。两杯茶没喝完，几凉几热的菜已经上来了，店小二忙给客人斟酒。只见碗筷茶具酒盅口碟，一色新打封的，店小二在旁斟酒上茶，手不停，嘴不闲，一一介绍菜名、风味特点，请客人慢慢品尝，细细品味。

他们边吃边聊。原来这辽南张氏兄妹是旅顺口人，兄名张义，妹名张妍，爹妈开了个小酒作坊，被高淮逼得上重税收重费，卖了作坊也抵不了税费，双双跳海而亡。兄妹二人正在姥姥家探望生病的姥姥，听说父母跳海，回去一看，家徒四壁，什物一空。这一噩耗传到姥姥家，姥姥也一病不起，病重亡故了，舅舅在半年前海难而死，舅妈改嫁跟人走了。兄妹来抚顺投奔姑姑，没想到，姑姑家也不知迁居何处，带来的盘缠也快花光了，只好用剩下的几个钱买了刀枪，想街头卖艺，挣几个盘缠好糊口。万没想到，今天能遇上佟氏兄妹和建州朋友。

五个年轻人有说不完的话，唠不完的嗑，越说越投缘，越唠心越甜，大呼相见恨晚。佟春秀比那张妍年长一岁，两个姐姐长妹妹短地越说越亲近，说到兴奋动情之处，佟养性看了看努尔哈赤，干脆提议说："我们何不结拜兄弟！"话一出口，努尔哈赤立即响应，五个人一拍即合，个个赞同。于是，佟养性叫来了掌柜的，让他派人给府上送信，牵五匹马来，他们要出城。不到一袋烟的工夫，五匹马送来了。佟养性掏出银子，结了账，五个人上马就奔城北而去。

路上，努尔哈赤问："这悦来饭馆不是你们佟家的吗，你来吃饭，怎么还要照价交钱？"佟养性笑了说："是我们家的不假，但就是老爷来吃饭也照样交钱，多少饭菜交多少钱，一个子儿不少。饭馆每月向府上结账交款。我们花钱每月由老爷批，出门办事有出门的钱，在家生活有生活费钱。我们下馆子不交钱，那掌柜的就报不了账，就得他赔上钱报账。"

努尔哈赤说："看来，你们府上管理的真好！就是有规矩。"

五个人来到了城北高尔山下的关帝庙里，佟养性买了香纸，五个人对着关圣帝君叩了头，结拜成兄弟。按年龄，佟养性为长，张义为次，努尔哈赤为三，佟春秀比张妍长五个月为姐。

傍晚，五个人亲亲热热地回到佟府，拜见了老爷和老夫人。老爷老夫人见了张氏兄妹更是十分喜欢，立即传话，叫伙房备办酒席，晚上在小客厅设宴。

努尔哈赤在佟府住了两天，于第三天回了建州。

第九章　赫图阿拉金光高照　建州左卫喜鹊登枝

努尔哈赤回到建州后，就直接奔老宅，见到老宅的院落还是原来的样子，没有多大的变化。那用柞木杖子夹起的院落和用腊木条子编织勒起的两扇柴门依然如旧。过去院子里铺着的黄沙还有，走起路来“沙沙”地响，带起黄沙来。正房五间，中间为堂屋，西两间，里屋住老都督交昌安，兼做都督办公的地方，外间住努尔哈赤的老叔塔察和子女，东屋两间住努尔哈赤的爹爹塔克世和努尔哈赤的异母弟妹。西厢房三间，住努尔哈赤大伯父礼敦妻子和儿女，东厢房三间，南头住努尔哈赤的二伯父额尔衮和三伯父界堪，这两位伯父都没有子女，北头住阿哈[①]十多人。西厢房南头是马棚、粮仓和茅房，东厢房南头是磨房、碾房。住人的屋子都是连二的蔓子炕，锅灶在堂屋，烟筒连炕立在房山头，高出房檐。交昌安的屋子里，设施都很简单，两个板箱放在南炕梢，蔓子炕上放一个大长板柜，地下靠蔓子炕有个粗笨的地桌，就算是办公桌了，桌两头各放一把木椅。这就是显赫一时的老都督办公处理事务的地方。塔克世住在东屋的外屋，努尔哈赤的几个弟弟妹妹住里屋。

交昌安老都督的家就是这样一个普普通通的农家小院。

努尔哈赤骑着大青马回到院子大门口的时候，早有几个不知是谁家的野孩子跑去向老都督报信去了。院门一开，一个硕大肥壮的大狗，“噌”地蹿出来，“汪汪汪”地叫着，绕着马转圈儿地一边跑，一边又“汪汪”，又哼哼叽叽的，显得十分地亲热。

努尔哈赤一下马，一个叫阿秃的阿哈，跑上前接过马鞭，牵过马缰，亲切地围着努尔哈赤看了又看，就牵马进了院子，那个大狗围着努尔哈赤又是蹭脸，又咬靴的，又是扯裤脚。努尔哈赤蹲下抚摸着它的头，轻轻地叫着“汤古哈，汤古哈!”

交昌安听说孙子努尔哈赤回来了，叼着大烟袋，站在门口，吧哒着烟，笑眯眯地看着孙子进了院子。塔克世则迎前几步，看着儿子。努尔哈赤紧走了两步，一腿跪地，一手拄地，向爷爷请安问好，起身后又跪

① 阿哈：满语，奴隶。

地向爹爹请安问好，三个人进了西屋。几个弟弟见大哥回来了，都一齐涌进西屋，围前围后，扯襟拽袖，那种兄弟亲情，无法言表。努尔哈赤撂下所带什物，主要是佟老爷给交昌安的礼品，就上了东屋，向二妈李佳氏、小妈哈达纳喇氏肯哲问安，之后，几个弟弟陪着，又去下屋子给伯父、叔父、伯母、婶娘们请安。然后，才回到交昌安身边，问起爷爷的身体状况来。交昌安说："前一阵子肚子疼，吃不下饭，睡不好觉，心寻思，这下可完了，没几天活头了，就想见你呀，我的大孙子。没想到，你二讷讷掏登个偏方，用大黄米干饭的糊格枝儿[①]碾成粉末冲开水喝，没几天就好了。孩子，玛法就是想你啊，才捎信儿让你回来看看的。"

努尔哈赤说："好玛法，我也想玛法啊！现在看玛法身体挺好，我也就放心了。家里惹气的事别往心里去，生气的时候就出去躲一躲，散散心就好了。特别是吃东西的时候，不能生气，容易做病，小讷讷就是那样的人，不跟她计较就是了。等我成了家，就接玛法跟我们一起生活，让玛法过上开心的日子。"

这些表白祖孙亲情的话，就先不说了。

努尔哈赤回到家的第四天，傍晚的时候，一个叫刘哈的阿哈进屋说："老都督，抚顺城将军韩将军的副将和佟府佟意老爷的管家，求见老都督，现在大门外等候。"

交昌安一听，不觉一愣，他们来干什么！忙说："快请！"交昌安、塔克世和额尔衮、界堪等人都迎出了院子。交昌安心里打哏儿[②]，这二位来是有什么公干呢？不管干什么，有什么事儿，来了贵客就得招待啊！塔克世连忙叫颜布禄、刘哈、阿秃快抓只羊，杀羊，又叫李佳氏准备酒饭。他们把两位客人迎请进了西屋，把那些孩子都撵出了屋子，又把常常替老都督去抚顺办事儿的诸申[③]马三非叫来，陪客人说话。

副将张立德和佟府管家佟福见了交昌安、塔克世，施抱拳礼，说："老都督好！指挥使好！"

交昌安说："前些天偶有小恙，现已痊瘉，早就大安了，谢谢挂心。"

---

① 糊格枝儿：辽东方言，干饭火大烧糊的锅巴。

② 打哏儿：辽东方言，心里画魂、思考之意。

③ 诸申：满语，奴隶。

佟福瞅了瞅屋子里的人，关怀地问："都督，那努尔哈赤出去了？"

"噢！他和几个弟弟去给五玛法请安去了。一会儿就回来。"塔克世说："来！请喝茶！"

这时，那位副将转入正题，说明来意，说："我受抚顺城将军韩斌将军之命，和佟府管家佟福专程来贵府，是有一件大喜事来办。佟府佟意老爷有位侄孙女，名叫春秀，今年一十五岁，佟老爷看中您孙子努尔哈赤了，就请韩将军做冰人①，来成全这件好事。我受将军委托，由佟福陪同来贵府，就是为这件事。"

交昌安问："此话从何说起？佟老爷何时见过我家努尔哈赤？"

这时，佟福说话了，他说："老都督有所不知，前两天，我家老爷和佟春秀姑娘从险山回来，路经媳妇山时，巧遇贵公子努尔哈赤，邀请他去佟府小住两晚，对贵公子产生好感，决意将孙女嫁给贵公子。"

"噢，是这么回事。"交昌安恍然大悟，高兴地说，"那我们是高攀了，努尔哈赤这小子何德何能，能攀上佟家这门亲事，可真是天老爷的恩赐啊！"

"这么说，老都督是同意了？"副将张立德说，"那您呢，指挥使？"

塔克世早就在心里应允了，他们交罗家虽然是建州左卫世家，可也只是名声好，内里空，能攀上辽东首富的佟家，那过好日子是没的说了。这门亲事是姑娘家主动提出来的，不然，自己就是想，也怕高攀不上的啊！他怎么能不同意呢！当下，塔克世一口应允，高兴地感谢二位大媒。

张立德副将说："快叫努尔哈赤来，我看看他。"

也正赶上努尔哈赤回来。他去见了张将军和佟福，显得异常兴奋。

在外屋做着饭菜的二讷讷李佳氏见努尔哈赤兴匆匆地出来，就亲切地悄声贴耳朵问努尔哈赤："佟家格格长得怎么样？"

努尔哈赤神秘地笑着说："简直就是尼亚其②下凡。"说着，就大步流星地出了房门。

李佳氏看着努尔哈赤的背影，高兴地自语说："这小子可真有福啊！"

小讷讷肯哲嘴里嗑着瓜子，凑到李佳氏跟前，疑惑地问："他说佟家格格长得像尼亚其？"李佳氏光顾干活，装做没听见。

---

① 冰人：古言，媒人，即今之婚姻介绍人。

② 尼亚其：满族神话中的美丽女神。

晚上招待客人，主要是手扒羊肉，喝烧酒，大黄米搁大芸豆粒儿的干饭，大家吃得心满意足，当夜无话。

现在说说努尔哈赤的家世。他的生母是喜塔腊氏额穆乞，是建州右卫都督王杲的二女儿，生育了塔克世的大儿子努尔哈赤，李佳氏生育了塔克世的二子穆尔哈齐，额穆乞又生育了塔克世的三儿子舒尔哈齐、四儿子雅尔哈齐和一个女儿。交昌安和王杲两个家族，实际是一个老祖宗挥厚的两个儿子，孟特木和凡察的后人，到努尔哈赤这一代，已经是第七代了，按汉族人的传统习俗早已出了“五服”了，所以通婚是可以的。

努尔哈赤的二讷讷李佳氏，是古鲁礼的女儿，为人勤恳能干，忠厚老实，和蔼可亲。喜塔腊氏额穆乞生下女儿就得中风而死，努尔哈赤才十岁，舒尔哈齐五岁，雅尔哈齐三岁，女儿沾河才一岁。努尔哈赤和舒尔哈齐在妈妈死后，就去了姥姥王杲家寄养。雅尔哈齐和沾河就由李佳氏抚育，李佳氏生的穆尔哈齐也和雅尔哈齐兄妹处得如同一母所生。那小讷讷肯哲生的儿子名叫巴雅拉，是塔克世最小的五子，他和努尔哈赤兄弟就有点生子曰的①。

小讷讷肯哲，是哈达部贝勒王台所养的族女，这个人靠着养父王台的强大势力，既年轻，又有几分姿色，所以，处处尖酸刻薄，好吃懒做。额穆乞死后，她又靠塔克世的宠爱，在家里处处专横跋扈，掌握家务。这回听说努尔哈赤要订婚了，就巴不得让他早结婚，早点出去单过。

当时，女真人青年人订婚，仪式很简单，不象后来学了汉人习俗，那么复杂繁琐。两方老人同意了，就可以定下来，男方家根据经济实力，生活富裕些的，就送几副弓箭铠甲、几匹好马，后来不送马匹了，才改送他哈猪②的，生活一般的，就不送。努尔哈赤订婚，虽然说他的爷爷是建州左卫的老都督，阿玛是卫指挥使，可他们家已经是破落的奴隶主了，家里并不富裕。但是，比其他大多数女真人，他们就算是有钱的富翁了。努尔哈赤跟辽东首富的佟家姑娘订婚，佟家什么也不要，什

① 生子曰的：辽东方言，不亲密。

② 他哈猪：原为满族祭祀用的牲猪，后改为结婚男方送女方的猪，作为婚仪，只能饲养，不准宰杀。

么也不要送，只把努尔哈赤的年庚贴子送去就行了。

这桩对后来的女真人崛起有着巨大影响的婚姻，说简单也真挺简单，就这样一说就订了下来。第三天，交昌安、塔克世送走了张立德和佟福。

几天后，努尔哈赤要回军营，交昌安拍着他的肩头说：“孩子，好好干，好好学，不要担心玛法，将来建州的大业要靠你来执掌。玛法相信你，一定能重振左卫，让左卫强大兴旺发达，不受右卫的支使，不受扈伦四部的气。咱们交罗家各枝各派也要团结，各宗各枝人口都挺兴旺，全家族合起来一百六七十口人，这么大个家族若是能和和睦睦，拧成一股绳，合成一捆箭，谁敢小瞧，谁敢欺侮！在这建州来说，连王杲他们都不行，还有谁敢跟咱们交罗哈拉叫号！咱们称第二，没有敢称第一的了。孩子，这些就全指望你了！”

“玛法，您老放心，我努尔哈赤一定不能让玛法您失望。”努尔哈赤又去辞别阿玛塔克世，塔克世也觉得儿子已经长大成人了，特别是跟佟家订亲，他自然对儿子更有好看法，高看一眼，把将来执掌家族、办理卫务的希望寄托在努尔哈赤身上。他也看透了，他的五个儿子中，也只有努尔哈赤是最有出息的。他对努尔哈赤也鼓励了一番，并且叫马三非送他一程。

努尔哈赤临走时来拜别二讷讷，李佳氏扯着他的手，眼泪巴叉地说：“孩子，你将来肯定有出息，二讷讷只有一个希望，你将来成大业的那天，千万要把穆尔哈齐当亲弟弟待呀，他会好好帮你的。”努尔哈赤也眼含泪水，点头应允。他又去拜别小讷讷肯哲，肯哲说：“下回回来，让你那个尼亚其送我一副金耳坠好吗?”努尔哈赤铁青着脸，不冷不热地答应一声，就出来了。

努尔哈赤跟弟弟们道别后，临走前又去拜了交昌安，说：“玛法，您要保重，只有您健康长寿，才是我们的福气啊！孙子一定不辜负玛法的期望，请玛法放心。孙子我走了。”

家里人送出大街，努尔哈赤和马三非打马一溜烟地出了山寨，到了尼雅满山头渡口地方，他们已经走出十多里地了，努尔哈赤勒住马，说：“马三非，你回去吧，好好侍候老都督。”马三非也勒住马，说：“好吧，就到这里吧。老都督待我如子，老都督就是我阿玛，我会好好照顾他老人家的，你就放心吧！”

“那好！”努尔哈赤说，“你就回去吧！”

努尔哈赤打马加鞭，直奔抚顺城而去。在抚顺城又住了两天，在佟养性陪同下回到了辽阳。

现在，我们再回过头来说说努尔哈赤是怎么到的辽阳总兵府的。这还得从他的妈妈喜塔腊氏额穆乞说起。

额穆乞在生沾河时坐月子受了风，一病不起，不久就病死了。她的四个孩子整天受肯哲的气，没办法，交昌安才把十岁的努尔哈赤和五岁的舒尔哈齐两个孙子送到他们的外祖父王杲家去住。那个时候，建州三卫都听王杲调遣，三卫的五百道敕书也都叫王杲勒索去了。交昌安把两个孙子送到王杲家寄养，除了因为王杲是他孙子的外祖父而外，还带有人质的性质。交昌安父子不满意王杲寇掠明边，王杲怕交昌安不听调遣，就把努尔哈赤兄弟俩当作人质来要挟。

塔克世这人耳根子软，肯哲在枕头上一吹风，他对前妻的孩子也就另眼看，因此，努尔哈赤兄弟很少得到父爱。他哥俩去了古勒以后，他三岁的小弟弟雅尔哈齐和一岁的妹妹沾河就只靠好心的二讷讷李佳氏来抚养了。

当时的王杲可是大名鼎鼎的人物。他的父亲多贝勒[①]屡犯明边，朝廷大军要剿灭祸患除掉他，他为了向朝廷表示悔改，把儿子王杲送到辽东巡抚张学颜的府上作人质。在张府，王杲看到汉人贵族的富裕豪华的生活，就决心非像他们一样地生活才行。他很不服，你们汉人行，我们女真人怎么就不行，他非要过上汉人那种富庶的日子不可。女真人不服输的劲儿，是使他日益强盛的精神支柱。王杲的这种自强不息、勇于奋斗的精神，极大地影响了努尔哈赤，在努尔哈赤幼小的心灵中，早早地灌注了一种顽强自信的不屈不挠的自立精神，对努尔哈赤后来思想性格的形成，产生了深刻的影响。

努尔哈赤在总兵府处处谨小慎微，小心翼翼，精心殷勤地侍候总兵，服伺小夫人。同时，他更是抓紧了这个机会钻头寻缝地学汉语、认汉字、读汉书。功夫不负有心人，他终于能说一口流利的汉语，能初步读懂一些汉文书籍，使他日日进步，不断成长。

这回，他回到总兵府，销了假，一如往常。他常想起临走时爷爷跟他说的话，对他的殷切希望，他就更勤勉任事，更加认真热情，更加专心刻苦了，一心想学出个样来。

---

① 贝勒：满语，部落酋长。

第十章 结姻缘金玉满堂彩 识知己终生伴侣情

撂下他在总兵府的事暂且不提，再来说说交昌安家里这边。

努尔哈赤的婚事订下后不多日子，一天，交昌安处理完卫里的事务后，装了一袋烟，掏出火镰[1]、火绒[2]、火石[3]，将火绒捏出一小捏，放在火石上，一手拿着火石捏住火绒，一手拿起火镰，照量准火石的棱角茬口，“咔咔咔”几下子，火镰磕火石，冒出“哧啦、哧啦”的火花，就将干燥透透的火绒打着了，把火绒放在已经装满烟的烟袋锅上，连忙吸一口，两口，烟袋锅里的烟忽拉一下子就燃着了。他装起火石、火镰，将皮盒子挂在腰带上，一边抽烟，一边想着心事。吸了一袋又一袋，后来，他叫进了塔克世，说：“努尔哈赤过了年就十九岁了，早该娶妻生子了，我看过了年就给他们办了吧。”

塔克世说：“这事我也想过了，正要跟阿玛商量呢，阿玛既有这个意思，那正好，咱们找人看看，就订个日子，好早点给佟府送个信儿。”

“不用找人看，就定明年二月二十四日吧！”交昌安说，“明天就叫马三非跑一趟，去佟府送日子。”

塔克世也装了一袋烟，跟他爹爹交昌安两个烟袋锅一对，各吸一口，塔克世的烟就燃着了，吸一口，烟袋锅红一下。两个人又坐着说了一会话儿，具体安排努尔哈赤的婚事。

次日，交昌安打发马三非去抚顺城，把结婚的喜日子送到佟府。当晚，佟老夫妻一合计，还有五个多月，这爱如心肝的宝贝孙女就要出阁了，佟老夫人一想到这，就止不住心里难受，她一心一意希望孙女能送终，等她入土了，也就一心无挂了。可是，男大当婚，女大当嫁，这怎么也阻止不了啊！想来想去，她有了一个主意，就跟老爷说，看能不能把女婿娶到佟家，让努尔哈赤入赘佟家。其实，佟老爷也正为这事心里犯核计呢！听老夫人一说，正打心上来，立即表示同意。

---

① 火镰：早期满族等北方人用以打磕火石生火的铁片。

② 火绒：一种山上的野草，将叶子晒干砸成绒，易于燃着。

③ 火石：一种易于磕出火花的马牙石。

第二天，佟老爷将马三非请到客厅，专跟马三非说入赘的事。马三非想了想塔克世主子家的情况，说他估计这事有可能行。可要从长远考虑，可能不行，因为努尔哈赤将来还要执掌卫印的呢！可这毕竟是多年以后的事啊！佟老爷说："那好，今天就让佟福和你去趟建州，把这事儿跟老都督商量一下。"又说，"操办喜事的一切费用都由佟家出，他老都督只管把孙子放出来就行了。"

佟福到了建州，和马三非一同向老都督交昌安、指挥使塔克世说了结婚的一些情况，特别着重提出让努尔哈赤入赘佟家的事，老都督交昌安父子二人沉吟了半晌，他们知道，佟老爷夫妇爱这个孙女如心头肉一样，他们都七十多岁的人了，膝下只有一个儿子，整天在外跑买卖，老两口就把这个侄孙女当作精神寄托，她在身边才感到有乐趣，一下子把这孙女嫁走了，他们的生活就会寂寞无聊，只好一天天挨日子，没有一点乐趣了。咳，交昌安想到这，就说，"咱们还是替佟老爷夫妇想想吧，我看还是同意吧！"交昌安心里其实还有一层意思，他多年跟佟老爷打交道，深知汉文化的深厚，女真人是多么的落后、粗俗、野蛮，女真人要想进步，只有接受汉文化，要孙子努尔哈赤在佟家过几年，佟老夫妇走了，他也学到了汉文化，那时，再回来，孙子也就成长为人物了。鉴于此，交昌安想来想去，表示同意。

那塔克世呢，他倒没有想这么远。他想的是，让儿子入赘佟家，将来能带回一批财产，再说了，也省得肯哲天天唠叨[①]，等佟老夫妇老人[②]了，儿子回来，就叫他们分家另过。于是，他也表示可以入赘。

这样，一些与喜事有关的细节，都一一敲定后，佟福回了抚顺城。

马三非经过多年与汉人汉官打交道，也熟练了汉语汉族习俗，对汉文大体能认会写。他又熟悉朝鲜人语言文字，也经常到朝鲜李朝办事、交涉事务。他头脑敏捷，聪明灵活，为人机智，能说会道，很受交昌安父子的器重，也使他逐渐成长为建州的外交官。后来他又培养他的儿子马臣，马臣后来也成为努尔哈赤的外交大臣，从此提高了马氏身份地位。

一晃，三个多月过去了。正月十五刚过，交昌安就打发马三非去给

---

① 唠叨：辽东方言，即嘟嘟，废话说个没完。

② 老人：辽东方言，死了。

努尔哈赤送信，让他回家完婚。在辽阳总兵府，努尔哈赤见到马三非，吃了一惊，以为爷爷出了什么事了，他惊奇地问："什么事？是不是家里出了什么事儿了？"

马三非笑呵呵地说："有事，是喜事。"

努尔哈赤悬着的心一下子落了下来，高兴地问："快说，是什么喜事？"他心想，可能是结婚的事，就急不可奈地问。

可马三非故意抻着，他让努尔哈赤猜猜看。努尔哈赤哪有那个耐性啊，他急喝喝地说，"你快说吧，我哪有心情猜。"

这时，马三非看努尔哈赤焦急的样，才说是让他回去完婚的事。

"真的吗？"努尔哈赤明知是，却故作吃惊。

"我还敢胡弄小主子！"马三非认认真真地说。

努尔哈赤高兴地说："那好，走，去见总兵大人。"

二人去见总兵李成梁，马三非叩头说："总兵大人，建州左卫老都督交昌安主子特派奴仆马三非向大人请安！"

总兵说："有什么事，说吧！"

马三非说来接努尔哈赤回建州完婚。总兵一听是喜事，说，"好哇，回去吧！回去后好好做个忠臣良民，保卫好大明王朝的疆土，为朝廷效力。"又叫副将领努尔哈赤到账房取一百两银子，说这就算军饷吧，也是总兵给的仪礼。二人叩头谢恩。

出了总兵府，努尔哈赤让马三非在路口等他一会儿，他要去辞别一个人。努尔哈赤回身就往总兵内宅去了，他是向总兵的爱妾宠妻小夫人道别。他在总兵府这三年，全仗着这位小夫人关照了，再说，他来总兵府当了幼丁，还不是多亏了这位小夫人的功劳吗！他无论如何也得去拜别一下啊。他径直进了总兵内宅，因为他是总兵的亲兵，又是小兵幼丁，出入内宅如履平地，畅行无阻。进了内宅，正见小夫人喜兰一个人歪在炕上，穿着睡衣，还没梳洗打扮呢！努尔哈赤见了，有点迟疑，放慢了脚步。喜兰听有人进来，一看是努尔哈赤，身子轻微动了一下，嘤嘤问："你来了！进来。"

喜兰那种慵懒姿态，欲睡又醒，鬓云粉腮，在早晨的阳光的照射下，尤其显得娇媚可人。努尔哈赤不由得走近前去，两个人四只眼睛盯盯地对视着，千言万语，难以出口，只有眼睛，如各自的窗口，透露出各自的蜜意浓情，两个年轻人都在努力地控制着自己。好一会儿，喜兰问："有事吗？"

努尔哈赤说："我要回去结婚了，三年来多谢夫人的关照，谢谢了。"说着，就要跪地叩头。

喜兰也仅比努尔哈赤年长一两岁，努尔哈赤一直把她当作自己的姐姐，不敢有半点参差，如若有稍微闪失差错，那他在总兵府的一切都将化为泡影。

喜兰连忙起身说："不必，不必！结婚是大喜事，不知谁家姑娘这么有福气。我也没什么可送的，我这有块玉坠儿，此乃我贴身之物，权且作为纪念吧。"说着就从脖子上摘了下来。努尔哈赤接过玉坠，说，"谢谢，请夫人多多保重，我会还来的。"说完，磨身要走，喜兰又叫住了他，说："等等，再把这对玉镯送给你的新人作礼物吧！"说着，就从双手腕子撸下了一对玉镯子交给了努尔哈赤，努尔哈赤谦恭地谢后，出了总兵府。

努尔哈赤出了总兵内宅就又去见了两位朋友，这两个朋友也是他的拜把子兄弟，就是总兵李成梁的大儿子李如松、二儿子李如柏。他们三个年轻人相处如兄弟，有着浓浓的香火之情。三个人道别以后，努尔哈赤牵出自己的大青马，挎上弓箭、腰刀，同马三非出了辽阳城。

一路上，努尔哈赤心事重重，想着在总兵府的这三年的情形。他十六岁到的总兵府，那时他还是个孩子，人家都称他是"半大小子"，就是说，还不是个成年的大男人。在总兵府里他结交了总兵的两个儿子，他们也都是将军，都能领兵打仗的，他跟他们成为结义兄弟。这李家兄弟二人对他也格外关照。特别是总兵的小妾小夫人喜兰。这人年纪小，长得如花似玉，不邀宠，不居傲，总是平平和和，温温柔柔的，又聪敏好学，又"嘎人"[①]，上上下下，关系融洽。她对努尔哈赤有救命之恩，努尔哈赤自然感恩戴德，处处维护她，把她甚至当作自己的姐姐。喜兰也把他当成弟弟，教他识汉字，读汉书。由于喜兰和总兵的两个大儿子都对努尔哈赤如兄如弟相处，也使他在总兵府里如鱼得水。

这个小夫人喜兰，因为长得面如梨花，有红似白的，所以，人称绰号叫"梨花姑娘"。她的爹爹就是佟府佟老爷的侄儿佟登。佟登在任险山堡参将时，为了同辽东副总兵李成梁拉好关系，李成梁在佟登家见过梨花姑娘，就决意要娶她为妾，佟登哪里敢说"不"字。这桩婚事也就是在这种背景下交易成的。听客们想啊，一个画中美人似的姑娘，怎能

① 嘎人：辽东方言，与人容易相处，人际关系好。

愿意嫁给一个比自己大三四十多岁的男人呢？可一个小女子，又怎么能主宰自己的命运呢？就是在这样的情形下，梨花姑娘成了李成梁的小妾的。打这之后不久，李成梁升任辽东总兵，佟登也由参将升为副总兵，这恐怕与这桩婚姻交易不无关系吧？

喜兰小夫人是佟登的女儿，这事努尔哈赤并不了解。他知道的时候，是他第二次从军的时候。努尔哈赤与佟春秀订婚的事儿，回兵营后，他也没有跟谁提起，谁也不知道，也就没有谁问。

努尔哈赤又想起，他与喜兰辞行时的情景。他当时对喜兰说，他要回去娶媳妇了，以后还能不能来了不好说，总之，以后见面的机会不多了，感谢夫人三年来的照顾、爱护，也请夫人多多保重。小夫人心里酸酸的，似有些话要说，可又难以出口。在摘下玉坠、玉镯的时候才深情地说了一句："保佑你平安。"临分手时，喜兰问："你这一走，还能有再见面的时候吗?"努尔哈赤说："只要总兵和夫人想让我回来，我自然能回来。"

喜兰缓缓地说："我看你完婚后，还是再回来吧。你还年轻，再锻炼锻炼对你大有好处，将来一定能成为一个大有作为的军官的。"

"小夫人既然如此赏识，"努尔哈赤说，"我哪有不回来之理!"

喜兰微微地开心笑了。二人就是这样缠缠绵绵地分手了。

总兵府令他留恋。那里虽然壁垒森严，可那种凛凛威风，那种豪华富丽，那种等级分明，那种舒适宜人，那种美人的温馨，那种高人几等的生活环境，怎能不令努尔哈赤心驰神往，决意追求呢？他李成梁能办到的，我努尔哈赤也就能办到，他李成梁达不到的，我努尔哈赤也一定能达到。看吧，我一定不比你李成梁差！为了喜兰小夫人，我也必须再来总兵府。

努尔哈赤就是在这种恍恍忽忽的思虑之中，同马三非回到了建州。一听说要他做上门女婿，倒插门结婚，他很高兴，可又一想，那样就不能接爷爷去了，心里又不大得劲儿。咳，婚姻事，老人说了算，自己只有听从的份儿，顺其自然吧！

佟家要迎娶倒插门女婿进家，佟养性和佟养正一大帮子的年轻人真都是喜气洋洋，欢天喜地。

佟老爷和老夫人把佟养性和佟福叫进了客厅，说："春秀的婚姻大事就交给你们俩来办，要准备丰盛些，办得隆重些，红红火火，热热闹闹。春秀她爹妈回不来了，已经写来信了，咱们办什么样，他们都高兴。你们俩呢，养性管宾客接待方面的事，佟福呢，你就管一切物资备办等。家里的人也分作两帮，你们一人领一帮，什么事你们就决定，有大事再来问我。”两个人应声出去了。

佟春秀喜欢粉红色、粉色和绿色的衣物，一切服饰都上自家的布铺里挑上好最上等的质料，到成衣铺里订做。上轿穿的大红棉袄，一般多是借用，俗语说这上轿袄越是经人多穿过日子越好，而这袄只结婚时穿一回，过后就不再穿了。可佟春秀想，自己以后到了建州，可借别人穿，就说要做件新的。上轿穿的软鞋，拜完堂就由送亲太太偷偷带回，不让男人家看见。一般说这双鞋也是向亲友借来穿，也是越经人穿过的越好，因为鞋与邪同音，怕有邪事，所以男家不做这踊堂鞋，女家预备的也不让男家看见。

迎娶的好日子两家商定后，也须经媒人传信儿。为了郑重其事，特将迎娶的日子写在通书上，装入通书匣子，随着礼物一并送到女家。这就等于过礼了，也就是“请期礼”。通书是用红纸做成的，里是双层的，外面有一个大红纸封套儿。封套上印上或画上龙凤呈祥的金花儿，所以又叫作龙凤帖。这龙凤帖分上等、二等和三等。上等龙凤帖长一尺四寸，宽四寸。通书内容上写着：男女两家彼此愿意作亲，并定于某月某日迎娶，几时发轿，最后写上某年月日通信大吉。因为封套上的签儿常写“龙凤呈祥”或“麟趾呈祥”四个字，所以民间常将通书称为“龙凤帖”。通书匣子是用上等材料做成，比通书稍大，装璜美观讲究，匣子面上作出各种吉祥花样。

过礼，就是纳微，又称纳聘礼。这天，李佳氏带着几个女仆同马三非一道来到了抚顺城佟家，佟氏各亲友齐来致贺道喜。佟春秀坐在炕上铺好的红毡子上，上面放着一把椅子，佟春秀坐在椅子上，李佳氏把过礼的首饰给佟春秀戴在头上，佟春秀下地给李佳氏等人叩头行礼，这过礼就结束了。过礼的礼物全留给女家，礼物中有茶叶，所以过礼又有叫下茶的。塔克世依女真习俗，过礼时还送了两口“他哈猪”，两只羊，两只鹅，猪、羊、鹅都是活的，这三样礼不能宰杀，或放生或送人。此外，还有四坛子金银酒（就是烧酒和黄酒），金酒银酒各两坛，每坛子酒都十来斤。两只鹅的头、翅膀、脊背，全用红颜色或是胭脂红涂抹上。装鹅的笼子叫鹅笼，装酒的坛子叫酒海。佟家收下鹅后就放生了。因为鹅是代表姑爷的，鹅到了姑娘家后如又叫又闹，说明姑爷有脾气，不叫不闹的，说明姑爷性情平和。鹅的别名叫作家雁。羊毛也都染成红色。还有特意蒸的大红喜字馒头，每个约一斤重，内中有枣栗子，取其早立贵子之意。这馒头有送一百斤的，有送数十斤的，塔克世家送了一百斤，佟家将这些馒头分别送给了亲友。

择定日子之后，佟春秀的二位婶娘和嫂嫂们更是里外张罗，给佟春秀制做她最喜欢的装新衣裳，上好的上轿大红袄，下轿戴的头面，穿的衣裳以及各样首饰，还有四铺四盖等等。这些都由佟家备好，也省却了塔克世的费用。按说，这些结婚物品男家备好后送到女方家，除猪羊等外，其余物品都用铜盘子盛。这铜盘子应由轿子铺预备，或四十八盘，或二十四盘，或十二盘。茶叶、红糖、白糖、桂圆、荔枝、枣儿、栗子、落花生、胭脂、粉儿什么的，都用食盒盛装。这食盒是长方形的，内中分几层，盒高一尺半，宽二尺，长四尺二三，两头有两根立柱，高约四尺，柱旁边儿有花牙子，柱上安横梁，梁上有个一尺见方的木头斗方儿，上面写着一个大喜字儿。上述礼物中最要紧的是龙凤喜饼，必备几盒，送到女家。女家收到这些礼物的时候，每一盒中必留一点儿在盒里，不全倒出来，这些礼物或自食或分送亲友。还有鱼盆儿，鱼盆儿内放清水，装放活鲤鱼，鱼要双数。女家将鱼和水退回男家一半儿，水要分均匀，水是财，谁家的水多了，谁就占了那一家的财了。姑娘上头用的首饰、上轿穿的衣裳、下地戴的头面或首饰、穿的衣裳，都是用食盒抬送女家。过嫁妆后再抬回男家。食盒等一般都是轿子铺预备。食盒外面用两条红纸将食盒交斜成十字形封上。佟家早已找好了一个童子，或是自家的或是亲友的。当努尔哈赤家人将礼物食盒抬进佟家后，这童子先向食盒一揖，然后揭开封条，一名女性全科人（也可请男性全科人）打开食盒，将内中装的针凿（有的是钱褡裢、荷包等物）送给童子。佟氏将这些礼物分送给各亲友家，算是报告姑娘已经订亲，表示快要出门子了。接受礼物的亲友送给姑娘喜欢的东西，按接受礼物的多少送姑娘多少，叫做添箱。

这时候，佟老爷命人开了单子，派人到轿子铺定轿子。这单子记述详细明白，并预先交付定钱。

万历五年二月二十四，这一天就是佟春秀与努尔哈赤新婚的正日子。佟府要聘姑爷，亲友和街坊邻居虽然早有耳闻，但是佟家还是要行请之礼，表示庄重和尊敬。

佟老爷早已安排二子三子佟进佟赴兄弟两人操办日常琐事，他俩又分派侄子们各司其职，分派妥当，随时禀告。佟氏族人个个穿戴齐整，红光满面，院里院外，卫生整洁，张灯结彩，披红挂绿，一派喜庆景象。佟家的人穿着长袍马褂儿，凡可口请的皆口请，敬请亲朋友邻到正日子时驾临舍下赏脸赐光等等。而对一些高朋贵客，则早已印好了请帖，帖子印着三行字，右侧第一行竖写着“谨择于某月某日为小女于归之期敬治喜宴恭请”，中间的第二行稍提头写“光临”，下空数字，再写“某人率子某某……再拜”，左侧第三行则写明居住地址或是设宴地址。佟府的帖子，因为聘姑爷，“光临”二字写的“台临”或“台光”二字。

离正日子还有五天了。交昌安和塔克世父子早就准备好了，李佳氏、肯哲和额尔衮、界堪以及礼敦的子女，还有十多个包衣[1]阿哈们，五六十号人，上上下下，也是一片欢腾，准备送努尔哈赤去入赘佟家，一切都早已准备停当[2]了，单等送人走了。

从建州的赫图阿拉到抚顺骑马要走三四天，再少也得两天，中间还得在古勒、明盘一带住一两宿。当然，若是快马加鞭地赶路，有两天也就到了。交昌安说：“为了路上不用焦急赶时间，咱们二十一日动身走，晚上到古勒住，二十二日晚上赶到抚顺，二十三日在抚顺城住一天，有什么事再办一天，时间挺超容[3]。”

都谁去送呢？交昌安一锤定音地说：“我和塔克世、界堪、李佳氏……”肯哲说：“我也去。”交昌安说：“你保证老老实实，规规矩矩地，才能让你去。”肯哲说：“阿玛，我保证规规矩矩的，让我去吧。”

交昌安说：“好吧！穆尔哈齐和舒尔哈齐也去，陪陪阿珲[4]，沾河也去吧……”雅尔哈齐和巴雅拉两个小孩子也争着要去。交昌安想了想，也同意了。“阿哈里头让扎青、哈扎两个女孩子去，颜布禄、兀凌嘎去吧。”算了算十五个人了，再让马三非打前站，这样连努尔哈赤一共二十个人。“好了，就这些人吧，家里的事就叫博依和齐管。”又对博依和齐说：“卫所里的事等我回来处理，你把家看好就行了。”一切安排妥当了，当夜无话。

第二天，努尔哈赤早早地穿戴好了，先到自己的讷讷额穆乞的坟上

① 包衣：满语，家里的。
② 停当：辽东方言，利索、完事。
③ 超容：辽东方言，宽松、有余。
④ 阿珲：满语，哥哥。

拜了坟，回来才同大家一起上路。交昌安、塔克世、努尔哈赤一行人马穿着皮衣皮裤，毛在里，皮在外，带着弓箭，挎着刀，人人骑马，兴匆匆地向抚顺进发了。那些孩子们都没有去过抚顺城，不知道抚顺城是个什么阿布卡合合[①]住的地方，一定能像天堂里一样的好。天堂是个什么样，他们也说不清，所以才要去看看新奇。一路上，他们叽叽嘎嘎，说说笑笑，既开心又快乐。

马三非先走了一会儿，到了古勒，一看迎亲的人马已经来到了。迎亲婆是佟春秀的婶子，伴郎是佟养正和张义，他们正在古勒城的客厅里，由努尔哈赤的舅舅阿台、阿海等陪着喝茶说话呢！女真人重内亲，不是有那么一句话吗，“姑舅亲，辈辈亲，扯着骨头连着筋”。说的就是这道理。送亲的人马得在古勒住一宿了，第二天晚上进抚顺城。守门兵早已得到命令，让佟家的迎送亲队伍顺利进城，佟家把他们安排在了“王八斗”家。

二月二十三，佟春秀在妹妹佟春丽、春香、春芳和张义的妹妹张妍四个青春美丽的姑娘陪伴下，先住到了“艾半街”家。

佟府早在几天前，里里外外，上上下下，就已经是张灯结彩、披红挂绿、热热烈烈，一派喜气洋洋的了。新房就设在原来的客房里，新房里粉刷一新，亮亮堂堂，漂漂亮亮，光光洁洁，一片大喜大庆景象。

佟府专门请了总司仪，各摊各项还分别有各项司仪，分工明确，各司其职，各负其责，整个喜事办得井井有条，红红火火，尤显大家豪户风范。

二月二十四是正日子，就是在这天一对新人举行拜堂成亲的日子。这天一大早，轿子铺的老板就打发红轿子、绿轿子、吹鼓手、抬杠、打执事的人夫来到了佟府，将轿子落在门首，请佟老爷和佟养性看轿子，这习俗叫亮轿。只见这绣花轿子格外新颖别致，绚丽华贵。除了鼓乐外，执事的有金瓜、钺斧、朝天凳、伞盖、扇等，真是花样繁多。那绣花大轿高四尺五寸，宽三尺五寸，深四尺出头。架衣外罩着红洋泥，再外则是上等的大红平金绣花缎子，这就是轿围子，又称作轿衣。轿衣内，安的是红洋绣花红绉，两旁面各开一个小方窗，宽八寸，高一尺，内挂红绸子窗帘儿。轿顶上安有一个锡镴轿顶子。轿顶上安有许多用锡

① 阿布卡合合：满族神话中的天神。

镶做的球儿，在阳光下闪烁光亮，这轿被人称之为满天星。这种喜轿，俗称花轿，也就是经典上说的彩舆。另外，还有两顶绿轿，是迎亲婆坐的。那吹鼓手、抬杠、抬嫁妆、打执事的人夫，身穿绿色的架衣，衣长三尺上下，衣上印有红色的葵花，每件架衣都有一条别色的带子，宽三四寸，长四五尺，架子都是单的，无论冬夏都没有棉的。官宦上等人家用绿色架衣，平民百姓用青色的，不可随意乱用，否则官人干涉。吹鼓手、抬杠、打执事的人夫头上都戴黑毡帽，俗语叫黑面饼，是七分见圆，七八分厚，帽顶略凸，四周围略垂下点儿当作帽檐儿，当中安一个木头顶子，直插一根红翎儿，不拘什么季节，都戴这种帽子。而轿夫则不然，他可穿短衣裳，头戴官帽，春秋是尼帽，夏天是纬笠，冬天是皮帽。皮帽略仿銮舆卫的官帽，不仅特别的大，帽檐儿也特别的厚。皮帽、秋帽上边都安红珠儿线的帽缨子，纬笠上边安红羽缨。据说，这架衣和黑毡帽，还是宋代传下来的规制呢！

女真人娶媳妇是用牛角灯，也叫牛角泡子，因为是用羊角制做的，所以又叫羊角灯。鼓手也叫吹鼓手，专司吹打锣、鼓、镲、号、喇叭的。牛角灯和鼓手都是双数，一般大户都是四十八只牛角灯和四十八名鼓手，其余有用一百二十只，或一百六十只，二百只，佟府用的是二百四十只。这二百四十只牛角灯一半是用长杆举灯走，一半用短杆挑着走，两路灯点燃，一路高，一路低，实在是一幅上好的夜景图。佟老爷讲究诸事整齐，所以，抬轿子的轿夫身量要一般高，不胖也不瘦，都穿蓝布衫儿，打执事的也一概新剃了头。两匹枣红大马披挂一新，头顶着大红花，显得格外精神。

亮轿时间一到，也就静候吉时了。发轿的作派也是很讲究的。到发轿的时候，所有抬轿子的、打执事的、吹鼓手等人夫都到齐了。这时候，喜房里张罗喜房的事儿。喜房，也就是我们今天讲的新房、洞房。佟春秀的喜房就安排在佟府的客房里。佟府请的四位全福的堂客，来喜房铺床。全福人，是指福寿双全，子孙众多的妇人。床铺好后，四个小孩子二男二女，各压一个炕角，这四个小孩也都是有父母的健康活泼的八九岁的孩子。一切安顿完毕之后，外面的吹鼓手也都在喜房外各排一行，打执事的人也都在大门外举起来了。这时开始照轿，一人拿一本历书、一面镜子、一炷点燃的九合香，在轿子里转探几圈儿，名曰照轿。历书必是本年的，俗话说，“隔年的皇历瞧不得”。喜房里铺床、压床、响房、点长寿灯，紧张而有序地忙个不停。一切安排就绪，一个十来岁的小男孩站在炕中间，敲响三下锣，名为响房。响房的锣一响，棚里的吹鼓手、门外的吹鼓手一接声，鼓号齐鸣，只打一会儿，然后，一齐出发，迎娶新娘。喜房的床铺好之后，从发轿时起就开始忌人了，直到新媳妇下地以后，才能不忌。在忌人期间，凡所忌之人，像寡妇啦、光棍啦、还有忌属象的人啦，四眼孕妇毛女儿啦，是不能进入喜房，也不能迎新娘的，这些人都要回避。新婚的人家还尤其忌讳新媳妇来月经，说什么“红马上床，家败人亡”。轿发走之后，四位全福的堂客将椅子摆在喜房门口，往椅子上一坐，看护着新房，有用什么物件的，由看喜房的人进喜房取送，别人是不能进喜房的。

娶亲彩轿吹吹打打地来到了艾家大门外，经过闭门礼之后，才由佟春秀的叔叔佟进将新人佟春秀抱进花轿，伴娘儿个也一同坐进了八人抬的大红花轿，给了稳轿钱。佟春秀的四个哥哥扶着花轿，后边两顶四人抬的绿轿坐着娶亲太太和送亲太太。这长长的娶亲队伍在抚顺城里走了一大圈儿，经过的街道满是夹道观看的人。

只见这迎亲队伍，一对开道锣走在队伍前边，紧跟着的是官衔牌，继后的是金灯、旗子、执事的，再后是肃静回避牌、隔漏花棍、统伞、掌扇、拉幌的。之后是两对对子马，骑马人身穿长袍马褂，十字披红。对子马后边是吹鼓手，紧跟在后的就是新娘的大红彩轿和迎送亲太太的两顶绿轿了。在花轿两旁走着拿猩红毡子的人，一路上遇有井、庙，用毡子将花轿挡住。姑娘下轿子，轿门与房门有缝，也用毡子挡，怕被所忌的人冲了。

迎娶新郎努尔哈赤时是按女真人的习俗，没有各项执事，仅用牛角灯在前边走，后边跟着吹鼓手。牛角灯和吹鼓手也是分两行走。佟府娶姑爷是按汉人习俗的，这娶亲队伍也自然是分两行走的。一路上，吹鼓手们用锣、鼓、镲、号、喇叭、九云锣以及笙、管、笛、箫等，吹打《花得胜》等曲牌，吸引了满街满巷的人围堵观看，一路风风光光，令人瞠目结舌。

迎亲队伍回到佟府大门后，佟家也有闭门之礼。大门已经特意关上了，让轿子等娶亲官客都等在门外，吹鼓手们一个劲儿地吹打，门里边想听什么曲儿，就叫吹鼓手们吹什么曲子，像鲤鱼跳龙门、炒麻豆腐大吐嘟啦，一时也说不尽。娶亲的官客堂客这时赶紧一面叫门，一面将一把钱儿往门槛上一打，包儿一阵乱飞，名之曰“满天星”，这是女家的闭门礼。佟府的迎亲队伍回来后，不打包儿，而是当轿子要到门时，便鸣放爆竹，俗话叫念炮铳。一阵鞭炮响过之后，花轿也就可以进院子了。

花轿进了院子后，早有人在院当央放了一个火盆，轿子从火盆上抬过去。越过门洞房，到了后院中堂。从中堂到喜房门口的地上，都铺着红毡子。吹鼓手们奏着乐，赞礼人赞礼，请新人下轿，连请三遍。在新人还没下轿的时候，新郎努尔哈赤操起弓射三箭，行古人射孔雀之礼。然后有人打开轿帘，将新人搀下轿。中堂摆了一张大八仙桌，桌上供着香蜡纸马等等，这纸马又叫马神儿，又叫神祇，就是喜纸，这就是一对新人拜天地的天地桌了。打发下轿的官客先点燃香烛插在香炉里，然后官客扶新郎、堂客扶新娘，来到天地桌前。天地桌是按择日子时择出的方位摆放的。

一对新人男左女右站在天地桌前，由司仪人主持交拜天地，谒见祖先及佟氏二位老人和伯叔父婶母等大人。拜的时候，吹鼓手吹打细乐，用的是单皮鼓、小铜镲儿、小喇叭等乐器，吹奏出来很好听。这时，那唱祝贺词的老人喜气洋洋地吟诵《喜歌》：

日头一出照庭来，
家有金斗供龙台。
湖中有水龙来戏，
喇叭大号站满街。
轿里坐着千金女，
文武状元接进来。
铺红毯，搀新娘，
接接连连到堂上。
一拜天来二拜地，
三拜公婆年老的，
四拜哥哥嫂女坐着的。
低头走，抬头观，
迎着上方何路仙？
为仙不落凡人地，
迎着刘海撒金钱。
金钱撒到状元府，
富贵荣华万万年。

东家大喜！

司仪人赏了贺喜人。新郎新娘拜完天地之后，就把天地桌上供的香、蜡、纸、马放在火盆上一焚。于是由官客和堂客搀扶一对新人入洞房。司仪人事先将一马鞍子放在喜房的门坎上，上铺红毡子，让新人跨过马鞍进入洞房。新人进入喜房后，打发下轿的堂客便将宝瓶递给新人，新人抱着宝瓶走进洞房，坐在洞房炕上。新鞋不能沾土，一直走在红毡子上，取祝福和驱邪之意。没有红毡铺地的，有用净蓆（茓子）铺地的，叫传席。有用米袋倒换着铺地的，叫传代。这宝瓶是用木头制作，跟花瓶差不多，有七八寸高，瓶的外面上红漆，或是黄油抹金边，内装金银珠宝，所以叫宝瓶。宝瓶未用之前，瓶内先装上金银锞子、古钱、制钱、碎银块儿、金银小如意儿、珍珠，还有黄米白米叫做金银米，掺合在一起，然后用一块一尺见方的大红绸子蒙在瓶口上，再用五色线把瓶口一捆。人坐在炕上后，堂客便取走宝瓶。

新人上炕盘腿儿坐下，新郎才上前将新人的盖头揭下来，这就是抓髻夫妻了。之后，新郎坐在新人的上首，就是左边，娶亲太太拿一杯酒，给新郎呡一呡，这饮交杯酒，俗话叫作喝交杯盏儿，也就是合卺之礼。合卺之礼用的酒杯是圆形的高腿杯，漆红漆，加金边儿，在未用之前用红头绳将两个杯子拴在一起的，用的时候再解开。交杯酒饮完之后，新郎和新人坐在炕上，由娶亲太太和送亲太太喂子孙饽饽，一人端一个子孙碗，拿一双子孙筷子，娶亲太太喂新郎，送亲太太喂新人，各吃三五个，一个咬一口。这子孙饽饽就是小一点儿的白面饺子，一般是二十四个。用两块生面，擀成大饺子皮儿，当中包几个极小的饺子，两个面皮儿一合，周围一捏，即成馅子，取其夫妻和合之意。做成这样两个盒子，一个盒子装八个，一个装七个，叫做七子八婿，或叫八子七婿。这是唐朝郭子仪传下来的。子孙饽饽由男家做好后，用两个红漆盒子装来。这盒子有桃形的，也有柿子形的，上边绘有金边儿，盒子里垫着红棉纸，再装上子孙饽饽。盒外用一根细红头绳拴上，再用另一根红头绳一头拴一个盒子，将两个盒子拴联起来，这叫做红绳引子孙。这红漆盒子用红绸子包袱包上，找一个小童子接来的。红漆盒子取走时男家要给压一个喜封儿。

在行合卺之礼的过程中，吹鼓手们都在奏着细乐，悠悠扬扬，喜气盈门。这下轿的各项礼仪全部结束，新郎才出新房，照顾送亲的人吃完早饭，就送他们回去了。努尔哈赤家送亲人路远不能走，更加上他们女真人没有经着过这种婚礼，佟老爷就没让走，说住几天，玩一玩再走。交昌安一行人也正打心上来，也就没走。而新娘子仍坐在炕上，并一直向着一定的方位坐着，那个方位的墙上贴一个喜字，和拜天地的规矩一样儿。新人坐在炕上，不能大说大笑、抽烟、左右回头看什么的，更不准下地，就是大小便也得在炕上。这时候开始开脸，把新人脸上的汗毛拔掉，把鬓角开齐，并送开脸的人一双鞋袜或一个喜封。新人开了脸，该梳头了，佟春秀的婶母拿着梳头油瓶儿和抿子给佟春秀梳头。梳完了头，外边送进一桌饭，这就是新郎和新娘一同吃团圆饭。有几位全福人，一边夹着菜一边说着吉祥的话儿，夹一块鱼就说富贵有余，莲子就说连生贵子，一块白色的菜，就说白头到老，一块四方的菜，就说四角俱全，等等。吃完团圆饭之后，新人才可下地，这之后才叫新媳妇。没娶时叫新姑娘，方一娶来叫做新人，下地之后才叫新媳妇。

佟春秀头梳喜鹊尾，顶插一枝珠翠顶花，首饰和花合谐相配，凤冠霞帔，蟒袍玉带，蟒裙，足蹬花底鞋，同新郎努尔哈赤一同到祠堂行礼，拜佟老夫妇，佟进夫妇和佟赴夫妇等长辈人。之后，由送亲太太一一引见，拜努尔哈赤的亲人，算认了大小。每见一位长辈儿，新婚之人都是叩三个头，在起来跪下的时候，新郎努尔哈赤都作一个揖，新娘都拜一拜，叫万福，又叫敛衽。旗人的新媳妇是实实在在叩三个头，而佟春秀按汉人习俗，是一个头叩下去就不抬头，直等新郎官叩完三个头后，她才抬起头来。然后是见面礼，受双礼，这个礼，那个礼，全都施行。那些繁文缛节自不待说了。

佟府的喜事真是办得喜气洋洋，隆重而热烈。不用说别的，光是吹鼓手就请了四棚子，四架吹鼓手赛着伴儿地吹出各种喜庆的曲子来。抚顺城内有头有脸的官宦商贾人物都是携手而来，几乎半城的居民都来祝贺道喜，真是繁华热闹，人头攒动，人声鼎沸，都听不出说什么喊什么。那司仪人员更是忙得脚打后脑勺，连一会儿也没有闲歇。全府上下披红挂绿，隆重非凡。亲戚朋友行礼道喜的络绎不绝。那个时候的行礼，是抱拳礼，这是中国汉民族传统的行礼方式，就是左手握包右拳，配以点头之礼。

红事情送礼的，多是送些香茗，或按包，或按斤，论包是一百包或二百包，论斤是十斤二十斤。有的送香茗同喜烛一同送，就是各五斤。当然也有送票的，将所送之物写在票上，什么什么多少多少，价钱多少，到什么店铺去取等，将票装在红封套里。有送金酒、银酒的，金酒是黄酒，银酒是烧酒，也就是白酒。有送果席的，干鲜果品、蜜饯、冷荤、炒菜、点心什么的。有送喜幛的，将绸缎打开，做成一个长方形，有如簾子或大书画儿，上面有金字，上下有横杆，可以挂起来。有送喜联的，“某某合卺之喜：百年好合”“某某令爱于归之喜，宜其室家”，“碧纱笼月春调瑟，红袖添香夜读书”等，都是用上等红纸，也有用金纸或桃花宣的，裱糊好的。有送衣料的，绸缎纱罗之类。那个时候讲究送尺头，尺念迟，尺头是把珍贵衣料卷成一轴画的样式，外面用丝绒系好。有送鞭炮的，有送装饰品，日用品的。有送份子的，这是把钱装在封套里。凡送礼的都是将礼物装在封套里或拜匣子里，外面贴上签儿，在签上写上“喜敬”或“贺敬”二字，下面写着礼物的名称、数目，在封套的左下角写上名字，背后写着住址。因为佟府办的是红事情，送封套一般都送礼者本人去，大多是将封套折上，字朝外带在身上，到账房交份子等礼品的时候，也这么折着交，由底下人将拜匣盖儿打开，将拜匣递给主人，主人再交给本家儿，本家儿又交给管账的人，主人谢礼，本宾还礼。佟府账房管账人将礼写好后，再添写一份谢帖，如有底下人，再备一份力钱，一并交给来上礼的人。

宴席安排就不用说了，那是八凉八热四个汤，烧酒、黄酒管够喝。韩斌将军、张立德副将和王八斗、艾半街等显贵和交昌安父子同列贵宾席，军界政界的一席，商界企界的一席，各行、各派、各人等均有妥善安置，甚至寺庙庵堂的也都安排有序，市井民人，亲朋好友，五行八作，一席接一席，从上午食时[1]一直放到下午日映[2]，五六个钟点，放六悠，每悠四十多桌，最后落桌时，还有八十多桌，司仪、勤杂、厨师和各劳作人等，加上自家人，真是忙忙乎乎多少天，只有落桌这顿饭是团圆饭，安安稳稳吃得香啊！

佟府的喜事红红火火操办了整五天，人客散尽，真是客走主人安哪。最后落桌的时候，可以安安稳稳地吃团圆饭了。在落桌的席上，佟春秀首先给爷爷、奶奶斟满了酒，然后跪下磕头，感谢二位老人的养育之恩。然后，又分别给伯父母叔父母们一一斟酒，又跪下磕头，感谢十余年来的教养，又一一给哥哥嫂子斟酒，道万福，感谢对自己的关照。

① 食时：古时称辰时。
② 日映：古时称未时。

然后，又同努尔哈赤一起，来到送亲客交昌安、塔克世等一干人的席前，分别给斟酒。努尔哈赤感谢交昌安、塔克世的生养之恩，佟春秀则跪拜了李佳氏、肯哲，伯叔婶母，又一一见了弟弟、妹妹。送亲后，佟老爷让交昌安一行人等，说住几天，一同乐呵几天，也让没进过城的人到街上转转、看看。佟老爷特意给佟春秀和努尔哈赤些钱，让他俩领李佳氏、肯哲和弟弟、妹妹们有什么稀罕的，给他们买，叫他们高兴满意。

几天后，佟春秀和努尔哈赤陪同交昌安等人回了建州，由李佳氏陪同佟春秀向几位伯祖叔祖拜认了亲，并向每位长辈人献了礼品，给孩子们糖果。她走到哪里，都呼一群人，人们大加赞扬，都说努尔哈赤有福气，娶了这么好个萨尔甘[①]。正是：

邻舍争慰劳，
应接苦不暇，
姓氏未及知，
空言聊相偕。

可见，当时拥戴佟春秀的情景是如何的热烈。说书人也禁不住赞曰：

少妇春秀似半仙，
琼女建州散金莲。
广寒队里多相妒，
凌波无意上九天。

佟春秀和努尔哈赤在建州盘桓了几天之后，就又回到了佟府。

---

① 萨尔甘：满语，妻子。

第十一章　灶突山高大鹏展翅　苏子河流游鱼成龙

在佟府入赘的日子里，努尔哈赤广泛结交各界朋友，结识五行八作的各路能工巧匠，三教九流的各种人士。他到处走，四处看，了解朝廷政治、军事、经济、文化各个方面的情况，了解到从朝廷到平民百姓的方针政策和国计民生的各种情况。他认定，多个朋友多条路，多个仇人多堵墙。要干大事，没有死心踏地跟随自己的“固出”[①]不行，没有各路人才去干各类事情不行。可最主要的还是要了解朝廷和熟悉汉族民众。光有这些还不算，他还得有超人的聪明睿智、文韬武略的卓越本领。当然，还得有个理家高手，管生活后备的贤内助，襄夫教子的好萨尔甘。这些都有了，还得有适宜的时机。

佟春秀听了他的这番话，说了一首古诗。她说：

精卫衔微木，
将以填沧海，
刑天舞干戚，
猛志固常在。

努尔哈赤听了，似懂非懂，但他明白，这是“有志者，事竟成”的意思，所以，很高兴。几个月过去了，努尔哈赤显得很沉闷，像似有什么心事，不像以往寻常那么开心了，佟春秀很纳闷儿，就问他是怎么了。努尔哈赤说：“我的好萨尔甘呐，既然你知道我有心事问我，那我就说了。你知道，我是绝对不甘心平平庸庸活一辈子的，玛法对我寄予了很大希望，将来让我能为建州女真人、甚至为所有女真人做一番大事业，虽然不敢说是惊天地、泣鬼神，可也起码能像完颜阿骨打那样轰轰烈烈地活它一辈子。我就不相信，我们女真人就这么四分五裂下去，难道不能像大金国的女真人那样驰骋神州大地？可是，我就在这里，怎么去实现我的志向呢？老爷、老夫人爱你如心肝儿宝贝，他们都那么大年

① 固出：满语，朋友。

纪了，咱们怎能结完婚就走了呢？另外，我还想，我玛法在家里的情形你也知道了，小讷讷那人一向不孝敬老人，我玛法也是快七十的人了，我原想我们结婚了，就接玛法来我们养他老……”

佟春秀说：“艾根[1]，不用说了，我明白了。你是对的，我支持你。这事好办，我爷爷、奶奶都是通情达理的人，再说，爷爷对你的远大抱负很赞赏，很支持，他不会把你圈在这里没有出息的，他们总不能说叫你去经商挣大钱吧！明天我就跟爷爷说去。你放心吧！”

佟老爷和老夫人听孙女说了他们的心事后，觉得很对。是啊！努尔哈赤能一辈子做生意吗，将来建州左卫的大印必然由他来接啊，他的宏图大志只能在女真人里去实现。他是条蛟龙，那女真人才是大海啊！朝廷也好，女真人也好，都把管理好女真人的希望寄托在他的身上，让他长久住在佟府里，也是不可能的啊！既然如此，莫不如叫他们早走，早安家，早点开展他的事业。老两口一合计，说，“那就择个日子，送他们回建州吧”！

三天后，佟府送佟春秀努尔哈赤回建州的车马出了抚顺城，张义兄妹愿意跟他们去建州，老爷和老夫人愿意叫他们给春秀做伴，也让他们去建州了。

一路上，佟养性、佟养正送他们到木橱山，就分手回去了。几个人驻马停车，自然有一番依依惜别，互致珍重。佟养性对佟春秀说：“好妹妹，有什么事就送个信来，缺什么就回来取，千万不能苦了自己。”

互相道别之后，就各自上路了。

等努尔哈赤他们到建州的时候，家里早已得着信，事先把房屋收拾好了，就让他们住西下屋子的北头。

交昌安的家可以说是个大家，他五个儿子分别结了婚，分了家，但都没有搬出院子，仍然住在一个院内。这有两个原因，一是没有能力都自己盖房子，安门立户，二是那个时候的抢夺击杀，经常发生，都单独居住，防御抵抗的能力就大大削弱。特别是礼敦在世时，靠他的勇敢强悍，靠交昌安的机智聪敏，袭杀了宗族内的硕色纳及其家子弟九口人，加虎和他的七个儿子，这两个宗枝的人日夜伺机报仇，而礼敦后来又病死了，他的子孙都年纪幼小，怎能独立支撑门户呢。就因为这个，交昌

---

① 艾根：满语，丈夫。

安宗枝的人就都住在了一起。

努尔哈赤的小讷讷肯哲虽然看不上努尔哈赤兄妹几人，可对佟春秀却还友好。不过，她那尖酸的体性还是常常发作，也是有意使威风，拿架子。佟春秀每天都照样问安，事事按她的意思去做，一句也不驳魂儿[①]。每天请安时都照样给她装烟，侍候她到嘴边儿，再从火盆儿里扒拉出个小火炭儿，吹红了，给她点着烟。她总想挑刺儿，要在鸡蛋里找骨头，可就是找不着。虽然气在脸上，可心里还是真的挺喜欢这个儿媳妇的。

一天，肯哲总算面粉里找沙子，拿不是当理说，可算抓到个把柄，能要要威风，好让人敬畏她了。这天巳时，肯哲要抽烟，一看烟笸箩[②]里的烟没了，抽了啦？没有呀，这烟哪去了呢？就是抽了啦，也该再给装上啊！她一下子来劲儿了，可算在鸡蛋里找出了骨头。她大呼小叫地，嘴巴浪激的[③]。佟春秀在下屋子全听到了，急忙赶过来，肯哲恼怒地说："这不存心不让我抽大木哈[④]吗，你们就这么侍候俄莫克[⑤]的吗？"

佟春秀一看，烟笸箩里真的空了。她心里话，今早晨我给装一些烟的啊，怎么一个多时辰就没了呢！她不声不响，急忙跑哈什[⑥]里从烟捆子里拽出一把，轻轻抖去灰尘，就撮在烟笸箩里一摁，又揉搓几下，挑出烟梗子，将烟笸箩往一面抖了抖，露上烟末，给肯哲装了一烟锅，取个火炭点燃了。

肯哲可算抓住了理儿了，就歪三拉四指桑骂槐地开了腔了，"我也就奇了怪了，早晨大木哈笸箩里还有不少大木哈，怎么我上趟茅房回来，这大木哈就没了呢？你说这能叫谁滴漏[⑦]出去了呢？"

佟春秀听了，心里很不是滋味，但还是装出笑脸儿，说："不会有谁滴漏的，还是让谁装大木哈荷包了吧！"李佳氏坐在北炕，插嘴说："今早晨我看见塔克世摆弄大木哈笸箩来。"

肯哲不让人地说："他装大木哈荷包了，也能跟我说一声的，你们

① 驳魂儿：辽东方言，反驳。
② 烟笸箩：辽东方言，嫩柳条编织的圆形小笸篓。
③ 嘴巴浪激的：辽东方言，说话带刺，带脏话。
④ 大木哈：满语，烟。
⑤ 俄莫克：满语，婆婆。
⑥ 哈什：满语，仓子。
⑦ 滴漏：辽东方言，偷着从婆家拿东西到娘家去。

说不会是谁滴漏出去，那这大木哈能长膀飞上天了？”

佟春秀没再言语，轻轻回了下屋子。这时，塔克世从外头回来了，听说了烟的事，说：“肯哲，你又发什么疯？这大木哈是我装大木哈荷包里了。”

肯哲不让步，“那你为什么不跟我说一声？”

“你去茅房，我还到茅房去告诉你？这么一把大木哈，值得滴漏的吗？笸箩里没大木哈了，你就下地上哈什里拿嘛，干嘛发股狼烟的！耍的哪门子疯？”

肯哲有些下不来台，说：“我耍疯用你说！”就下地捶打塔克世。

塔克世破怒为笑，笑着说：“好了，好了！”

交昌安在西屋里，东屋里的小小风波，他听得一清二楚。想了想，遂决定：还是让努尔哈赤分出去过吧！当天晚上，他叫过塔克世，说了他的想法。塔克世一想，是啊，树大没有不分枝的，分家是早晚的事儿。努尔哈赤已经结婚了，有老佟家他阿姆格①做靠山，也不会有难处的，也就欣然同意了。塔克世叫来了儿子，交昌安向孙子说了分家的事。

努尔哈赤说：“我们听玛法、阿玛的。”交昌安说：“分家是得分，可不能现在就分，现在分，让你们上哪住？我看，先看个房场，盖好房子，也就二十天一个月的。”

当天晚上，小两口说了分家的事儿，佟春秀说：“树大分枝，自自然然。我没有什么不同意的，只是我想接玛法跟咱们去，让他老人家有个幸福的晚年，卫所里的事务带着，到咱们那去办。分出去以后得有房子住，不能溜房檐儿，咱们就得先盖房子。”努尔哈赤说了玛法也是让先盖好房子再分家。

次日早饭后，努尔哈赤说要出去看房窝，交昌安、塔克世说一起去看，六七个人骑马进了王胡沟。王胡沟沟门有一个西边连山的矮矮的小横山岗，名叫腰岭。小横山岗的东端小山头，名叫珠子山，高约三丈多，是个东西长的椭圆形的小山，犹如一颗珠子似的镶嵌在王胡沟口。而其西北有个砬嘴山，东南有鹰嘴子山，两山好似两条龙头，正对着珠子山，犹如二龙吸珠。因此，当地人叫这个小山头为“珠子山”。珠子山的东边是王胡河，由北向南流入苏子河。

---

① 阿姆格：满语，岳丈。

珠子山上有个圆角方型的小城，住着努尔哈赤的六祖宝实一家人，这个小城叫作章甲城。

努尔哈赤的爷爷交昌安哥六个，交昌安是老四，老大叫德世库，住在爹爹福满住的老地方，那地方就叫木胡觉罗，后来叫成交尔察了。交尔察离交昌安住的赫图阿拉有六里远。老二刘阐住在离赫图阿拉二十里的地方，叫阿哈伏洛[①]，也是个椭圆形的小城。老三索长阿住在离赫图阿拉西北十二里地的河洛噶珊[②]，老五包朗阿住在尼玛兰城，南距赫图阿拉城六里，章甲城西距赫图阿拉城也是六里。这六祖六城，分别住着福满所生的六个儿子的家口。还有人口多的枝儿又分出去另住的，共有十二处。这六祖居的六城，后来被称作“六祖城”，努尔哈赤后来做了皇帝了，这“六祖”就称为“六王”了，他们都分别住在苏子河两岸，这苏子河流过的河川地带，就叫作“宁古塔川”，这“六王”就被称作了“宁古塔贝勒”[③]，努尔哈赤的翁古玛法[④]后来被尊为兴祖。六祖里，就属五祖包朗阿和交昌安兄弟情深。

王胡沟沟里很宽阔，到沟里半截又分出两道沟岔，东岔叫东沟，西岔叫西沟。两道沟岔中间夹着一条小山，这架小山是南北走向，两道沟岔的小河流到这小山南头汇到一起，南流汇入苏子河，这道河就叫王胡河。

这个小山岗顶上很平坦，越往北，岗越宽。

努尔哈赤一行人，在路上正巧遇见了五玛法包朗阿的两个孙子叫扎秦和桑古里的，听说他们要找房场，盖房子，也跟了来。扎秦说：“阿珲阿沙[⑤]要分出来过没房住，先到我们家住，等盖了房子再搬过来。”

佟春秀感谢说：“你们兄弟真是有情有义啊，阿沙我先谢谢你这个好阿珲德了。”

扎秦调皮地说：“我对阿珲有情义，还不是冲着尼亚其一样的阿沙你吗！”

佟春秀反唇相讥，说：“你既然冲着我尼亚其，何不把我供起来！”

---

① 伏洛：满语，山沟。

② 噶珊：满语，村屯。

③ 宁古塔贝勒：满语，宁古塔，宁古，六之意，即“台”；贝勒，宁古塔，住在六个台地上的王。

④ 翁古玛法：满语，曾祖父。

⑤ 阿珲阿沙：满语，阿珲，兄；阿沙，嫂。

扎秦说："供起来哪如搂起来！"

佟春秀听了，两腿一夹马肚子，跑前两步，用马鞭子去打扎秦，扎秦早打马冲了出去，逗得张妍在马上捂着嘴直乐。

他们一大帮子人说说笑笑，转眼工夫就过了窟窿芽噶珊[①]，交昌安指着两沟所夹的小山头说，"咱们就先看看这个小山岗吧！"这些人下马登山，看了起来。

山岗高出地面差不多有八九丈，南头低，北边高，北连高山。小山岗南头陡崖峭壁，西面陡峻如壁，只有东坡缓漫。山岗上挺平坦，很适合建房。这个地方南距章京城约三里半地，西南距赫图阿拉城约十里。站在山岗上，东西两沟一目了然。往南看，窟窿芽噶珊、沟口和章甲城，尽收眼底，西南，远远望见赫图阿拉城。

那个时候的女真人各部都不相统一，各自争雄称王，互相攻杀，甚至骨肉相残，形势很严峻。这样，各个部落都建有平地城和山城，平时住在平地城，战时，住在山城。努尔哈赤生长在这种社会环境中，自然很了解筑房于山的必要性。佟春秀虽然并不十分了解这种社会现实状况，但她听了努尔哈赤的说明，立即表态，说这个地方很好。大家也一致说好，于是就定了下来。这个山寨后来就称作北砬背山寨。

房场确定下来以后，说干就干。交昌安叫扎秦和桑古里到阿哈纳家去借些刀斧、锹镐来，先清了场子。第二天，就动工挖土运石，砍房木，割苫房草，不到二十天，一个新的小山寨就建成了，这就是波罗密山寨。努尔哈赤和佟春秀在这里住了整整十年。在这里，起兵为父祖报仇，击杀尼堪外兰，在这里，首先统一了苏子河部，继而统一了建州五部，并以此为基础，吹响了统一女真的号角。

① 窟窿芽噶珊：满语，臭根山菜村屯。

第十二章 波罗密山寨根基永固 佟春秀夫妻析家自立

佟春秀和努尔哈赤要建的婚后的第一个山寨，满语名之为“波罗密”，俗称“北砬背。”“波罗密”是什么意思呢？众位客官请听我说。

波罗密是满语，意思是“弑”，就是臣杀君、子杀父。这个山寨后来叫成了“北砬背”。那为什么叫作波罗密山寨呢？这就是，努尔哈赤起兵的那两年，有许多人反对，甚至族叔兄弟都想杀掉他，在这山寨里屡屡发生弑杀事件，人们才把这个山寨叫做波罗密山寨了。

三月下旬，春日融融。听说努尔哈赤要在波罗密盖房子，建山寨，族中的人多来帮工。交昌安、塔克世天天盯在山头上，指挥人们干活，包朗阿、宝实家中的孙子也都像长在这里一样。塔克世家的阿哈男女也都叫来了，努尔哈赤的几位伯父、老叔和他的弟弟叔兄弟、堂兄弟们，一天好几十号人。决定建自己的山寨后，佟春秀就打发张义和马三非回佟府，向佟老爷说了春秀的意思，佟老爷给拿五千两银子来。在山头上，临时支起了帐篷，安了锅灶，备办饭菜酒食，款待干活的人。

在山头房场，只见交昌安有条不紊地指挥大家：扎秦领几个阿哈上山砍房木，赶上牛，捞上拖爬子①，带足绳子，砍下房木连相捞回来，扒皮风干。桑古里带十几个人上山割洋草②，带扦斤棍③，割完就背下山来。颜布禄领人运石头，兀凌噶领人平房场，拉黄泥，扎青、哈扎帮李佳氏做饭菜，阿秃宰羊，一一分配停当。张妍和佟春秀筹办各种物资，她们要出去买羊，包朗阿说，上他们那抓去。一听说是买，宝实就叫抓他们的，近便。佟春秀想，抓谁的也不能白抓，要是要，给是给，买是买，谁的人情也不想欠。就这样，在波罗密山头上，男男女女，忙忙碌碌，热火朝天，呼呼隆隆地干了起来。

佟春秀把努尔哈赤拽过一边儿问：“你看盖几间？”努尔哈赤说：

---

① 拖爬子：东北农村木制农具，由山上往山下捞木材用，两脚两腿一棚，一种小小的拖捞农具。

② 洋草：苫房草。

③ 扦斤棍：尖头木杆，扦草捆物背在身上运下山的工具。

“可地方盖吧，能盖几间是几间。我想，用不几年，我们的人会越来越多的，何不趁现在一遭把房子多盖出来。”

佟春秀说：“我也正是这样想的，说起来这个地方暂时够用，以后人多了，事业扩大了，要干的事多了，我们肯定还得找个更大的地方。”

“现在，我们先安排跟前的吧。饭菜要好，酒肉要足，就算是犒劳大家吧，好让他们有劲儿干活，不能亏待了他们。”努尔哈赤说。

波罗密这个小山岗，像一条长舌一样，由北伸向南。山岗上东西宽有六丈，南北长有二十多丈。交昌安和塔克世仔细丈量，可盖正房五间，房子的东西房山头还可空出一庹多宽，再挖上深壕。这样丈量计算后，觉得可以了，就叫来了努尔哈赤、佟春秀，在地上划了个草图，努尔哈赤和佟春秀看了很满意，就这样定下来，按这个方案建房。

交昌安和塔克世步量以后，砍了一根腊木条子，修理光溜，就用它做尺子，一庹长，一间房长两杆，就是一丈，再去一拃零一跪，按五间房盖，中间开房门，一明四暗。丈量好后，吊了一下方向，做上记号，就叫大伙平房场，安基石，安柱角石。

交昌安在房场后找了四块小石板，在一棵树下砌了个小“庙”，撅了三根蒿子棍儿，插在庙门前，默念了几句，请求山神爷保佑地方平安，也许下了愿。

那个时候，女真人建房都是建“口袋房”，就是一栋房子，不管几间，从房东头开门，这是坐北朝南的正房，若是东西厢房，就从南头开门。进房门后，第一间就是明间，也是锅灶厨房，然后才是里屋，再里屋，属于筒子式的房。口袋房的最里间，也就是最西间，是南西北三面的炕，称为万字炕。在万字炕，也就是西炕上放大板柜，西山墙上安神板供祭先祖。

这回交昌安觉得，这样的口袋房住起来实在不方便，最里间住长辈，外间住小辈，住仆人。那个时候生活条件差，既没有幔帐，晚上睡觉时也没有内衣短裤，更没有好被褥，就在土炕上光身子睡，夜间起夜[1]来回走看着实在不得劲儿[2]。他心里话，什么“口袋房，万字炕，烟筒立在地面上！”为了让宝贝孙子媳妇方便，有些讲究就该改改。再说，孙子媳妇是汉人，住口袋房也不习惯。于是，他把塔克世、努尔哈

① 起夜：辽东方言，夜间去厕所大小便。

② 不得劲儿：辽东方言，不顺眼，不舒服。

赤和佟春秀叫到跟前，说："咱们这房得盖成尼堪[1]人那样的，出入才方便。就像咱们在赫图阿拉城的房子那样。"佟春秀立刻表示意见说："是啊，就得盖一明两暗式的，我看了你们大多数人的房子是那种一头开门的房，虽然冬天能暖和些，可那也实在不方便啊！再说，咱们在这个波罗密山岗上建房，一天的日头照着，就得盖坐北朝南的房，这样的话，房门开在东头，一出门就那么一庹宽的地方，还要挖防护壕，那开开门不是壕沟了吗！"努尔哈赤说："春秀说的对，咱们就改改这老规矩吧！"

交昌安说："咱们卫所的房子也盖成尼堪式的房，就是因为成年的有朝廷官员啊，尼堪人来办事，建筒子房他们不习惯，才盖成尼堪式的房子。你这的房，将来必定会来许多的汉人官员。好了，既然你们不反对，咱们就这样定了，盖尼堪房。"塔克世也连连说好，好。于是，一致决定，建一明四暗的正房。

交昌安叫过张义，叫他监工，说怎么建，每个地方干什么，他是尼堪人，明白，就让他负责了。

那个时候，咱东北的一年四季很明显，夏天热，冬天冷。冬天冷的连撒泡尿还没尿到地上，就冻成冰棍儿了。可春天来到的时候，天头说暖和也很快，俗话说，立春是晴天，一春多好天。春风吹，地皮干。房木捞到房场，立即剥去树皮，十来天就让风吹干透了。四月初破土动工，计划二十天盖完，打完炕，用不上一个月，就可以搬进去住人了。

塔克世叫来了阿哈巴尔太和刘哈，让他俩领几个人去打灰石。又派人到南边挖几车黑煤碴子回来，叫刘哈盘两座石灰窑烧石灰。佟春秀见了，很高兴，说，"阿玛！您想得可真周到啊，我还寻思呢，上哪去弄白灰抹墙呢！没有白灰，就用这黄泥，那屋子里黑古隆冬的，可别扭死了。这下可好了，能住上又白净又亮堂的屋子了！"

在房场上，也就十多天的工夫吧，就拉起了房排，安门、砌墙、上檩、上椽子、勒房笆、上笆泥，笆泥半干不湿的时候，就苫房草、打炕、砌锅台、打间壁，眼看着一栋房屋就戳起来了。

---

① 尼堪：满语，汉人。

人们在房架支巴起来后，铡洋草的铡洋草[1]，和泥的和泥，砌墙，捣泥，真是干得热火朝天。扎秦看佟春秀给干活的人送开水喝，他一边用锹捣泥，一边用脚又踩又踹，将铡得一寸长的洋草拌黄泥里当瓤脚[2]，一边要贫嘴说："阿沙春秀，我的顶顶漂亮的好阿沙呦，新房子盖上了，新人住上了，可就是还缺少个小哈哈珠子[3]，不如我来做这个小哈哈珠子吧！"

佟春秀没醒过腔[4]儿来，就高兴地说："那可好了，我有你这么大个哈哈珠子，可以天天帮我干活了！"

扎秦狡诘地连忙接过话头说："我做哈哈珠子，可是得有条件的。"

佟春秀不解地说："你自己个儿愿意，给我做哈哈珠子的，还讲什么条件！"

"我的条件很容易办到，就是得天天晚上让我摸着你的奶子睡觉啊。"扎秦得意洋洋地说。

说的佟春秀凝脂凝玉的粉面桃花脸刷地红了。她不说分晓，拣起一根棍子撵上去打扎秦，嘴里还不依不挠地说："我先打死你，再叫你要贫嘴！"

扎秦扔下铁锹就跑，转来躲去，躲到了努尔哈赤身后，左躲右躲，右转左转，躲避着佟春秀的棍子，嘴里不住片儿地说："阿珲救我，阿珲救我！"

努尔哈赤一转身，用他那有力的两只大手，掐住扎秦的两肩，说："该打，该打！"佟春秀赶过来就用棍子抽打扎秦的屁股，"谁叫你不好好干活，净要贫嘴！"佟春秀一边打一边笑怒着说。痛不痛的不知道，扎秦两手直护住屁股，说阿珲偏向。那只大犬汤古哈也围着扎秦"汪汪"地叫个不停。这时，佟春秀笑着高高地举起棍子，似要狠用力地打下去。扎秦歪头一看，故意大喊着哀求说："好阿沙，好阿沙！饶了我吧，我可不敢了。你把我打坏了，谁给你干活啊！"说完，挣出来就跑了，边跑边回头说："阿珲偏向，阿珲偏向，不向着阿珲德[5]，向着外

---

① 洋草：辽东方言，一种山上长的类似苇子似的草，可用来苫房子，和泥当瓤脚，即拌泥里抹墙有筋性，泥不裂缝。

② 瓤脚：辽东方言，乱草拌黄泥里，抹墙，筋住泥，不爱裂。

③ 哈哈珠子：满语，漂亮小孩，小娃娃。

④ 醒腔：辽东方言，明白。

⑤ 阿珲德：满语，兄弟。

姓人!”这时，努尔哈赤的伯父礼敦的大儿子博依和齐笑着说：“外姓人！外姓人现在是亲人了，你是没有香油沾的喽!”

张妍在一旁捂着嘴嘿嘿直乐。

努尔哈赤说：“干活去吧你，别耍贫逗嘴了!”

塔克世看石灰烧出来了，拆了窑，那一块块的石灰块儿冒着热呼呼的热气，就叫在院子里挖个方形的坑，等石灰块儿凉一凉后，把石灰装筐抬到山寨上，放在坑里，浇上凉水，石灰块嘶嘶地冒着一股股的热气，眼瞅着四裂八半地裂开了。他又叫人把搜集的牛毛、马毛和剁成一寸寸长的乱麻秧子，捣拌在石灰里，醒好再抹墙。

二十多天的工夫，波罗密山寨里，一幢又白又新的房子戳起来了。交昌安挑出十几个人打炕、打间壁、抹白灰，晚上安排达哈和能古德两个看着烧炕，白天再留几个人看着烧炕、抹炕缝。二十几天就全部完工了。

山寨里西坡、南坡立陡石崖的，上不去人。就没有挖壕，房北坡和东边，都挖出一庹多宽一人多深的防护壕，壕内又夹上了高高的杖半子，将院落一圈都用杖子围起来，在院的东南角开个大门，又用腊木条子编织两扇门。

一座新居，波罗密山寨建成了。

佟春秀准备了丰盛的晚餐，羊肉、羊汤、鸡、鹅，各种炒菜，还有烧酒，犒劳大家，让大家可劲儿造[①]。佟春秀和努尔哈赤一一给他们的长辈人和同辈人，也给他们的包衣阿哈们斟酒，向他们道谢。大家都酒足饭饱，满意地离开了。

三天后，交昌安看看新房一切安排就绪了，就把塔克世、努尔哈赤叫到了西屋，说：“明天可请你五阿玛来，让他主擎分家吧。”塔克世说：“我去请五阿玛吧。”

第二天一大早，包朗阿就骑马来到了赫图阿拉。佟春秀老远迎了上去，说：“五玛法，我们汉人有句古语说得好，好汉不吃分家饭。我和努尔哈赤说了，我们绝不争分家的东西多少，按我的意见，什么也不要。我们年轻，好日子在后头呢。玛法老了，阿玛也快五十了，我们还有几个阿珲德，他们用财物的时候多了。您老看，我们就拿点东西，是

① 可劲造：辽东方言，随便吃喝，满足为止。

那么个意思就行了，免得有人议论说阿玛什么也不给。”

包朗阿听了，说：“好，你这孩子真是个开通人。”

包朗阿进院子下了马，进了屋子，交昌安和塔克世迎了上去。佟春秀递上了烟笸箩，一边给包朗阿点烟，一边说：“五玛法，您一大早就受累，先歇歇。”包朗阿一边抽着烟，一边说：“分家单过，处处难啊，这三块石头的灶坑门可不好立啊！”

努尔哈赤说：“没关系，我们年轻，什么都能干。”

“那好啊！这么说，”包朗阿吸了口烟，“你们这家好分。”他瞅了一眼站在二道门口的侄媳妇肯哲。

肯哲听了他们的话，不冷不热地说：“是啊，还是春秀懂事啊，她不是说了嘛，好汉不吃分家饭，好女不争嫁妆衣，有能耐就自己挣去嘛！”

包朗阿听了肯哲的话，觉得不是味儿，就说：“天也不早了，早点分吧分吧，春秀他们回去好安排安排。”

肯哲说：“家里这东西嘛，也没有什么可值银子的，没有什么可分的，破东烂西的有一些，看着是个玩艺儿，可也没有什么大用处。”

“破家值万贯，破船还有三千个钉呢！东西多少不说，就看分不分给了，还兴许你分给了人家，人家还兴许不喜要呢！”包朗阿也是寸步不让。

“那不还是五玛法说了算，说给什么就给什么。”肯哲也很会说话。

塔克世和交昌安坐在炕沿上，光抽闷烟儿，一言没发。

佟春秀听了小讷讷的话，心里好笑，就心平气和地说：“小讷讷，五玛法，这样吧，让小讷讷说，给什么我就拿什么，我和努尔哈赤早就说了，我们年轻，家里的东西我们不想要什么，玛法、阿玛都年纪大了，家里人口又多，应用的东西也多，还是都留着家里用吧，我们去波罗密能支上锅灶就行。”

三个老人听了都赞许地点头，努尔哈赤也没有说什么。这时，佟春秀又说：“玛法身体不怎么好，年岁大了，就跟我们去吧，我再把舒尔哈齐、雅尔哈齐和沾河领着，他们都还小，我可以照顾他们。在家里，还得让二讷讷、小讷讷操心。至于东西嘛，小讷讷看着给吧！”

塔克世将要开口说话，肯哲立刻抢过话头说：“春秀真是大家闺秀啊，就是懂道理，我看就按春秀说的办。”她瞅了一眼塔克世，说：“你倒是说话呀！”

“你让我说什么话！没等阿玛说话，你倒先口鼻儿口鼻儿上了[①]！”塔克世真生气了，说：“五阿玛说怎么分就怎么分，请五阿玛来，就得五阿玛说了算数，你上一边儿呆着去。”

肯哲被抢白了几句，有点生气了，就一扭身子钻进自己的屋里去了。

佟春秀看了看，说：“五玛法，我们只拿一口锅，两口缸，几只碗吧，别的什么就不要了。那……就带点口粮吧！”

肯哲听了，连忙高兴地从里屋走出来说：“太好了！李佳，你给他们拣几样就行了。我说嘛，佟春秀知书识礼，努尔哈赤年轻力壮，处事量事儿再明白不过的了。”

塔克世一看，无可奈何地说：“虽说是分家另立了灶火门儿，可还是一家人，缺东少西的，就回来拿。”

肯哲一听，脸儿一下子“呱打”下来，忙拦住塔克世的话，说：“人家春秀不是说了嘛，以后什么都会有的。分家了，另立灶坑门儿了，就是两家人了，还回来捞捎[②]什么！”

二讷讷李佳氏只是不言不语，趁着肯哲不注意就偷偷地装东西给佟春秀，佟春秀见了笑笑又偷偷地取出来送回去。

努尔哈赤的二弟穆尔哈齐，也紧围前围后地帮阿沙装东西。佟春秀贴他耳朵说：“别给我们拿了，留着好给你娶萨尔甘用。”穆尔哈齐光笑不说话。

包朗阿听了肯哲的话，蹲在阿珲交昌安跟前，小声说：“塔克世怎么娶了这么个狐狸精、白眼狼！”

努尔哈赤看两位玛法和阿玛都不高兴，在生小讷讷肯哲的气，就笑笑说：“分家是常情，树大分枝，早晚有这天，我和春秀都能干，不会困难着的，玛法、阿玛放心。”见五玛法气得两手直“嘚瑟”，打不着火石，就上去拿过火石火镰火绒，“啪啪”两下打着了火绒，放在了五玛法的烟袋锅上。又说：“好在波罗密又不远，有什么事干什么都方便。”

包朗阿见张义和张妍兄妹俩已将车和驮子[③]装好，要走的样子，就

---

① 口鼻儿口鼻儿：辽东方言，乱说一气。
② 捞捎：辽东方言，出门子的姑娘回娘家拿东西自己用。
③ 驮子：辽东方言，即骡马驮载的木架装东西驮走。

忍不住地说："既然你们小两口说到这个份儿上，当老人的也不能糊涂，该分给的还是要给的。别的什么不说了，你们总得拿几件吃饭的傢把什儿吧，你们不拿些粮食，出去喝西北风啊！就算大伙给送，我一斗他一升的，可那总不是常事。现在才开春，等新粮下来，也得四五个月。今天，既然找我来主擎分家，我就说定了，要给些粮食。"

塔克世连忙说："五玛法说得对，五玛法说得对！不给些粮食，让他们啃草根、啃树皮啊！"

肯哲白了塔克世一眼，塔克世装做没看见。

一些阿哈帮着张义装车、装驮子，佟春秀和张妍俩去城南商业大街上买了些酒菜回来，就和二讷讷李佳氏、女奴扎青先骑马走了，要回去准备饭菜。临上马前，佟春秀说："小讷讷，晚上都去波罗密吃吧。"就上马走了。

那汤古哈伸长了舌头，摇晃着毛绒绒的尾巴，跑在马前，显得十分地快活。

车、驮子装好了，这时，交昌安跟包朗阿说："分给几个阿哈吧！"

包朗阿点点头，说："这是应该的。"

包朗阿叫过塔克世，说："你看给努尔哈赤几个阿哈好？"

塔克世说："给十个吧，再把扎青也给他，好给春秀做个帮手。"

"那好吧！"包朗阿说。

肯哲一听，立即制止说：

"不行！就给两个吧！那个扎青……"

塔克世恨恨地说："给了！"

肯哲不言语了。

包朗阿叫过努尔哈赤，让他叫上两个阿哈。

努尔哈赤说："玛法、阿玛年岁大了，家里活又多……"

包朗阿说："你小讷讷说给两个，你就叫上两个吧！"

"那好吧。"努尔哈赤说，就叫了颜布禄、兀凌噶的名字，两个人二话没说，卷了行李卷儿，扔到车上就同张义等人赶着车和驮子走了。

努尔哈赤说："五玛法、玛法、阿玛，一会儿去波罗密喝口酒去吧。"又进屋对肯哲说："小讷讷，去喝口酒吧！"

肯哲点头高兴地说："好！好！一会儿我就去。"

努尔哈赤就这样分了家，自己个儿立了灶坑门儿。

这天下午，佟春秀宰杀了一只羊，又杀了几只鸡，做了大芸豆粒儿的大黄米干饭，饭里又拌上了小块肥肉块儿。吃饭时，佟春秀和张妍频频地给长辈们添菜斟酒，吃得大家甜甜蜜蜜，高高兴兴，热热呼呼地。

这时，交昌安说："春秀！你虽然是汉人，可现在是我们人了，就得随我们人的规矩了。别的不说，慢慢来，你的名字得改改了。"说着，又扭头问包朗阿："你说呢？是不是得改成我们人的名字啊！"

包朗阿连连附和说："是啊，是啊！这叫'入乡随俗'啊！"又看着佟春秀，问："春秀！你说是吧？"

佟春秀听二位老人这么一说，立即高兴地赞同说："玛法说得对！还是改的好。看改什么名吧，春秀听着就是了。"

交昌安仄楞着脑袋想了想，说："就叫哈哈纳扎青吧！"

佟春秀听了，不明白这是什么意思，但却很高兴，因为女真人终于也承认她是女真人的一员了。她看了看努尔哈赤，直门儿地高兴，不知说什么好。

努尔哈赤立即赞成说："好！这名字好！"

努尔哈赤说好，佟春秀更是开心，就自然自语地一字一字地念叨说："哈哈纳扎青，哈哈纳扎青。"

努尔哈赤解释说："这名字就是爱恋英俊的青年的意思。"从此，佟春秀有了女真人的名字了：哈哈纳扎青。

饭后，交昌安跟佟春秀说："好孩子，你们的心意老人明白，但我不能来，等我动弹不了那天，你们再接我来吧。"佟春秀说："玛法，您可保重啊！""放心吧，孩子。"交昌安又回了赫图阿拉。

晚上，佟春秀说："得回抚顺置办些傢把什儿。眼看种地了，有许多东西都没有，要置办的东西很多，都得置办。颜布禄、兀凌噶他们跟咱们来了，就要对得起他们，他们盖的破被头，换季的衣服都没有。口粮、种子、犁铧不说了，咱们就是做饭吃饭的傢什都缺少。再说了，还得请石匠打磨、打碾子，这么多人吃饭，总用石臼碓[1]啊、捶的，哪里供得上啊！……用钱的地方多去了。我们再怎么挺，可也得应应急啊。"

---

① 碓：辽东方言，用尖、锥、头状物触及。

努尔哈赤说："这事你就看着办吧，明天让张妍和扎青陪你去吧，最好能连相带几疋布、棉花回来。回来的时候，到古勒城把阿珲德和嫩嫩接回来。"

"好！只是扎青就不要去了。"佟春秀说："让她在家好给你们做饭吃。我和张妍去就行了。"

第二天早饭后，佟春秀叫过颜布禄、兀凌噶，说："你们先把菜地收拾好，再去沟里割场子、烧荒，好开荒种地。再找个木匠来，把种地用的犁杖、耙子、点葫芦什么的，都做好。看看这附近有没有石匠，得打磨、打碾子，哪钎斤、犁铧、绳索什么的，都估谋[①]一下，得用多少，好做准备。缺什么，缺多少，要心里有个数。等我回来就备齐了，省得用的时候抓瞎。"想了想，又说："古语说得好，好种子，出好苗，好葫芦，开好瓢。你们到五玛法、六玛法家，选点好苞米种，像白头霜了、小粒红了什么的，我回来一斤种子给三斤粮的钱。"

颜布禄说："佟主子，你放心地走吧。"

"回来时路上小心。"努尔哈赤说。

"放心吧！"佟春秀和张妍上马走了。

佟春秀回到佟府，可把佟老爷、老夫人乐坏了，老夫人扯住春秀和张妍的手就不放松了，问这问那，问起就没个完，高兴地合不拢嘴。

这时，佟老爷才插上嘴说："春秀，听说你们分家另过了？怎么样，行吗？"

老夫人连忙叫过李妈，叫告诉伙房，给做春秀最爱吃的鸡肉炖蘑菇。

佟春秀说："分家我们什么都没要，就拿了一口锅，两口缸，几双碗筷。我们新盖了房子，五大间，可亮堂了，爷爷哪天爱动弹去看看，您老准保满意。"

佟老爷高兴地说："这就好，这就好。"又说，"这回回来可得多住几天了！"老夫人也说："那还用说，得住够了再回去。"

"爷爷，奶奶，不行啊！眼下就要开犁种地了，我们得开荒啊，刨地呀，还得种菜啊，老了活了。不是说了嘛，一日之计在于晨，一年之

---

① 估谋：辽东方言，估计。

计在于春嘛，春宵一刻值千金哪，种地可不能耽误，那是有节气的啊！”佟春秀一连气儿说了这些种地得“春争时，夏争日”的道理，听得佟老爷、老夫人乐得闭不上嘴，佟老爷笑呵呵地说：“我们的宝贝孙女真的长大成人喽，不用爷爷挂心喽！……”

佟春秀连忙接过话头说：“不用挂心可不行，孙女这回回来就是向奶奶要跳窗台儿的钱儿来了。”又说，“没嫁人的时候，一天天吃粮不管穿儿，这阵可不行了，不管不行了。”

“好，好，奶奶的钱袋在你爷爷那放着，上你爷爷那取去，把奶奶的钱统统拿去。”奶奶高高兴兴，又说，“连钱袋儿一遭都拿去。奶奶老了，要钱干什么。”

佟春秀撒娇地说：“那好，我把爷爷的钱匣子搬走。”

佟老爷坐在炕头上，捋着胡须笑着，看着孙女调皮。奶奶笑着说：“只要你搬得动。”

奶奶又拉过张妍，问：“妍妍，在那边过得惯吗？”又扭头问春秀：“你也别光顾着家，也得替你妍妍妹妹想想，给她踅摸个好人家。”

佟春秀笑着说：“奶奶真会体贴人，您就放心吧，给妍妍找谁，孙女我早就心中有数了。”说着她瞅了一眼张妍。张妍有些茫然无知，心想，“佟姐姐说的这个人是谁呢？”她心里怦怦直跳，可千万别给我硬找个人啊！

“这就好，这就好，”老夫人很高兴，说“姐妹在一起，互相好有个照应。”又问，“能在家呆几天？”

佟春秀说：“后天走。”

佟老爷说：“后天你奶奶七十大寿，过了你奶奶寿辰再走吧。”

佟春秀马上说：“是吗？我都给忘了，奶奶别介意。好，妍妹，我们过了奶奶寿辰再走。明天我们先上街买东西。”

“不用了，”佟老爷说，“你开个单子，让你哥去给备办，过了奶奶的寿辰派个车给你送去。”

佟春秀高兴地说：“谢谢爷爷。”

奶奶更是高兴地拍着佟春秀的手，说：“好哇，好哇！有我孙女在，我又能过个快快乐乐的生日喽！”

回建州的那天早晨，佟老爷叫过佟养性，让派人赶车把买的东西给春秀送回去。佟春秀说：“爷爷，有我和妹妹两个押车，您还信不过？

派个人赶车就行了，不用护送。”她俩一一向爷爷奶奶、叔叔婶婶拜别，一再嘱咐说：“爷爷奶奶，你们一定要保重，等种完了地，一定回来看你们。”上马后，擦干了眼泪，打马东行。

出了抚顺城，骑着高头大红马，马铃晃晃地响着，直奔建州而来。快到苏子河口的时候，佟春秀说：“妍妹，你在车前边走，我在车后边走，一旦有人拦劫，咱们也好对付。”

赶车的年轻人叫张宜春，他笑着说：“佟姐，不用怕，来个十个八个的，不够我一个人收拾的。”

佟春秀看了看张宜春别在腰后的三节棍，笑了说：“还是精神点好，有备无患嘛。”

她们一路说着笑着，不觉来到了转弯子。刚刚过了浑河，就见南山的城寨上冲出了几骑大汉，呼啸之间，已经闯到了跟前。只见这几个人都只在脑后留长发，编了个小辫儿，在后背上忽达着。看样子都在三四十岁的年纪，上唇左右留了十几根胡须，穿着开岔的青布袍子，腰上系条青布带子，脚上穿着猪皮靰鞡。

这几个人冲到跟前，也不搭话，举刀就向佟春秀和张妍砍来。那赶车的伙子张宜春抽出三节棍就要冲上前，佟春秀说：“张宜春！你护住车，这几个蟊贼我俩对付。”

这边张妍一看，来骑迅猛。她不慌不忙，拔剑相迎。那贼骑来势凶猛，张妍俯身躲过，回手一剑，正刺中那汉子的后腰，只听“唉呀”一声，那汉子栽下马去，张宜春上前就是一棍，正砸在那贼的后脑勺上，只见他四肢一伸，一命呜呼了。

那边佟春秀见张妍已经收拾掉了一个，也挥剑迎上一个。那汉子高高地举起大刀，以泰山压顶之势，向佟春秀砍杀而来。佟春秀驱马相向，身子向左一闪，躲过来刀，右手剑却直刺那汉子的心窝，过马之间，顺手将剑一削，半个腰被割裂开来，那汉子还没叫出一声，就摔下马去。随后来到的汉子，想勒马也来不及了，惊慌得煞不住马，竟闯到佟春秀近前，举刀砍来。佟春秀打马迎了上去，作了个假刺的动作，虚刺一剑。那汉子劈刀砍来，佟春秀将剑一转，斜刺里一剑，刺穿那汉子的脖颈，掉下马死去。后来的几骑眼看眨眼之间死了三个弟兄，大惊失色，有一人大喊一声：“快逃！”

那几个汉子勒马而逃，向那山城遁去。

佟春秀瞅了瞅张妍，笑笑说：“还没玩过瘾呢，想跑?”她两腿一夹，驱马疾驰，撵上一个家伙，从背后一剑，又将一个大汉刺下马去，顺手将那匹马牵了回来。

张妍笑着说："干送来四匹好马！"

张宜春将四匹马都链在马车上，三个人说笑着，兴匆匆地赶到了古勒城。

第二天，佟春秀接回了舒尔哈齐、雅尔哈齐和沾河，一路上唱着小曲回到了波罗密。

舒尔哈齐几个孩子到了波罗密，看哪都有一种舒适的感觉，他们那种欢喜劲儿，像三伏天喝凉水那样爽快。

他们走了大约一天，也都乏了，吃完晚饭，张妍就收拾让他们睡了。

第二天一早，佟春秀说："妍妹，你就当他们的师傅吧，教他们练武术功夫，骑马射箭，使刀弄枪，让他们个个都是英雄。"

吃完早饭后，沾河小姑娘才仔仔细细地看她萨尔甘的新房，真是白白净净，亮亮堂堂，住在这屋子里，真是舒服极了。只见西屋的万字炕上放着一个大板柜，板柜上放着一些随时应用物品和佟春秀的梳妆品等什物。柜上靠墙横放着一个长方木匣。万字炕下放一张木桌，桌两头各放一张木椅子。

佟春秀和努尔哈赤睡南炕，张妍、沾河几个睡北炕。南炕梢放一个闷堂柜子，柜上放着四铺四盖，两头各放四个双人长布枕头，枕头顶刺绣着双蝶、鸳鸯等图案。北炕梢放着两个刺楸面的大木箱，内装衣物等。闷堂针线柜的四个腿儿足有一拃高。柜底下还可放些什物什么的。屋内横着四根棚杆，贴南北窗各一根棚杆，拴着两个狍子腿窗勾，贴南北炕炕沿上各有一根棚杆，南炕的棚杆上，吊着粉地红花绿叶的幔帐，从中间两分开，用幔子勾勾住拢起的幔子，幔帐是用一根漆成红色的有擀面杖粗的木杆穿起来，吊在棚杆上。

南炕上的山柱上挂着佟春秀的马鞭和宝剑，北炕头山柱上挂着沾河的马鞭和张妍的马鞭与宝剑。

南窗是两洞，中间是一根粗圆柱。窗是上下两合，上下合窗都是内开。上合窗开开，可以用拴在棚杆上的狍子腿儿窗勾勾悬起来。下合窗有窗斗，可以上擎拿下来。北窗一洞，也是上下两合。窗户都是花格、盘肠格，从外边糊着毛头纸。

炕沿是厚梨木板，光滑明亮，越磨擦年久越黑红光亮。炕席板是一块压炕席头的薄木板，贴炕脚底炕墙还立一块厚木板，民间叫它“脚底板”。

炕沿下中间有一根支炕沿板的小立柱，牢牢地插入地下。炕沿板下镶嵌着木雕吉祥云子卷儿的炕裙子。

沾河看着这崭新的房子，高兴得搂住了佟春秀的大腿，跳着说：“阿沙，这一定是你的意思，阿珲是听你的话了，把屋子弄得这么好。”佟春秀笑着，抚摸着沾河的头没说什么。

舒尔哈齐进屋来拽着沾河的手，说：“走！咱们找雅尔哈齐抓鱼去。你给拎着鱼篓子。”他们蹦着跳着地跑了出去。

当天晚上，佟春秀坐在炕头依在隔板上，努尔哈赤坐在地下的椅子上，一边摵着弓，两个人在谈着，唠着。

佟春秀说：“新的生活开始了，你有什么打算？”

努尔哈赤说：“我们女真人本应是一个满洲，由一个汗王统辖，保守大明朝边外之地。可现在，却分成了建州、海西、东海三大部，各个大部里又分成许多个小部，每个小部里又分裂成许多个小部，每个小部中又分裂成各村寨、各城寨，各部落间势力分散，互不统属，光我们建州左卫就四分五裂，先后称都督的就有十多个人。这些城寨部族谁也管不了谁，这样下去怎么行！多会儿是个头啊！早晚会被人消灭掉的。我出身在左卫都督世家，我就应该担起这个责任，把各个部都统一起来，这也是玛法对我的殷切希望啊！”

佟春秀说：“你的志向如此远大，我坚决支持你，我们佟氏家族也会支持你的。”

努尔哈赤说：“头两天阿玛找到我，说分家时给咱们分的东西太少了，想再给咱们一些。”

佟春秀说：“我看咱们还是不要吧，玛法那么大岁数了，阿玛家里那么多事，人又多，用的多，就留给他们用吧。咱们缺少什么，咱们自己置办。你说呢？”

努尔哈赤赞许地说：“是啊！我也是这么想的，阿玛说再给些，我没要。”

努尔哈赤一边说话的工夫，一边摵好了一张弓。他说：“舒尔哈齐他们三个回来了，得给他们三个摵三张弓，好让他们好好练骑马射箭，这是我们女真人的一大特长啊！一是因为我们生活在山林间，出入行走都时常会遇到野兽攻击，不练一手本领，不行；二是我们女真人都有一种野性，常常劫杀人，抢财货，不会骑射，何以自保！三是我们的狩猎生产，骑马射箭功夫不到家，就不能获得猎物；四是我们各部族间的争战，也完全靠骑射功夫，才能夺取胜利。”

佟春秀赞许地说：“怪不得我看连儿童玩耍都身挎小弓箭。看来这种尚武精神就是女真民族的精神啊！”

“你说得对！我们自少小的时候就练功，打仗就看谁的功夫深，打败了也不服输，一定要练好，只有练好了，战胜了，打赢了，才罢休。”说着话的工夫，努尔哈赤又摵成一张弓。

佟春秀说：“我已经安排妍妹教他们骑射功夫了。那你究竟打算干什么呢？怎样去实现你的远大抱负呢？”

努尔哈赤思索了一下，说：“我想先再去李总兵府上，再当几年兵。要统一女真各部，看来就得主要依靠武力征服，其次才是以德征服。这样，不懂军事不行，不会打仗不行。”

“是啊！总兵府可是学军事的最好学堂啊！那你打算什么时候走呢？”佟春秀关切地说，“看来，再去当兵是实现你宏图大志的第一步啊！人活一辈子，平平庸庸是一辈子，轰轰烈烈也是一辈子。古诗说，生当作人杰，死亦为鬼雄。我若是个男子，一定跟你大干一场，也不枉人生一世，留下万世英名。”

努尔哈赤说：“英名是人一生一世的脸面，人要没有了脸面，就像树木没有皮一样，人活着就活个脸面，就要有个好名声。这就叫作宁削吾骨，莫毁我名。哈哈纳扎青，我们这个家不能没有你，外面的事情，你不用去闯，你管好这个家，就立了大功劳了，你就是巴图鲁了，不仅我感谢你，整个交罗家族也感谢你，女真人的后世子孙都不会忘记你的。”

努尔哈赤又说：“男子汉大丈夫，立身处事，要胸怀天下，去建功立业。哈哈纳扎青，这个家就交给你了。”

佟春秀听了，说：“咱们已经是夫妻了，自古以来就是夫唱妇随，你要做什么，尽管去做，我全力支持你。我认识你时，就看出你是个干大事的人，我才愿意嫁给你的。你要干什么，只要你认准了，就只管放心去干，我虽然不敢说是贤内助，可我也绝对不是让丈夫缠绵于温柔之乡的女人。”

说话的工夫，努尔哈赤早已撇好了弓，做好了箭，洗完了脚，上炕要休息了。听了佟春秀说的话，他一把将佟春秀揽在怀里，动情地说：“你真是我的好萨尔甘啊，我有你这样的好萨尔甘，是我的福份啊！”

说着，两个人互相亲热一回。

第十三章 贤内助呕心沥血管家政 好主妇和亲民意睦族人

春天来了，万物生发。佟春秀将家里的人全都召集在西屋的外屋，给大家安排各种活计，这就是：开荒种地、养鸡猪、牧马放羊，甚至要割小腊条、柳条、小杏条，编织各种筐、囤、簾子、笸箩、簸箕、笊篱、抬筐、草筐、粪筐和拎筐土篮子等等，不管常用临时用的，什么都不能缺。那几个阿哈，不仅心灵手巧，还特别勤劳能干，手脚就没有闲着的时候，他们把这里也当作了自己的家。特别是听说努尔哈赤婚后分家另过了，来投靠的人也渐渐多了起来。他们也特别需要人，需要有各种技能的人，能编筐窝篓的，能打铁挂掌的，能透犁做耙的，能砌墙盖房的，能掌尺打柜的，能舞枪弄棒的，能识文断字的，等等等等，凡有一技之长的，凡是能干活的男人女人都收留，波罗密山寨很快就成为一个繁荣兴旺的山寨了。

努尔哈赤要再去辽阳总兵府继续当兵，他想要采买好珍珠，给总兵作见面礼，于是和张义二人一同去了东海女真人居住地区。他要借这个机会，到东海女真人的几个部落看一看，了解一下东海女真各部族的实际情况。东海女真人居住在长白山以东，靠近日本海，居住很分散，主要是以打鱼为生。

佟春秀送走了丈夫努尔哈赤后，就打发人除了放羊、牧马的人之外，能抢种的就抢种，春天捅一棍，秋天吃一顿。还要割场子，头伏萝卜二伏菜，三伏有雨种荞麦。女人要上山采菜，多晒干菜冬天吃，回来的时候若遇到有癞毛子①摘些回来堵耗子洞。留在家里的人，扒苞米炒炒面②。

沾河一听说炒炒面，高兴地拍手说："我可要吃到苞米花喽。"

佟春秀看她高兴的样子，也开心地笑着说："想吃就得干活，进哈什捡苞米去。"

"行！行！"沾河拿起两个大拎筐，舒尔哈齐竖上梯子，雅尔哈齐他

---

① 癞毛子：辽东方言，苍耳。

② 炒面：辽东方言，将玉米粒儿炒熟磨面子吃。

们三个人钻进仓子里往筐里捡苞米，哈扎就一筐筐地往屋里拎、扛。哈扎说：“沾河，你不是要吃苞米花吗？挑仓子边儿上的捡，捡小粒儿红，爱爆花，还好吃。”

沾河高兴地说：“得令！”

佟春秀叫过在家的老人孩子，都上东屋南炕扒苞米。外屋里，哈扎包上头，筛好了炒面沙子在锅里，锅热了，舀了半小瓢苞米粒倒在锅里，就用小赤榆嫩枝儿扎的小扫帚慢慢地炒上了。一会儿，就劈里啪啦地爆了起来，苞米花爆得白花花的半锅，沾河赶紧拿来炒面筛子，哈扎迅速地将苞米花、苞米豆舀在筛子里筛。筛好后，端进里屋，让大家吃苞米花。又炒了几锅黄豆，兑到苞米豆里一块磨成炒面，又香又甜。

这边炒，那边套上驴，推了起来。

沾河挑了一捧又白又大的大苞米花，送给阿沙吃，可进西屋一看，人不在，“这么一会儿去哪了呢？”

这时，只听西房山头有呕吐的声，她急忙把苞米花放回簸箕里到西房山头一看，见佟春秀正右手扶住墙，左手捂着胸口，在呕，又呕不上来，憋的脸通红。她上前就去轻轻拍打佟春秀的后背，焦急地问：

“阿沙，怎么了，吃什么恶心了？”沾河一见阿沙憋的那难受的样，急得眼泪都快掉下了。

佟春秀说：“没怎么，没事儿，一会儿就好了。”

“不，我去叫妍姐来！”没等佟春秀说出话来，她就跑走了。

张妍急忙跑来，轻轻地拍佟春秀的后背，又抹煞她的胸口，然后拿出一方手帕擦她的嘴和眼泪儿，哈腰小声问：“姐啊，是不是有了？”

佟春秀说：“我也不知道。”

两个人会心地相视而笑，沾河站在一旁莫明其妙，不知所措，只是不声不响地捏住佟春秀的一只手。

过了一会儿，三个人回了屋，张妍烧开了一壶水，端给佟春秀一碗，说：“你歇歇吧，这些活我们干。”

佟春秀说：“叫人在院子里搭架子，把蒿簾子拿出来铺上，等人采菜回来，潦了，好晒上。”

“姐啊，你真是操不完的心哪。”张妍说完就出去了。

佟春秀依在炕头壁子上，休息了一阵子。

沾河见她嫂子没事儿了，比刚才好了许多，就要出去。佟春秀又叫住了她，说：“你叫扎青把大苞米花都簸出来，这柜子里有大包袱皮儿，把大苞米花包包袱皮儿里，可你劲儿吃。”又笑了笑说：“可别吵吵肚子疼啊。吃完了包好，放在炕头炕上，等你哥哥他们回来，给他们吃。”

沾河笑着说：“你干什么也忘不了我阿琿！”说着，就打开柜取包袱皮儿。

佟春秀也笑了，说：“到时候，你就知道也挂人了。”

这边，张妍几人在院子里搭架子，好晾菜。屋子里炒的炒，推磨的推磨，筛的筛，簸的簸，不停手地干着。到了晚上，天下黑影影了，进山的人都回来了。男男女女，人人都是满载而归。

佟春秀说：“饭先盛出来晾着，大家先挑菜，挑完了菜，那边你们吃饭，我们潦菜[1]。扎青，多点儿盏灯。”

大家都情绪昂扬，说：“今春的木耳长得片儿大，肉又厚。”都挑好了晒上。采回的山菜，有蕨菜、猴腿儿、四叶菜、猫爪子[2]、刺嫩芽，简直齐全了。当晚吃的，炸烂了，晒干菜的，在开水里一潦捞出来摊在簾子上。真是人多好干活，大家七抓八挠地一会儿就干完了。

在投归来的奴仆当中，有辽南逃来的几个汉人，一个叫留许冬顺，一个叫羊尔成麟，一个叫汪子笑光。那个留许冬顺长得浓眉大眼，五官端正，人高马大，肤皮微黑，体格健壮，又会点木匠活。那个汪子笑光人长得矮小精悍，一笑一呲牙，说话会溜缝，他与留许冬顺是姐夫小舅的关系，不管干活还是有事儿，他总是跟在留许冬顺的屁股后，像个影子似的不离身后。那个羊尔成麟呢，长得五短身材，壮如牤牛腿，那两只手像癞蛤蟆爪一样，手指短粗，手掌肉厚，眉短眼圆，说话鼻音挺重，但很响亮。三个人因为都是汉人，格外受到佟春秀的关照。

佟春秀把他们三个人留在家里，叫他们赶做一些木匠活，透犁杖，做耙子，做马杌子，摵驮架子，圈水桶，挖木槽，抠木勺，瓦铁车，做碾框，拼磨盘，打仓子，等等等等，干不完地干。这些活都是在家里做，总比下地上山好得多。佟春秀叫他们干这类活，他们高兴得很，恨不得喊她叫娘。那个留许冬顺只顾闷吃闷吃地干，又刨又刮，又推又戗，手不住，脚不停，那两只粗糙的大手很有些力气，一身蛇皮的肌体，更是健壮如牛。那羊尔成麟和汪子笑光两个人又是拉锯破木头，又是掌锛刨大面，一边笑骂着一边干。特别是那个羊尔成麟，能说善讲，

---

① 潦菜：辽东方言，菜放在开水锅里焯一下。

② 猫爪子：辽东一种山野菜。

说笑骂人狠咧咧地。他们三个人忙得尿都撒裤子里了，也还是干不完地干。

这时，帕海过来了，见留许冬顺满脸汗水，笑笑说：“恐怕你在你小舅子炕上掏井的时候，也没出这么些汗吧！”

留许冬顺哀求说：“虾[1]，求求你了，跟主子说说，再给配几个人吧，活太多，干不过来啊！”

“干不过来也得干，不吃饭不睡觉也得不住手地干。”帕海一脸严肃，又说：“没看见吗，谁不是一个人顶两个人地干！”

“是！是！”留许冬顺服服帖帖地说。

帕海斥责道：“是什么是！要说喳！”

“喳！”留许冬顺俯身贴耳地应道。

帕海说完，打马进山了。

佟春秀听说爷公公有事儿，就和张妍骑马去了赫图阿拉，家里只有他们三个男人干活，还有阿哈扎青做饭的姑娘。

初夏的天气，阳光灼热，天暖气和。那个时候的女真人都没什么好穿的，也更没有内衣短裤。很有些姿色的女仆扎青只穿了一件没有袖子的粗布褂子，一条半截露腿的灯笼裤，露出了白嫩嫩的胳膊和腿肚子。这三个干活的大男人就眼下眼上地邪上了。那个精灵八怪的汪子笑光两眼色迷迷地，小声跟留许冬顺说：“我叫她一声，看她有没有意思。”

留许冬顺刚才被帕海呲搭[2]了一顿，心里还没过劲儿，就说：“可别惹娄子了。”

那羊尔成麟说：“别怕，你试试看。”

这汪子笑光胆儿肥，瞄准了扎青去了西房山头了，就蹑手蹑脚地跟了过去。到了烟筒脖后的地方，他停了下来，听扎青在撒尿，他轻轻地干咳了一声。

扎青一听，知是汪子笑光，就怒斥说：“汪子笑光，你小子是不是嘴巴子缺肉了？”

汪子笑光嘻皮笑脸地说：“扎青，你别急眼，哥哥我是跟你玩呢！”

“滚！”说话工夫，扎青提起裤子，以为汪子笑光已经走了，没想到他还在烟筒脖后没走。扎青转过烟筒脖，一下子被汪子笑光拦腰抱住，

---

① 虾：满语，侍卫。

② 呲搭：辽东方言，谴责。

那大蛤蟆嘴上去就又啃又亲上了。留许冬顺见了，以为扎青顺了心，就三步并作两步地跑上来，也绷住扎青亲，还把手伸进扎青怀里。扎青运足了气力，拽出两手，狠狠两拳，砸在他俩的头顶上，他俩晕了一下，松开了手。扎青左右开弓，“啪啪”两个大耳瓜子，打在汪子笑光的脸蛋子上，还没等两个人回过神儿来，扎青猛地一脚，踹在留许冬顺的小肚子上，把留许冬顺踹了个仰巴叉，摔倒在扎青刚刚撒尿的地方。扎青愤愤地说：“哼！你们等着！”那羊尔城麟看了，早已收敛了也要轻狂一下的心，没敢上前凑趣儿。

当天晚上，佟春秀让帕海把留许冬顺和汪子笑光叫来，怒斥道：“你们两个老毛病又犯了，是不是?”又大声一句：“叫羊尔成麟也进来!”斥责道：“你见他们做恶事不去制止，不举报，护犊子，自己打自己嘴巴二十下。留许冬顺和汪子笑光自己打自己嘴巴五十下。”又说：“帕海，你监督他们去院子里打。今晚上让他们三个住马棚，明天叫留许冬顺去林子头看马圈，白天放马，晚上住地窨子，让他跟马圈的狗作伴。叫汪子笑光去小东沟猪场养猪，晚上睡猪窝，把那里的人换回来。你们三个听好了，以前我是偏心，处处照顾你们，觉得都是汉人，可给你们脸，你们竟往鼻子上抓。你们到那里，也可以逃跑，再回辽南，进关里，哪都可以逃跑，就看你们有没有那个本事。不过，我告诉你们，你们都是阿哈，阿哈在这里是和牲畜一样，跑了被抓回来，会怎么样，你们心里清楚。滚吧!”他们三个走出外屋的时候，留许冬顺埋怨汪子笑光，说：“有你小子没有好事。”汪子笑光反口驳斥说：“说我？你不也一样，见着女人鸡巴就撅撅上了。”羊尔成麟说：“再鸡巴硬了，去捅狗捅毛驴子去!”三个人出了屋子，不一会儿就传来了“噼喳啪喳”地打嘴巴子的声音。

几天后，努尔哈赤和张义回来了，收购了二百多粒上好的珍珠，他挑了几十个名贵的，交给佟春秀，放了起来。

努尔哈赤回来后，就准备货，要去抚顺马市交易。这天下午，佟春秀叫阿秃去林子头，挑五十匹马，明天早上让留许冬顺赶回来去马市，又安排两个年岁大的阿哈换回留许冬顺，叫一个乌津哈勒珠子[①]替回汪子笑光。

---

① 乌津哈勒珠子：满语，奴隶之子。

这年的六月末的一天，鸡鸣之时，扎青和哈扎等就起来做饭，刚入平旦时刻[1]，去抚顺马市的人就吃完了早饭，带足了炒面，大队人马赶着驮子摸黑出发了。他们穿山越谷，涉河爬岗，在月黑夜里，人们说说笑笑，也就不觉得寂寞无聊了。

这时，人群中羊尔成麟见前边的汪子笑光一边走一边打瞌睡，就把大姆指张开轻轻地拍在汪子笑光的右肩上，汪子笑光猛一回头，大姆指撮在脸蛋子上，疼的他回手就一鞭子，羊尔成麟往后一闪，躲过了鞭子，却被一块石头绊了个仰巴叉，又一翻身站了起来。

汪子笑光哈哈大笑说："有句俗语说，家有万贯财产，不如薄技在身，真是不假啊。你没把后脑勺子摔个窟窿，却有猴子的技能。明个到马市把你当猴耍，一定能得赏钱。"

羊尔成麟在人堆里还真像个人，一向爱说笑的他，仗着他那个角瓜脑袋有几道褶，学说女真语还挺快，很快就跟女真人混熟了。可是后来人们发现他另一个猴子名，说他心眼猴坏，是烂肠子，也就不再跟他来往了。

他比留许冬顺和汪子笑光早来几天，就想以老大哥自居。

他原来住在叆阳，他和妹妹俩一起生活。妹妹与有妇之夫通奸，搅得人家家庭不和，被那妇人的哥哥捉住，好一顿揍。打这以后，羊尔成麟就和妹妹睡在了一块儿。后来，被村长发觉了，因为败坏了村内的风俗，让村民们赶出了村子。没办法，羊尔成麟就把妹妹卖到了辽南什么地方去做了窑姐。羊尔成麟见妹妹走了，一个人无法生活，没有了情趣儿，就憋不住地与邻人的老婆勾搭成奸，端人家的窗，上人家老婆的炕。后来被那妇人的丈夫捉了奸，把他打得有皮无毛，在叆阳呆不下去了，没办法才来投奔建州。

羊尔成麟、留许冬顺和汪子笑光三个人以为建州是可以藏污纳秽的地方，他们三个人可以在这如鱼得水了。所以，刚开始的时候，他们还真有些放肆。这时，他被汪子笑光抢白了几句，就开始反唇回击了。他大声嚷嚷说："唉！我给大伙讲个笑话吧！"说着，"驾"地吆喝了一声牲口。

紧走在汪子笑光身前的留许冬顺最爱听故事了，听羊尔成麟说要讲瞎话故事，信以为实，就急促地催羊尔成麟快讲。羊尔成麟一本正经地

---

① 平旦：中国古时称寅时为"平旦"，即早晨 3～5 时。

讲：从前哪，有一个县太爷下乡巡视，坐着轿子走在一条林间小路上。忽听河沟里“呱呱呱”地叫声不停，叫得县太爷心里直烦，就生气地叫停轿。轿子停下了，他指使一个跟班的衙役说：“快去把那个呱呱叫的东西给我抓来，我倒要看看是个什么东西。”

那个衙役一听，不能怠慢，就赶忙脱了鞋袜，下到河沟里。那些呱呱叫的青蛙子一听到脚步声，就都跑了。衙役没办法就下河里摸呀摸呀地，一下子摸到了一条鱼儿，就高兴地跳上沿儿把鱼交给了县太爷，心里说，反正你也不认识，就用这条小鱼顶差吧。县太爷拿着这条小鱼在手里直“拨愣”，却一声也叫不出来。县太爷指着小鱼儿生气地说：“两头尖尖活像个屌，小东西不大，说话可不少。”

大家一听，都哈哈大笑起来。汪子笑光寻思过来劲儿了，原来这是讲故事骂我啊，急忙也想讲一个回击，可又没有可讲的。留许冬顺一听小舅子吃了亏，就想替他出气。

留许冬顺和汪子笑光也是从辽南逃来的汉人，他们俩是姐夫小舅子，跟羊尔成麟一样，也是因为跟女人乱搞被人赶出来的。不过，他俩还有人命案子在身。留许冬顺的媳妇长得很有几分标致，就被村长调戏上了，留许冬顺一看，气不打一处来，就找来汪子笑光，帮他去报复村长。一天，他俩看村长出门了，就去了村长家，两个人把村长的媳妇给轮奸了。村长回来知道后，怒发冲冠，操起一把铁锹就去找留许冬顺算账。留许冬顺一看不好，就从后窗跳出去，跑到汪子笑光家。村长又撵到了汪子笑光家，三个人就打到一块儿去了。留许冬顺和汪子笑光两个人打一个人，一下失手，把村长打死了。两个人一看，快逃吧，就逃到了建州。

他们三个人的名字，还是努尔哈赤给起的，也说不上有什么意思，就这样不伦不类地叫上了。

留许冬顺一听羊尔成麟讲故事是骂汪子笑光的，就说也讲个笑话给大家逗乐吧，不管人们爱不爱听，就讲上了：

说有一天哪，一个人进城打年纸[①]，临走时他媳妇叫他买张画。他进城买了这样买那样，把年货都装好驮在驴身上，又买了张画，卷巴卷巴捏在手里，赶着毛驴子就往回走。走着走着，下起了大雪。他怕手中的画打湿了，可又没地方藏，没地方掖。正这时，毛驴子站下了，驴尾

① 打年纸：辽东方言，办买年货。

巴一伸，屁眼子一张，噗啦啦拉出了几个驴粪蛋。他一看，心里一乐，可有地方藏画了。正在驴屁眼子一咧歪一咧歪的工夫，他碓巴碓巴，就把画碓进驴屁眼里了。

回到家，他高高兴兴地把年货卸了下来。他媳妇一看，问："我叫你买的画呢？"他说，"别急，我给你取去。"就把驴尾巴挑起来，从驴屁股里往外掏。他媳妇问，"你掏什么？""我掏画。"媳妇生气地说，"驴屁股里还能掏出好画（话）啊！"

留许冬顺说完笑话，汪子笑光回头对羊尔成麟说："这回你可嘴嚼碗茬子，没瓷（词）了吧！"

羊尔成麟说："别忙，我还有笑话呢！"就又讲上了：

冬季的一天，叨木鹳子[1]站在驴身上看驴吃草，就尖声尖气地取笑驴说："你这粗嘴胖腮的多笨啊，就能吃草。你看我的嘴，细细的，尖尖的，直直的，长长的，吧哒吧哒，一会儿就把树杆叨个洞，把里边的虫子鸽出来吃了。若你这又粗又笨的嘴啊，不得等到哪年哪月呢！"说完，还得意地歪头仄脑地看着驴脸。

毛驴子听了叨木鹳子的话，一本正经地说："那好啊，咱们比试比试怎么样？"

只见毛驴子稳稳当当地来到河边，踏上了冰湖，说："咱们就叨这冰湖，你先叨吧。"

叨木鹳子就用它那又尖又细，又直又长的嘴"吧吧吧"地一个劲儿不停地叨，叨啊叨啊，叨了好大一会儿，才叨出个小冰眼儿。

这时，毛驴子说："好了，你看我的吧。"只见毛驴子四腿一蹬，驴鸡巴丢当丢当，抻了抻，就"哗哗"地撒出了一大泡尿，眨眼工夫，就把冰湖面上斥出了一个大洞眼儿。

叨木鹳子一看，傻眼了。

毛驴子说："你嘴巧嘴巧，不如我这老驴屌啊！"

说的大家哈哈大笑起来，这回真的把留许冬顺和汪子笑光说的没词儿了。

第二天傍晚，努尔哈赤的大队人马赶到了抚顺关外的抚顺马市，抚顺备御官把他们安排在抚顺城北的下头冲、下二冲一带地方临时住处住

① 叨木鹳子：辽东方言，啄木鸟。

下来，等次日验放入市。这个地方是抚顺备御专门为建州女真人入市准备的临时住处。这里有山有水，有牧场有青草，更有临时暂住的泥草房，有较大的套院可安排车马。建州女真人进抚顺马市进行交易，每次都携带有大批车马货物、朝贡的马匹，必须经过验放检查，合格的才给发证书，进京朝贡，不合格的要同所携带的货物一起在马市上与汉人交易。所以，每次朝贡入市的车马都得在这里住上几天。

努尔哈赤把人马货物安顿下来，叫过羊尔成麟和汪子笑光，说："今晚你们俩一人看半夜，精神点儿，有偷马盗货的，只须给个动静，且不要上去抓拿，免得伤了自己。"

那羊尔成麟和汪子笑光见了努尔哈赤，像耗子见猫一样，规规矩矩，服服帖帖，跪地"喳"了一声。他俩一合计，汪子笑光胆子小，说自己看上半夜，羊尔成麟毕竟年纪大几岁，就看下半夜。

当天晚上半夜，汪子笑光和羊尔成麟替换班时，汪子笑光轻轻地小心翼翼地说："羊大哥！咱俩不如挑好马骑跑它三四五匹的，到开原马市上去卖了，混俩钱花，还能说个老婆，你看行不行?"

羊尔成麟听了，沉吟了半天，说："你不要命了？那野猪皮[①]努尔哈赤像射出去的箭一样，还不把你的脚筋给抽出来啊!"

汪子笑光说："我和留许冬顺挑几匹马骑跑了，你先不吭声，他们上哪抓去!"

这时，就听身后有脚步声，他俩还没等回头看是谁，就被两只铁钳子一样的大手抓住，向后一揪，把他俩四蹄朝天地摔在了地上。

只听那人一声喊："来人哪!"转眼工夫，就齐呼拉地上来四五个大汉，

把羊尔成麟和汪子笑光捆绑了起来，早有人报告了努尔哈赤。

努尔哈赤披衣来到了院中，对羊尔成麟两人怒斥道："我早就看你们三个尼堪不是个东西，不是偷鸡摸狗，就是端窗上炕的，竟无耻到把自己的姊妹去让人睡。今晚，你们终于露出了尾巴。帕海，你看着让他俩互相扇嘴巴子五十下。"

羊尔成麟和汪子笑光跪在地上，一听让互相扇嘴巴子，没剥皮，没抽筋，没揪脑袋，没剜心，还挺高兴。心想，轻轻地扇两下嘴巴子，应个景就得了。可羊尔成麟却想先下手，打痛你个兔崽子，你就不敢下狠

---

① 野猪皮：即清太祖努尔哈赤名字的汉语意思。

打我。他借着微弱的星光，抻了抻胳膊，心想，若不叫你，我哪能受此责罚。想着想着，心里就来了气，抡起胳臂就一巴掌打在汪子笑光的脸上，骂道："都是你拐带的我！"

汪子笑光挨了这一大巴掌，疼的"唉哟"一声，骂道："你这个兔崽子，王八羔子，你和你妹子睡一个被窝，还把她卖给了窑子，你个野杂种，打的这么狠。"骂着，也就狠命地一巴掌扇了过去。

那羊尔成麟没想到，这狗娘养的汪子笑光敢下狠手，我不收拾你，你也不知道我羊尔成麟是两个爹操出来的，比你汪子笑光有劲，就又一巴掌扇了过去。

他们两个越打越气，越气越来劲，两人的嘴流出了血，牙齿也松动了。

这时，那个留许冬顺惊醒了，知道发生了什么事情，光着屁股跑了出来，跪在地上哀求努尔哈赤的亲兵帕海，说："饶了他们吧，他们愿意做牛做马赎罪。"

帕海怒道："做牛做马，你们现在还觉得自己个儿是个人吗？"

"是，是，我们是牛马，是畜牲请侍卫您开恩，跟都督说说情，放过他们这一回吧！"留许冬顺苦苦哀求说。

"放过这一回，你们还想有下一回吗？"帕海毫不放过。

留许冬顺立刻接口说："不敢，不敢。您若给说说情，我甘愿让我妹子来侍候您。"

"你以为我稀罕啊！我们是贞而不淫，"帕海鄙夷地说，"你那妹子早叫人操松了，给我垫腰都不要。送她到妓房去吧！"

这时，羊尔成麟和汪子笑光两人的嘴巴子已经成了血葫芦了，帕海十分认真地说："还得打，没够数！"两个人不得不再打下去。

第二天天不亮，努尔哈赤早就派人先去马市东门站队排号，等他们大队人马赶到了关口排号，听马市官员按先后顺序验放入市。

抚顺马市是天顺朝设立的。听客有所不知，马市，顾名思义，是买卖马匹的市场。除了马匹而外，还主要是女真人和汉人进行商品交易的地方。那个时候的抚顺马市，开始时是每月两次开市，初一到初五一次，十六至二十一次，后来就是十天开一次，最后干脆三四天一次，几乎变成常市了。

进入抚顺马市，有朝廷的官兵在市口检查验放，抚顺备御使监督，经过一一检查验证后，才可放入。凡是进马市交易的女真人、汉人等，都得经过检验，有货的才可放入，没有货的，不准进马市。

努尔哈赤要去马市做买卖，以物易物，换回生活必须品。可进京朝贡，要有朝廷的敕书，凭借敕书可以进京朝贡，并做更大的生意买卖。建州三卫的敕书共五百道。努尔哈赤的姥爷王杲霸占了古勒水渡，掌控了海西女真和建州女真、东海女真到抚顺马市和开原马市的水陆交通要道，勒索控制了朝廷发给建州女真的五百道敕书，统领了建州各部。王杲被灭了以后，建州各部自然落在了他的二儿子阿台的手里。努尔哈赤为了能进京朝贡，不得已亲自去古勒寨找舅舅阿台，讨要原来属于自己的敕书。可阿台看在甥舅的关系，只给了几道，努尔哈赤虽然不满足，可也没有办法，只好先拿几道回来。

敕书是什么呢？顾名思义，敕书是封建时代帝王的诏书、命令。我们这里说的敕书，是明朝廷发给女真各卫酋长的，凭敕书，他们可以带人马货物进京朝贡，领取朝廷赏赐的银、帛、衣、帽、盐、布等物，可以将带去的货物在京城贩卖，可以到马市交换商品。敕书还可以买卖。那么，敕书是什么样子的呢？其实敕书就是竹签儿，上边刻着朝廷的敕书文字，一道敕书就是一个竹签。敕书发给女真人的首领，首领凭借敕书才能进京朝贡，领取赏赐。如此说来，敕书就是财富。

马市上验放检查的条件规定很严，凡是有人无货的、有货有人带兵器的、喝了酒的、假冒货物丢失的、没有经过验检发给证明的，一律不准入市。为了保证不出现严重问题，朝廷对马市的官兵要求也很严厉。官兵如有贪占受贿的，或者允许提早入市过宿的，甚至允许以次充好的，无论是官还是兵，一律发往两广烟瘴之地，永不赦宥。

抚顺马市自打开市以来，每次入市交易的人马就数千人，都得经过圈门市口的检查，才能验放。为了能在马市上占据好摊位，努尔哈赤派人早早到圈门排队占号，他的大队人马随后就到。验放时，他拿出了几道敕书，明官兵一看，知是女真酋长，便一一检查，发放证书，验放入市。努尔哈齐站在一边，一一清点。

朝廷规定，“各夷将马匹物货赴官验放入市交易，不许通事人等将各夷侮弄、亏少马价及偷盗货物，亦不许拨置夷人，以失物为由诈骗财物，敢有擅放夷人入城及纵容无货人入市，有货在车内过宿，领取小利，透漏边情，违者俱问，发两广烟瘴地面充军，遇赦不宥。”

抚顺马市是一个月一次，一次三天，时间集中，又短促，每次来赶市的不仅有浑河流域的汉人，还有从山东、河南、江浙等地不远千里而来的买卖人。而女真人，不仅有建州各卫各部的女真人，更有东海女真人、海西女真人。他们车载马驮，捆捆绑绑，满车满驮，骑马的，赶车的，男男女女，老老少少，说说笑笑，嘻嘻闹闹，长长的队伍，一排十几里。特别是女真人又带着许多的狗，跑前围后，更是非常热闹。女真人穿着皮制的奇特的衣物，操着满语和笨拙的汉语，更给马市增添了不少情趣。浩浩荡荡的满载着各种货物的队伍，长长的排在市口外，经明边官吏一一验放入市。日头一杆子高了，努尔哈赤的人马终于全部验放入市了。

马市圈内，人、马、车、货，熙熙攘攘，人山人海，吵吵嚷嚷，如蚁穴一般，那些狗儿，更是有空就钻，在人马脚底下到处乱窜。吆喝的，交谈的，争讲的，手伸进袖筒里说价的，问买喊卖的，物物交换的，女真妇女领着少儿挑玩艺儿的，看热闹卖呆的，干什么的都有，简直听不清说什么，叫什么。那些早已相识的买卖人，见面时更是搂肩抱背的，拍肩拽手的，相当亲热。

当时，有人给马市写了一首诗，形容马市的热闹场面：

累累椎髻捆载多，
拗辘车声急如传。
胡儿胡妇亦提携，
异装异服徒惊眴。
朝廷待夷旧有规，
近城廿里开官廛。
夷货既入华货随，
译使相通作行眩。
华得夷货更生殖，
夷得华货即欢忭。

在抚夷厅内，努尔哈赤等各女真酋长，由抚顺备御使主持，检验朝贡马匹，看马的个头、身长、疫情、膘情，合格的就发给合格证书，可以进京朝贡并在京畿交易，获得皇帝的赏赐。不合格的马匹，牵到马市上交易。还有些进京朝贡时带的山珍野货、土特产品等，都得经过检验，才准入京。

在马市上，凡入市的女真人，均有多少不等的赏赐，所以女真人男妇皆争相入市。在王杲时期，甚至用箭顶着帽子充人数。

按会典规定，抚赏朝京都督每名牛一只，大果桌一张；都指挥每名羊一只，大果桌一张。供给入市买卖都督每人羊一只，每日桌面三张，酒三壶；都指挥羊一只，每日桌面一张，酒一壶。入市的部落女真人每四人猪肉一斤，酒一壶。赏赐传报夷情夷人白布一疋，桌面二张，酒二壶。抚赏入市的女真部落酋长、城主、寨主，每人袄子一件，锅一口，靴袜一双，青红布三疋，米三斗，大果桌面半张。零赏建州三卫女真人每人布一疋，米一斗，兀堵酥一双，靴一双，锅一口，每四人果桌一张。

在马市上交易，明廷按规定要抽税银，但抽得很少。骗马一匹抽银六钱，儿马一匹抽银五钱，骡马一匹抽银四钱，牛一头抽银二钱，缎一疋抽银一钱，锅一口抽银一分，羊一只抽银一分，貂皮一张抽银二分，鼠皮一张抽银一钱，熊虎皮一张抽银三分，鹿皮一张抽银一分，狐狸睡貉皮每张抽银一分，狍皮二张抽银一分，黄蜡十块抽一，人参十围抽一，榛松二十斤抽一斤，等等。抽的税银是很少的，都不够抚赏的。

每次开市，建州女真人各部男男女女，清手利脚的，都愿意随着部族首领，不辞路途遥远，辛苦颠簸，争相入市。他们用人参、豹皮、狍皮、松子、木耳、蘑菇等土特产品，换回粮食、种籽、布疋、大盐、铁针、铁锅、铧子等生活日用品。

努尔哈赤的马队，这一次在马市上光获得的赏布就是一千零一十疋，锅一千一百八十九口，盐四千五百九十二斤。

马市的交易和获得的抚赏，满足了女真人的生活需要，加强了女真人同汉人的深厚友谊。同时，努尔哈赤等女真人又换回了足够的种子、铧犁等，也为建州女真地区农业经济的发展奠定了物资基础。

现在，我们再回头来说说努尔哈赤交易的情形。正在交易中，努尔哈赤见马市上聚了一堆人，只见一个官兵在怒斥一个汉人，要强制多收税银，只听那官兵训斥说："你从哪里弄来的两张貂皮？抽税银六分。"

那人辩解说："从哪里弄来的怎么的，不是偷的，不是抢的，也不是摔个跟头捡来的，这跟抽银上税有什么关系？抽银就说抽银好了，干嘛这么刁难人？"

那个官兵被抢白了，有些恼怒，说："不行，得抽七分。"

“什么？交税银多少朝廷有规定，怎么能凭你口哈[1]？”那人不服地分辩。

“我说抽你七分就得抽七分，交银子！”那官兵口气僵硬。

那个汉人根本不服，说：“你抽多少就是多少，那朝廷下规定干什么？朝廷规定一张貂皮抽税银二分，我两张就该是四分，你凭什么抽我七分？你贪占三分银子，是想去两广烟瘴之地吗？”

那官兵一听，这汉子竟敢在这么多人面前顶撞自己，实在太不给面子了，举手就打，那个汉人抬胳膊一搪，疼得那官兵直门儿“唉哟”，连忙叫过几个军兵来，说这人闹事。那几个军兵齐呼啦上前，围住那个汉子就打。那汉子并不惧怕，只是拳来拳顶，脚来脚挡，没几下子就把七八个军兵造趴下了。这时，又来了十多个官兵，个个手持武器，气势汹汹。努尔哈赤一看，就趁混乱之机，把那个汉子拽到自己人堆里，捞张大皮子就给他盖在身上，给他扣顶别人的帽子，让他蹲在地上。

这时，后来的一队官军可哪找也没找到那汉子，只好扶起那几个被打倒的官兵悻悻地走了。

官兵走后，努尔哈赤问那汉子：“你叫什么名字，哪里人？”那汉子说：“是中原人，父母双双病故，无依无靠，就来闯关东。听说姑姑住在抚顺城，就来寻找，结果没找到，没办法进山打了两只貂，想在马市上卖了，换口饭吃。没想到，本来两张貂皮规定上税四分，那个官兵却要抽六分，我顶了几句，又要抽七分，那我还活不活了？”

努尔哈赤听了，很赞赏他那不屈不服的精神，就说：“那你叫什么名字呢？”

那汉子说，“我叫王根生，后改名叫王生生，由于四处漂零，人家就叫我流浪汉了。”

“好！流浪，你愿意跟我去建州吗？”努尔哈赤问。

那流浪汉说：“看您这身打扮不是一般人，您能给我口饭吃，有个地方睡，我就跟您去。”

“那好，咱们说定了。”努尔哈赤还没说完，身边的张义插嘴说，“这是我们建州卫的酋长，我也是汉人，你去吧，肯定不亏待你。”努尔哈赤接着问：“刚才看你对付官兵的招式，你很有些武功，是从哪学的，拜谁的师？”

---

① 哈：辽东方言，喊、说。

"爹妈死时，我才十来岁，游荡到武当山，饿昏了，被老道师父发现救活了，我就出了家，跟师父学了几手拳脚。后来，在山上道观里，有个恶绅趁妇女进香还愿的时候调戏妇女，被我撞见了，就打了那恶绅。不想，那个老东西不经打，三下两下子，他就断了气儿了。我闯了祸，怕连累师父，就改成民装，来关东投奔姑姑来了。您愿意供我吃住，我也愿意为您效劳。"

努尔哈赤说："好！你就叫洛汉吧，跟我去建州。"就这样，努尔哈赤收留了洛汉。后来，洛汉做了努尔哈赤的亲兵侍卫。

马市的繁荣，使女真人获得了丰厚的物质利益，更促使女真人频繁入市，人数也一次比一次增多，入市货物更是品种多，数量大，获利也大，吸引着女真人更为强烈的欲望，刺激了女真人更大的积极性。因此，到后来，抚顺马市几乎成为常市了。建州女真人入市的男女一次比一次增多，每次最少几百，有时甚至上千人。

沿着苏子河岸，十来里地长长的队伍，浩浩荡荡地奔向马市，那情景真是令人叫绝。

几年后，佟春秀和努尔哈赤所居的波罗密山寨周围，苏子河沿岸广阔地带，已经无野不耕，山上山下，全部开垦。人口骤增，户户相连，家家毗邻，人丁兴旺。几乎家家都养马几十匹，多者几百匹，牧放在山野；户户都养猪、羊、狗、鸡、鸭、鹅、猫等，真是人人安居乐业，家家生活充裕。

第十四章 小罕子石麟天赐 佟春秀明珠入掌[1]

庚辰夏，波罗密山寨里，佟春秀生第二胎的时候，房门屋檐上，插了一枝李子树枝儿。李子树枝儿上还绑着一个小弓，那小弓是用一根竹筷子劈成四篓[2]，用一篓搣成一个小弓，用三篓做成三枝小箭拴在小弓上，小弓上还拴了一条红布条，在密麻的绿莹莹的李子树叶中，一张弓箭和一条红布条，映衬得很是新颖别致。

日上三竿的时候，一个穿着破衣漏手、赤足光臂的老汉，背着一个破旧不堪的褡裢[3]进了佟春秀家的院子。这老汉进了院子，四下一撒目，眼睛一亮，“好庄园啊！”又一看，见门口房檐上的李子树枝儿，知是添人进口了，又一看树枝上拴有小弓箭，心中一乐，“好哇！这家生男孩啦！”他满脸堆笑：原来这家女主人喜添贵子了！

当时女真人的生活习俗，家中女人生孩子就在房门屋檐上插李子树枝儿，告诉人们这家“立子了！”生男孩，李树枝儿上拴弓箭，生女孩，拴红布条。这老汉一看，得祝贺一番哪！于是，从褡裢里掏出竹板儿，喜气洋洋地一边敲一边唱道：

日头出来红彤彤，
大门挂彩，
二门挂红。
剩下三门，
倒有一枝弓。
一枝弓倒有三枝箭，
个个箭头冒红绒。
第一枝箭射到南京去，
第二枝箭射到北京城。
剩下第三枝箭无有场射，

---

① 天赐石麟：即生儿；明珠入掌，即生女。
② 篓：辽东方言，半儿，批、绺、份儿之意。
③ 褡裢：两头装物中间一面开口，搭在肩的布袋。

一射射到九天玉皇宫。
玉皇大帝一见心欢喜，
金口一开就封了个状元红。
一岁两岁娘怀抱，
三岁四岁离怀中。
五岁六岁上街去玩耍，
七岁八岁做学童。
念到十一并十二，
识文撰字书学成。
龙虎年进京去赶考，
一考考了个状元红！
东家大喜！

侍候佟春秀做月子的二妈李佳氏和张妍开门一看，见是一位六七十岁的老者，骨瘦如柴，弱不禁风，实是可怜。回屋跟佟春秀一说，佟春秀说："赏他一两银子吧！"

张妍取出一两银子交给李佳氏，李佳氏开门出来赏给老人。老人一看，并没接银子，却感动得双泪直流，作揖叩头地说："尊贵的夫人，您大慈大悲！老朽本辽南汉人，无儿无女，无依无靠，孤苦伶仃，四处飘零，乞讨为生。老朽已经七十有零，没有几天活头了。如蒙夫人不弃，收留老朽，死了以后，把我这把老骨头埋了，别让狼撕狗掠，老朽就心满意足了，我的魂灵在九泉之下，也会保佑你们祝福你们的。"

老汉的话，佟春秀在屋里听得明明白白，顿生怜悯之情，就叫张妍去说收养老人。不久之后，老人死了，佟春秀把老人埋葬了，完成了老人的心愿。

佟春秀生的三个孩子全是李佳氏侍候的月子，也因此二人相处得十分亲热。李佳氏比佟春秀年长十六岁，看上去也就不到三十岁，两个人虽是婆媳，却情同姊妹。这对后来交罗氏家族影响挺大，特别是为处理好与索长阿族人的关系，李佳氏起了重要作用，这是后话，暂且不提。

努尔哈赤的舅舅阿台，听说外甥努尔哈赤媳妇生了小外孙，很是高兴，就叫人在马市上换回一个新摇车[①]，特派人送到波罗密。这个摇车画着龙凤图案，红地金彩，十分新颖好看。佟春秀把这摇车挂在炕梢的棚杆上，摇车绳上拴着一嘟噜一串儿的小玩艺，有鸡索、猪脑星、小棒槌、小把门猴，还有小弓箭、小铜铃啊什么的，一晃动直响，孩子躺在摇车里，大人边给孩子奶奶[②]，边指着孩子的脑门儿说："前奔楼[③]，后滴滴[④]，你讷讷夸你好脾气。"一边晃弄这些小玩艺儿，逗孩子乐，不哭闹，还一边唱儿歌给孩子听：

悠悠啦，
悠悠啦，
悠悠褚英快睡啦。
狼来啦，
虎来啦，
老"告"子[⑤]也来啦。
狐狸打着镲[⑥]来啦，
黑瞎子[⑦]背着鼓来啦。
麻胡子[⑧]，跳墙啦，
舌头伸出老长啦，
咬羊啦，
咬猪啦，
咬鹅啦，
咬鸡啦，
宝宝你可别哭啦。
悠悠啦，
悠悠啦，

---

① 摇车：东北农村悠孩子睡觉的工具，薄木板摵成长三尺多、宽一尺半，两头圆，两头翘，吊在棚杆上，让孩子睡在里面，悠动摇车，便很快睡着了。

② 奶奶：第一个"奶"发音第四声"奈"为动词，第二个奶为名词。

③ 奔楼：辽东方言，额头。

④ 滴滴：辽东方言，后脑勺。

⑤ "告"：辽东方言，魔怪。

⑥ 镲：即钹，铜质圆形的乐器，中心鼓起，两片相击作声。

⑦ 黑瞎子：辽东方言，熊。

⑧ 麻胡子：一种怪物。

黄鼠狼可别下个豆鼠子。
小褚英，
别哭啦，
悠呀悠呀快长大。
吊膀子，
把弓拉，
要拉硬弓得长大。
快睡呀，
快长大，
长大使劲儿把弓拉。
挎弓箭，
骑大马，
和你阿玛把敌杀。
保卫家园保国家，
功劳数你爷俩大。

光华飞逝，岁月如流。说书的人讲话了，几青几黄，就是几年过去了。佟春秀婚后第二年生女儿东果，第四年生长子褚英，第六年生次子代善，三个孩子赛着伴儿地长，几年工夫，就可地跑了。

那是在一个春暖花开的季节。一天，东果跟褚英在院前那棵大柳树下玩，东果点着手指说：

大姆指，
二姆猴，
中指楼，
周小义，
小妞妞。

东果点着褚英的鼻子尖儿，说："你就是小妞妞。"她还把小手指头伸出来说："你就是这个。"

褚英不愿做小妞妞，他要做大姆指，东果说他是小妞妞，他不服气。眼珠一转，就说："咱们拔香吧！"

"怎么拔？"东果问。

褚英说："我教你。"他把东果的右手拽出来，让她竖起大姆指，自己的小胖手握成圈，上东果竖起的大姆指上一套一拔，说："就这么拔，你拔我的，我拔你的。我拔……一拔香。"又说，"你接着拔二拔香。"他俩就这么一人一次轮换着拔对方的右大姆指，二拔香、三拔香……。到拔第八拔香的时候，轮到了东果，东果上去一拔，说"八拔香！"

褚英立刻以胜利者的姿态说："噢，噢，你说叭叭着！"说着就拽东果往马圈里去，指着马粪说："叭叭香，你就吃吧，吃吧！你不说香吗！"褚英强摁住东果的头，让东果吃马粪。

东果一边挣脱，一边分辩说："谁说叭叭香来？我说的是八拔香。"

褚英说："你说的是叭叭香！"

"好！"东果上去就拽出褚英的手，果敢地说："咱们重拔！"

褚英说："那还我先拔！"

东果说："不行！头一次是你先拔的，这回该我先拔了。"

"不玩喽，不玩喽！"褚英说着就要跑。

东果上去一把拽住，说："好，我说八拔香，那你说叭叭是香还是臭？"

"臭！"褚英马上肯定地说。

"臭？你不吃怎么知道臭？你吃了？"东果更不相让。

褚英说："不玩喽，不玩喽！"就跑进了屋里。

东果受了憋屈，没有出气，老大不高兴了，站在柳树下，摆弄着自己的手指头。汤古哈从山寨下跑了回来，围在东果身边，耷拉着舌头，摇晃着尾巴。东果一看，就高兴地和汤古哈玩了起来。褚英没什么玩的了，开门一看东果和汤古哈玩得很高兴，就大声喊："汤古哈，汤古哈！"汤古哈一溜烟地又跑到了褚英身边。

东果生气地说："我欻嘎啦哈①去。"

这时，张义进了院子。佟春秀看到自己的孩子都可哪跑了，可张义还没有媳妇呢！心里觉得不怎么是滋味。他兄妹俩跟自己来到山寨，没爹没妈，靠的是他们两口子，可他们光顾自己有儿有女，却不管张义兄弟没妻没家，这怎么对得住他们兄妹俩呢？想到这里，她想，无论如何得先给张义说上个媳妇。

---

① 嘎啦哈：满语，儿童玩具，猪、羊、狍子等的膑骨。

晚上，堂屋里放着一大张长条饭桌，桌上点燃三只蜡烛。人们在吃晚饭。哈扎端着菜盆，给大家添菜，到张义身边时，她格外多添了一勺，偷眼看着张义的反应。洛汉眼尖，一眼看见了，就挑衅地说："哈扎偏向，干什么多给张义一勺？锅里没有了吗？"张义听了，只笑不答。

哈扎端着菜盆，举着木头抠的菜勺子，快步来到洛汉跟前，舀了一勺子菜，"咵"一下扣在洛汉的菜碗里，说："吃饭还堵不住你的嘴！是饭少了菜少了，你这么争！再不老实，我刨你一菜勺子。"说着就举起了木勺子，往洛汉的头上比量[1]，洛汉赶紧服软说："好嫩嫩，阿珲德我不敢了。"

哈扎鄙视地说："瞧你这熊样，菜勺子还没打到头上，就先举手投降叫饶了，这若是在战场上，还能像张义阿珲那样是个巴图鲁吗？"

"那可不一定！"洛汉态度强硬地说，"在战场上，你不杀敌，敌人杀你，跟家里可不一样。你若让我亲个嘴儿，我甘愿挨你几菜勺子。"

哈扎说："让你亲个嘴儿！做梦去吧你。"

佟春秀要给张义说个媳妇，可一时半会儿没有相当的。这会儿听了哈扎护着张义的情形，心里一亮，原来张义的媳妇就在眼皮底下啊！在里屋，佟春秀吃着饭，跟张妍说："我想给你哥哥寻谋个好姑娘，给他成个家，可就是不知他的心思。有道是：不知真情，难下决心。这回可好了，可以给他们办了。"

张妍听了佟春秀自言自语似地说道，有点摸不着头脑，问："佟姐，你说的是谁呀？"

佟春秀说："你还没看出来？就是哈扎呀！"

"哈扎？太好了，太好了。可就是不知姐夫他能不能同意。"张妍高兴又担心地说。

佟春秀说："不用担心，这事我来办，你放心好了。"她很有把握地说。

哈扎是女真人，虽然是个阿哈，可佟春秀对她还是高看一眼。哈扎长得水水灵灵，白白净净，秀秀气气。正因为这样，才让汪子笑光和留许冬顺垂涎三尺，哈啦子[2]流到了胸脯，被处罚了一顿，让他俩去喂养牲畜，和牲口作伴去了。

---

① 比量：辽东方言，比划之意。

② 哈啦子：嘴里淌出来的口涎。

努尔哈赤本来也牵挂着张义兄妹的婚事，可一时也没有找到合适的。听佟春秀一说起哈扎，他倒也认为挺对卤子[1]。哈扎是女真人，张义是尼堪，可自己不也娶了尼堪人佟春秀了吗！所以，他痛痛快快地同意了。

几天后，佟春秀叫人杀了猪，就给张义和哈扎办了婚事。

在新婚这夜，张义问："哈扎，你是怎么来到山寨的？"

这一问，问到了哈扎的伤心处，哭泣了起来。张义连忙说："噢！对不起，我不该问。好了，不说了，你不要伤心了。"

哈扎说："没什么，你不问我也是要告诉你的。听佟主子说，你的双亲也都是被人害死的？"哈扎抽抽达达地哭泣着说出了自己的身世。

哈扎的家原来住在辽东边墙外边的一个小寨子里。在她十来岁的时候，有一天，阿玛早早地去了抚顺马市赶集，她在屋里欻嘎啦哈玩，讷讷在院前菜园子里薅草。正欻着嘎啦哈的工夫，忽听讷讷大喊一声"哈扎快跑！"她不知外边发生了什么事情，趴在窗户眼儿上往外一看，见三个大男人挥舞着明晃晃的大刀，在撕巴讷讷呢！只见讷讷操起一块地上的杖半子，就抡了起来，一下子打在一个人的腰上。那两个人烀[2]上来就把讷讷抱住了，三个人把讷讷摁倒在地，又撕衣服，又扒裤子。讷讷声嘶力竭地大喊："哈扎，记住，讷讷是叫萨尔浒的人作践的[3]，等你阿玛回来杀了他们！"哈扎一看，没有跑，她要救出讷讷。她迅速地操起阿玛的弓，搭上箭，对着窗户眼，可劲儿地拉开了弓，嗖地射出一箭，正射中了一个人的腰，嗖地又射一箭，射中一个人的屁股。那个人一看，咆哮着拎刀就奔屋里来了。讷讷一看，立即跳起身来，掰下一块杖半子就向那人抡去，没打着，还没等哈扎拉开第三弓，那人从窗户跳进屋，一拳就把她打昏了。

"那后来讷讷怎么样了？"张义焦急地问。

哈扎说，等她苏醒过来，跑出屋子一看，讷讷的心口被扎了一刀，血淌了一地，都成了血饼子了。哈扎大叫了一声，扑在讷讷身上就哭了起来。哭累了，就趴在讷讷身上昏过去了。

---

① 对卤子：辽东方言，对劲儿，合把，适宜。
② 烀：辽东方言，围、贴上来之意。
③ 作践：践踏，损坏，这里作强奸解。

等她阿玛回来，把哈扎叫醒一问，才知是怎么回事，阿玛叫她快去阿克初家找阿克初去。哈扎骑马就向阿克初家跑去，等她和阿克初赶回来时，不见阿玛，就把讷讷的尸体弄进屋里，在里屋地下搪上排，把讷讷的尸体放在排上，等阿玛。

天快黑了，邻居阿格布来告诉说，在萨尔浒城下的河滩地上，有四具尸体，有一具是哈扎的阿玛，叫快去收回来吧！哈扎和阿克初上马就跑，两匹马箭也似的赶到地方一看，那两个中箭的被阿玛砍死了，那个没中箭的也被阿玛砍掉了一只胳膊，腰上也挨了一刀，还没死呢！哈扎愤怒地跳下马，拣起阿玛的刀，到那个挣扎着的汉子跟前，狠命地一刀，砍下了那个人的脑袋，这才回来看阿玛。

一看阿玛左肋中了一刀，早没有活气儿了。哈扎和阿克初搬起阿玛的尸体，驮在马上，正要往回走，没想到，萨尔浒城里的人来了七八个，来给那三个人收尸来了。

阿克初一看，说："不好，哈扎快跑！"阿克初拉弓射箭，一连射中了三个人。这时，那几个人也飞马来到跟前，哈扎胳膊中了一刀，摔下马去，疼得昏死过去，阿克初年纪大了，怎能抵得住四个壮汉呢！最后，力尽而亡了。

哈扎不知昏睡了多长时间，等她醒来的时候，见自己躺在自己家的炕上，才知道是老都督交昌安从马市上回来，在萨尔浒城北的河滩地看到了这情形，交昌安和她阿玛、阿克初都很熟，就领人把他们三个人埋葬了，哈扎也被老都督带来建州，抚养长大成人。

哈扎讲完了自己的身世，还在哭泣，张义也流下了伤心的泪水，说："哈扎，你放心，阿玛、讷讷、阿克初的仇，一定要报，不杀掉萨尔浒城的贼人，我张义誓不为人！"

张义给哈扎擦干了眼泪，说："哈扎，别哭了，咱俩的命是一样的，咱们都遇上了好人。佟主子和努尔哈赤就是我们的大恩人。"

哈扎说："这就是我们的家。……唉！你说，佟主子怎么就知道我喜欢你，你喜欢我呢？"

"那还用问！咱们的什么事不都装在他们的心里！"张义说。

小两口亲热了一番，就甜甜蜜蜜地睡了，做着好梦去了。

十月初，正是辽东山区人参放刷帚头的时候，放红头已经过去了，没赶上采朵子参，只能采黄草参了。

晚上，努尔哈赤说：“过两天，我们进山放山去。”

佟春秀问：“去多少人，得多少天，好做准备。”

“大约三十个人吧！”努尔哈赤说，“怎么也得半月二十天的。”

第二天，佟春秀就叫巴克、扎青几个人套驴推磨拉大糙子，又叫人把狍皮拿出来晾一晾，晃一晃潮气，并把咸菜瓜子切成细条，拌熟肉碎块炒了，做着进山的准备。

第十五章 放山采参频入马市交易 精心持家山寨蒸蒸日上

听说努尔哈赤要放山去，五玛法家的叔叔随痕、巴巴孙、对秦、朗腾，还有他的叔伯弟兄博尔深、勒特、扎秦、桑古里、柏林、务巴席库等人都想去。虽然各已成家，可他们这支人都老实厚道，胆小怕事，光知道在家放牧种地射猎维持生活，很少到马市交易，所以，日子过得挺紧巴的。

交昌安的日子虽然也不宽裕，可这位五弟包朗阿有困难，他也还是经常接济，所以，这老哥俩就格外亲密。由于老人相处得好，他们的下一代也更亲密无间。

佟春秀结婚以后，对五玛法更是特别关照。现在，五玛法家的两个小叔叔萨哈席库和吉达席库都也老大不小了，就因为生活艰难，捉襟见肘，没钱娶媳妇。

这天晚上，五玛法包朗阿来了，老爷子坐在北炕沿上，一个劲地巴哒抽烟不说话。佟春秀看到这里，心里明白了八九分，说："五玛法，您老是不是有什么事？有什么事只管说。"

包朗阿磕了磕烟袋锅子，几次欲言又止，后来终于开口说："是有事啊，可……"

佟春秀说："五玛法，是不是要办事情缺钱？"

包朗阿不好意思地说："还是哈哈纳扎青聪明啊，你怎么就看出来了呢？我都不好意思开口了，我让孩子他阿玛来，可萨哈席库他阿玛说什么也不来，说是舍不上老脸，他们就是把我这老头子豁出去了。"

佟春秀说："五玛法，有什么事就说吧，咱们不是一家人吗，有什么不好开口的呢？"

"是这么回事，"包朗阿终于说出来了，"萨哈席库也不小了，亲也订了，他阿玛想今年秋天给他们把婚结了。可手头一个子儿没有，怎么办啊！"

佟春秀说："努尔哈赤说得对，你们家能走得动的都跟去放山吧，谁也不能亏待你们。采了人参，到下一集马市去换些结婚的东西，……日子定了没有？"

包朗阿说："没有钱怎么定啊!"

佟春秀说："五玛法，我手里还有十两银子，您老先拿去用，明天先准备下进山吃的，让他们跟努尔哈赤放山去，采点什么山货到马市上也能换点东西，怎么也不能白跑山了。"佟春秀说着就打开了柜门，取出了一包银子，递给了努尔哈赤，努尔哈赤看也没看，就递给了包朗阿，说："五玛法，这些银子够萨哈席库和吉达席库俩结婚用的了。我看是不是这样，今年秋天给萨哈席库结婚，日子要赶早，趁天头不冷。明年开春再给吉达席库结，这样，准备也能超容一些。"

包朗阿又挖了一锅烟，努尔哈赤接过火镰，"啪啪"两下，打着了火绒，给捏在包朗阿的烟袋锅子里，包朗阿连忙吸了几口，燃着了烟，说："唉！你这个努尔哈赤啊，怎么就摊着这么好个萨尔甘呢！我们这么多年用了你们多少了？这可怎么报答你们啊？听说，过两天你们要去放山，我寻思让我的那几个不长出息的，也跟去放山，不得酬劳，让他们历练历练也好哇!"

"五玛法，您老可别这么说。咱们不是一家人吗?"佟春秀说，"过日子谁都有个难处，我们盖房子的时候，萨哈席库他们不也一样帮助我们吗？再说了，谁都有长处，钱是人挣的。俗话说得好，人不冷，不向火，屋不黑，不点灯啊！五玛法有困难了，我们小的自当尽力。"

包朗阿说："那好吧，我让孩子们来给你们叩头。"

努尔哈赤忙说："这可使不得！我们哪里聙受得起啊，这不折我们的寿吗!"

佟春秀说："以后有什么事，捎个信来我们去您老那，您可别亲自这么跑了。"

过了两天，努尔哈赤领着人进了纳禄窝集[①]的崇山峻岭放山去了。

长白山南的辽东，盛产人参。民间谚语说得好，"关东山，三件宝，人参鹿茸靰鞡草。"人参是女真人赖以为生的三宝之一。

说起人参来，它的名目可多了，大约有十多种，什么神草、人衔、鬼盖、黄参、血参、土精、地精、棒槌、山货、根子、园参、白条参、红参、移秧，又叫二甲子、灯台子、四品叶、五品叶、六品叶，等等。女真人管人参，叫"沃尔霍达"，根据生长环境、用途、状况等等，叫

① 纳禄窝集：满语，龙岗山。

成了这么多的名字。据载，早在殷商时期，人类就开始采挖人参治病壮体了。

努尔哈赤一帮人进山后，先找了三块石板，搭个小山神庙，插上三根蒿子棍儿，对小庙磕头许愿说："若是采到大山货，一定杀鸡宰羊来谢山神。"

他们拜完山神后，就砍来树枝，搭起窝棚。这窝棚就叫马架子，也叫戗子，放山的人就住在这里。有时还挖地窨子，一半在地上，一半在地下，用草铺上盖，里边搭个土炕，放山人就在这里住，在这里做饭吃。

进山的时候，要先排棍儿。一般采参人都是单数，没有双数的，这叫去单回双，因为采的参叫人参，顶人数，这也是希望放山的人不空手回来的意思。排棍儿的时候，有采参经验的人排在头棍，后边的依次叫二、三、四……棍儿，边棍儿也得是个有经验的人。

还得留下一个做饭的人，守戗子，这个人叫端锅的。他得管打柴、拎水、做饭，还得在周围的山上放山，不许先吃先睡。

进山的人不能说不吉利的话。

放山的时候，头棍儿领着同伙铺棍儿压趟子，由头棍开始每人隔几丈远，依次排列，手拿索拨棍①，拨草寻参。整个放山活动全由头棍儿安排，由头棍儿敲击树干算作联络信号，敲击树干一下，继续寻参，两下是向头棍靠拢，三下是下山。而边棍儿一边放山，一边防止腰棍跳出去麻达山②。

进山要找吉日子，就是三、六、九日。放山人腿裹腿封，手拿索拨棍，棍如人高，不扒皮。身背鹿皮兜，内装鹿骨针、铜钱和红线绳、刀子等等一些用品，到向阳背阴、遮阴透光、遮雨透露、窝风透风、土湿不涝的地方寻找人参，有时听人参鸟叫找人参。

发现人参了，这叫做开眼。如果发现一片或一堆，这就要谢山，还要先砍兆头。砍兆头是把头选一棵红松树，朝人参生长的地方剥下长方块树皮，左边砍人数杠数，右边砍挖到几品叶杠数，一般是挖出大参，留下小参，不能将大参小参都挖净。留下小参，待几年后长大了，再来挖。

---

① 索拨棍：放山用来拨草寻参的用具。

② 麻达山：在山林中迷失方向。

发现人参，开了眼，发现人参的人要先“喊山”，其他人要“接山”。开眼人喊：“棒槌！”

把头问：“什么货？”

开眼人答：“五品叶！”（发现几品叶，就喊几品叶）同伙人一起贺曰：

“快当！快当！”

然后，用两根树枝儿插在离人参一尺远的两侧，用红线绳在中间处绑在人参枝丫上，红线绳两头分别拴在树枝儿上，绳头系一枚铜钱。取出鹿骨针，耐心细致小心谨慎地挖。鹿骨针是用梅花鹿后腿骨磨制的，一只后腿骨只能磨制两根鹿骨针。

人参挖出来后，用红松树皮或是椴树皮，里面垫上青苔，掺上一些参坑的原土，把人参包好，大货由把头背，小货由别人背。放山时有人露了山[①]，回头再找，叫翻趟子。如果放空山了，就喊空山或圆梦，或是有人麻达山，或是遇到了意外，都有许多讲究办法。

采参还有一些行话，直到现在，还有人说“眼大露神”，还说“你的眼睛就是不撒目草，别人看见了，你脚踩过了，还没看见。”这“撒目草”，原来指的就是寻找人参。

放山人每天回到戗子的时候，要在戗子门口打火堆，由把头先点火，烧的柴不能乱放，要顺着放，火堆不能随意熄灭，不能往火堆里扔东西、撒尿，火越旺越好。索拨棍要按顺序放在门前，衣帽得挂在腰下，吃饭时把头先吃第一口。这讲究可多了，一时半会儿说不完。

放山的人走了以后，佟春秀本想能好好歇歇，解解乏。她是家里的主妇，内当家的，虽然光支嘴儿说话不用她干，可心得操到，事得想到，哪件事不想到不打点到都不行。这不，现在已经是秋后了，她还要为这几十号人的过冬生活操心，要熟牛皮做靰鞡，要换棉花、织麻布，要换盐、卤水，要渍酸菜买大缸，要淹咸菜，要挖菜窖，等等。还要把喂马匹的谷草苫好围好，若露进雪水焐了谷草，喂牲口就不吃了。还要去马市多打些马掌回来，冬天给马挂掌，等等，等等，没有操不到的心，没有想不到的事。

半月之后，放山的人回来了。一个个都兴高采烈，笑容满面，让人一看就知道：一定是满载而归。

---

① 露了山：即露寻了的地方。

第二天，努尔哈赤打点了一下，第三天就领几十号人驾车赶驮子，浩浩荡荡地赶往抚顺马市去了。

努尔哈赤人马从马市上回来后，与佟春秀核计说："明年还得盖房子，来投的人会越来越多的。"

"是啊！今秋得多割些苫房草回来，把房木砍了拉回来剥皮晾上，明年春盖房子、盖马棚子。"她叫过帕海，对他说：

"你去看看今年的羊圈，用不用修了？"又说："不周不便的，你多想想，多看看，有什么事告诉我，再去人把羊柴①拉回来垛上。"

帕海答应一声走了。

晚饭后，佟春秀躺在炕上，想先歇歇。冷丁想起一件事，就叫哈扎把巴楞叫了来，说："巴楞，你明天要做一个新碾框，换上，那个旧的已经坏了。这几十号人吃饭，推碾子拉磨的不能停了。"

巴楞说："佟主子，我已经做了一个新的，天黑了没换，明个儿一早我就换上，不耽误用。"

佟春秀说："你干得好！替我先想到了。"

春去秋来。一天，佟春秀叫过张义，说："你去叫上羊尔成麟几个人，到河口地方看看，什么地方可做场院，平好了场院，上冻以后好打场。叫人去把留许冬顺换回来，让他把磙框做好，凡是打场用的连枷、爬子、木锨，打下梢用的赤榆扫帚，扫豆阿茬的细苗扫帚，一应器具都准备好。"佟春秀想了想，又说："还有，赶几辆车，去南边的林家沟缸瓦窑买几十套缸盆回来，车箱底下多垫些草，缸里也垫草，路不好走，别颤打裂了。"

张义说："能不能让刘哈跟我一块去，他路途熟一些。"

"行！你跟他说吧，明天一早就走，当天能回来。"

洛汉、帕海几个人在河口滩地上找了一块平坦地，就要在这里平场院。

他们把地上的大小石子全部捡干净，草棵草根拔干净，有坑的垫上，起包的平了，又拉来几十车黄土拌上河沙，均匀地撒平了，就套上了几个石磙子压、溜，特干的地方，就喷洒点河水，滚子溜个几十遍，一圈圈地溜，一块块地压，把场院溜压得平平光光。溜好了，再喷洒薄

① 羊柴：辽东方言，夏天割下小捆的嫩柞树立着堆在山上，备冬天喂羊。

薄的一行水，稍微一溜，就更光溜了，别说打大豆、打高粱，打谷子、糜子，打什么都没问题。

几天工夫，场院溜完了。佟春秀看了看，很满意，就叫把各沟岔山地里的大豆、谷子、高粱等五谷杂粮，全拉了回来，

边拉边堆垛，留出道口、风口，把谷子垛、豆子垛，堆满场院一圈儿。地里的庄稼秸秆什么都拉了回来。刚进冬月，一天晚饭后，佟春秀告诉阿秃，明早鸡叫三遍放场打豆子，天不亮就套碌子，一天打一场。三更天起来喂牲口，一个时辰喂饱牲口，不能耽误套碌子。又说：“牲口要喂好，草膘料劲水精神。喂夜草、喂料、饮水，一样也不能忽略。”

阿秃说：“请主子放心！”

第二天四更的时候，人们就起来放场，就着微弱的星光，他们拆垛的拆垛，倒豆捆子的倒豆捆子，砍开腰口的砍腰口，使叉子放铺子的放铺子，大家干得热火朝天，尘土飞扬。半个时辰，一大垛豆子放完了。套碌子压豆子，一匹马拉一个大石碌子，一个人赶俩马，把后边的马缰绳拴在前匹马的碌框上。小北风“飕飕”地吹，豆秸铺子里嘎吧嘎吧直响。压完了头遍，来人翻头遍场。翻完了，其余的人操起连枷，分作两帮，一帮人边打边退，一帮人边打边上，两帮人对着打。只听“啪啪，啪啪”的声音，那碌子压豆子的“咔吧咔吧”声，赶碌子人的吆喝声，伴着人们的说笑声，构成了一幅和谐生动的劳动景象。

吃早饭赶碌子的不歇。傍晌午期儿，翻了四遍打了四遍，大家开始起场，挑豆秸的，扫豆阿茬的，将豆子攒堆的，稀里呼隆，半个时辰，就起完了场。一大堆黄焦焦的大豆和着豆秕糊堆成一个大堆。有经验的人将一根麻批儿拴在一根棍儿上，插在北面的一个谷垛尖上，看着风向，正好是西北风，人们开始扬场。

打场的时候，有许多禁忌，人人知道，也人人遵守。打场的人只要进了场院，说话就要注意，要有分寸。不许说不吉利的话，不许女人进场院，更不许怀孕的女人和不全科的女人进场院。在场院里说话凡涉及丰收的话，必须说丰收、打饱场的吉利话，否则就是不吉祥。这些禁忌，尤其在扬场的时候，更要严格遵守。这种禁忌，尤其是在古代更是严厉，而且繁多。

豆堆堆起后，帕海拿起一把木锨，扬了一锨，见风儿不软不硬，正好，就安排几个年岁大的有经验的操木锨扬场，让个小年轻的名叫巴楞

的打下稍，又喊过来刘哈，让他扫堆，其余人干零活，叫两人把场院一圈儿再扫扫，把豆秸垛垛圆溜，把高粱腰子再捆起来送回去烧火。巴楞拿条麻袋，将一个麻袋角往回一碓，碓到另一角里，成一个窝，戴在头上。麻袋从头上披在身后，免得扬场时豆秕糊从脖子落进衣服里。大豆堆下一庹宽的地方打下稍，将豆秕糊往下扫，将崩出的豆粒儿往堆上扫，豆荚、豆巴棍往旁扫。刘哈就把豆堆下的和豆堆左右的豆粒往豆堆尖上扫，使豆堆堆成一个尖顶大盘的堆，把豆巴棍儿、豆荚扫到一边儿堆成一个小堆，再用连枷打。

帕海撮起一锨豆子往空中高高一扬，风将豆秕糊吹向一边，而豆粒儿就像豆柱一样，哗地落在了豆堆上。秕糊被风吹下去，成扇子状，落在了豆堆下边。巴楞挥起一把大赤榆树又红又细的枝条扎成的大扫帚，哗哗地将豆秕糊和豆子分开，将秕糊扫下边去，灰尘和秕糊吹落得使他抬不起头来，一扫帚扫慢了，秕糊就落满了，根本没有他缓气的工夫。可这年轻人却干得兴致勃勃，还不时地跟人逗着笑话。

这时，在场院边儿扫场院的汪子笑光对羊尔成麟说：“你扫（嫂）我划拉！”划拉，意思是把人拉扯到自己的怀里。

羊尔成麟不相让，急溜溜地回敬说：“我划拉你扫（嫂）。”

汪子笑光抢白说：“你这个人哪，就是不经闹，我跟你一（姨）闹，你就（舅）不乐意，以后啊，你少（嫂）跟我闹！”

羊尔成麟更不想吃亏，立即反唇相诘，说：“你快得了吧！你天天在家跟你嫂子耍驴，你一耍驴，你嫂子就把奶头嘴给你堵嘴里，你就老实了。”又笑笑补充了一句：“你一吃你嫂子的奶，就不闹了。你呀你呀，就得你嫂子用奶子哄你，要不，你就闹个没完。”

汪子笑光抢着说：“好了，好了，我给你讲个瞎话吧！”

羊尔成麟没防备，汪子笑光上前就是一扫帚，打在羊尔成麟的后背上。

羊尔成麟转身一躲，回头笑着说：“我还没上你嫂子的炕呢，怎么就挨了你一扫帚！”

说得大家哈哈大笑起来。

汪子笑光扬起扫帚，上前撵着要打羊尔成麟，羊尔成麟拽着细苗扫帚就跑，差点叫豆粒子滑倒，更逗得大家开怀大笑起来。

帕海手把木锨，一脸严肃，说：“别闹了，别闹了，干活！”

场打了二十多天，就打完了。豆秸成堆，谷草成垛。佟春秀看了，心里很满意。她叫过帕海，说，“你叫人去砍些刺棘子[①]，把谷草和豆秸垛栅上，小心野牲口撕草垛。苞米秸垛也栅上，冬天喂牛，都不能糟踏了。”

第二天，佟春秀安排人都上山，砍房木的砍房木，明年还要盖更多的房子、棚子、仓子，打猎的打猎。佟春秀还格外对帕海说：“回来时顺便撅些松树枝儿，松针朝下，把松树枝儿绑在哈什[②]柱的腿上，省得耗子爬进仓子里嗑苞米。”

帕海听了心里赞叹道：“佟主子想的真是周到细致啊！你不服就是不行。”

打完场后，佟春秀组织二十来个妇女织麻布，说下集要用麻布换些应用的东西。

说起女真人的麻布，不仅质量好，成色还好，在马市上很受欢迎。

努尔哈赤领人去了抚顺马市。这天晚上，佟春秀也很累很乏了，早早地倒下了。张妍看沾河睡了，她轻轻地召唤一声：“姐，你睡了吗?”

佟春秀轻声问：“有事吗?”

“有事。”

“说吧!”

“我要小声跟你说。”

“什么事还那么神神秘秘的!”

张妍跳下地就上了南炕，钻进了佟春秀的被窝，佟春秀笑着问：“什么事，说!”

张妍躺在佟春秀的右侧，佟春秀说：“你上我左边来，我右边肩膀子有点不舒服。”

张妍翻身从佟春秀的身上过去，可是，翻身在佟春秀的身上时，却趴着不动了。

佟春秀笑着推张妍一把，说：“快下去，浪丫头!”

张妍不仅没下去，却仍趴着不动，还将两条胳膊插到佟春秀的后背底下，紧紧地搂抱住了佟春秀，说：“姐啊，我若是个男人，就这样天

---

① 棘：就是带刺儿的树棵子。

② 哈什：满语，仓子。

天搂着你。”

“浪丫头，你是想男人儿了。”佟春秀用左手食指点了点张妍的脑门儿。

张妍又说：“姐啊，姐夫在家的时候，是不是就这样搂着你？”

佟春秀笑着推张妍说：“我这个大妹妹成人了！”

几天后，努尔哈赤从抚顺马市回来，佟春秀说：“应该趁今年雪大，把房木砍下来，捞到山下戳上，派人到河边、沟里拣石头，捞回来码成垛，过了年再打柴、送粪。”

努尔哈赤说：“明年还得盖房子，还得几十间吧，今年冬先预备下了，省得明春抓急。”

正在两个人边吃晚饭边合计冬天的活计的时候，穆尔哈齐急匆匆地来了，下了马就来见佟春秀，说：“阿沙哈哈纳扎青，快去看看吧，我讷讷不知怎么了，昏迷不醒，小讷讷也抓瞎了，玛法让我来请阿沙你快去看看！”佟春秀撂下筷子说：“妍妹，你看好孩子，哄他们早点睡，我去看看怎么回事，晚上兴许就不回来了。”

努尔哈赤说：“穿上貂皮袄，小心冻着。”

佟春秀和穆尔哈齐上马走了。

佟春秀到了赫图阿拉，就向交昌安请安，之后就去看二讷讷。李佳氏脸红、发热、浑身发烫，却还觉得浑身发冷，流清鼻涕，咳嗽。她下厨房就碎碎地切了姜，熬姜汤开水，给李佳氏喝了一大碗，又做了热饭、热汤，用火炭烤了几个干红辣椒，顶着辣劲儿吃，让她浑身发汗，务作了半夜，李佳氏好了许多。

当夜，佟春秀就睡在李佳氏身边，精心地护理着。

波罗密山寨里，张妍干了一天的活，晚饭后，哄孩子们睡在自己身边，她也乏了，就睡着了。

正睡得香的时候，她忽然觉得一个人进了她的被窝，还没等她明白是怎么回事儿，那男人已经重重地压在了自己的身上。这时，她完全清醒了：是姐夫努尔哈赤。她想喊不能喊，想叫不能叫，想反抗又反抗不了，因为努尔哈赤已经把她紧紧地抱住搂紧了，整个身子都被压在了他的身下，这也是她梦寐以求的。于是，她老老实实，服服帖帖地任他亲，任他啃，任他摆弄，弄得她浑身都痒痒。她喜欢这个男人，可她是个姑娘啊，事到临头，也还是羞愧难当。

她轻声说：“好姐夫，不行啊，我还是个姑娘呢！出了事传扬出去，我可怎么有脸见人哪！再说，我怎么对得起佟姐姐啊！”

努尔哈赤一边亲摸着一边说：“你们汉人不是有句话嘛，姐夫戏小姨，古来是有的。你佟姐早就说了，过两天就叫我娶你。说着，伸手就往下褪张妍的裤子，张妍两手拽住裤子说：“别这样，你要娶我，我早晚是你的人，等娶了以后，我再依你。”

努尔哈赤褪下了张妍的裤子，一边说：“你就是我的人，我现在就要。”

努尔哈赤那烈马一样的雄猛，那拉硬弓铁钳一样的臂膀，张妍像只小鸡一样，任由努尔哈赤这只雄鹰的蹂躏。开始时张研还不由自主地扭动着身子，后来就缕缕瓜瓜地任由努尔哈赤的摆布了。他说：“你佟姐是粉团儿，你是面筋儿，你俩都像刚生好的豆芽菜那样，又白嫩，又光滑，又水灵。”说着，就又疯狂起来。

他们就这样度过了几个甜蜜的夜晚。

四天后，佟春秀回来了，张妍见了，脸不由自主地红了。佟春秀笑笑，心里话，“这丫头偷吃禁果了”。

有人说，爱情是火，离别是风，小别胜新婚。当天晚上，离别了几日的小夫妻自然又是一番云雨亲热。事后，佟春秀说：“哪天就正式把妍妹娶了吧。”

努尔哈赤说：“那你就看着办吧！”

几天以后，努尔哈赤娶了张妍，这就是后来的张佳氏，生下了努尔哈赤的第三个儿子，叫阿拜的。

第十六章 怜英雄舍身相恋 爱梨花抱颈盟心

这天，忽然抚顺城送信儿来，说奶奶病重，让佟春秀快回去见见面。佟春秀立即收拾东西，马上就走。张妍说，“我也回去。”

“好！”佟春秀说，“把两个孩子带上。”

努尔哈赤说：“让孩子在家吧，带去不方便。”

两个孩子叽儿哇地嚷着要去，佟春秀点头了。

佟春秀、张妍和努尔哈赤三个人带着两个孩子骑马上路了。

回到了佟府，佟老夫人只剩一口气儿了，眼睛就盯着里屋的二道门。大家知道这是等春秀呢！

佟春秀进屋后，一下子扑到奶奶身上，一连声地问奶奶怎么地了？老夫人一只手攥住佟春秀的手，说：“奶奶要走了，”又对努尔哈赤说：“好好待我这个孙女……”

“奶奶你不能走啊！不能走啊！”佟春秀哭了。

老夫人还是走了。

佟家发送老太太，自然是庄严肃穆而又隆重，远亲近邻，各界朋友，没有不到场的。佟养性叫来佟福，说凡来的人不管干什么的，咱们都要招待好，又叫安排几个人四处防范，免得有贼趁机寻衅，抓住后不要声张，等等。佟春秀几乎寸步不离老太太，张妍又得照顾两个孩子，又得照顾佟春秀。而努尔哈赤却借这个机会，认识结交各路人，了解了各地情况。

在佟府一连住了八九天，奶奶的丧葬结束以后，佟春秀他们就起程回建州。走的头天晚上，佟养性等人和努尔哈赤彻夜长谈，掏心肺腑的话全倒出来了。最后，佟养性说：“妹夫，我还是那句话，你有用得着我们老佟家的地方，只要你说出口，我们必定全力以赴，你就放心好了。”

佟春秀他们要回建州，佟养性又给了佟春秀一袋银子，春秀推辞，养性说：“建州不比城里，用得着，拿着吧！”

临上马的时候，佟老爷说：“孩子，抽工夫回来看看爷爷。”

春秀答应着抹着眼泪上路了。

努尔哈赤、佟春秀他们回到了建州。

当天晚上，努尔哈赤说：“这两天收拾一下，我得去总兵府了。家里这边我看也行了，有你在家主擎家里的事，我一百个放心。这回我去总兵府，一定好好学习军事，干它几年，回来好实现女真的统一大业。”努尔哈赤有了经常往来于抚顺等辽东各马市进行以物易物的贸易的胆识和经验，在佟府广泛结交了汉人，了解汉族的经济情况，熟悉朝廷的动向；他更有意识地结识汉族的文人，接受汉族文化的熏陶。在辽东各马市的频繁交易中，他更借机熟悉辽东地区山川形胜和道里险夷。在同汉人、蒙古人的广泛交往接触过程中，他不仅学会了蒙古语、蒙古文，他更在阿克初王杲家学了些汉文，他深知汉文的博大精深，要在汉人统治的天下干一番大事业，不学汉语，不懂汉文，是无论如何也行不通、办不到的。所以，他更下定决心，非要再去李总兵府学上几年，练上几年不可。再说了，李总兵的小夫人那娇媚的身影，在他的青春勃发的血骨里，一直念念不忘，始终浮现盘桓在他的心中。况且，临跟她分别时已经说了会再去的，怎能失信于人呢？

“你尽管走，家里有我、有妍妹，你不用挂心。”佟春秀说，“大丈夫志在四方，我不是男子，我若是个男子，也早出去闯荡去了。……那你打算哪天走呢？”

“你们不是有句俗语，说三六九，往外走嘛，我就初六走吧！一路顺风嘛！”努尔哈赤说，“我还想把张义带上，我俩也好有个伴儿，有个照应。”

几天后，努尔哈赤和张义两人到了辽阳，见了总兵李成梁。李总兵让努尔哈赤做他的亲兵，让张义到将军李如松的部下。

从此，努尔哈赤又开始了近三年的军旅生涯，在李成梁的麾下，逐渐成长为一个有为的军人。

努尔哈赤聪明绝顶，阅历丰富，世事洞悉。在总兵府李成梁的手下，他更是如鱼得水，雄鹰飞天。每有战事，他都是奋勇当先，攻城破垒，捷足先登，勇战无比，屡立战功，从而，获得了总兵的器重和信任。他早在古勒城被俘后，在总兵府当幼丁的三年时间里，由于有在王杲家学汉文的基础，在总兵府又有总兵宠妾喜兰的传习教导，他早已能自己读懂汉文典籍，兵书战策，三国水浒，他都读得滚瓜烂熟，各个战事，他都铭记在心。这样，他既有了实战经验，又掌握了兵书理论，所以，每有战事，李总兵都把他和他的儿子李如松、李如柏等几名将领召集到一起，赞画军务。李成梁更是把努尔哈赤当作朝廷的建州女真人掌卫事的接班人来培养训化，可以说，这也是李成梁深谋远虑之举。所以，李成梁和努尔哈赤谊同父子，努尔哈赤与李成梁的儿子李如松、李如柏、李如桢等人结拜了干兄弟，更有了香火之情。正因为这样，李成梁的总兵府和他的内宅府第，努尔哈赤可以无所顾忌地自由出入，这就为他和李成梁的宠妾喜兰的相爱和频频幽会，创造了极为有利的条件，也为努尔哈赤的出逃和喜兰的殉情自杀，埋下了难以拔除的祸根。

这是后话，咱们还得先从努尔哈赤刚回到总兵府说起。

回到总兵府的当天晚上，努尔哈赤就急不可耐地去见喜兰，将几颗名贵的珍珠给了喜兰。二人默默无言地坐了会儿，喜兰说："我想，你一定会来的，结果你真的回来了。……谢谢你的珍珠。"

努尔哈赤说："这是我专程去东海采买的。"

"娶了媳妇了？她对你好吗？她姓什么？"喜兰一连串地问。

努尔哈赤告诉喜兰说，他娶的妻子名叫佟春秀，是佟登的小女儿。喜兰睁大了眼睛，盯盯地看着努尔哈赤好一会儿，才微微笑着轻声说："你知我是谁？佟春秀和我是什么关系吗？"

努尔哈赤莫明其妙。

喜兰慢声细语一字一板地说："我也姓佟，我的爹爹就是佟登，春秀是我的亲妹子啊！"

这回该努尔哈赤惊呆了，他万没想到，眼前娇滴滴美艳艳的李总兵的小夫人竟是自己的萨尔甘的俄云①，这是他们两人谁也没有料到的。

说了几句话后，努尔哈赤说："我得走了，哪天瞅机会再来。"说着，恋恋地起身出去了。

几天后的一个晚饭后，努尔哈赤看李总兵在翻阅一大堆的军务奏章报告，他知道，总兵一向办事严谨，当天的事情绝不延迟明天，这一大堆的奏章，待他批阅完毕，也得小半夜了。他心中一喜，就出来溜进了后宅，后宅的守门兵见又是努尔哈赤，习以为常，并不阻拦，他如履平地如进家门一样，径直进了喜兰的宅院。

努尔哈赤的心里真是浮想联翩了。在李总兵攻破古勒城的战役中，

---

① 俄云：满语，姐姐。

城破后杀城内数千人，他抱住总兵的马腿请死，这个娇若梨花的小女子喜兰当时就在总兵身边，请求总兵留下了他的性命，并收他做了幼丁，从此，二人才有了相识相知的机缘。今晚，既要成全这小夫人的美好愿望，又要满足自己的人生需求，你们说，努尔哈赤这时的心能不即紧张又热切吗？

这也就为努尔哈赤和喜兰的爱情埋下了契机。

努尔哈赤进了喜兰的宅院，径直去了内室，见喜兰夫人正歪在炕上看书，就轻轻地走近前去，亲热地问：“俄云喜兰，看什么书哪，这么上心？”

喜兰抬头一看，见是努尔哈赤，心中一喜，脸上一笑，说：“是你呀，小罕子，……有事吗？”

努尔哈赤随口说：“想借本书看。”

“想看什么书？我给取去。”喜兰问。

“三国。”

“好，我领你取去。”说着，喜兰下了地，穿上了趿拉板儿①，一手举灯，进了书房。喜兰穿着浅粉色睡衣，宽肥轻薄，那娇小白嫩的躯体，在昏黄的油灯照耀下，显得异样的诱人。当年的喜兰也只二十多一点年纪，小李总兵三十多岁。

当年喜兰陪侍李总兵攻破古勒城，努尔哈赤抱住总兵马腿请死的时候，她见努尔哈赤宽肩细腰，身材高挑，是个典型的女真人身材。又见他龙颜凤目，声若洪钟，心里早就喜欢上他了。所以，才劝总兵留下他的性命，收在帐下做幼丁。现在，努尔哈赤已经长成伟躯大耳，天表玉立的汉子了，而且现在他就在自己身边，鼻息相闻，暗恋之情，难以抑制。她谢天谢地，今天真是天赐良机啊！

喜兰手擎灯盏，迈动轻盈步伐，那婀娜的身姿，娇好如月的面容，在微弱昏黄的灯光下，尤令人心旷神怡。努尔哈赤轻轻地贴在喜兰身后，热血直往上涌，心嘭嘭直跳，他恨不得一下子将她揽在怀里。

二人到了一架漆木书柜前，喜兰一手举灯，一手从书架上层取书，那雪白的玉臂，高高地伸出去，还没够到书，就已被努尔哈赤的大手牢牢地攥住了。喜兰回转身来，两眼深情地看着努尔哈赤，努尔哈赤又伸出一手，将灯盏接过来，放在书柜头的桌子上，哈下身子，就把喜兰抱

① 趿拉板儿：辽东方言，木板拖鞋。

了起来，回到里屋，放到了卧室炕上。他蹬掉了靴子，跳上炕，两个人就滚在了一起。

喜兰问："他还有多少奏章没批阅？"

努尔哈赤说："最少也得小半夜。"

两个人急不可耐地解衣宽带，颠鸾倒凤地云雨起来。努尔哈赤那犍牛一样强壮的身体，把喜兰搂抱得骨头都像酥了一样，真是从未有过的快慰。喜兰搂着努尔哈赤的脖子说："我的心早就在你身上了，现在身子也给了你，到什么时候也别把我忘了啊！"

努尔哈赤又是一阵急动之后，认认真真地说："不会的，我不会忘了你的，我恨不得把你供起来！"

喜兰说："你已经娶妻生子了，我妹妹待你很好，你怎么还喜欢我？"

努尔哈赤说："她的确是个绝代佳人，我也真心喜欢她。可你也是盖世无双啊，我怎么舍得下你呢？"

喜兰用食指点了下努尔哈赤的脑门子，说："你们男人哪，就是个馋猫，守着盆里的，望着锅里的。春秀是我亲妹妹，我是她亲姐姐，姊妹俩侍候你一个人，这回你可算心满意足了。"

努尔哈赤问："当初你为什么愿意嫁给一个老头子呢？"

"唉！你说我能愿意吗？他比我的爹爹年纪还大，我怎么能愿意呢？可又有什么办法呢？我爹是险山堡参将，他李成梁是副总兵，压着我爹一头啊，我爹想说不字都不敢哪！你说，我一个小女子怎么能反抗得了呢？"喜兰说着，有着无限的心事，又说："还好，我和你还算有缘份，在古勒城撞上了你。你当小兵的时候，我就天天盼你快长大，可你长大了，又一下子回家娶媳妇去了，我当时心里那个凉啊。我天天盼你回来，我相信，你一定会回来的。天老爷真的给了我福份啊，今天我终于体验到了一个青年男子的爱是什么样的了。"说完，她又紧紧地搂住了努尔哈赤的脖子。努尔哈赤更是野牛叫驴一样，接二连三地疯狂，两个热恋着的年轻人可真是过足了瘾。

为了保证两个人的幽会不被流言击毁，努尔哈赤有意把几个轮值的守护内宅的兵请喝酒，给银钱，堵住他们的嘴，还严厉警告他们，想活命，就要守口如瓶。那几个守门的兵已经叫努尔哈赤和喜兰喂出来了，还特意给努尔哈赤望风报信儿。就这样一来二去，有三年光景了，努尔哈赤和喜兰过着半夫妻的生活。他们也就太过于"艺高人胆大"了，他俩的隐情终于彻底地暴露了。

壬午秋九月的一天晚上，两个人正在炕上赤身裸体滚在一起的时候，万没想到李成梁闯了进来，叫他撞了个正着。他一看，简直气炸了肺，那守门的卫兵要传信儿都来不及了，两个人就这样被生生摁在了一起。

正在李成梁气得肚子要爆炸的当儿，努尔哈赤迅速穿上了衣服，匆匆出了府第。喜兰什么也没说，十分冷静，既不哀求，又不胆怯，缓缓地穿上内衣，用一根细细的丝带吊在二门后的棚杆上，说了句，“小罕子，下辈子我再做你的妻子吧！”说完，就自己悬梁自尽了，一个如花似玉的少妇，为自己的爱情殉情而死。

压下喜兰这边的事不提，还是先说说努尔哈赤吧！

努尔哈赤匆匆出来以后，哪里也没去，甚至都没能来得及通知张义一声，径直来到马棚，骑上自己的大青马，快马加鞭逃出了总兵府。各个守门明兵一见是总兵的亲兵努尔哈赤，都以为有紧急军务，也都没有拦挡，他畅通无阻地出了辽阳城。往哪跑呢？回建州？不行，总兵肯定派兵往建州追，那不往刀刃上撞吗？唉，有了，何不趁此机会去扈伦四部，也好联络联络各部的关系。主意已定，就打马向北，疾驰而去。

总兵府里，李总兵见自己的爱妾跟自己的亲兵作爱相恋，哪里能容得了呢？可是，在他还没回过神儿醒过腔的时候，爱妾已经命归黄泉了，他气得简直要翻江倒海了。原以为爱妾说说软活话，今后断绝来往，不再乱来了，自己还是可以饶她不死的，何必自我了断呢？他来到了总兵府衙，立即传令李如松、李如柏，率领大兵追赶努尔哈赤，一定要活见人，死见尸。

李如松、李如柏兄弟二人得到军令，急忙点兵向建州方向快马追去。追来追去，连个影子也没见着。哥俩一合计，李如松说：“如柏，咱们不追了，努尔哈赤是咱们的拜把子兄弟，咱们就是追上了，能把咱们的兄弟捆绑回来送死吗？他也没有违抗军令，犯什么罪，抓了他，咱们也太不够交情了！再者说了，咱爹强娶了个那么年轻的小女人，比咱俩的岁数还小，咱们在家里平素见了，心里很不得劲儿，叫什么都叫不出口，多尴尬啊。”

李如柏马上赞成说，“我早就不想追了，我一想到咱爹娶了小夫人，冷落了咱妈，心里就来气。咱们不如在这打野兔子烤了吃，傍黑赶到家就行呗！”

“可咱们回去总得有个交待啊！”李如松说。

李如柏说：“这好办啊！咱们不是经过了一片芦苇塘子吗？不还追过一个山岗，见到一棵被雷击烧成树桩的树茬子吗！咱们就说放火烧了芦苇塘，把努尔哈赤烧死了，烧得像个黑不溜秋的树桩子一样，怎么往回搬弄啊！咱俩这么一说，爹爹不会不信。”

“好，那就这么办吧！咱们打兔子去。”李如松十分赞成这个办法。

两个军官一下令，那些兵卒们更是兴高采烈，弯弓搭箭射野鸡打兔子的，倒地休息的，直到天快黑了，才回到总兵府，向总兵交待后，也就不了了之了。

张义听说努尔哈赤出事了后，连忙装作若无其事，与自己毫无干系，四处探听努尔哈赤的下落。最后确知，努尔哈赤真的逃脱了，才放下心来。他趁跟随李如松追兵回营的时候，偷偷地煞后，趁人不注意，躲在一个小山丘后，见追兵走远了，才打马一溜烟地往回跑。

他竟抄山间小路，翻山越岭，两三天就回到了建州。一路上他就想，回去怎么向佟姐姐交待。心里话，不能照实说啊，说什么也得为自己的兄长遮掩过去啊。他思来想去，唉！有了。

到了建州后，佟春秀一看只有张义一个人回来，不见丈夫努尔哈赤，就问张义怎么回事。张义说：有一天晚上，努尔哈赤给李总兵洗脚，李总兵对他的爱妾显摆说，“你看，我能当上总兵，全仗着我脚心长了这三颗红痦子，顶了星星的。”努尔哈赤听了说，“我的脚心长了七颗红痦子，能做什么官呢！”总兵一听，大吃一惊。这七颗红痦子，分明是人王地主的征候啊。怪不得头两天接到圣旨，说皇帝夜观天象，说是紫微星下凡，东北有天子之相，传旨叫我严密缉拿，原来要捉拿的人就在眼前啦。于是，李总兵暗暗下令，叫兵士赶做囚车，好把努尔哈赤抓获送进京师，问罪斩首。

李总兵的小妾一听，总兵要抓努尔哈赤送京斩首，心中十分同情，就要救努尔哈赤逃命，可要救努尔哈赤，一时又没有好主意。后来想到，兵书上说，三十六计，走为上策。于是把努尔哈赤偷偷叫来，说明了事情的原委，给他偷出了令牌，叫他赶快逃命。努尔哈赤听说以后，出了一身冷汗，十分感激总兵小夫人的救命之恩，称谢了夫人，急惶惶地跨上大青马，出了总兵府后门就跑了。

努尔哈赤逃跑之后，李总兵的爱妾就在宅院的柳树上上吊自尽了。

第二天，总兵不见了努尔哈赤，正在惶惑的时候，卫兵报告说小夫人已上吊而亡。他立刻省悟，努尔哈赤逃跑了，准是小夫人走漏的风声，给努尔哈赤报了信儿。他顿时勃然大怒，将小夫人的尸体卸下来，一顿暴打，衣服全打烂了。总兵又派兵追赶，一定要追回努尔哈赤。

张义说，不知努尔哈赤跑到哪里去了。他偷偷地逃出辽阳城的时候，两路追兵都回营了，肯定说，没有追着。

张义说完了，见佟春秀擦着眼泪，还以为在担心努尔哈赤呢！就安慰说："佟姐，不用担心，官兵肯定没有追着，姐姐放心好啦！"

佟春秀说："我倒不担心他，凭他的聪明，官兵是抓不到他的。我伤心的是李总兵的那位小夫人，你知道她姓什么叫什么吗?"

"李总兵有六个小妾，"张义说，"听说这个小妾是他最宠爱的，说她长得有如盛开的梨花，人们都叫她梨花姑娘，她姓什么不知道，光知道叫喜兰。"

佟春秀说："你们有所不知，她是我的亲姐姐啊!"

张义听了大吃一惊，愣愣地不知说什么好。

佟春秀接着说："那个李总兵实在不是个东西。我爹爹在险山任参将的时候李总兵是副总兵，我姐姐和一个丫环在几个官兵的陪侍下，进山玩耍，不想李总兵率兵追敌的时候，正遇姐姐几人进山，李总兵一见姐姐姿容秀丽，就强行收为帐下夫人，就这样把姐姐掳掠而去。待那几个兵员回险山堡向爹爹一通报，爹爹愤恨至极，立马到李府要人，可姐姐已被他践踏了。李总兵又大权在握，爹爹奈何不得，也只好将姐姐嫁给了李总兵。这也就是我佟春秀没有跟随爹妈身边，在叔爷身边长大的原因。我的大婚喜庆的时候，就没有告诉姐姐，怕他李总兵来了，给搅和黄了。哼，那个老东西！可怜姐姐金枝玉叶体，竟死于非命，受这等屈辱!"说着，又哭泣起来。

张义、张妍和哈扎好说歹说地劝了一气，佟春秀才住声了。

佟春秀说："你们访听着点儿，一有努尔哈赤的准信儿，立即告诉我。"

第十七章 遇难幸逢靓丽女 招亲叶赫小孟古

先撂下波罗密山寨的事，咱们再说说努尔哈赤。

努尔哈赤逃出辽阳，打马直往北疾驰而来，由于他慌不择路，过了浑河后，竟闯进了一片树林子里。他已经几顿没有吃东西，马也跑累了，逃跑时什么兵刃武器都没有带，真是人饥马乏，天已大黑，前不着村，后不着店。正在这时，突然闯出几个汉子，挥刀向他砍来，他伸手折断一个树枝，左搪右挡，最后终因力竭伤重，只得打马快跑，逃了出来。

他的懂事的大青马，将他驮到了沈阳城北的一个小茅草屋前。只见小小的两间小房，东间开门，小小的院落，由柴枝围栅。努尔哈赤昏死过去，摔下马来。

第二天清晨，一个俊俏清秀的姑娘开门泼脏水，一眼看见柴门口地上躺着一个人，一匹大青马还守在身边。姑娘跑上前一看，见是一个英俊受伤的青年人，就急忙跑回屋里，叫来了爹爹。父女二人一看，这青年浑身是伤，已经昏死过去，就将他背回屋里，烧水做汤，喂他服下。努尔哈赤喝了汤水后，微微地挣开双眼，嘴张了张刚想说什么，就又昏睡过去。

这小小的茅草屋，住有父女二人，以种田狩猎为生。老人已经六十多岁，体弱身瘦，女儿约有十七八岁，长得姿容娇丽，父女相依为命。

这天早晨，姑娘见这青年人昏倒在地，又见一匹骏马宝鞍，知道这青年人非为一般。现在，青年人仍然昏睡不醒，浑身伤痕累累，心下不免多虑。老汉说："闺女，先把那马牵进屋来，咱这破草房，外人不会进来，一看就恶心的。对外人不要说咱家来了人。知道吗？"

"知道了，爹爹。"姑娘答道。

"去把马牵屋来，弄点草喂上，不要让人看见。"老汉说，"烧水，咱给他擦擦血，敷上药止血。"

父女二人忙活了半天，终于把努尔哈赤身上的血全擦干净了，受伤的伤口也都上了止血药。姑娘又做了稀粥，喂了大半碗，好歹见他眼睛睁开了缝儿，眼珠动了动，就又昏睡过去。

老汉说："闺女，你在家看着，我出去看能不能打只野鸡兔子什么的，给他补一补。"

"爹，千万小心啊！"闺女有点不放心。

"老汉说，闺女放心，爹很快就回来。"说着，老汉拿起弓箭出去了。

姑娘在房周围割了些半黄不绿的草回来喂马，把柴门拴上了，回屋里又把房门挂上了，就守在努尔哈赤身边，一会儿擦擦他的嘴，一会摸摸他的手。终于，努尔哈赤醒了，看了看屋子，又看了看姑娘，问："这是什么地方？"

姑娘说："这是沈北。"

"什么沈北？"努尔哈赤问。

"就是沈水的北边呀！"姑娘答。

努尔哈赤"噢"了一声。住了会儿，又问："姑娘，不，妹妹，你叫什么名字？"

"我叫……问我名字干什么，有什么事你就说呗！"姑娘说。

努尔哈赤说："那好，我就叫你妹妹吧！那……是你救了我的命？"

"不，还有我爹，是我和我爹救了你。"姑娘说。

努尔哈赤说："谢谢你们！我以后会报答你们的。"

"你叫什么名字，怎么来到了这里？"姑娘急切地问。

"我叫努尔哈赤，被人追杀。"努尔哈赤说。

姑娘说："那……我就叫你哥哥吧！"

努尔哈赤在这小小茅草屋里养了十几天的伤，这父女两人不是抓鱼就是射兔地给他吃，终于养好伤。

这天，努尔哈赤要走了。他与这父女两人已经处得如父子兄妹一样，临要走了，还真的是难舍难离了，尤其那姑娘，更是对努尔哈赤情有独钟。努尔哈赤跪在地上说："老爹、妹妹，我努尔哈赤若能有一天打下辽沈，做了汗王，我一定来接老爹和妹妹进宫去，来报答老爹和妹妹的救命之恩。"

努尔哈赤上马辞别了老爹和妹妹，就奔北边的叶赫而去了。

听客们有所不知，等努尔哈赤起兵打下辽沈以后，真的做了汗王了，他才想起在沈水北有一个老爹和妹妹救了他的命的事，就跟他的子侄大臣们讲了这段故事。他派一个儿子来找这位救命的干爹和干妹妹，可是因为不知道姓名，也不好找。后来，好不容易找到了那个茅草房，一打听边拉[1]住的人，说这老汉和那姑娘确实救过一个叫努尔哈赤的青年人，可老汉早就死了，那姑娘一直守在家里，说等他一个哥哥没等来，年前也熬遭[2]死了，那邻居还领努尔哈赤的儿子去看了那姑娘的坟。

努尔哈赤的儿子回到盛京城一说，努尔哈赤下令，叫人好好修修那干妹妹的坟，就封她为皇姑吧。从此，这姑娘的坟就称为皇姑坟。后来这地方人户逐渐增多，人们就叫这地方"皇姑屯"了。

咱们再回过头来，接着说努尔哈赤。

努尔哈赤快马加鞭，直奔叶赫而去。

那叶赫国是明朝海西女真人中国富民强、势力最强大的。叶赫部落联盟的酋长杨吉奴贝勒[3]见了努尔哈赤，看他身材高大，智勇过人，雄才大略，他又在李总兵府赞画军务，屡立战功，这人将来必成大器。况且，他是建州未来的掌卫印之人，叶赫与建州联了姻，两大部族联盟协手联合，可以抗击任何一部。于是，就盛情款待努尔哈赤，还决定把自己的一个女儿许配给努尔哈赤。在酒宴上，杨吉奴说："我有小女，年已八岁，可许配于你。"

努尔哈赤听了，很高兴，知道叶赫部愿与建州交好，两部联合，可大有作为，也自然愿意结下这门亲事。但不知为什么许给小女，不许给大女，就问："贝勒既然愿与我建州联姻联盟，两部长久和睦相处，何不将你的大女儿许给我呢？"

杨吉奴连忙解释说："努尔哈赤啊，你是有所不知啊！我既已主动将女儿嫁给你，还能在乎大女小女的吗？"

努尔哈赤说："那何不将长女许我呢？"

"我不是不愿把长女许给你，"杨吉奴说，"我是担心长女不能令你满意啊！我的小女不仅性情端庄，举止大度，而且仪容娇媚，不可与一般人相比，只有这小女，才可与你匹配啊！"

努尔哈赤听了，说："那好，我听贝勒的，我就聘您的小女儿了。"

---

① 边拉：辽东方言，身边周围、邻居之意。

② 熬遭：辽东方言，苦煎苦熬、伤心遭罪之意。

③ 贝勒：满语，即勃极烈，意谓大官、高官，后称部落联盟酋长；崇德元年定爵位，置于亲王、郡王之下，位居三等，此为酋长之意。

杨吉奴的这个小女，名叫孟古，人称孟古格格，比努尔哈赤小十六岁，这年才八岁，六年后，杨吉奴的儿子纳林布禄送孟古到建州，与努尔哈赤完婚，生了皇太极，后来继承了皇位，就是清太宗皇太极，孟古格格被尊为孝慈皇后。这是后话。

第十八章 拜香火结党额亦都 嫁胞妹联姻噶哈善

努尔哈赤在叶赫受到垂青，缔结了婚盟以后，叶赫贝勒杨吉奴赠送努尔哈赤马匹、甲胄，还派兵护送努尔哈赤回建州。

在进入建州地界，途经苏子河部的嘉木瑚寨的时候，努尔哈赤想起了在抚顺马市上结识的好朋友、嘉木瑚寨主噶哈善哈斯虎。噶哈善听说努尔哈赤经过嘉木瑚寨时，就高兴地早早出寨迎接。二人多年不见，这回山寨相见，十分亲热，禁不住在马上行抱见之礼，迎入寨中。噶哈善令人宰羊，备办酒席，热情款待。

相见之后，噶哈善向努尔哈赤引见了一个人，这个人长得虎背熊腰，气宇轩昂，他就是钮祜禄氏额亦都。噶哈善的妈妈是额亦都的姑姑，他俩是姑舅兄弟。三个人见面，亲亲热热地谈了起来，越谈越近便，越谈越亲近，真是志趣相投，抱负一致，相见恨晚。

额亦都的家本来住在长白山下，在他的阿凌阿玛法在世时，他们家为了躲避仇人的袭杀，从长白山搬到了英额峪地方居住。那个时候额亦都年龄还小，到了英额峪安顿住下后不久，额亦都的玛法因为年老体弱多病，过世了。他阿玛、讷讷带着小小的额亦都在英额峪居住，本以为能安安稳稳地过日子，好好把额亦都培养长大成人，干一番事业。额亦都从小时晚儿就志向远大，立志长大后要出人头地，成为栋梁之材。

可是，谁能想到，阿玛的仇人还是追寻到了英额峪，趁他阿玛、讷讷毫无防备的时候，将他阿玛、讷讷残忍地杀害了。只有几岁的额亦都藏到了邻居的家中，才保住了性命。

说书人说了，那个时候的女真人，从小时晚儿就开始练骑马射箭，甚至少儿玩耍的时候都以秸棍儿当马，骑马加鞭，用高粱秸做箭，用柳枝搣弓，练习射箭，用弹弓打鸟，抛石子练投掷等。女真人出行，都佩刀带弓箭，一是防范有野兽伤人，也是为了防御劫路抢财的歹人，这已经成为女真人的风俗习惯了。

女真人的孩子，从五岁就学骑马，六七岁就练拉弓学射箭。小孩子、半大孩子，甚至二十岁的年轻人，无论做什么游戏活动，玩什么花样，都离不开比试习武，自小就使孩子练就了强身健体，英武勇敢，自强不息，明枪明刀对着干的尚武精神，把英勇捐躯看作是光荣，引为自豪。

话说额亦都为了报杀父母之仇，自五六岁时候起，天天苦练骑射本领，拜高人为师，练刀习武，顿顿猛吃猛喝，强壮身体，盼自己快快长大，长成个钢铁大汉，好为父母报仇。经过六七年的勤学苦练，艺高武精，不仅骑射绝伦，刀法娴熟，人也长得英武强悍，虽然年仅一十三岁，年纪尚小，可也长得人高马大，成为一个大小伙子了。

就在额亦都十三岁那年，他报仇的机会终于来了。经过他苦心寻找，钻窟窿寻缝地觅寻，终于找到了仇人的蛛丝马迹。

这天，可算是机会来了。他瞄准了那两个仇人正在家中喝酒。额亦都一看，怒火中烧，心中不免浮现阿玛和讷讷惨死的情形，他真是怒发冲冠，两眼圆睁，二眉立竖，他勇猛地破窗而入，大喊着：“我是钮祜禄氏额亦都！来替阿玛讷讷报仇来啦！”

额亦都大叫着跳进屋里，刷刷两刀，就把那两个仇人砍翻了，趁他们还没断气的时候，告诉那两个仇人，说：“我是阿凌阿的孙子，我叫额亦都，今天终于替阿玛、讷讷报了仇了！”那个被砍掉一个膀子的人，听了额亦都的话，知道自己没有活路了，就一闭眼睛等死，额亦都上去又一刀，砍下了他的头。那另一个仇人，一条大腿被砍开了肉，见同伙已死，自己又中了一刀，就本能地去抽刀抵抗，额亦都跳起来，狠命地立劈一刀，将那人从头顶到胸口劈成了两半儿。

额亦都气愤难消，心恨未平。他看了看炕上的两具尸体，刷刷刷地将两具尸体大卸八块，扔到了街上，喂了野狗。这时，他终于算松了口气，缓了缓神儿，擦干净了刀，跳下地，轻轻松松地出了院子，骑马回到了英额峪家里。心想，我杀了仇人，英额峪这地方不能呆下去了，干脆，去姑姑家吧！

心意已决，额亦都跨上烈马，出了英额峪，顺着英额河谷，清河沿岸，出了清河谷地又东折，直奔嘉木瑚寨，投奔了姑姑。

嘉木瑚寨属于苏子河部，位于该部与混河部的交界东边，西距抚顺城有百余里。

额亦都比努尔哈赤小三岁，自己又独身一人，到了姑姑家以后，他就四处游荡，交朋结友，结交了几个好朋友，都愿意跟随额亦都。

噶哈善一看，额亦都是个人才，是个干将，他交的朋友，也都是英勇顽强的好汉。所以，也愿意让他的这些朋友住在自己的山寨，壮大自己的力量。

努尔哈赤心里很明白，要干大事没有人不行，要统一建州，没有兵不行。在嘉木瑚，他跟噶哈善、额亦都谈得十分投缘，他们简直意气风发，志同道合。额亦都说："阿珲努尔哈赤，我要跟你干！"

努尔哈赤高兴地说："好，咱们说定了！"

噶哈善说："阿珲努尔哈赤，你走到哪，我跟你到哪，你干什么我就跟你干什么。"

努尔哈赤高兴地抱住他俩说："好！我们一块干，有苦同担，有福同享！"三个人拥抱在一起。

额亦都要跟努尔哈赤去闯天下，他姑姑制止说："还是在嘉木瑚呆着吧，跟你阿珲噶哈善治理城寨，管辖部族，还能饿着你吗？"

额亦都说："您老这就目光短浅了不是。古人说，大丈夫生世间，岂能碌碌无为！小的主意已定，您老就放心好了！"

额亦都的姑姑听了侄儿的话，一想也对，总把孩子圈在家里，不出去闯荡闯荡，见见世面，有什么出息呢！还是该放他们出去对。于是，说："既然这样，你人小志大，那就去吧！"

努尔哈赤非常高兴，自己交了两位亲密的朋友，就打发叶赫贝勒杨吉奴派来的护兵回去，和额亦都十余人奔回建州。在送别的路上，额亦都对噶哈善说："阿珲回去吧，我已经不是哈哈吉[①]了，再说，你不放心我，难道还不放心阿珲努尔哈赤吗？"

噶哈善送了一程又一程，恋恋不舍地说："好阿珲德额亦都，阿珲不是对你不放心，更不是对阿珲努尔哈赤不放心，我是舍不得你们走哇，我也想跟阿珲努尔哈赤去，可山寨里、族众里，还有讷讷，我放心不下啊，若不，我早就决心跟你们一块走啦！"

努尔哈赤说："噶哈善，我们相距也不过一天的路程，有什么事随时可以相聚的。放心回去吧！"

三个人就此分手，努尔哈赤、额亦都等十多人快马加鞭，傍晚就回到了波罗密山寨。

趴在波罗密山寨大门口的汤古哈眼睛特别尖，努尔哈赤一行一进沟口，上了小岗梁，它就远远地看见了，"汪、汪、汪"地向主人报告信

---

① 哈哈吉：满语，小孩。

儿，然后向山寨下跑去。

在屋子里，佟春秀笑着对张妍说："他回来了！"

"谁？"张妍摸不着头脑地问。

"还有谁？你天天盼的是谁？"佟春秀逗着张妍。

张妍说："姐，别拿妹妹开心了。"

其实张妍也早有个估谋，嘉木瑚寨来个人送信儿，佟姐姐就叫宰几只羊，现在才明白了，是他回来了。

佟春秀叫人把牲口槽的草料添好，打几盆水放在院里，等他们回来好洗把脸。这边饭桌子已放好，就等他们回来了。冷丁添了十来个人，住的地方更要拆登[①]好了。

在吃饭时，努尔哈赤向额亦都等人介绍了女主子佟春秀，让额亦都叫"阿沙"，佟春秀给他斟了一碗酒，又介绍张妍，张妍又给斟酒，又让张义和额亦都认识，大家都意气相投，十分开心快乐。

这个时候，海西女真四部的盟主哈达汗王台已经气郁病逝三个多月了，王台的子侄们都在争夺汗位，内部矛盾重重，剑拔弩张，骨肉相残的局面一触即发。尽管如此，哈达部的势力依然强大。乌拉部和辉发部虽然都已衰败，还是一只卧倒的老虎，时时伺机腾跃。努尔哈赤就是要亲去洞察了解海西四部的政治、军事、经济实力，熟悉他们各部间的矛盾。建州要强大，不仅要有一个和平友好的外部环境，更需一个互助互利的帮手，他才能集中精力治理好自己的满洲部，统一建州五部，使自己迅速强大起来，才能同海西四部抗衡。哈达部是海西四部中势力最强的部，它可以左右四部，举足轻重。在王台死后，歹商立为汗也好，还是孟格布禄继承汗位也好，都应该前去看看，表明拥护态度，搞好两部的关系。

努尔哈赤的一番话说得清清楚楚，明明白白。佟春秀听了，积极支持说："你要什么时候走就什么时候走，只是在外边有个什么情况，要随时送个信回来。"

说走就动身。第二天，努尔哈赤和张义、额亦都三个人就出发，先去了哈达。这一去就是一个多月。

话说努尔哈赤等人走了以后，佟春秀便组织男人上山打猎、伐木、

① 拆登：辽东方言，安排、办理。

打柴，女人在家纺织麻布，冬闲不闲。

这一年的冬天，雪格外的大。上山打猎的人穿皮衣、皮裤，戴皮帽子，穿靰鞡。打猎是女真人的传统生产习俗，可是，对于从辽南来的汉人来说，他们可就有些外行，很不适应了。

打猎时，由牛录额真一人带领十人，拉趟子①，射艺高超的人拉兜②，两头把梢的人掌握拉趟子的速度，和兜圈的范围，将野兽兜在圈内，由射技高的人射猎。在拉趟子的人中，羊尔成麟在牛录额真后的第三个位置，他没有按要求去拉兜，不是一会儿走斥出去了，就是漏了趟子，把颜布禄气得真想给他一箭，解解恨儿。

羊尔成麟笨得像头熊，走得慢，动作慢，干什么也不赶趟，时不时地挨骂，他也不吭声。忽然，有人大喊一声，"羊尔成麟，狍子冲你去了，快嗷嗷！"他张开他那咧歪着的大嘴，刚"嗷嗷"出声，那大狍子已经"嗖"地蹬开四蹄，从他的头顶蹿了出去，吓得他一缩脖，身子不由自主地向后一仰，脚一滑，栽了过去，像个毛绒绒的狗熊一样，滚出了好几步，一个小树茬差点没把他嘴唇豁成三瓣儿。好不容易兜着的一个大狍子就这样被放跑了。颜布禄大骂："羊尔成麟！你个兔羔子、王八犊子，你成天就能两片嘴唇子乱呼哒，噼哩啪啦地耍嘴皮子，动真章屌毛不是。"

羊尔成麟不服气地反唇相诘："那它跳那么高，我用棍子把它捅下来呀！"

"你个狗娘养的杂种，你说什么！"颜布禄急了，怒道："你给我过来，我教教你怎么赶杖③。"

羊尔成麟以为真的是教他呢！就憋憋屈屈地走到颜布禄跟前，颜布禄不说分晓，"啪啪"两个大耳瓜子，煽得羊尔成麟火赤楞的，恼怒地说："我是阿哈，你也不是诸申④，凭什么打人骂人！"

"你个王八犊子，揍你是轻的，没像扒兔子皮一样扒了你的皮，就便宜你了。"那些阿哈们也都气愤地加纲⑤说："揍他，大家辛辛苦苦围住的大狍子叫这小子给放跑了，还嘴硬不服，欠揍！"

---

① 拉趟子：辽东放山、狩猎生产方言，几个人排成一线寻觅山参、野兽。

② 拉兜：辽东放山，狩猎方言，拉趟子中间兜底的人。

③ 赶杖：辽东方言，旧时狩猎人拉网将野兽轰起来。

④ 诸申：满语，自由民。

⑤ 加纲：辽东方言，说凑火的话，将矛盾惹大。

第十九章 救孙女三代丧性命 敕都督索还父祖尸

大家这么一呛呛，羊尔成麟不仅没有成麟，却变成了个落水狗了，他再也不敢拔犟汉了，像霜打的草，出熊的屌一样蔫了。

现在，咱们该说说古勒城的事了。

前边已经说了，自从建州右卫的阿古都督王杲被朝廷拘至京城砍了头以后，第二年，万历皇帝一想，一个偌大的建州右卫不能没有一个首领啊。于是，按照朝廷惯例，卫所掌卫印的人，父死子继的不成文法，又下了一道诏书，命王杲的二儿子阿台承袭了他父亲王杲都督的职务，掌卫印，统领部众，守边安民，以利生机。

可是，女真人一向有这么个传统观念，复仇的心理十分强烈，他们抱着“君子报仇十年不晚”的信念，时时准备复仇，从来没有服输的时候，就像两个人打架一样，被打倒的人没有能力反抗了，可嘴上还硬，不认输，不认输就再打，怎么打也不认输，这可能就是女真人的性格吧！

女真人还有个传统观念，就是为家庭而死、为部族而死、为国家而死，是光荣、是自豪，他们的口头语就是“二十年后又是条汉子。”所以说，女真人的战斗精神非常顽强，作战打仗也非常勇敢。

在这种思想意识支配之下，王杲的二儿子阿台、小儿子阿海怎么能够老老实实，安分守己呢？阿古都督王杲的大儿子叫王太，死于来力红寨的战争中。阿台和阿海继承父亲的事业，聚拢部民，扩大兵骑，修寨筑城，加强防御，扩充实力，三四年以后，建州右卫的实力大增。

阿台在右卫故地龙头山上重筑城池。古勒城三面壁立，坚固异常，易守难攻。龙头山长长的山岗上平出了二十多个平台，共建房屋五百多间，能住两千多人。阿海在离古勒城西四里地的迎风山上筑沙吉城，正与古勒城相对。沙吉城东一里的天桥山上还建了一个小城，名叫黑济格城，由王杲族弟阿革和来留柱等率兵驻守。三座城各占一角，形成一个扁三角形。原来他们想都住古勒一城，阿台说，这样一是人马多，住不开；再说对防御也不利，这样三城相望，互为犄角，一城有警，可互为援助。于是，哥两个一个筑了古勒城，一个筑了沙吉城，他们的族叔阿革、来留柱则筑了黑济格城。三个城中唯有古勒城建筑坚固险峻，城栅高牢，并且设有三道校联，特别是城南城北筑有三道渠壕，人马难以渡越。阿海筑的沙吉城在古勒之野的北部的迎风山上，山势陡峻，难攻易守。他们的族叔阿革和来留柱所筑的黑济格城在天桥岭上，城虽不大，无险可守，但城壕宽深，也不是轻易就可攻破的。三个城池遥相呼应，烽火相望，日夜巡逻，形成了一个防御体系。

阿台继掌建州右卫都督大印以后，经过几年的努力奋斗，巩固了设防城池，聚拢族众，壮大兵马，加强实力，可以说是兵强马壮，粮草充足，一是可以报杀父之仇；二是可以子继父业，勒索渡资，再成富酋；三是势力强大，可以寇边掠财，既可富强自己，更可报仇雪恨。他还特别怨恨王台父子转囚其父，日夜伺隙报复。他投靠叶赫，勾结乌拉，数掠孤山、铁岭各地。癸未年，阿台便纠众大举，深入到沈阳城南浑河等地，掳掠人畜财物，肆杀官兵汉人，给辽东人民造成了深重的灾难。朝廷下决心，“此逆雏在，辽祸未息”，于是，命令辽东总兵李成梁，统帅大兵征剿，以除后患，保障辽东人民生命财产的安全和社会的安宁。

恰在这年十月，阿台勾连叶赫、乌拉等部，联骑数千，直捣孤山堡等地，掳掠财物人畜无以数计。

明兵总督吴兑亲率明兵大军急驰追击，斩杀阿台兵骑一千一百多人，光各城主部长就是五十六人，缴获战马五百多匹。阿台受到重创以后，不得不退守古勒。

明廷为了缚住阿台，以绝祸本，在当年年尾敕谕辽东诸臣，决意剿除阿台。

恰在此时，阿台联蒙古、海西各部，大举入边窃掠，这更促使朝廷迅速调集军兵，决意征剿。

癸未春正月，阿台统领族党，亲率兵骑，从静远堡的九台沿台进入明边，又从榆林堡深入浑河两岸，再从长勇堡大台子南的北空深入浑河东岸，连连窃寇盗掠。这个时候，土蛮、蒙古和其他女真诸部，则掠开原、辽河，搅得辽东无有安宁之日，人民生活不得保障，生命财产遭受了极大的摧残。

朝廷为绝祸本，调集重兵征剿，命令大将军李成梁亲自披挂上阵，统师大军从抚顺东的王刚谷出兵百余里，直捣古勒城。李将军令副将秦得倚率兵攻阿海的沙吉城和阿革、来留柱的黑济格城，用尼堪外兰为向导。李成梁则亲统六万大军，由塔克世做向导，直捣古勒城。沙吉城和黑济格城的兵民听说朝廷大兵来攻城，早吓跑了一半人，剩下的一半人守城，也毫无战斗力，并且两个城也很容易攻，所以，没怎么费劲儿，就将两城攻破，将为首的阿海等人斩杀，部民兵骑全部就俘。这两座城攻破之后，秦得倚领兵奔来古勒，与李成梁合攻古勒。

建在龙头山上的古勒城，城寨陡峻，三面壁立，更加有深壕南北围护，城池坚固。这个龙头山是个东西横卧的山岗，长有三里，东连高山，山岗当间有个塌拉腰，较为低矮，其余三面立陡石崖，人马难登，险峻陡峭，栅校联接，更加使古勒城构筑坚固，易守难攻。李成梁率领六万大军，将古勒城紧紧地团团围住，他们吸取攻捕王杲时，让王杲从龙头山的东边出城，抓山挠岗，逃脱亡命的教训，这回，朝廷大军连这龙头山的塌拉腰之处也派兵把守堵截，让城内人插翅难逃，看来，明兵势在必杀阿台，否则，决不收兵。而阿台，依靠古勒城坚池固，官军难以破城，势在固守，决不投降。

这里还得说说交昌安和塔克世的事。早在官军攻古勒之前，交昌安和塔克世就已与朝廷通款和好，决心不再跟随王杲作乱，不听王杲调遣了。阿台掌印后，对交昌安和塔克世父子通好朝廷的做法很不满意，就在交昌安从抚顺马市返回建州途经古勒的时候，将交昌安留拘在城中，劝交昌安不要与朝廷和好，继续跟随右卫，听从阿台调遣。交昌安说什么也不干，不愿意跟朝廷作对，更不可能与阿台联盟反叛朝廷。阿台怎么劝说，也不奏效，于是把交昌安拘留古勒城中不放。

这回朝廷大军攻古勒，阿台婴城固守，势必危及交昌安的生命。塔克世为官军做向导，他阿玛在城内生死未卜，心中万分焦急，难以安宁。这时，官军已经围城三天三夜，秦得倚的大军又来合兵攻城，看来，古勒城不破，官军誓不罢休。他担心阿玛的安危，就来到总兵李成梁的马前，说：“大玛法，您看这样行不行，让我进城去劝说阿台献城投降。”

李总兵问：“你如何能说服得了阿台?”

塔克世说：“阿台的萨尔甘是我大阿珲礼敦的格格，我也是阿台的阿姆格，我进城去劝说他，他会听的。”

“好吧，你去吧。”李总兵同意了。

塔克世顺路登山，从古勒城东门入城。守门的古勒城兵一见是塔克世，就快步跑进内城向阿台报告，问可否开门放入。阿台说：“来得正好，放进城来。”

塔克世进到内城高台上，力劝阿台投降献城，说献城投降，尚有活路，留得青山在，不怕没柴烧。保住性命，存住实力，以图东山再起，否则，城一破，命难保，保不住命，如何报仇。汉人有句话说，君子报仇，十年不晚。现在朝廷大军兵临城下，不可能无功而返。可阿台认为，城池坚固，很难破城，六七万大军连续几日，食宿难继，不但城破不了，官兵自己就得撤兵。塔克世说服不了阿台，气愤地说：“你这是硬拿鸡子往石头上磕啊！你不听我的话，我也不说了，让我和阿玛领你萨尔甘出城。”

阿台态度冷冷地说：“你想出城？不行！我开了城门，官兵就会破门而入。”

阿台实际上不放塔克世，倒不是怕明兵趁机攻入，他的心里想的是，你塔克世和交昌安先是跟随阿玛犯边作乱，后来又反了桃[①]子啦，现在你又给官军做向导，来围城攻我，以前的旧账，你们向朝廷官军密告阿玛王杲身藏阿哈纳寨中，走漏消息，使阿玛无藏身之地，才去投奔王台，否则，阿玛如何被俘！现在又来劝我献城投降，我岂能容你！官军想破我的山城，那是白日做梦，我的山城固若金汤，别说它几万军马，就是再来几万，也是干瞪眼儿瞅着。

阿台像木桶倒豆子似的，秃鲁鲁把一肚子的气话倒完，就命令身边的一个摆牙拉[②]，说：“把他看起来，不许出城。”

就这样，塔克世不仅没有救出阿玛交昌安和侄女，连自己也搭进去了。

李总兵看塔克世进城多时，并没有说服阿台，自己也没有出来，他们究竟谈了什么，也很难知道，就以为塔克世面有反骨，此人不可信，他入城并非为劝降，可能另有目的。于是，命令军兵强行攻城。

这时，尼堪外兰凑到李总兵马前，说：“我可到城下劝阿台献城。”李成梁没有言语，心想，你能有什么能耐，很不信任他。尼堪外兰以为这是默许，就来到城下，大喊着说：“阿台，你听着，朝廷大军已经将

---

① 反桃：辽东方言，不坚持原来意见，而持反对意见。

② 摆牙拉：满语，亲兵。

古勒团团围住，攻城三日，岂能无功而返！你赶快献城投降吧！”

阿台听了，大骂道：“你个兔崽子、王八犊子，你引来官兵，杀我阿珲德，破我两个城，你是我不共戴天的敌人，我就是死了，鬼魂也要剜你的心给狗吃，挖你的眼睛当泡踹，抽你的筋当鞭绳。你不要扬棒[1]，没几天蹦达头了。”

尼堪外兰被阿台骂了个狗血喷头，十分恼火，就又喊：“城上的人听着，朝廷有话说了，谁把阿台杀了，就叫谁当古勒城主。”

城内的人根本没有听他的，认为尼堪外兰是骗人。

阿台又站起来高声说：“你图伦城的合合[2]都给官兵睡过了？你这么替官军说话！”

骂的尼堪外兰无言以对，只好悻悻地退了回来，李成梁见了十分恼火。

忽然，狂风大作，把大地的积雪刮得岗烟起，李总兵一看，心中惊喜：“破城有方了！”他立即下令，以火攻城。转瞬间，几万明兵，人人举火，聚柴集草，用火烧城。六七万的军兵全部积草堆柴，纷纷举火，向城中射火箭，霎那间，古勒城内外烈火熊熊，浓烟冲天，火借风力，瞬间，古勒城中一片火海。正在城中一片慌乱的时候，明兵中突发一箭，正中阿台，阿台倒地而亡。古勒城失去了城主，陷入了一片惊慌失措当中，无人敢于抵抗，纷纷只顾逃命。

交昌安被拘在古勒城内的高台之上，城中火势凶猛，烈焰滚滚，狼烟四起，而高台正处于火焰中心，根本无法脱逃，结果，被活活烧死。

古勒城被火烧毁后，城中人纷纷弃械投降。李成梁命城中人出城。在城中人举手投降，纷纷走出山城时，李成梁看到数百名官兵被城中人射杀而亡的情景，六七万大军围城三昼夜的艰辛，一股难以抑制的愤怒情绪涌上心头，遂下命令说：“杀！一个不留。”

这时，曾为明兵引路做向导的尼堪外兰，原来曾夸下海口，能劝说阿台献城投降。结果，不仅没劝说成功，反而被骂个无地自容，大大地丢了面子，心中的气恼无法宣泄。现在，看古勒城被火烧毁，阿台死了，城内人正出城投降，他眼珠一转，一个坏道道出来了，不仅能为自己掌卫印踢掉绊脚石，更可解李总兵的心中愤恨，真是一举两得啊！如

① 扬棒：辽东方言，趾高气扬，洋洋得意。

② 合合；满语，女人。

果趁此机会，除掉了塔克世，凭借明兵对自己的信任，和自己的巧舌如簧的嘴，利用朝廷的威势，拿到建州卫印，这辽东大地不就是我尼堪外兰的天下了吗？想到这，他兴奋得简直忘乎所以了。他来到李总兵马前，说："李大玛法，您以为那塔克世说进城劝降阿台是真的吗？我看不是啊，他的阿玛交昌安就在城中，他们若真劝降阿台，那阿台早就化干戈为玉帛了，怎么还能挺三天三夜，让官军死了那么多呢！我早就发现塔克世脑后有块反骨，他这人从来是反复无常的啊，他哪里是真心效忠朝廷呢！我看不如趁城内人出城的时候，把塔克世杀了，省得以后再有人跟朝廷作对！免除后患。"

李成梁本也认为塔克世这人说话不可靠，他与朝廷和好，是权宜之计，他儿子努尔哈赤害得爱妾为他殉情而死，他就更加来气。于是下令，城内的人一个活口不留，全都杀死。就这样，古勒城两千多人全部被杀。

古勒城的这场战火，努尔哈赤的爷爷和爹爹双双死于非命，努尔哈赤的叔辈妹妹、礼敦的女儿也死在了战火之中，这不仅使尼堪外兰死期临近，更为大明朝廷种下了祸根，掘开了坟墓。

交昌安和塔克世爷三个死于古勒之役的噩耗传至赫图阿拉，李佳氏立即打发穆尔哈齐快马报告了阿沙哈哈纳扎青。佟春秀听了消息后，马上说："你快回去，召集阿哈们在家等我，我马上就去。"穆尔哈齐打马回去了。

佟春秀叫过张妍："家里留下十个人守山寨，由你在家主事儿，提高警惕，注意防范，免得有人趁机打劫。有什么事儿马上告诉我。孩子留在家里，你看护好，其余人跟我走。洛汉，你要精神点，尤其是夜间，明白吗?"

张妍和洛汉同时说："您放心吧，我们会格外加小心的。"

佟春秀带领其余的人赶到了赫图阿拉。

佟春秀见玛法阿玛家早已哭声一片。李佳氏见了佟春秀，连忙让进屋里，哭着说："哈哈纳扎青啊，这不是天塌下来了吗！这可怎么办哪!"佟春秀安慰了几句，就叫过帕察阿哈，说："你领三个人去古勒，先把都督和指挥使的尸首认领拉回来，路上不要停，快去快回。关于都督和指挥使死时的情况，能了解多少了解多少。去吧!"帕察出去后叫了几个人套车走了。

这边佟春秀又叫过马三非、章台，说："你们去抚顺城，问问朝廷官吏、军官，攻古勒城的情形和都督与指挥使死的情况。都督和指挥使是朝廷敕封的地方官员，就这么不明不白地死了，得给我们个说法。到了抚顺城的时候，再去趟佟府，请我哥哥佟养性，求他给请个风水先生来。你们去吧。"

佟春秀又叫过颜布禄、兀凌噶、帕海，说："你们三人分别去哈达、乌拉、辉发，看主子努尔哈赤他们在哪里，报告家这边的事儿。"又叫了几个人，分别给宁古塔各宗支送信。

之后，叫人在西屋搭排，等尸首拉回来后好搪在排上。又叫女阿哈推碾子拉磨，多准备些大苞米楂子。

等等事项安排就绪后，才去看哭得死去活来的小讷讷肯哲，小巴雅喇也正哭嚎着要吃奶。佟春秀把小讷讷肯哲叫住，说："讷讷，别哭了，巴雅喇饿了，喂两口吧。家里这么多事，得赶紧办，光哭怎么行啊！"

肯哲一把鼻涕一把泪地哭着说："哈哈纳扎青啊，都怪我混哪，我对你们不好，你千万别往心里去啊！你阿玛这一去了，我又没有人缘，以后的日子可怎么过啊！"说着肯哲又哭了起来。

"小讷讷，以前也没有什么不好的，别提它了，以后的日子长呢，有我和努尔哈赤，您什么也不用愁，什么也不用担心，您还是我的好俄莫克[①]。"纳喇氏肯哲拽住佟春秀的胳膊，说："哈哈纳扎青啊，你可真是好萨尔甘啊！有你这句话，小讷讷我就放心了啊！"说着，擤了一把鼻涕一甩，往炕沿底下一抹手，用手背擦了擦眼睑，抽抽答答地住声了。

佟春秀趁这工夫，说："小讷讷，快告诉我，家里有多少大苞米楂子，有多少大芸豆粒儿，我好叫人做大苞米楂子掺大芸豆粒儿干饭，熬萝卜丝汤。一会儿人来多了，来的人得让人家吃饭啊！"

纳喇氏说："哈哈纳扎青，这些事儿你去找你二讷讷吧！我先收拾你阿玛你玛法的衣物吧！"

第二天傍晚，灵车回来了，人们将交昌安和塔克世的尸体停放在西屋地下的排上，将交昌安的尸体停在南炕沿一平，塔克世的尸体停在北炕沿稍低。交昌安的尸体已面目全非，难以辨认，仅能从牙齿上看得出来，交昌安的左下食牙掉了两颗，门牙整齐。

① 俄莫克：满语，婆婆。

佟春秀将二枚万历通宝钱儿交给五玛法包朗阿。李佳氏和肯哲将交昌安和塔克世的衣物也找了出来。交昌安身上的衣服只剩下胯巴裆和膈肢窝里还有一点，别地方的全烧光了，烧烂了。好在是冬天，天气还刚刚有点转暖，尸首不会腐烂。包朗阿和他的儿子隋痕、巴孙、对秦、郎腾，还有刘阐六七个人，先把交昌安和塔克世的衣服都脱下来，把身子用清水洗干净，换上新衣服，新袍子，又把他们平时喜爱的东西都找出来放在身边儿，把“万历通宝”铜钱一人嘴里放一枚。头朝外，脚朝里，身上蒙着蒙布。子侄们叩头哭嚎一气，在西屋里守灵，穿着白色的麻布衣服，衣下梢缀一小块红布，前遮面目，后垂肩背的直身衣。大门的左门柱上挑起一对幡，一个幡稍高一点，幡高一丈五尺，悬挂红幡，将红布劈成四条，从中间结扎，悬挂在高杆上，被高高地挑起，向人们报告着家中有男性丧人。

帕察认领交昌安和塔克世的尸体回来后，向佟主子报告了认尸的情况，说：“古勒城被烧得一塌糊涂，城内被烧死杀死的有两千多人，官兵正在掩埋。我们经过安图瓜尔佳城时，听说阿台都督担心古勒城守不住，就事先把福晋和子女们送到了邻近的城寨里隐匿了起来，现在也不知都躲到了什么地方。”

佟春秀说：“好了，等你们的主子努尔哈赤回来再细说吧。你们赶了两天的路，先歇歇去吧！有事再叫你们。”

帕察赶忙说：“不累，有什么活，主子就吩咐我们做吧！”

佟春秀说：“你们先休息去吧，有些零碎活你们找着干。”帕察刚要走，佟春秀又叫住，“告诉阿哈们，都不要远走了，有事随叫随到。”帕察走了后，佟春秀去看二讷讷。

李佳氏正哭得伤心，佟春秀说：“二讷讷，努尔哈赤还没有回来，这全族的人都来了，老老少少三四代人，还有邻部别族的人，我们得要招待啊！再说，这老都督和指挥使的丧事礼仪还得有人主擎①啊，我看请五玛法来张罗，您看可以吗？”

李佳氏说：“这些事你就做主吧！我看应该是的，肯哲光顾哭，什么也管不了，你就给拿主意吧！谁叫你是大孙子家里的呢！”

“那好吧！”佟春秀请来了五玛法，请他给主持一切事宜，五玛法也毫不推辞，就开始主持丧仪事务。

---

① 主擎：辽东方言，主事、司仪，拿主意，这里是司仪。

建州右卫从此衰败下去了，再也支不起毛了。在古勒城之役前后，光各族长、部长、城主就战死了四五十人，掌卫印的人阿台、阿海、阿革、来留柱等人都已战死，再也没有能站得住的人物了，两个卫受到的打击实在太大了。

名义上都是悼念老都督来了，可各宗支的宗族穆昆达都怀着各自的心腹事来的，那就是有的想当这个总穆昆达，继位掌卫印，得赏赐；有的则是观风望景，看究竟谁来继承都督之位；有的则是另有心事，他们想看朝廷的动向。朝廷支持谁，他们就拥护谁。各种想法的人都在观望，等待，猜测，活动，他们嘁嘁嚓嚓，喋喋不休。

佟春秀留心了一下，原来他们都在呛呛谁做总族长，谁掌卫印的话，心中格登一下，急切地盼望努尔哈赤快点回来。她跟五玛法说："五玛法，人还没落葬，怎么就有人要争氏族长、争卫印来了！"

包郎阿说："哈哈纳扎青，你不要担心，让他们嚓咕[1]去吧，都是瞎呛汤[2]，他们都是敲边鼓的，谁也站不出来，上不了场。"

"我看他们都是冲着都督这个卫印来的。"佟春秀说。

包郎阿说："是啊，他们是冲着卫印的，可他们哪个能行！不是我看扁了他们，瞧不起他们，他们哪个是能飞起来的雄鹰！他们只是些蹲在房脊头上乱喳喳的家雀！哈哈纳扎青，别理他们，该做什么做什么，叫他们瞎喳喳去吧！这些人里也就是龙敦咋呼的最欢，可他们哪个有这个能耐，哪个有这个资格！他们是瞎闹腾，你放心好了，他们谁要是敢乍翅儿，我就先收拾他。"

"那好吧！"佟春秀说，"这就全仰仗五玛法了。等努尔哈赤回来，就好了！"

撂下赫图阿拉城里的事先不说，咱们先再说说去找努尔哈赤的人马。

颜布禄快马加鞭，马不停蹄地赶到了哈达，巧的是，努尔哈赤他们正在哈达。听说玛法、阿玛双双死于古勒之役的噩耗，他号天哭地，捶胸顿足，悲痛欲绝。众人一齐劝说，好歹才止住了哭嚎。努尔哈赤对哈达部新任贝勒孟格布禄说："请贝勒马上给我们预备饭，我们吃了就走。

---

① 嚓咕：辽东方言，不敢名正言顺地发表意见。

② 瞎呛汤：辽东方言，乱说话。

再请给我的诸申颜布禄换匹马，他的马已经累得无法赶路了。”

孟格布禄很爽快，立即对他的独生子武尔古岱说：“快去叫厨师备饭，把他们的马匹喂好！”努尔哈赤几人草草吃了饭，立即上马辞行，同张义、额亦都和颜布禄打马飞奔建州。

出了哈达界，努尔哈赤说：“我们先去抚顺城，我要问问朝廷官吏，为什么杀死我玛法、阿玛?”

到了抚顺关后，守关的官兵不让进城，努尔哈赤愤怒地据理责问：“我玛法、阿玛一向忠于朝廷，为什么杀害他们?”

明官吏自知理亏，无法合理解释，只好说是误杀。总兵李成梁也正在抚顺城休息，听说努尔哈赤来质问他的父祖被杀的事，心中恼怒，恨不得抓来砍头，心里骂道:“在我府上当六年兵，我像对待儿子一样待你，你竟跟我的爱妾做下苟且之事，害得我的宠妾上吊自杀，我杀了你的爹爹、你的爷爷，也除却不了我心中的怨恨!”可这些话怎么能说得出口呢!

又一想，现在建州三卫各部没有一个首领，这可关系到辽东这片广袤的大明江山啊，有他们在，就得为大明王朝守疆保土。于是，他同御史张学颜一核计，就将在古勒城中所得的建州三卫的全部剩下的敕书三十道和三十匹良马给了努尔哈赤，并决定每年“与银八百两，蟒缎十五疋。”

可是，对于玛法、阿玛的死，努尔哈赤仍是究根问底，到底是为什么被杀。李成梁无奈，才说出是尼堪外兰挑唆的。努尔哈赤听了，愤怒地说：“我玛法、阿玛的死，还有我嫩嫩和玛法、阿玛的亲随戈什哈几人的死，一共是七条人命。这七条人命，实在是尼堪外兰挑唆造成的，那你们就把尼堪外兰抓来送给我，我杀了他，也就心甘了。”

李成梁也急了，说：“你这人也太得寸进尺了。你祖父、父亲之死是因为官兵误杀，才给了你敕书、马匹，又给了你都督敕印，这事就算完了。你这样无理取闹，有理不让人，看来你是没有满足的时候了。若是这样的话，我们只能扶持尼堪外兰，叫他做你们满洲之主了。”

努尔哈赤一听，气得两眼直冒火星，你们还要扶持尼堪外兰当满洲之主！真是岂有此理！可是，为了缓和与朝廷的矛盾，只好忍辱负重，忍气吞声，他气愤地说：“尼堪外兰本来是我阿玛的部下，祖上没有功德，你们要立他为主，岂不是看我交罗氏家族没有人了嘛！好，今天这事先到这，以后你会明白的，是你们种下的祸根。”回头又对张义、额亦都说：“咱们走！有账不怕算！”带着赏赐和他的随从人等，急匆匆赶回赫图阿拉。

第二十章　得内助重组建州卫　践誓盟起兵讨图伦

听客朋友，在这里我们得说点题外话。

王杲、阿台、阿海、阿革和来留柱等人相继败亡，这对努尔哈赤来说，实际上是个好事，尤其是他的父祖在古勒战役中被杀身亡，对他努尔哈赤起兵更留下了口实，成为借口，也是他起兵辽左的导火索，一个引子，说来说去，是个极佳的有利时机。努尔哈赤把对朝廷的怨恨全部发泄到尼堪外兰身上，既是他挑唆的结果，也是做了朝廷的替罪羊。努尔哈赤岂能就此罢手！他要以尼堪外兰为幌子，为借口，去大展他的宏图，开创他的事业。

在努尔哈赤实现一统天下的宏伟大业的实践过程中，尼堪外兰不过是他前进路程中的一块绊脚石，努尔哈赤必将毫不犹豫地将他踢开、铲除，在实现他宏伟大业的进程中，胜利前进。

交昌安、塔克世等七人的死，还有努尔哈赤叔辈妹妹的死，在朝廷继续统治女真诸部方面并没有引起多大反响，朝廷官吏承认此二人是被“误杀”，自然该做例行公事的处理。可是，对努尔哈赤来说，打击可就太大了。原来有靠山，现在成了孤儿，原来可以顺利接掌大印，现在可就有些麻烦。因为眼睛盯着这块大印的人不仅仅是他一个人。因此，他决不肯善罢甘休的。

朝廷给努尔哈赤的待遇可算是优厚的了，也自认为处理的很妥善。但是，努尔哈赤并不满足。他决计以朝廷给的赏敕，继掌建州卫大印。你朝廷不是还要扶持尼堪外兰吗，我偏要杀了这个尼堪外兰，我看你朝廷还有什么法子。因此，他决心起兵复仇，消灭尼堪外兰。这样，他就被历史推上了一个波澜壮阔的政治舞台。

努尔哈赤在辽东总兵标下两次共六年的军旅生涯，历经多次战事，积累了较为丰富的战斗经历，在李总兵麾下，击王兀堂、退蒙古；经历了大小数十场战事，锻炼了胆识，积累了经验，丰富了阅历，对他统一女真的大业，有极大的好处。特别是他熟读了《三国》、《水浒》等书，学得了中国传统的军事战略战术经验。同时，他又先后八九次进京朝贡，了解了朝廷内情，无数次地到辽东各马市进行商业贸易，熟悉了辽东的山形地势，自然状况。他曾多次与各部女真人的上层人物频繁接触，有着丰富的社会经验和阅历。他广泛结交社会上五行八作、三教九流的各种人物朋友。他自小就聪明伶俐，体格健壮，骑射精伦。自十九岁就开始了独立的生活道路。少儿时即在外祖父王杲家受到了较好的汉文化教育，后来又在李成梁部下受到更好的汉文化熏陶，精通女真、蒙古、汉语言和文字。广泛地接触社会实际，丰富了他的知识和社会经验，面对社会的各种现实，他都有深邃的洞察力和分析力，并能采取果敢的决策和行动，特别有他老岳父佟氏家族雄厚的经济实力的支持，剩下的就是他的运作和实际行动了。

努尔哈赤就是在这种背景下，马不停蹄地回到了建州。

交昌安虽然是七十多岁的老人，但身体硬朗，体格健壮，而他的儿子塔克世正五十岁的壮年，更是长得英气勃发，年轻力壮。父子二人活生生地双双惨死于古勒兵火，怎不令族人悲痛欲绝。建州三卫各部长、各城主、各穆昆达以及海西女真各部都派人来建州致祭悼丧。努尔哈赤等人回到建州后一看，整个赫图阿拉都陷入悲天恸地的悲痛愤懑的哭号之中。

交昌安的老朋友、佟春秀的爷爷佟意老爷也在他侄孙子佟养性的陪同下来到了赫图阿拉，向交昌安致祭。几天来，佟老爷见努尔哈赤家族人多陷入悲痛之中，很觉不安，就将孙女佟春秀叫到一边儿说："孩子，爷爷看这样下去不行啊，卫里的许多事都等着去办呢，这要耽误大事啊！"

佟春秀说："爷爷说得是，我叫努尔哈赤去。爷爷，请您跟我五玛法说说，让五玛法主擎一下。"

努尔哈赤听了佟春秀的话后，认为很在理儿，就止住了悲痛，问："哈哈纳扎青，听说请风水先生了？"

佟春秀说："是啊，我哥来时说，他写了信，让马三非和章台去了辽阳，请一位出名的风水先生来。我想，今明两天就快到了。"

努尔哈赤说："咱们要把丧事办得隆重些，一是为了祭奠玛法、阿玛，更为了借此机会加强咱们同各部族、各联盟的亲密关系，也是为了收拢人心。"

佟春秀说："我也是这么想的，咱们把丧事办得气派些，让那些陷害我们的人看看，我们不是那么好欺负的。"

“来的人酒管够喝，肉管够吃”，努尔哈赤说，“我要趁这个有利时机，把建州三卫的大权掌起来！朝廷给了我都督大印，我就得做好这个都督。”

现在，再说说请风水先生的事。

马三非和章台二人连夜赶到辽阳城，按佟养性开列的地址，顺利地找到了辽东有名的风水先生张占一，三个人便快马加鞭地赶回了建州。

这位叫张占一的风水先生，年纪在四十多岁，为人沉稳而精明。他们走到灶突山下苏子河北岸的哈达村时，张占一便勒住马缰，察看起来。他看这里地势平阔，土质肥沃，那村北的一条山，从东北奔向西南，山虽不险峻高大，却有奔腾而跃的架势，那山头正好抵于苏子河岸，犹如一条卧地饮水灌浆的龙一样，其身长有一十二个大大小小的山峰，这便应是龙山了。苏子河南的灶突山，其峰岩如囱矗立，直插云天，状如一蛟，在茫茫山海之中腾跃而起。其西有凤凰山，俊秀而艳丽。东边呢，八里之遥的地方，卧伏着一个巨大的圆鼍。这就形成了前为腾蛟，后为卧龙，东伏圆鼍，西鸣彩凤的形势。而卧龙山前一条溪流环绕而过，尤如一条玉带缠腰。好啊，这里真是人王地主的风水宝地啊！正是：

形胜神奇，
灵性粲然！
群山拱护，
众水朝宗。

这样的神奇宝地，怎能不出人王地主呢！他不仅心中感叹：“想不到这如此荒蛮的山丘野谷的弹丸之地，竟有如此神奇的兴龙穴脉，真是天意！”

张占一细细勘察了一番之后，已打定主意，便随马三非、章台二人来到了那卧龙山窝风朝阳的山根下，最后选定了“卧龙”的尿脐子地方，正是第七道峰之下。这里树木高深，白雪皑皑。他放好了罗盘，选了个“乾山巽向”，坐山卧龙，照山腾蛟，凤环鼍护，众水汇流，群山回拱，真是发祥宝地啊！

马三非和章台听风水先生越说越神奇，也打心眼里万分高兴。看看天要晌午了，马三非说：“巴克西[1]，咱们还是先到东建州[2]吧，先见了主子再说。”章台也说：“先回去吃了午饭，咱们再来吧！”

张占一说：“好吧！”

东建州，这是明代嘉靖以后对建州左卫地赫图阿拉城的称号。

三个人上了马，很快回到了赫图阿拉。张占一被待为上宾。张占一是佟养性的朋友，两个人见了面，亲切地拥抱，十分亲热。说起了坟地的事，张占一更是兴奋地连连夸海口，说：“我张占一这一辈子也不会再找到比这更好的茔地了，这个茔地葬上以后，肯定不用等两三代就得出帝王。”

“照您这么说，那别人葬了这宝地，也会出人王地主吗？”有人问。

张占一说：“那可不行，若是能行的话，我还葬我爷爷了呢！这不是谁都可以葬的，别人没有这个福相葬了，不仅出不了帝王，还可能断子绝孙呢！”

“这么说，谁也不敢抢了呗！”又有人问。

张占一强调说：“若是能抢的话，谁都可以抢了。可谁抢去不仅发旺不了，还反倒遭其殃。我不是说了吗！好抢的话，我还占了呢！所以啊，只有有福之人，才能落有福之地。有福之地，才有紫气东来啊！”

吃完了午饭，努尔哈赤说，他要先去看看茔地，就同张占一等人一同来到了他们占的地方，前后左右地照量了一翻，也觉得这地方确实不错。前面宽广，左右开阔，靠山绵长，照山雄伟，左拱右护，前伏后倚，玉带缠腰，大有万山拜谒之势，众水回环之气，他连连称好。于是，请巴克西张占一放罗盘，努尔哈赤从怀中掏出钱袋，递给马三非，让马三非把钱袋压在罗盘下，算是给张先生的仪资。张先生看了，说：“不可，不可！这太多了，太多了！”

努尔哈赤说：“我从来一句话不说两遍。你给我看好了风水宝地，我把玛法、阿玛安葬了，我自然要重谢你。巴克西，压上吧！”

张占一测好穴位，用蒿子棍儿在边角地方插上了记号。努尔哈赤就命阿哈们挖圹子。张占一又找了几块石板，在圹子左后侧立了个小庙。

二月的辽东，还正是天寒地冻的季节，日头虽然暖和了许多，可大

① 巴克西（巴克什）：满语，先生。

② 东建州：建州右卫的古勒称为西建州，建州左卫的赫图阿拉称东建州。

地还是冻得硬如钢铁。阿哈们猛力一镐刨下去，只能啃掉一小块儿冻土来。

张义说："去几个人捡些干柴来拢火，把冻土烧化了，就好刨了。"

于是，那些阿哈们都听话地去山上捡柴，不大会儿工夫，就捡来了一大堆。他们撅了些干蒿子细干树枝儿，把干蒿子挠儿[①]放在底下，干树枝放蒿子上，上头再加细树枝，再放粗点的干树枝。一个阿哈拿出火镰、火石、火绒，"咔咔咔"，"啪"地一下子，打着了，火石斥出火星，把火绒点着了，放在干蒿草挠儿下，"扑扑"吹几口，干蒿草着了，火点起来了。

他们就这样化了刨，刨了化地整整干了大半天，终于抠出了两个圹子。张占一照量了一下，说行了，大家才回到赫图阿拉。

说起来，张占一给选的坟茔地，实际就是交罗家庭的坟茔地，东边西边都葬满了，可是，谁也没有葬到正撸子上。这回张占一算是给交罗家族找到了正穴。

又隔了一天，交昌安父子的尸首已在家中停放了七天了，这第七天早晨就要出殡了。

人们打开了西屋的南炕窗户，将交昌安和塔克世的两具尸体从窗户抬到屋外入了殓，人们轮换着将尸首抬到已经挖好的坟地圹子前，将尸体火化。交昌安和塔克世生前使用的弓箭和腰刀以及他们的衣物全都火化，他们骑的马也杀了，剥了皮，将皮也一同埋入坟中。马肉烀熟后，给来吊唁的亲友们吃了。

老都督父子落葬以后，努尔哈赤将所有参加落葬的人全部请回到赫图阿拉，隆重地宴请来悼念的人，努尔哈赤兄弟挨着桌向人们叩头致谢。

等外客都走了以后，佟春秀和努尔哈赤将佟养性、额亦都、噶哈善、常书、杨书等等一些生死弟兄都请到了西屋，又将交罗家庭中的长辈和同辈的人都一一请到西屋，等大家都坐好后，努尔哈赤说："玛法、阿玛已经入土为安了，可是，作为他们的子孙，我的心还没有安，杀害他们的罪魁祸首尼堪外兰还没有抓住杀掉，这个不共戴天的仇就没报。所以，我决计起兵要报这个杀父祖之仇。朝廷已经给了我三十道敕书、

① 挠儿：辽东方言，草木的细细的枝叶。

三十四良马，还答应以后每年给银子八百两，给蟒缎十五疋。这些还在其次，主要是把建州卫都督的大印给了我，让我来掌管建州。现在我就是建州三卫的大都督。我听说有人不信，说什么朝廷要扶立尼堪外兰。我请大家相信我，朝廷要扶立尼堪外兰，为什么还敕封我为大都督？他尼堪外兰算个什么东西，阿玛活着的时候，他是阿玛的部下，他有什么资格来掌大印！是这个尼堪外兰挑唆的官军杀害了我的玛法、阿玛的，我不把他抓来杀了，这口气就不能出，我也决不罢休！我不仅要报这个仇，我还要把咱们女真人都拢起来，抱成一个团儿，结束当前这种各自为首的分散局面。你们谁愿意跟我干，我决不亏待他，有官大家坐，有福大家享。不愿意跟我干的，我也绝不勉强。我真诚地希望大家能跟我同甘共苦，干一番改天换地的大事业。"

佟老爷听了努尔哈赤的一番话，大加赞扬，他小声对佟养性说："咱们的当铺里还有死当十三副半铠甲……。"佟养性马上明白了爷爷的意思，他立刻大声说："努尔哈赤，我们的当铺里有十三副半死档铠甲，可以拿给你。"

"太好了！我现在是又缺兵卒，又无铠甲啊！"努尔哈赤高兴地说："那我先谢谢了。"

佟养性说："在金钱财物人力上，我们全力支持你。"他又说，"我们佟府里能领兵打仗的人才不少，只要你吱一声，我们就让他们过来，听你调遣。"

说到这里，包朗阿说："努尔哈赤，你是个有作为有出息的孩子，我包郎阿家族的人全力支持你。"

努尔哈赤说："我们女真人二百多年来都是群雄峰起，称王争长，各自为政，互相攻伐，甚至骨肉相残，强凌弱，众暴寡，不停地你争我夺。我们的祖先从孟特木时候起，由一个建州左卫分成了左右两卫，又由建州三卫分成了六部。我们的祖先金代女真人到了元末明初又分成三大部，这种局面不能再这样下去了，我们有责任把这种局面扭转过来，把女真人全部统一起来，建立我们自己的大金国。"

这时，龙敦第一个站出来说："努尔哈赤，我问你，这么说来你是想当建州主、女真人之主啦？你一个二十几岁的青年人，你有这个能力吗？朝廷会让你这么干吗？"

努尔哈赤说："我玛法生前是朝廷敕任的都督，阿玛是指挥使，朝廷有个不成文的规定，大家都知道，父死子继。"他拿出了敕书展开来让大家看，那三十道敕书，就是三十个竹笺，上边刻着汉字。努尔哈赤说："朝廷不支持我能给我敕书吗？"他环视了一下大家，又说："我阿玛是被官兵误杀的，不是有意杀害的，所以给了我敕书，还答应每年给银八百两，蟒缎十五疋。在阿玛被官兵误杀前，是尼堪外兰挑唆，说了坏话，官兵才不分敌我，肆意杀人，将阿玛误杀了的。所以，尼堪外兰是杀害我玛法、阿玛的仇人"。他又把都督大印举起来让大家看，说，"都督大印在我手，我现在就是大都督，他尼堪外兰算什么！"

大家议论起来。努尔哈赤看了看大家，又接着说："海西四部强大的时候，没能把女真人拢成一团儿，阿古都督王杲本有能力把我们建州女真各部统一起来，可是他一味地打打杀杀，不讲策略，最后惹怒了朝廷，发大兵征剿，人亡寨毁。阿台、阿海两个舅舅经过六七年的养精蓄锐，休养生息，结果还是掳掠寇抄。怎么样呢？结果不仅城破人亡，还牵连了无辜的玛法、阿玛，给我们家族造成了深重的灾难，使我们的家族受到了这么大的屈辱，这个祸根就是图伦城主尼堪外兰，没有他，玛法、阿玛不会双双身亡。他本来是我阿玛的属下，却反过来陷害主子。这就是对我们家族的挑战，是对我们家族的污辱。玛法、阿玛本来一向忠于朝廷，结果却死在了官军之手。这一切祸根都是尼堪外兰造成的。"

努尔哈赤越说越气愤，最后，他发狠地说："不杀死尼堪外兰，我就不是交罗家族的子孙！"

大家听到这里，明白了，这是努尔哈赤在宣布起兵，这是起兵前的宣誓、起兵前的动员，攻击的目标是尼堪外兰，攻击的地点是图伦城，起兵的原因是为父祖报仇雪恨。

额亦都、噶哈善、张义、常书、杨书等人听了，立即同声气和地发誓说："不把尼堪外兰那个兔崽子抓来杀了，咱们还有何颜面立地说话！还算什么热血男儿！"舒尔哈齐、穆尔哈齐、阿敦、王善等几个弟兄也一致表态说："阿珲！你就领我们干吧！我们坚决跟着你，不杀掉尼堪外兰那老贼，我们就不是男子汉！"

这时，佟老爷说："生活教育人们，突然降临的灾难，会激励有大志者，奋扬精神，积聚力量，抓住时机，事业就会成功。孩子，你就大胆地干吧，古语说得好：心欲专，凿石穿。你们会成功的。"

事后，努尔哈赤听说族叔龙敦要接李佳氏过去，心想，也好，族叔龙敦一向跟我们过不去，让二讷讷跟他去，也算在族叔家安了个眼睛。

他对二讷讷说了族叔龙敦的意思，李佳氏说："努尔哈赤呀！你是家里的主心骨，你做主吧！现在这家里的男子汉就你是大的，你说了算，二讷讷听你的。不过，龙敦你叔这人性情不好，我不能带走穆尔哈齐，你是阿珲，你一定要好好待穆尔哈齐呀！让他跟着你，我才放心。"

努尔哈赤说："二讷讷，请您放心吧！"

龙敦将李佳氏接走了。李佳氏走后，肯哲抱着两岁的巴雅喇只是在上屋里屋炕上哭，不吃不喝。佟春秀看了，心里也不是个滋味，就跟她说："小讷讷，您不用伤心，您还年轻，将来有相当的再找个主，也为时不晚。您若哪儿也不想去的话，只要您愿意，可以到我们那去，我们养您老，有我在，您只管放心。"

肯哲说："哈哈纳扎青啊，你不是不知道，我这人一向尖酸苛刻，人缘淡薄，有谁能愿意要我啊！我呢，想来想去，哪儿也不能去，你和努尔哈赤说说，给我碗饭吃就行了，只是可怜这巴雅喇了。"

"您放心吧，"佟春秀说，"有我在，就有您的饭吃，您就放心吧！巴雅喇是我们的阿珲德，我们会照顾好他的。"

交昌安的长子礼敦和幼子塔察的子孙，也都积极拥护努尔哈赤起兵复仇。大家真是群情激奋，誓杀尼堪外兰。努尔哈赤又问穆尔哈齐、舒尔哈齐，他们两个干脆，就一句话："听你的。"

家里事基本安排就绪之后，佟春秀说："艾根啊，我说个事，你愿意听吗？"

努尔哈赤说："说吧！"

"我想把小讷讷接去，你看她也怪可怜的。"佟春秀说，"好赖不济，她也是小讷讷啊！看着阿玛的面子，咱们也不能扔下她不管啊！"

努尔哈赤想了想，说："你看着办吧！"

佟春秀把肯哲也接去了波罗密山寨养了起来，人们都夸赞努尔哈赤两口子心胸宽、肚量大、不计前嫌。努尔哈赤听了，心下有悟，看来，要争取人心，还要从小事做起啊！

事后，努尔哈赤和佟春秀佟氏祖孙、张占一等人回到了波罗密山寨。佟老爷和佟养性住了两天，就要回抚顺了，佟养性说："让张义去趟抚顺吧，我想办法把那十三副半死档的铠甲让张义取回来，我送他出关。"

努尔哈赤说："好哇，太好了。那样吧，叫马三非也跟去，他跟官军都很熟，出了事，他也能应付。"

张占一呢，因为他是个识文撰字的人，努尔哈赤请他留下来，他也欣然应允了。他们送佟老爷爷孙二人，一直送到了龙头地方的水渡口，才依依惜别。

人客都走了，大事急事也办理妥帖了。波罗密山寨里，看似平静，内里却是一派繁忙紧张，他们在做着各种起兵前的准备。他们饲养良马，制做器械，筹办军粮，并且千方百计多易铁器，从抚顺、清河等马市易铁，从李氏朝鲜换铁，回建州后制造兵器。他们盖房筑屋，招募兵员，派出侦骑，刺探军情，为着起兵，做着各种准备。

为了起兵的需要，努尔哈赤广泛地聚集人才，广交朋友，笼络人心，采取广泛联姻的策略，迎娶送嫁。在这一时期，佟春秀先后为努尔哈赤迎娶了张妍张佳氏、博克瞻之女钮祜禄氏、莽塞杜诸祜之女富察氏、扎亲之女伊尔根交罗氏、海西女真的哈达万汗之子贝勒扈尔汉之女哈达纳拉氏。同时，努尔哈赤还将自己的三个妹妹一连嫁给嘉木瑚寨主、伊尔根交罗氏噶哈善，另一妹嫁给常书之弟杨书，几个月后噶哈善被劫杀而死，又把嫁他的妹妹改嫁给了常书，还有一个妹妹嫁给了额亦都。同时，又把弟弟的女儿嫁给其他各部，也让弟弟迎娶其他部长的妹妹、女儿。

努尔哈赤就是用这种从感情上交朋友，从物资上赏赐笼络人心，从亲情上搞联姻等等手段，终于在较短的时间内，组成了一支不足百人的队伍。他所结交的朋友与他情同手足，亲如弟兄，终于结成死党，死心塌地的同他一起开创宏伟大业。他那小小的队伍，兵不足百，却人人英勇善战，以一当十。

那佟春秀呢，在结婚后短短的五六年时间里，这个刚刚进入青年时期的少妇，却经历了说不完、数不清的大大小小的事故，她那年轻稚嫩的肩膀上承受了巨大的压力，经受了难以想象的艰苦考验和磨难，终于使她成为波罗密山寨中广负威名的佟主子。

波罗密山寨高高地耸立在山岗上，山岗的东西南三面紧贴山岗根下，已经建起了一片片的房屋，山寨南的广阔地带，也已闯起一栋栋的房屋，沟口的小山岗正好挡住了沟里的人烟。

在佟春秀和努尔哈赤的苦心经营下，波罗密山寨已经初具规模，成为建州女真地区新兴崛起的活动中心。山寨东西南三面阔野平地里连片的住宅，都是后投诚归来的居户人家。由于人口兴旺，户族骤增，人们就习惯地将这个新兴的村屯叫作“旺户”，直到后来，叫白了，叫成了

"网户"了。

树大分枝，说书分岔。自从努尔哈赤的二讷讷改嫁给他的三伯祖索长阿的四子龙敦伯叔之后，李佳氏发现索长阿的孙子威准的媳妇富察氏不仅长相俊美，精明强干，头脑聪敏，而且很会嘎人①，上上下下，左邻右舍的，没有不夸她的。只是啊，怎么嫁了威准了呢！真是可惜了的啦。

说书的人说了，原来这个富察氏先代是从三姓地方迁到瓦尔喀什沟口河北岸居住的。经过几代人，这个富察氏家族人枝很兴旺，成了那个地方的大户，他们住的那个地方，人们就叫成了富察之野，面邻的河叫成了富察河。这个地方当建州卫势力软弱下去以后，就被索长阿家族据为牧场了。索长阿这家人一向是拔尖使横的主，他看富察氏家生养了这么一个美少女，就强娶过来，给他的孙子威准当媳妇。当年，就生了个儿子，可这孩子自打生下来就软弱，总是病病殃殃的，一直不壮实。

努尔哈赤决定起兵征讨尼堪外兰，为父祖的屈死报仇，他三伯祖家的龙敦和威准几个人，拉拢使坏大祖、二祖、六祖的子孙都一致反对。他们觉得，朝廷已经表明要扶持尼堪外兰做建州的主，掌卫印了，咱们干嘛还跟朝廷做对呢？再说了，他们觉得努尔哈赤的祖、父是靠礼敦的强悍勇猛和交昌安的智谋，杀了长祖的加虎和硕色纳两枝人，夺得了穆昆达，在家族里称了老大的。若不是这样，你交昌安塔克世凭什么当了都督和指挥使呢！这几枝人对此不服，可又没有大的能耐，也只好憋在肚里，暗中叫劲儿。原来因为交昌安兄弟六人分居六地十二处，人分散，力量不集中，有别部别族来侵扰，无法抵御，交昌安曾召集各宗枝人合计迁居一处，都集中在赫图阿拉。还没等别人说话，龙敦首先站出来反对，说集中居住，草场少，没地方放马，就把这事搅黄了。现在，努尔哈赤又要起兵复仇，这几枝的人哪能允许呢？在龙敦的唆使下，大伯祖德世库的子孙，二伯祖刘阐的子孙，还有三伯祖索长阿的子孙和六祖宝实的子孙，共约一百人左右，齐集到家族的堂子盟誓，要除掉努尔哈赤，省得他招惹祸端。打这以后，波罗密山寨发生了多起暗杀事件，给波罗密山寨笼上了浓浓的阴影。

---

① 嘎人：辽东方言，与人关系好，会搞好人际关系。

第二十一章 襄夫教子劳神力 培育后代苦精心

春来，不觉间，佟春秀的孩子一个赛似一个地长大了。东果小姑娘七岁了，褚英五岁了，代善也已两岁，乍巴乍巴地能自己走路了。看着三个孩子活泼可爱，别提她是多么地高兴了。几年后，舒尔哈齐、穆尔哈齐、张义、额亦都、费英东、安费扬古、扈尔汉等人的孩子，也一个个地长大这跑那颠地了。

女真人习俗，孩子五六岁的时候，就得练骑马射箭。努尔哈赤叫张妍教孩子们拳脚刀剑功夫，让张义教孩子们骑射。他们在院子南边的高杖子下，挖了一排的坑，一个个圆溜溜的坑，有二尺深，孩子们跳进坑里，双脚一并往上跳，看谁跳的容易，跳的次数多。练熟了以后，再往腿上绑沙袋往上跳，孩子们的玩耍游戏无不带有训练孩子坚强勇敢的目的。

一次，舒尔哈齐在沟里的一棵大榆树上拴了一个破笊篱头子，步量了五十步的地方，让褚英、东果骑马射笊篱。褚英从百步开外的地方打马跑来，张弓搭箭，当马跑到五十步的地方，立即发箭一射，没射中，他懊恼地又跑回来再射，一连几次地练，终于射中一箭，很是洋洋得意。

舒尔哈齐又叫东果射，东果也是连连三次，射中两箭。褚英不服，非要再射三箭，比过东果不可，直到也三箭中了两箭，虽觉得意，却并不十分高兴，非要再骑再射，直到三箭都中为止。舒尔哈齐很高兴，竖起大拇指说："褚英巴图鲁！"东果听了，不以为然地说："我也能三箭三中，不信你们看！"

说着，东果弯弓搭箭，骑马前倾，眼睛紧紧盯住那吊在树上的笊篱头子，刷地射出一箭，箭过了靶子，跑回来又射，结果三箭也是三中。正在东果洋洋自得，对褚英不服气的时候，褚英说："那有什么！你还比我大两岁呢！"

东果立马回击，说："在战场上可不管谁大谁小，刀箭不认人，谁的刀法好，谁的箭术高，谁取胜。"

"那等我像你那么大的时候，我一定比你强。"褚英仍是不服。

东果更是不甘示弱，她说："技艺高低可不是谁大谁就有的，那是靠练！"

褚英气得红头涨脸地说不出话来。舒尔哈齐忙打圆场说："对！什么都得靠练，没有生下来就会的。褚英长大了一定能当个巴图鲁！"一句话把褚英说乐了。在回来的路上，他还兴奋得手舞足蹈，东果看了，心里想，我明天再练，我不五十步射，我要六十步、七十步再射，一定要超过你。

第二天，张妍领两个孩子来到林子头沟，那哗啦啦响的河水弯弯曲曲向沟外流去。在岸边有一溜的大柳树，一棵柳树正好有一个横枝斜岔过来。张妍照量了一下，用剑砍了一个树枝，削成一个勾，挂钩在横柳枝上，看了一下高矮，对褚英说："你能不能骑马跑过去，用手打一下树勾。"

褚英说："没问题。"就打马过去，到了树下，一伸手没打着，东果跑在褚英后边，一下子打着了。褚英挺不是心事，又跑回来，再跑再打，还是没打着。他有点恼火了，又第三次跑。这回他卯足了劲儿，打马跑到树下，双手往马背上一按，将身体悬离马背，一下子把树勾拽了下来，身子一屁股落在了马屁股上，差点儿摔落马下。张妍吓得刚想喊，却见褚英安然无恙，悬着的心才落了下来。

东果见褚英安全地打马回来，竖起了大拇指，朝褚英亮了亮，褚英自豪地笑了笑。

他们又信马由缰地往沟里去。东果眼尖，一眼看见前边树下草丛里有只大灰兔子，急忙双手捂嘴轻声说："兔子，兔子！"

三匹马都远远地站下了。褚英拉弓搭箭，一箭射中，刚想跑马前去拾兔子，东果又紧张而轻声地说："别动！我射那树上的花鼠子。"东果发了一箭，将花鼠子贯在了树杆上。这时，她们三匹马才赶过去，张妍下马将兔子拾了起来。

张妍高兴地表扬了两个孩子。东果有点不高兴，她说："我们俩虽然都射中了猎物，但还是不一样。"

褚英急头歪脑地说："怎么不一样，我射中的兔子，你射中的花鼠子，一人射中一个，怎么就不一样了？"

东果说："就是不一样嘛，兔子大，目标大，好射；花鼠子小，目标也小，难射。我难射的射中了，比你容易射的射中了，就是不一样！"

两个孩子谁也不服谁。张妍说："好了，好了，都是巴图鲁！"

东果“哼”地一声，还是心里不服。

看着孩子一天天地长大，佟春秀和努尔哈赤都想到了一个共同的问题，得教孩子们学认字！就是说，得给孩子们请个巴克西。努尔哈赤说：“这个事我放在心上了，有机会一定请个巴克西来。在没找到之前，看咱们的阿哈里有没有识几个字的，先教着。”

佟春秀想了想，说：“有，倒是有一个，就是那个叫羊尔成麟的，可是这个人不可重用，他的嘴似个叨木鹳子似的，光能叭叭叭地练在嘴上，实际上干什么也不行，我不想用他。”

“噢！这样的人就叫他砍木头撸锄杠吧！”努尔哈赤说，“我们要能干实际活的人，光能耍嘴皮子，只能调解空气，逗大家开心乐，什么用没有。”

过了不多天，努尔哈赤从抚顺马市上回来时，真的领回一个有文化的人，这人是浙江绍兴府会稽县人，叫宫正六，少年时代就客居辽东，虽然初通文墨，但这在波罗密山寨来说，就算是个唯一的“秀才”人物了。

宫正六到建州后，努尔哈赤让他管理档案，作巴克西，教孩子们识字。十多个孩子，坐在南北大炕上，跟巴克西一字字地学念“一个人，两只手，有手会做工，有脚能走路，上下左右，天地大小”，“人之初，性本善”地教着、学着，孩子们天真稚嫩的童声，在波罗密山寨中一阵阵响起，给山寨增添了新的活力。

学堂开课几天了。一天，佟春秀发现来学字的孩子少了，不知是怎么回事。她为了弄清真实情况，就去了舒尔哈齐家，见了舒尔哈齐的福晋[①]瓜尔佳氏，向她说了让孩子学认字的道理。瓜尔佳氏听了，说：“阿沙，您不用说了，这些道理我也明白，孩子逃学，我问了，主要是孩子觉得没兴趣。您先回去，我明天就叫孩子去。”

佟春秀回来后，也觉得是个问题。她跟宫正六核计了一下，让宫正六教一会儿，就让孩子玩一会儿。讲字呢，要讲得活一点，有点趣儿，孩子爱听，才能爱学，学的也快，记的也准。宫正六想了想，对，真的是自己教的太死了，孩子们没有兴趣学。他琢磨琢磨，就改进了教学的方法。他跟佟春秀说：“能不能给做个黑板，好能在这块黑黑的木板上

① 福晋：满语，汉译为夫人。

写字。”

佟春秀答应说：“可以。”就叫人用椴木板比拼成一个大长方形的木板，有两个大板柜面那么大，再化几块墨，拌上化开的胶，涂在那块大板上，做两个斜支木，架上黑板，这就成了。可是用什么写字呢？这时，阿哈能古得说：“有，在林子沟岗下有一个地方，有那种黄焦焦软呼呼的片石，我用它在石板上划过道道，我去弄些回来试试。”拿回来一试，还真行。这样既解决了黑板，又有了黑板石笔，巴克西宫正六挺高兴。他就在黑板上画出一个“弓”形，问孩子们这是什么，孩子坐在大长炕上一齐声地说是“弓”，宫正六就在“弓”图旁写了个“弓”字，他说：“弓，是古代兵器，是发射的器械。弓得和杀伤武器‘箭’配合使用。有弓，才能发射箭，才能射雀啊、兔子啊什么的。”又讲道：“弓背是弯曲形，所以弓字有使弯曲的意思。”

宫正六弯下腰，说“弓腰曲背，就是弯曲的意思。”

宫正六这么一讲，孩子们有了兴趣，爱听好记，学的快了，记的准了，还有了学的兴趣了。可是，每天来学的孩子还是不够数。佟春秀跟努尔哈赤说了这个情况，提议说：“可不可以下个令，来学的孩子有点小奖赏，不来学的，要处罚大人。”

努尔哈赤一听，觉得这个办法好。于是，努尔哈赤召集各部长、各城主、各穆昆达会议，说：“我们女真人还很落后，要尽快地学习先进的东西，可是，要学习，就要认字，因为所有好的东西都写在书里，不认字，怎么学习！我们落后，就更要学习，不学习好的先进的东西，我们怎么能发展、怎么能进步？要发展，要进步，就得学习，学习，就得首先认字。从今天开始，各牛录额真、各部长城主、穆昆达，要把自己管理下的人户家的孩子都登记造册，六七岁的孩子都得来学认字，不来学的，每人罚一匹马。孩子每天头晌学习认字，下晌玩耍。今天开始，就这么办了。”

这一招还真灵，该来学习的孩子都来了。

吃过晌饭后，东果在院里一边跳着，一边拍手说：

张大嫂，
李大嫂，
在南园，
摘豆角。

肚子疼，
往家跑，
掀炕席，
捞谷草，
老牛婆[1]，
请个不老少，
放个屁，
白拉倒。

佟春秀听了，觉得孩子说这套嗑不合适，就叫过东果问："刚才唱的歌跟谁学的？"

东果站住，怔怔地回答说："是在河边比试打水漂的时候，听一个尼堪孩子唱的。怎么，不好吗？"

佟春秀说："倒没有什么不好，那不过是说着乐。讷讷说一个你听听。"说：

高粱红脸谷穗弯，
哈哈[2]挖参进深山，
干粮背在肩，
腰后别个大竹签，
双脚不停闲。
爬过悬崖越山巅，
沟沟岔岔细查看，
找着一颗老山货
急忙就用红绳拴，
立刻动手剜。
山参捧回家里边，
全家老少乐颠颠。
拿到城里药铺卖，
整整秤了九两三，

① 老牛婆：辽东方言，就是接生婆。
② 哈哈：满语，青年男子。

卖了八串钱。

东果听了，连连拍手，高兴地说："好，好！挖了一颗大山货，真叫人高兴。讷讷，还有吗？"

佟春秀笑着又说："有，有，"又再说：

柳树倒，柳树歪，
柳树底下打擂台。
草包饭桶一边站，
英雄好汉快上来。
比骑马，比射箭，
七天七夜不吃饭。
赢了就跟王爷走，
输了回家从头练。
练出一身好功夫，
明年今个儿再见面。

东果高兴地说："好哇，好哇！又有新唱喽！"就边说着边跑进了屋子。

那天佟春秀看孩子们在院子里玩游戏，一帮玩"跑马城"，一帮玩"老鹞子抓小鸡"，孩子们玩得十分开心。

"跑马城"这帮孩子排成两队，站成横排，两队相隔六七丈，两个队的孩子手挽着手。甲队的孩子先说："吉吉灵！"

乙队的孩子答："跑马城！"

甲队的孩子又问："马城开！"

乙队答："打发格格送信来！"

甲队："要哪个？"

乙队："要红玲！"

乙队是要甲队年小体弱的，撞不开自己的队。甲队看要的那孩子没有劲，要求换人，就说："红玲不在家。"

乙队再说："就要×××！"就另选一个孩子的名。被选中的甲队的这个孩子听到点了自己的名字，便向乙队的横排冲去，乙队的孩子则紧拉手，竭力阻挡。如果甲队队员将乙队的队列冲开了，就算赢了，便将乙队的队员拉到甲队一人，如果冲不开，就算自己被乙队俘获了，成为乙队的队员了。然后再由乙队起头喊令，继续演练，直到一个队的队员被俘尽。

还有一帮孩子在玩老鹞子抓小鸡游戏。一队孩子扯成长长的一个队列，一个扯一个的衣后襟儿。排头的一名儿童当“老抱子”[1]，另一名儿童当“老鹞子”[2]。游戏开始时，“老鹞子”一边做飞鹰抓捕的动作，或是做磨刀动作，这时，“老抱子”问：

“大哥，大哥，你干啥呀？”

老鹞子答：“磨刀啊！”

问：“磨刀干啥呀？”

答：“杀猪啊！”

问：“杀猪给我留条腿儿呀！”

答：“留啦！”

问：“在哪啦？”

答：“在锅台后啦！”

问：“锅台后没有啊。”

答：“叫猫叼去啦！”

问：“猫呢？”

答：“上树了！”

问：“树呢？”

答：“树让火烧了！”

问：“火呢？”

答：“火让水浇灭了！”

问：“水呢？”

答：“让老牛喝了。”

问：“老牛呢？”

答：“老牛上天了。”

问：“天呢？”

---

[1] 老抱子：辽东方言，孵小鸡崽儿的老母鸡。

[2] 老鹞子：辽东方言，凶猛的鹰。

答："天哈[1]地陷了！"

问答完，"老鹞子"扑向"鸡群"抓"小鸡"。"老抱子"作张开翅膀护卫"小鸡"状，双方争抢嬉耍。"老鹞子"每抓住"老抱子"队尾的一个"小鸡"，便作拾柴禾点火烧的动作，然后让被抓的"小鸡"背着手走一段，装作过河的样子。这样依次抓扑，直到最后剩下一个"小鸡"为止。

佟春秀看孩子们玩得叽叽嘎嘎，嘻嘻哈哈，十分开心的样子，自己也很开心。她想，应该给孩子们做些玩耍游戏的玩具，既能让孩子们有兴趣玩，还能锻炼孩子的体能。于是，她叫来了达哈，对他说："你和刘哈找些木头，给孩子们做秋千、压悠、单杠、木桩、爬绳。"她一边说，一边在地上划出样来，她说："得让孩子们玩得开心，还得玩的有意义，锻炼他的体质，培养他们的上进精神。"

达哈和刘哈两人听了，也看明白了，就动手做去了。

① 哈：辽东方言，塌。

第二十二章 鸾凤和鸣夫唱妇随 波罗密寨弑杀屡生

现在，再来说说努尔哈赤起兵复仇的事。

努尔哈赤起兵复仇，在部族内，在家族中，引起了极大的反响，几乎每个家庭每个人都面临着三种抉择，或是支持，或是反对，或是观望，使他时刻都处在一个纷繁复杂的矛盾交锋之中。在这险象环生的形势下，如何处理好各种关系，保证起兵复仇大业的顺利进行，就是非常重要的了。

当时的建州女真正处于各部蜂起，称王争长，互相战杀，强凌弱，众暴寡，甚至骨肉相残，各个部族各自为政，不相统一的局面。在努尔哈赤出生前后，他玛法兄弟六人就分居六地十二处，使家族势力分散，而整个建州也是四分五裂，先后称都督、任都督的就有二十多人，使建州女真动荡不安。王杲也就是在这个时候，霸据古勒渡口，劫掠进出马市的渡资货财而暴发，并控制了建州三卫的五百道敕书，交昌安父子也不得不依服于王杲。

努尔哈赤结婚之后，在经济上有了强大的后盾，得到了佟氏家族的有力支持。在社会活动中，他依靠丰富的阅历和聪明的才智，他又有着他人所没有的精明的经商头脑，带动了一大批亲近他的人，使他受到了别人无法比拟的拥戴。由于他在李总兵麾下前后当兵五六年时间，几年的军旅生涯和熟读《三国》、《水浒》等描写军事争战的典籍和军事兵书战策，以及他亲自参战和参与谋划等实际经验，使他具有了其他女真人所没有的独一无二的军事才能，更加上他经商贸易走过辽东、辽北的许多地方，他多次进京朝贡，又了解了京师各地从上到下的各种情况。由于他经常出入辽东各马市，与来自山东、山西、河北、苏州、杭州、扬州等地方前来交易的汉人，频繁交易来往，结识了各方面的朋友。这使得他阅历丰富，交往广泛，了解关内外各族的风土人情，知晓中原形势，锻炼了他坚强的意志。面对社会的压力，生活的重担，努尔哈赤和佟春秀夫妻二人并没有气馁，没有屈服，他们更加勇敢地走向生活，迎接着生活的考验和挑战。从而，使他们更加见识日广，视野开阔，也养成了他们勤奋、谨慎、机警和善于思考、临机应变的优良品格。在他与佟春秀从相识、相知到结婚，使他深深感受到了两种生活习俗、两种文化的差别。他以女真人从不服输、不示弱的顽强倔犟的心态，以一种奋发努力、自强不息的精神，下定你们汉人能做到的我们女真人也一定能做到的决心，奋勇向前。他坚信你们汉人能过上的生活，我也一定要过过，你们几代人达到的，我要一朝一夕达到。我不比谁差，不比谁弱，我要做个顶天立地的人。

这就是起兵时期的努尔哈赤。

听客们想，努尔哈赤所具有的这些优秀品质和卓越的才能，以及有谋有略的头脑，怎能被眼前的小小的磨难所折服呢？

反对努尔哈赤的人心里明白。努尔哈赤英武绝伦，明打明斗，都不是他的对手。所以，他们只好采取暗杀手段。他们决计先除掉努尔哈赤的左膀右臂，除掉他的得力助手，让他成个光杆司令。于是，围绕着波罗密山寨，发生了一系列的弑杀事件。

这年六月，一个晦暝的夜晚，半夜的时候，人们正进入酣眠的睡梦中。努尔哈赤和佟春秀深知自己处于四面皆敌、险象环生的险境之中，就是睡觉时也加倍提防，使他们常常心神不宁，夜不成寐。这时，只听院子西侧的杖栅有动静。努尔哈赤翻身而起，俯身对佟春秀说："你别动，看护好孩子，我出去看看。肯定是有人来偷袭，想杀我，没那么容易。"

佟春秀说："你一个人行吗？让张妍看孩子，我和你一块儿出去。"

努尔哈赤忙制止说："你别动，来的人不会多，我一个人就行。"他起身下炕，持刀出门，登高瞭望。恰在此时，见谋杀者们正在竖梯攀登而上，翻越杖栅。偷袭的人一眼看见努尔哈赤站在高处，正张弓以待，吓得他们一个个胆颤心惊。努尔哈赤大吼一声："大胆贼，看箭！"

那登梯而上的谋杀者们被这突然的一惊，慌乱之中，纷纷坠下梯去，只听"唉哟"一声，一个人摔在了地上。这个人不是别人，正是努尔哈赤的族弟、三伯祖索长阿的孙子威准。威准从三丈多高的陡峭山崖上摔下来，后腰正硌在一块凸出的石头上，结果，把腰椎摔折，下半身子不能动弹，养了几个月后，不治而死。

这首次的谋杀行动失败了。

但是，谋杀者们不肯罢休，决定再下毒手，又在九月份实施了第二次谋杀行动。

那也是个阴云密布，伸手不见五指的夜晚。谋杀者从山寨的西角拔开几根杖半子，悄悄地溜进院子，逼近努尔哈赤的窗下。这时，汤古哈惊叫起来，努尔哈赤和佟春秀立即起身，把三个孩子藏在柜底下，让张妍看护好，二人挥刀持剑，努尔哈赤用刀背敲击窗棂，哨哨作响，做出要踹窗冲出的架势，大呼说："哪里贼人，胆敢来犯，休要逃走！"这时，佟春秀已经来到了门口，正待出门的时候，努尔哈赤蓦然再一转身，来到房门处，二人一闪出了房门。刺客万没料到，他们二人会从房门出来，未及提防。只见他二人来势凶猛，锐不可当，便惊恐万状，纷纷奔逃。结果，凶徒将睡在窗下边的帕海刺死了。努尔哈赤一看，伤心地说："帕海忠诚，好好葬了他吧！"

两次谋杀都失败了，谋杀者们仍不肯罢手。

转过年四月初的一天，半夜时分，佟春秀刚刚躺下，就听窗外有脚步声，她推醒了努尔哈赤，轻声说："外边有脚步声。"

他俩轻轻起身，带上弓箭，叫张妍看好孩子。二人悄悄推门而出，佟春秀假装去茅房，努尔哈赤隐身其后，二人藏到了房山头的烟筒脖后。天空阴云密布，对面不见什物。忽然雷电一闪，见一人已经逼近，努尔哈赤手疾眼快，用刀背猛击过去。佟春秀飞起一脚，正踹在那人的后腰。只听那人"唉哟"一声，扔下手中的刀，翻倒在地，疼得扭动着身子。

这时，家里人也都惊醒出来了。佟春秀命家人说："把他绑了。"

洛汉说："佟主子，何必绑了，给他一刀杀了算了。"

佟春秀低声对努尔哈赤说："我们现在兵员少，力量弱，不能树敌过多啊！这人背后肯定有指使他的人，杀了他，会惹麻烦。"

努尔哈赤点点头，厉声问那人："你是不是来偷东西的！是偷牛还是偷马？"

那人赶紧回答说："来偷牛！"

洛汉说："这人必是来害我主子的，说偷牛是假话。应该杀了，以诫他人。"

佟春秀断言说："此贼实系偷牛而来，谅他别无他意。放了吧！"那刺客灰溜溜地出了山寨。佟春秀看了看家人，又说："小不忍则乱大谋。我们刚刚起兵，兵员少，力量弱，我们只有以德服人，才能收拢人心，只有大多数的人都向着我们，我们才能顺利地消灭主要敌人，保证我们的事业顺利成功。"

努尔哈赤也接下去说："为了保证我们自己的根本利益，我们忍耐一下是十分必要的。”

一席话，说得大家心服口服。

可是，事情并没有就此完结。反对者们又实施了第四次的暗杀活动。这次，他们买通了努尔哈赤身边的人作内应，为他们通风报信，传递暗号，来完成谋杀计划。

那是在第三次谋杀失败后的一个月。五月初，又是深更半夜的时候，劳累了一天的人们，都逐渐进入甜蜜的梦乡。努尔哈赤刚刚入睡。佟春秀躺在炕上在想着第二天的活计怎么干，人员怎样安排，还没有睡。她忽然发现侍婢巴克坐在锅台上，把豆油灯一会儿挑得明亮，一会儿挑得暗淡，分明是给外边的什么人透漏消息。她立即推醒了努尔哈赤，说：“巴克在用灯给什么人传暗号。”

努尔哈赤不声不响地观察了一下，立即穿上短甲，外罩罩衣，内带弓刀，和佟春秀一同出了屋子，假装去茅房，来到院内的隐蔽之处查看。恰这时，闪电一亮，照亮夜空。二人看见院门旁的杖子被人拔开了一个豁子，露出了空隙，隐隐地看见有人探头探脑。努尔哈赤“嗖”地一箭，射中那人的肩头，那刺客一看不妙，缩回头惊慌欲逃。努尔哈赤哪里肯放，接着又是一箭，射中刺客的大腿。佟春秀一跃而起，飞身一剑，刺入那刺客的屁股，那刺客“啊”地一声倒地，佟春秀的剑锋直逼那人的脖颈。

这时，家里人闻声纷纷涌出了屋子，将那刺客像拎小鸡一样提到院中，扔在地上。人们张灯一看，原来这刺客长得体格健壮，年纪只在三十岁左右。一审问，他名叫义苏，问他主人是谁，谁派他来的，就什么也不说了。大家伙气愤地动手就打，举刀要砍，佟春秀止住了大家，说：“听凭努尔哈赤发落。”

努尔哈赤想了想，自打起兵复仇以来，屡屡有人要加害自己，背后肯定有人主使，若杀了义苏，必然招来许多麻烦。就把众人叫到一块儿，对他们说：“我们还是不能杀，杀了他，他的主人势必来找我们，必然起争端。我们的粮食、谷草、牲畜，都在各处，他的主人会借口夺我们的粮草，抢我们的马匹牛羊。汉人有句话说，有奶才是娘。我们没有了粮草，没有了吃的，人们就会离散，人们离散了，我们不就孤立了吗？”

佟春秀趁机插话说：“我们现在人手少，兵力、弓箭武器都少，有人来侵犯，我们怎么抵抗呢？再说了，别人会说我们杀人起衅，我们的名声不好，谁还会愿意投靠我们呢？我们不如还是忍耐一下，把他放了吧！”

这时，佟春秀跟努尔哈赤说：“中国有句老话说，小不忍则乱大谋。我们力弱兵单，不能处处死打硬拼。为了保存力量，以图发展，忍耐一时是十分必要的。”

努尔哈赤听了，深有感触地说：“忍，是英雄气概。韩信能忍胯下之辱。忍，是心胸宽阔，能屈能伸，才是大丈夫。”

大家伙一听，顿开茅塞，就把刺客义苏放了。

第二天，佟春秀把那个名叫巴克的侍婢叫到西屋。问：“你昨晚坐在锅台上，把灯捻子一会挑亮一会拨暗给外边的人递信儿，是谁指使你干的？”

“……”巴克低着头，站在地当央，不言语。

“巴克，你的身世和家里的情况我都知道，你很苦，我可怜你，才把你用在身边，没叫你去做阿哈。努尔哈赤还说了，等有机会给你找个好男人嫁了，也好安个家，生儿育女。谁曾想，你为了一点点小利，竟做起了内奸。好吧，明天就把你配给楞得布。楞得布受了残疾，你去侍候他一辈子吧！”

“佟主子，不要啊，不要啊！”巴克一下跪在地上，“我有罪，我该死，主子怎么罚奴才都行，千万别叫我去给楞得布做萨尔甘啊！”

“我问你，”佟春秀说：“说，是谁支使你的？给你什么好处？”

巴克抱住佟春秀的腿，哭着道：“佟主子，饶了奴才吧，奴才再也不敢了。”

佟春秀说：“我先不处罚你，这笔账先记着，看你以后的表现。”

巴克千恩万谢地说：“谢谢主子，谢谢主子。”说着，嘣嘣嘣地嗑了响头。

佟春秀说：“巴克，你听着，你来这里，我没把你当阿哈，让你跟随我左右，可以说待你不薄，你今后要再这样为了一点点小利，稀里糊涂为别人出力，坑害主子，我也不杀你，就把你卖到窑子里去，让你当妓女，让你去侍候那些野男人去。”

巴克哀求说：“主子放心吧，奴才再也不敢了。”

“我问你，”佟春秀说：“你先告诉我，是谁指使你做内贼的？”

“是……，是……”巴克不敢说。

佟春秀说：“你不说是吧！好，你不说，我也不想听了，来人！”

巴克连忙说："主子，我说，是龙敦，他答应给我一件花衣服。"

佟春秀说；"其实你不说我也知道是他。我要你说，是看你的态度。好了，去吧，先干活去吧！"

这时，张妍进屋来，看佟春秀脸色不怎么好，急忙问："姐，你哪里不舒服？"说着就端来了一碗热水。

佟春秀说："没事。我刚才问过巴克了，她是让堂叔龙敦收买了。我心里不痛快倒不是巴克当内奸，而是堂叔龙敦这枝人怎么这么不明事理，他们就是跟随尼堪外兰，能得到什么好处？这事我早晚得找他们说清楚，让他们的头脑清醒清醒。"

可是，龙敦一伙子人就是不醒脑子，一次失手，两次失败，仍是不收敛。

几天后的一个深夜，龙敦这次亲自上阵，带了几个人偷偷来到波罗密山寨，摸到努尔哈赤的窗下，还没等破窗而入，就被侍卫洛汉发觉。洛汉一跃而起，来不及抽刀还击，赤手空拳与龙敦展开搏斗，四根手指被龙敦挥刀砍断，洛汉仍死命拼力搏击。

佟春秀听到院中有声音，立即叫醒张妍看护孩子，自己则破窗而出，大喊一声：

"洛汉闪开，我来了！"

洛汉一听主子来了，立即闪到一边，趁机抽出战刀。龙敦万没料到佟春秀一个弱女子，会如此勇猛，一愣神儿的工夫，佟春秀一跃而起，一顿连环脚，将龙敦踢翻在地，跟龙敦一块来的几个人早吓麻爪[①]了。

屋里的人听到声音，也都涌了出来。

佟春秀厉声说："绑了！"

张妍和哈扎掌灯出来，佟春秀一看是族叔龙敦，气得长长出了一口气，说："张妍，快拿药来，给洛汉上药。"

佟春秀说："阿玛卡[②]，您这是为什么？"

大家伙齐呼啦地说，"杀了他！管他是谁。"

佟春秀强忍住气愤，说："放了吧！"

大家都憋不住地问："佟主子，他们这么三番五次地来谋害主子，主子怎么就这么宽宏大量呢？"

---

① 麻爪：辽东方言，手抽筋不好使了。

② 阿玛卡：满语，公公。

佟春秀说："咱们以德服人，他们总不能老是以德报怨啊！再说了，二讷讷李佳氏已经是他的萨尔甘了，还是我们的俄莫克呀！我怎么能杀了他呢？"

族众和阿哈们听了，都纷纷赞扬他们的佟主子心胸像蓝天一样宽阔，像大海一样深邃，不得不打心眼里头佩服得五体投地。

佟春秀看了看大家，说："龙敦阿玛卡来偷袭这件事，谁也不要往外说，就是努尔哈赤回来了，也不要说，免得他们互生怨恨。知道吗？"

大家说："知道了，请佟主子放心。"就都回屋休息去了。

在努尔哈赤率领不足百人的队伍去攻尼堪外兰的图伦城的时候，哲陈部的托谟阿城主得到这一消息，大喜过望。他早就听说努尔哈赤有一个被称为天下第一美女的剑侠福晋，年轻的城主日思夜想，一心想得到这个美人，就趁努尔哈赤领兵在外边的机会，高高兴兴地点拨了二十名勇士，喜气洋洋地直奔建州偷袭而来。

波罗密山寨里，大多数的男人壮士们都跟随努尔哈赤征战图伦城去了，还有一些人也都在各沟岔里的耕田，牧场里、山寨里也仅有佟春秀、张妍、哈扎、扎青等几个年轻的女人。这时，山寨外忽然有人飞马来报，说有二十多个壮汉杀向山寨而来。

佟春秀听了，冷静一想，心中纳闷儿，这帮人是冲着什么来的呢？是来杀人？抢夺？报复？她想不明白。但不管这帮人是冲着什么来的，我必须做好防范准备。

她对山寨里的人说："大家不要慌！不用怕！有我和张妍在，天塌不下来。现在，大家听着，扎青，你护送孩子老人进东沟林子里藏起来。妍妹，你和哈扎，咱们三个人迎战。我想，咱们主要是制住这些人的头目，剩下的人就好对付了。记住，一定要保证自己的安全，实在战不胜，我们就进山，他们不了解地形，找不到我们的。现在去给我们在山上干活的人送信儿，恐怕来不及了。怎么样？怕吗？"

"不怕！"哈扎说，"他们也不是三头六臂，铁打金钢，怕什么！"

佟春秀说："好！我们上马！"三个人打马下了山寨，到山寨前的广阔地带，驻马仗剑，等待贼骑。这时，佟春秀听见身后传来马蹄声，回头一看，见沾河打马下了山寨。佟春秀连忙制止，可沾河意气风发地说："阿沙！请您允许我参战，我虽然刀枪不行，可我可以射箭，射一个少一个，对你怎么也还是有点帮助的。"

这时，只见敌骑绕过章甲城，直奔波罗密而来，真是杀气腾腾，锐不可挡。佟春秀一看，说："好吧，只是不许你恋战，张妍、哈扎护着她点。"四个人威风凛凛，严阵以待。

那二十余敌骑飞马来到山寨下，一看，迎面立马的四员女将仗剑张弓以待。那为首的青年男子，衣冠整齐，金鞍宝马，看见四员女将，个个如花似玉，仙人下凡，真是心花怒放。不禁心中一喜，高兴地想本城主非拿下你们作我的福晋不可了。想着，两腿猛地一夹，坐骑箭一样直奔佟春秀而来。

佟春秀见了，心想，这肯定就是贼首了。她驱马迎了上去，四员女将一齐迎敌，大战起来。那沾河张弓搭箭，一箭射中一骑，那人栽下马去，正在发射第二箭的时候，两骑向她杀奔而去。佟春秀一看，不好，就飞马奔去，将两敌骑截住，厮杀起来。三下五除二，将两敌骑刺下马来。

开始时，佟春秀本无心狠杀猛斗，一心想方设法征服，若能将这一支人马收在帐下也好。所以，她不惊不慌，一刀一剑，沉着应战，寻找战机，制服敌人。

这时，敌骑中那年轻后生，因见佟春秀尤如三仙女一般模样，瓜籽脸，桃粉面，柳眉凤目，红膘马，粉衣裙，龙凤青锋珍珠剑，那肯定就是传说中的剑侠佟春秀了。他一心要抢佟春秀回去，今日见了他更是兴奋得意气洋洋，高扬战刀，催快战马，直奔佟春秀杀来。他高兴地做着美梦，这佟春秀娇嫩嫩，美颜颜，若做了自己的福晋，这一辈子什么都不想要了，只要有了这佟春秀，给个汗王坐也不要。于是，他气势汹汹地直奔佟春秀杀去。

佟春秀一看，明白了，这就是祸首了，心想，"我先取你狗头，看你能狠到哪去。"她纵马飞骑，向后跑出半里之遥。那沾河一看，知是引诱敌骑，也疾马跟去。

这时，只见佟春秀勒转马头，沾河却冲过了头，回转马来，在佟春秀马后，张弓欲发。佟春秀见那贼首疾驱而来，高举明晃晃的战刀，心想，"你的死期到了。"

那贼首倒是兴奋异常，心下高兴，说是剑侠，原来是浪得虚名，还没交锋，倒先逃遁。他兴匆匆地打马追了上来，那些随从也跟上来十余骑。

正在佟春秀回马相迎，两马相向，两刃相抵的工夫，佟春秀身子向左一闪，躲过贼首的战刀，斜手一剑，击落贼首的刀。佟春秀闪电般坐直身子，对准那贼首的喉咙，一剑封喉，两马一过之间，顺剑将那汉子的脖子扯开半拉，脑袋一下子耷拉下来，佟春秀飞起右脚，一脚将那贼首踹下马去，摔地而亡。梦还没做完，就一命呜呼了。沾河高兴地大喊："萨尔甘，好厉害!"

那跑在后边的敌骑一看，只在眨眼工夫，城主就被杀死，大吃一惊，赶紧收住战马，不敢前驱。

佟春秀横剑一指，厉声喝道："不怕死的，上来!"

敌骑中一人说："您就是大名鼎鼎的剑侠佟春秀吧!"

佟春秀说："侠不侠的不说，你们是一齐上，还是单个来？是男子汉的，上来!"

那先说话的道："剑侠请息怒！我们是端人家的饭碗，受人家辖管。我们本来不想与您为敌，可我们的主子叫来，我们哪敢不听啊！我们早就听说了，建州主努尔哈赤讲仁讲义，待下人阿哈好，我们早就想投奔来的。"说着，这人对大家说："还不快下马求饶。"那些人纷纷跳下马，扔下战刀，说："请收留我们，我们愿听您的驱使。"

沾河一见，早已打马奔向山寨前去。

佟春秀说："好吧！你们去跟那些人说说，早点求饶，还能保住性命。"

沾河到了山寨前一看，见地上已死了四五个人了。就大喊："阿沙！别打了，那边的人被收服了!"

那几个还在拼力厮杀的停住了手，扭头一看，只见自己的人马中不见了城主，也就住手收刀，不再砍杀了。

佟春秀吩咐道："伤了的给治伤，死了的埋了吧。"又一一问询这些投诚的人，家里都有什么人，设法迁来，给房子，给牛马，没有妻室的，给钱买妻，或是配给妻子。这些人从此死心蹋地地跟随努尔哈赤了。

佟春秀见哈扎膀子上受了刀伤，叫沾河快取药上上。

一场惊心动魄的厮杀争战，就这样平息了，既保卫了山寨的安全，又为山寨增添了人马。

第二十三章 青山不改复仇志 绿水长流固出情[1]

下面咱们再讲讲努尔哈赤攻图伦城的事儿。

努尔哈赤率领百人的精壮队伍破了图伦城，回到了波罗密山寨，听佟春秀讲述了山寨中一场有惊无险的战斗后，很是高兴，还一一看了投诚的十多个人。可是，说起他领兵攻图伦城的情况，就气愤难消。他说，本来跟萨尔浒城主瓜喇、诺米纳兄弟，沾河寨主常书、杨书兄弟，还有嘉木瑚城主噶哈善，一同盟誓，约好一同攻讨尼堪外兰。可是，族叔龙敦却暗中挑唆诺米纳的弟弟鼐喀达，说朝廷要立尼堪外兰做建州之主，诺米纳兄弟跟尼堪外兰做对，没有好果子吃，说得诺米纳变了心，竟不顾盟誓，背盟弃约，非但按兵不动，不发一兵一卒，还给尼堪外兰送信儿。等努尔哈赤领兵去打的时候，图伦城是破了，可尼堪外兰早已带领家人先跑了。

佟春秀听了，说："艾根，请不要过于急躁，尼堪外兰他跑不了，早晚得死在我们手里。现在，家族内有不少人不支持我们，甚至要谋害我们。我们得一点点地说服他们，感化他们，等到大多数人都站在我们一边的时候，他尼堪外兰就成了光棍了，那个时候再收拾他，就易如反掌了。"

努尔哈赤说："他尼堪外兰本来是我祖部下，反令我归顺于他，岂有此理！我就不信有百岁不死的人！"

努尔哈赤这时已经起兵一年了。第二年八月，六祖宝实的长子康嘉、绰奇塔、觉察等同谋，请来哈达兵，由浑河部兆甲城主李岱做向导，劫掠了努尔哈赤的瑚济寨而去。努尔哈赤得到消息气得暴跳如雷，发誓要破兆甲城，活捉李岱。他立即派部将硕翁科罗、巴逊带领十二个兵追了上去，突入人群中，杀哈达兵四十多人，剩余的逃跑了，硕翁科罗把被掠去的财物全部追回。

这一年，努尔哈赤带领额亦都、张义、舒尔哈齐、穆尔哈齐等人的百人队伍，打败了尼堪外兰，夺取了图伦城，并以此为起点，开始统一

① 固出：满语，可以同生共死的朋友。

苏子河部。以龙敦为首的家族反对派，经过几次的谋杀失败后，开始另谋新路了。他们要砍掉努尔哈赤的左膀右臂，选择的目标就是努尔哈赤的妹夫噶哈善。

这里，我们还得回头再说一下。自从噶哈善说服表弟额亦都和沾河寨主常书、杨书兄弟共同归附努尔哈赤后，努尔哈赤对噶哈善格外器重，就把自己的妹妹沾河嫁给了噶哈善。没想到，噶哈善第二年就被龙敦唆使马尔墩城主劫杀而亡。

那年的一天，努尔哈赤的族叔龙敦到马尔敦城见了城主萨木占，挑拨说：“塔克世死了，你的妹妹被我娶去了，你现在就是我的阿珲了，咱们两下的关系就亲密了，这回我说话你总该听了吧！努尔哈赤起兵复仇，要杀尼堪外兰，可是朝廷说了，要扶持尼堪外兰做建州的主，他还有哈达汗的帮助，咱们得听朝廷的，支持尼堪外兰才对，咱们得制止住努尔哈赤。”

萨木占说：“怎么制止呀?”

龙敦说：“这好办，咱们先从努尔哈赤的得力助手下手。把他的助手都杀了，他也就没有支毛的劲儿了。”

“那……，好吧，”萨木占说，“我听你的。你说吧，怎么干。”

龙敦说：“咱们不能明着干，得偷着干，杀了努尔哈赤的得力助手，他也就不能起事了。”

“你说吧，噶哈善什么时候回他的嘉木瑚寨，你给我个信儿，我叫人在路边埋伏上，他一经过这马尔墩岭，我就杀了他。”萨木占说。

龙敦说：“好，这就对了。咱们把噶哈善干掉，煞一煞努尔哈赤的威风，挫一挫他的锐气，叫他知道知道咱们的厉害，以后做事小心着点。”

萨木占说：“你是我嫩嫩的艾根，咱们比他们亲近多了，你的话我怎能不听呢?你说吧，什么时候噶哈善能回来?”萨木占简直对龙敦的话言听计从了。

“咱们决不能让努尔哈赤成了气候。”龙敦意犹未尽，说，“明天噶哈善就回嘉木瑚去，肯定还得走这马尔墩岭，你带几个人事先埋伏在岭上，等噶哈善骑马过来，你们先用绳索把马绊倒，几个人上去就把噶哈善摁住了。他一个人怎么也支楞不过四五个人哪！”龙敦寻思寻思又说，“你们还可以放箭，把他射死。”

萨木占疑惑地问："怎么知道噶哈善明天回去呢?"

"嘿嘿，这你就不知道了。"龙敦洋洋得意地说，"我买通了努尔哈赤身边的一个丫头，是个侍女，名叫巴克的。有个什么消息，她就给我送个暗号来，我就知道了。"

萨木占说："你真行。"

龙敦和萨木占密谋好了以后，就回了河洛噶栅，做准备去了。

且说，第二天一早，噶哈善辞别了努尔哈赤和佟春秀，上马下了山寨。他毫无防范地打马西行。当他登上了马尔墩岭上的时候，突然从路边射出几只箭，射中他的肩背。噶哈善毫无防备，他抽出战刀，刷刷左右两刀，砍死了两人，打马疾驰，没想到，前边路上横着一棵刚刚砍倒的大树，他一勒马的当儿，又飞出一箭，正中后背，从马上摔了下来，不待他站起来，早有几个汉子跳将出来，用刀逼住，连连几刀，将他砍杀身亡。可惜啊，可怜，一员勇猛的年轻战将，就这样惨死在谋杀者的刀下。

努尔哈赤听到噶哈善被劫杀惨死的消息后，怒发冲冠。佟春秀气极地说："这是谋杀！是有人预谋。"她让人叫来巴克，问："巴克，是不是你给送的信？不然，他们怎么知道噶哈善今个回去的？你说，今天你说了实话，我不处罚你，你不说实话，我一剑穿透你的心窝。"

巴克低头不语。

"马三非！来把巴克先送到妓房去！"佟春秀气急了。巴克一下子跪在地上，哭嚎着说："佟主子，不要哇，不要哇！真的不是我传的信啊！昨天和今天我都没有离开山寨啊，不信，您问张主子，问哈扎，她们都知道的，我没有离开山寨，也没有见什么外边的人啊！"

张妍想了想，是啊，巴克确实这几天都没出寨子，就向佟春秀证实了巴克确实没有送信的可能。佟春秀又问："昨晚上你和谁住在一起的?"

巴克说："和扎青。"

"叫扎青来！"佟春秀余怒未息。

扎青来了。

佟春秀问："你昨晚上什么时候上炕睡的觉?"

扎青愣愣地看了看大家，说："三更天。"

"和谁一块睡的?"佟春秀又问。

“和巴克。”

“睡觉前干什么了?”

“和巴克一块挑菜了。”

“睡觉后有谁出去过没有?”

“我们睡的可死了，谁也没有出去啊!”

“好！你去吧!”佟春秀放走了扎青，又对巴克说：“好吧，这次是冤枉你了。不过，你记住了，如果你再跟外人走漏消息，我绝不饶你。去吧!”

佟春秀在家里审问侍婢巴克的时候，努尔哈赤已经像一匹脱缰的烈马一样，跨上战马，发疯一般冲向沟口的小山岗，在山岗上来回奔驰，大声疾呼：“有哪个兔崽子敢出来！滚出来！杀噶哈善，就是杀我！出来，出来！兔崽子们，滚出来！是男子汉，是巴图鲁，出来明枪明刀地干！背后捅窝窝，暗地使刀子，算什么男子汉!”他满腔愤怒，两眼冒火，张弓搭箭，耀武盘旋，“不敢出来，是屁货!”

这时，努尔哈赤的族叔，尼玛兰城城主棱敦出来拦住努尔哈赤的马头，劝说道：“努尔哈赤啊，我说几句话不知你听不听。你知道他们为什么要截杀噶哈善吗？不就是冲着你来的吗？他们在堂子里盟誓许愿地要杀你，几次谋害你，为什么，你想过没有？你听我的话吧，也不要去收尸了，你去实在是危险的啊!”

努尔哈赤听了，气愤地大喊道：“有哪个兔崽子要杀我！快快出来！我跟他拼个你死我活！出来！做缩头乌龟算什么汉子！不敢出来，就不是巴图鲁！出来！出来!”

没有一个人敢出来。人们见了努尔哈赤如此威凛英武，人人恐惧，谁敢出来！努尔哈赤就是这样叫号，没有一个人敢出来答言的。他要去收尸，佟春秀叫几个人跟他一块去，他气恼未消，说：“不！就我自己去，我看谁敢出来阻拦，我就不信，我堂堂正正，岂能惧怕歪歪邪邪!”

结果，努尔哈赤真就一个人将噶哈善的尸体收了回来，厚葬了。

努尔哈赤始终余怒未息。他说：“我们刚刚同萨尔浒城主瓜喇、他阿珲德诺米讷、沾河寨主常书、杨书和噶哈善杀牛祭天，共立盟誓，起兵攻尼堪外兰，还没出兵，就发生了这事！我岂能容!”

龙敦和萨木占杀害噶哈善，是想以流血来吓住努尔哈赤，可他们万万没想到，努尔哈赤智勇双全，既能以武力征服，又能以德服众。从对敌斗争的时候起，努尔哈赤就是针对实际情况和不同的对象，能智取的就智取，否则便武力征服。

萨尔浒城主诺米纳听说尼堪外兰得到朝廷支持，不仅背弃盟誓，还给尼堪外兰暗递信息，结果努尔哈赤攻破尼堪外兰的图伦城，却没能抓到人。对此，努尔哈赤耿耿在心，决心先除掉诺米纳。恰在这时，诺米纳、鼐喀达看努尔哈赤那么容易地就破了图伦城，他的军事实力还是比自己强得多，于是，派人来找努尔哈赤，约定共同去攻浑河部的巴尔达城。

努尔哈赤一听，心中暗喜，除掉诺米纳的机会来了。他高兴地应允，同意合兵攻巴尔达。他想了想，计上心来。努尔哈赤领兵到了巴尔达城附近，同诺米纳研究如何攻城。努尔哈赤说："你的兵铠甲多，兵器利，你先攻；我在后边。你先进城，可以多分获人畜财物，我后进，可以少分。"

讷米纳一听，这样好是好，可以多分财物。可是，攻城必然死伤也多，那样，损失也大。若是攻不下巴尔达城，白死伤了人，就更吃亏了。一想，不行，还是让努尔哈赤先攻，他的兵马少，我的兵马多，也一样多分。于是，他说："不，还是你先攻，你兵虽少，可都勇武，有战斗力。"

努尔哈赤说："也好，我先攻。你可先把你的兵的铠甲和兵器借给我，这样，我可以一举攻破巴尔达城，你的兵卒不用打，就可以分到财物。"

诺米纳信以为真，说"好!"于是，就叫自己的兵把铠甲和兵器交给努尔哈赤的兵。努尔哈赤的兵穿上铠甲，拿起武器，只听努尔哈赤一声令下，将诺米纳、鼐喀达抓住杀了。努尔哈赤没攻巴尔达城，而是率领兵将一举攻破了萨尔浒城，安抚城内居民和士卒，让他们仍安旧业，各理生机，城池损坏的地方重新修筑坚固，萨尔浒城的人一致拥戴努尔哈赤。这一仗不仅增强了努尔哈赤的军事实力，也使他的威望大大增强。

这年的新年刚过，努尔哈赤说："我要趁过年的这个时候，人们都比较松弛，去破兆甲城。"

佟春秀说："这倒是个好时候，但这对我们也不利啊，现在冰天雪地的，要大家爬大岭，人行，马匹有困难。"

"这点困难不算啥，不制裁族叔李岱一下，我心里这口气总出不去。"努尔哈赤一说起李岱引导哈达兵劫掠胡济寨的事，气就不打一处来。他接着说："明天我就带兵去破了他那个兆甲城，抓住李岱。"

佟春秀问："你想怎样处置他呢?"

努尔哈赤说："我真想杀了他。"

"不能啊!"佟春秀说，"你杀了他，交罗氏家族的人反对的就更多了，他们会认死也不回头的。"

努尔哈赤说："那好吧，我把他带回来，养起来。"

努尔哈赤征兆甲城李岱的时候，正是大雪封地，峻岭路滑的正月。努尔哈赤带领人马直奔苏子河下游疾驰。天有不测风云，正行进中，北风骤起，阴云满天，不一会儿，下起了鹅毛大雪，漫天飘扬，越下越大。大军迎风冒雪来到噶哈岭下。噶哈岭陡峭险峻，像一堵墙一样横在面前。这时，努尔哈赤的几位叔兄弟一看，"唉呀，我的天呀，这可怎么上啊!"就七嘴八舌地说："回去吧！等冰消雪融之后再来攻吧!"努尔哈赤听后，心想，这大雪下得正好，乘其不备，容易破城。于是，他坚定地对众人说："我们就是要趁这大雪天去，趁他不备，才好攻城。你们知道，李岱勾引外鬼，劫掠我寨，他想到我们交罗家族吗？今天，我们既然百里迢迢，冒雪而来，为的什么，我们怎么能半途而废呢?"

说完，努尔哈赤看了看噶哈岭，说："我们连刀枪都不怕，何惧这么个大岭呢?"只见他抽出腰刀，朝路上咔咔砍去，顿时路上的冰地现出了一个个的脚窝，他命令道："把战马蹄子用布包好，将马链在一块儿，牵马上岭。"

努尔哈赤的人马终于过了噶哈岭，天也就黑了，他带领队伍在岭下的一个叫吕家的村子里歇息一宿，第二天攻兆甲城。龙敦听说努尔哈赤率兵去攻兆甲城，心想，他们过了噶哈岭天就黑了，不能攻城，必然在第二天攻城。于是他找了当地一个人，给了他点好处，让他连夜去给大哥李岱送信。

李岱得了四弟龙敦的信儿，立即召集兵马，布置阵式，自己则亲自披挂登城，严加防守。

努尔哈赤第二天率兵攻城时，见城中已有防范。有人见了，就劝努尔哈赤班师回营，待日后偷袭。努尔哈赤怒斥道，"我岂不知他们已有防备！我正是知道他有防备才来的，这样才能看出我们的勇敢无畏。上！大家跟我上!"说着，他嗖地一箭，射中城上一人，那人倒地而死。

兵士们听努尔哈赤一声令下，特别是额亦都、张义、常书、杨书、颜布禄、兀凌嘎一些战将，个个奋勇争先，把兆甲城团团围住。正是人涌马嘶，旌旗招展。大将额亦都和张义等人顽强奋勇，争先登城，第一个登上城头，大刀一挥，刷刷，砍翻了两个守城兵丁。后边的兵接连登上城头，在城上展开了搏斗。这时，努尔哈赤挽弓搭箭，连连射死城上守兵。一时间，城中血肉横飞，火光冲天，兆甲城迅即攻破。城主李岱被活擒，带回了波罗密山寨，养了起来。

第二十四章 和亲族拧成一股绳 娶衮代又添女才人

一天，佟春秀对努尔哈赤说："听说三玛法病得很重，我想去看看，并借机跟龙敦阿玛卡讲讲道理，摆摆利害，我相信，他们不会一头撞倒南墙，死不回头的。"

努尔哈赤说："也好，让他们知道，我努尔哈赤天不怕，地不怕，几个捣乱精、绊脚石算什么，我早晚一个个砸烂他的狗头。"

"好了，好了，"佟春秀说，"我去还有一个事儿，听说威准快不行了，连坟茔地的圹子都挖好了，我去看看也算尽了礼仪了。三玛法家人枝兴旺，又个个强悍，如果能把这一大家子人争取过来，我们不就更添了新的力量了吗！"

努尔哈赤松了口气缓缓地说："你去吧，多带点礼品。"

佟春秀打听确实，说龙敦正在家中，为他老爹的病犯愁。佟春秀抓了几只老母鸡，又带了一大筐鸡蛋，和一些补品什么的，在张妍陪同下，骑马去了河洛噶珊。

佟春秀二人一到城下，就有人发现，急速告诉了李佳氏。李佳氏听说佟春秀来了，高兴得连忙出城迎接。二人进城下了马，早有人牵马进棚喂上了。李佳氏把佟春秀二人让进西屋，先见了三伯祖索长阿。龙敦一看佟春秀带了许多美味佳肴，心里惭愧，就悄悄地躲了出去。

佟春秀和张妍坐下，李佳氏让威准的妻子衮代给端来了开水。索长阿歪在南炕头的壁子上，见佟春秀来了，就缓缓地磨过去，倚在炕脚底下的行李卷上，有气无力地说："哈哈纳扎青啊，你怎么拿这么些东西来啊！我们……"

佟春秀说："三玛法，咱们不都是交罗哈拉嘛[①]，拿我们汉人的话说，就是一个姓一家人，一笔写不出两个姓啊！努尔哈赤听说您老身子不太自在[②]，才叫我来看看的。我们做小辈的，向老人尽点孝心正应该的啊！"

---

① 哈拉：满语，姓。

② 不自在：辽东方言，不舒服，有病。

李佳氏忙插话说："来看看就行了呗，还带这么些东西！"

"也没有什么，"佟春秀说："就是点吃的，给玛法补补身子，好早日恢复健康啊！"又对索长阿说："三玛法！您老壮壮实实的，就是我们小辈的福份哪！"

"唉！老了。"索长阿叹了口气说，"人老不中用啊！咳，我家老四龙敦哪，竟做些对不住你们的事啊，让我这老脸都没地方搁啊！"说着来了气，"叫龙敦进来，怎么哈哈纳扎青来了，躲出去了！"

龙敦进了里屋。

佟春秀说："阿玛卡，您的事我们全知道，虽然我们有气，可咱们毕竟是一个穆昆，不是有那么句话吗，说屁股臭不能割扔了。您知道咱们这个大哈拉穆昆，合起来有一百好几十口人，光您河洛噶珊这大枝就有四五十口人，听努尔哈赤说，我们交罗哈拉在金代就是有名望的，您说，像我们这么有名望的大哈拉穆昆能听任一个小小的什么人来调遣吗！咱们就是再没有能人，也不能去给一个小小的尼堪外兰牵马拽蹬啊！更何况他本来就是咱们家的属下啊！自从玛法、阿玛死于古勒之后，努尔哈赤敢于同朝廷命官据理力争，分辨是非，不仅领回了尸首，朝廷还把建州的所有敕书都给了努尔哈赤，又给了三十匹马，每年给八百两银子，十五匹绸缎。您想想，海西四部有这事吗，叶赫贝勒纳林布禄的阿玛也被官军杀了，不是连尸首都没收回去吗？他们谁能做到？您再想想，现在尼堪外兰连个落脚的地方都没有，朝廷怎么会扶持他呢？俗话说，宁给好汉牵马拽蹬，不给赖汉当祖宗。就凭咱们这有名望的大穆昆交罗，怎么能围着尼堪外兰转呢？小的今天不是来跟您分辨里表①来了，阿玛卡，请您别往心里去，您好好想想，是不是这么个理。"

龙敦低着头，"咳"一声，什么也没有说出来。

佟春秀接着说："咱们人人都吃的是五谷杂粮，谁也不敢说一辈子不得什么症候②。咱们生在世上，各个人哪，每件事啊，都挺复杂的，谁也不能保证件件事都能看明白、干对了。做错了事儿不要紧，看错了事说错了话，都不要紧，要是知道错了，就改了，这才是最最重要的啊！"

这时，索长阿往起坐了坐，说："哈哈纳扎青说了一大车的话，句

① 里表：辽东方言，道理。
② 症候：辽东方言，小病小疾。

句都说得在理，你龙敦活了这么大岁数了，白活！看你精灵八怪的，像个人物，可你竟是花花肠子，歪歪点子，竟做些没脸没皮的事儿！我问你，那威准的腰是怎么摔成那样的？你晚上睡不着觉，你寻思寻思去吧。努尔哈赤哪点对不住你了，别说没有不对的地方，就是有不对的地方，好赖不济是自己家人，你跟那尼堪外兰屁股后转，他算个什么东西，你好赖不知，里外不分，你白活了！”

佟春秀说：“三玛法，您消消气儿，喝口水。”张妍刚起来要倒水，衮代过来先把水碗递上去了。

佟春秀说：“妍妹，给三玛法留下五十两银子吧，下个集上，让谁去给三玛法买些营养品。回去看看咱们家里有没有大山参，给三玛法送来，补补身子。时间不早了，快晌午了，我再去看看威准，晌午得赶回去。三玛法，您老好好养着吧，过两天，我再来看您。”

李佳氏和衮代婆媳俩把佟春秀和张妍引到东下屋子，见威准已经瘦得皮包骨头了，躺在炕上呼哒呼哒地喘着气，瞪着两只圆圆的眼睛，直愣愣地看着人。炕梢上一个两岁左右的孩子，也是枯瘦如柴。佟春秀看了，心里一酸，说：“嫩嫩衮代，难为你了。唉，若是大家都好好的，哪会有今天。”说着，又问：“找人看过吗？”

衮代看样子并不悲哀。对衮代的婚姻情况佟春秀已有所闻。她看衮代是女中俊秀，巾帼豪杰，人长得十分姿容，仪态端庄，不是平常女子。她问：“好嫩嫩，没找人看看吗？”

衮代说：“看过了，可还是不见强。”

李佳氏一直陪伴佟春秀左右，抓个说话的空档就夸赞衮代两句。

佟春秀心里话，“这就叫天作恶，犹可原，人作孽，不可活啊！只是这孩子实在可怜。”她问：“什么东西都准备了吗？”

衮代明白这是问准备后事的事，她心一酸，眼泪巴叉地说：“您看这个家，有什么准备的？”

佟春秀问张妍，“还有没有了？”她指的是银子。张妍用手指比量了一下，佟春秀呶了呶嘴。张妍说：“这还有二十两银子，给你拿去用吧！”就将银袋交给了衮代。衮代百般推让，佟春秀说：“衮代，拿着吧！不管怎么说，给人治病要紧。”

坐了一气儿，佟春秀起身要走，李佳氏和衮代说什么也不让，非要留下吃晌饭不可。可佟春秀是说走就走，说干什么毫不犹豫的人。她说：“我要想在这吃晌饭的话，你们不留我也不走。我要想走，留也留不住。”

张妍说：“让佟姐走吧，寨子里老了事啦，都等着她去办呢！”

索长阿听说佟春秀不吃晌饭就走，心里好个难受，让李佳氏衮代好好送送，又召唤孙子阿敦去送。

送出城外的时候，佟春秀问衮代：“你说我在上屋里说的那些话在理儿吗？”

衮代说：“阿沙说得对！那尼堪外兰本来就是我们交罗老都督的属下，既没有地位，也没有身世，更不是穆昆达，他有什么资格做建州主？有几个人能听他的？他也就是被塔克世指挥使经常派去办理与朝廷的事务，朝廷官吏熟悉他，凭他那两片嘴，跟朝廷官吏混熟悉了，这回又给官军做了向导，才这么张扬的嘛！我看哪，官吏说要扶持他做建州的主，说不定是跟阿珲努尔哈赤说说气话呢！这些话我跟阿玛卡和威准说过多少遍，可他们就听不进去。这不，弄成今天的样子，怨谁啊，不是脚上的泡自己走的吗？我说句不好听的话，这叫罪有应得啊！”

佟春秀心想，“这衮代嫁给威准真是可惜了的啦，这若给个好人家，准能支起个门户来！”

“咱们交罗哈拉世代掌卫印，”佟春秀又说，“朝廷实行的是卫印世袭制，这建州卫的大印不是咱们家掌，能让外姓人掌吗？那咱们脸上有光彩吗？那不就表明我们交罗哈拉没有人才了吗？再说了，朝廷那么做，不是自己破坏自己定的规矩吗？所以，我说啊，朝廷官员说扶持尼堪外兰做建州主的话，那不过是气话而已，是不能当真的，更何况卫印已经给了努尔哈赤了。”

衮代附和着说：“阿沙说得是啊，我看阿珲努尔哈赤就是个人物，将来必有大作为，必成大器！”

阿敦说：“阿沙，跟阿珲努尔哈赤说说，让我去跟他干吧，在家里我都快憋死了。”

衮代和李佳氏同时说：“阿敦这小子可不一般，有头脑，又能干，不是个眼儿猴，是个将军的材料。”

佟春秀回头瞅瞅阿敦，说：“是人才，将来必可用上。”她停住马，“好了，二讷讷，嫩嫩，阿敦，你们回去吧，不要送了。有什么事儿，给我捎个信，我也能抽工夫来看你们。好，请回去吧！”

在回去的路上，李佳氏说：“努尔哈赤这两口子，真是有情有义的啊，看看人家哈哈纳扎青，说话句句在理。这若不是看在一个老祖宗的份儿上，像咱们家人做的那些丧天害理的事儿，人家早就该杀的杀，该砍的砍了，谁还来理你啊！”

衮代说：“俄莫克，这话您得跟阿玛卡说道说道，他们就是不听，也得说。”

几天后，威准和他那唯一的儿子相继死去。佟春秀奔了丧。她发现，衮代的婚姻并不幸福，用句俗话说，她真是一朵鲜花插在了牛粪上，透亮杯儿似的美人，嫁给那么个驴粪蛋似的蠢货，能有恩爱吗？那几天，李佳氏连三磨四地跟佟春秀说：“哈哈纳扎青啊，衮代这人确实是个人才啊，是个少有的女子啊，让她去做你个帮手，准没错！你若同意，回去跟努尔哈赤说说，把她接去吧！这若是让别人抢去，那就可惜了的啦！”

佟春秀说：“二讷讷，您说的，正打我心上来，上次我来的时候，就看中了。您跟她说说，她若愿意，这回就跟我走，不用跟努尔哈赤说。”

李佳氏高兴地说：“这可太好了，衮代准能愿意。”她跟衮代一说，衮代立即高兴地说：“我就盼望有这一天呢！”

衮代见了佟春秀，不好意思了。佟春秀笑了说：“这回你可自己拿主意啦！”

衮代高兴地说：“明天我就跟俄云去，不管谁说什么，谁也阻拦不了我。”

回到波罗密山寨后，不几天，衮代就又嫁给了努尔哈赤。衮代和努尔哈赤结婚后，经过一段日子，佟春秀看出来，衮代确非平凡女子，是个女中豪杰，巾帼俊秀。衮代又介绍推荐了她的小叔子，威准的弟弟，作为努尔哈赤的摆牙喇[1]。阿敦年少英姿，博才轶伦，一直怀才不遇。这次经衮代的提携，投了明主，真是如鱼得水，大旱甘霖。二人投了明主，一为福晋，一为亲兵。后来阿敦又做了固山额真[2]，两个人各得其所，春风得意。衮代与威准结婚五年，生了一个儿子，但她始终没有开心的日子，这回改嫁给了努尔哈赤，又有了佟春秀这样的好姐姐，她像换了个人似的容光焕发，她的聪明才智得到了充分的展现。在佟春秀病

① 摆牙喇：满语，亲兵侍卫。

② 固山额真：满语，都统。

故之后，衮代主持了家政。一次，努尔哈赤说，在他百年之后，就把衮代和她的小孩子交给代善抚养。没想到，衮代竟借此机会趁努尔哈赤健在的时候，就与代善有了私情，并同阿敦一起参与了代善与皇太极争继权位的斗争。努尔哈赤十分恼怒，不得不将衮代打入冷宫，后来，又把她撵回娘家去。从此，她疯疯癫癫，口出狂言，乱讲努尔哈赤的私事。她儿子莽古尔泰怕由此招引麻烦，惹生事端，将她弄死。一代女杰，就这样销声匿迹了。阿敦也由于参与了衮代争权位的事，受到牵连，被努尔哈赤处死了。这些都是后来的事，咱们暂且不提了。

第二十五章 波罗密山寨行大典 萨满祭睦族暖人心

自打佟春秀去了索长阿家，说给龙敦一些道理之后，龙敦等人也确实没有再起事端。这恐怕也是努尔哈赤的势力逐渐扩大，令人慑服的关系吧！

噶哈善惨遭谋杀，努尔哈赤一直耿耿于怀，想为他报仇。他看到妹妹整天伤心的样子，心里更不好受，决心为妹夫雪恨。为笼络朋友，也是给妹妹找个依靠，他又将沾河嫁给了沾河寨主常书。他算了算，噶哈善遇害已经六七个月了，该是替他报仇雪恨的时候了。他把自己的心思说给妻子佟春秀，二人分析了马尔墩城的自然情况，佟春秀说："看来得硬攻了。"

努尔哈赤想了想说："马尔墩城建在马尔墩岭上，山高路险，要攻城就得有战车，用战车在前边开道，遮挡利箭，车挡板后可以藏人，这样，才可以靠近城下。"

佟春秀赞成说："明天我叫人做十辆战车，准备停当后再攻马尔墩城，争取一举破城。"

第二天，佟春秀安排了二十个人，两个人做一辆战车，限一天完成。

战车做好后，那正是六月的一天。努尔哈赤点兵四百，带领大将额亦都、张义、安费扬古，亲兵阿敦、兀凌噶、颜布禄，弟弟舒尔哈齐、穆尔哈齐，向西一路疾驰，直奔马尔墩城。

马尔墩城建在马尔墩高山大岭上，三面壁立，只有一路可通，城池坚固，易守难攻。

努尔哈赤率兵来到城下，察看了一下地形之后，便指挥战车三辆并进，前边开路，步兵随后，向城门正面进攻。战车离城下越近，道路越险狭难行，三辆车无法并行，改由一辆前行，其余车辆随后。这时城上守卒百箭齐发，滚木礌石一齐而下，前两辆车被砸坏，兵卒们就蔽身在第三辆战车后面，前面被砸坏的车堵塞了道路，后面的车也难以前进。

这时，努尔哈赤一看攻城受挫，便奋勇当先。他一眼看见城主纳木占正在指挥城上兵丁运木石，加强防守。他心中怒火烧，四下一看，见附近有根枯木桩子，他迅即隐身树后，猛射一箭，“嗖”地一声，正中纳木占脸面，直贯其耳。纳木占倒地身亡。他又连发四箭，射中四人。守城兵丁一看，大惊失色，惊慌失措，嚣张的气焰立时消退下去。趁此时机，努尔哈赤命令军兵退却，改近攻为远围，切断城中汲水道路。这样围了四天，城中无水，兵民陷入慌乱，守备松弛。努尔哈赤乘机命令军兵乘夜攻城，拴好军马，脱掉靴鞋，光脚赤足，偷偷地爬上城头，越过石崖，趁黑偷袭。努尔哈赤奋勇登城，大将安费扬古率领一支队伍从间道攀崖而上，砍死守门兵丁，打开城门，军兵涌入城内。完济汉弃城逃向界凡，萨木占还没来得及逃脱，便被努尔哈赤一刀砍下了头颅，为噶哈善报了仇。

自打佟春秀去看望了索长阿以后，龙敦也确实没再起事端。可是，对努尔哈赤的起兵复仇，仍有人不赞成、不支持，甚至背后里瞎呛呛，影响族人团结一致。努尔哈赤对此十分烦恼，一时找不到好的解决办法。他一直在想，如何能把族人拢在一起，拧成一股绳，抱成一团儿，形成一个拳头，才能有力地打击敌人，总不能这样散乱下去啊！父、祖在世时，执掌卫印，主持族内事务，一天天忙忙乎乎，处理事务，四处奔波，带领族人跑马市，御侵敌，一般还算过得去。现在，树大杈多，族繁枝密，各宗派的人口兴旺，不走动，又不联系，路上相遇即使打了起来，还不知是一个交罗的人，互相之间生子曰的[1]，这怎么能行呢？能有个什么机会把族人都召集起来调动起来呢？

这时，佟春秀对努尔哈赤说：“听说三玛法病重了，生活挺紧巴的，想请萨满看病，又张罗不起。你看，是不是咱们给张罗一下！这样，凡是交罗家族的人都能到齐，借此机会我们可以联络联络族谊。我想，人心都是肉长的，不是石头一块，怎么也能解开这个疙瘩。”

努尔哈赤听了，心里像开了两扇门一样，立刻敞亮了起来。他赞同地说：“这太好了，我正急于找个什么借口，把族人都叫来说道说道。若这样，咱们什么也不用说，人们就会转变态度的。”说完了，想了想，又说：“可要请萨满，在哪办好呢？在咱们这办，不是那么回事，在三玛法家办，又不便于张罗，……”

佟春秀说：“还是在咱们山寨办对。这主要是咱们已经供奉了玛法、

① 生子曰的：辽东方言，生疏，不熟悉，不友善。

阿玛和讷讷，这样咱们也一同祭祀了咱们的祖先。再说，咱们请，咱们张罗，还是在咱们这办好。”

“好！”努尔哈赤说，“咱俩去一趟河洛噶珊，就跟他们合计一下，看他们是什么意思。”

二人去了河洛噶珊，不用说，三玛法那面是乐不得的。回来后，就张罗筹备起来。

当时，女真人家家大多养猪，但饲养的数量还是不能满足需要，甚至在马市上，还用麻布一些物品换回猪来吃用。一般说，那时女真人祭祀或请萨满治病，大致一天一口猪，有三口猪就够了。但交罗哈拉人口众多，能来参加祭祀的还愿的，少说也得一百多人，这一百多人一天三顿饭的吃喝，东西少了，是不行的。

佟春秀说:“让张妍回趟佟府吧,取点钱,再买六七口猪,还有……”

努尔哈赤说：“我看，要多去几个人，顺便入马市，把所有用的东西一次都办置回来。特别是多换锅、铧子，今后咱们用铁的地方多去了。”他考虑了一下，又说：“叫哈扎陪张妍，两个人是个伴儿。让马三非、王善、颜布禄去马市。再叫马三非的佳新[1]马臣也去熟悉熟悉，这个音哈哈[2]叫他跟他阿玛好好学学，他阿玛老了，培养个年轻的外交人才。你开列个单子，给马三非，按单子办。再给你阿珲佟养性写封信，求他在辽东或是威宁营铁场给咱们贩点铁，弄妥了，请他给运出边，我派车去接。咱们今后用铁的数量很大，打造兵器，不用说别的，冬天的马掌，人用的冰扎[3]吧，就得了铁了。”

张妍一行人走了以后，努尔哈赤和张义、额亦都三人去了叆阳等地，他们是去找铁匠去了，说大萨满跳神前赶回来。

话说回来，佟府自从佟老夫人去世以后，不久，佟老爷也病故了。佟府就由佟养性当了家。佟养性跟佟老爷在世时一样，只要佟春秀张嘴，几乎没有拨魂的时候，要钱给钱，要物给物，佟家简直成了努尔哈赤的银库了。

---

① 佳新：满语，次子，老二。

② 音哈哈：满语，漂亮男孩。

③ 冰扎：辽东方言，旧时冬天绑在鞋上，冰扎底托有三个尖爪，走冰雪不滑的铁制器具。

咱们还是先回来说说请大萨满的事吧。

请大萨满治病，可不是简单的事儿，让我从头说说你们听听。

努尔哈赤家族本姓交罗，他们与其他满族各哈拉穆昆一样，都信奉萨满。说起这萨满，有两种，一种是大萨满，上过刀梯，可使神灵附身，能除邪魔病患，是跳神萨满；另一种萨满是家萨满，这是主持家族祭祀活动的萨满。满族人家，大多数都在西山墙正中供奉无字的神板子，上边供祖先神祇和崇拜神祇。交罗哈拉的西墙上供两块神板子，南边那块神板供四位尊神，这四位神是圣宗神、观世音菩萨、关圣帝君和佛朵妈妈，上边摆四个木制香碗，满族人叫香碟。北边那块神板子供五位神祖，这就是交罗哈拉的始祖孟特木、高祖福满、曾祖交昌安、父亲塔克世和塔克世的元妻喜塔腊氏额穆乞，上有五个木香碗。两块神板子一共供奉九位尊神祖先，有九个香楼碗子。两个神板由四个钉在墙上的斜余子托着，南块板的两个斜余子上横放交昌安的腰刀，北边横放塔克世的腰刀。两块板，一块供奉崇拜神祇，一块供奉祖先神祇。

一切都准备就绪，努尔哈赤他们也回来了。

佟春秀亲自带车去河洛噶珊接来三玛法索长阿。听说努尔哈赤和佟春秀要给索长阿跳大神治病，全交罗哈拉的人能走动的全来了。萨满跳神，是家族中最隆重的大事，是都要参加的，十里二十里的几乎全赶来了。就是外姓外族的人也要来看热闹的，波罗密山寨真是人满了，挤不开，压不透。

佟春秀和富察氏衮代、索佳氏，指挥着男男女女准备饭食，给一些离家远的人安排休息之处，马匹车辆集中喂放。这边侍候萨满的更是不敢怠慢，那个热闹劲儿，跟婚嫁大事的操办差不多，真是忙得她们没有说话唠嗑的工夫。

大萨满跳神要举行三整天。

每天从清晨起来，一直到晚上三更天。

萨满每天得吃五顿饭。

萨满开始跳神了。

头一天。

萨满穿好神衣神裙，头戴神帽，腰系神裙，腰后系上一串腰铃。只见大萨满手击神鼓，摇首舞臂，扭腰挥臂，跳舞击鼓，晃晃晃的铃声，咚咚咚的鼓声，一时俱起，击鼓抑扬，一节三击，口诵祝文，旋诵旋跳。祝文诵道：

棱林端机，列位听着。安哲上天监临我交罗，嘉靖三十八年生小子努尔哈赤，择吉祭奠神祖，请神祖保佑三玛法索长阿身体健壮，无病无疾，交罗哈拉，全族兴旺。

萨满跳的越快，跳的越甚，铃鼓之声越急。鼓声轰然大作，不一会儿，大萨满便若昏似醉，神已附体，前俯后仰。这时，努尔哈赤早将事先预备好的一把椅子递了上去，“甲立”[①] 接过，安放在地中央，扶大萨满坐下，萨满闭目闭气。

这时，西屋里几个阿哈将已捆绑好了的黑毛猪摁在地上放的炕桌上，一个叫章台的阿哈，拿起一小盅烧酒，灌在猪耳朵里，猪耳朵一拨楞[②]，章台高兴地喊：“神领牲了！”阿哈能古德一手攥住猪耳朵，一膝压住猪头，左手用木刺针式的刀，照准猪下颏脖子窝的地方，一下子刺了进去，鲜血顺着木刺针斥了出来，一个人用大泥盆接血，盆里放了把大盐粒儿，用高粱秸折成个“又”字形，在盆里搅血。那牲猪只哼了几声，使劲儿蹬了蹬腿，便再也不动了。几个人立即解绑嘴的绳，绑腿的绳，将猪皮割下，烤掉猪毛，将猪卸成八大块，就是八大件子。祭祀后煮熟，祭完神祖后，大家蘸酱或盐水，吃猪肉。

萨满坐在椅子上，正在似昏似睡的时候，人们上前，悄默声给他脱去神帽、神裙。忽然，大萨满好像梦中惊醒，睁开双睛，蓦然惊诧，急忙叩谢神灵。

这时，萨满缓缓起身，人们开始许愿还愿。

过半个时辰以后，大萨满重又穿上了神裙，戴上神帽，披挂整齐，双手使铁叉，开始在躺在西屋南炕上的索长阿的头上、身上，挥叉舞刀，这捅那砍，就像追杀看不见的魔怪。从里屋跳到堂屋，又从堂屋跳到院子里，绕着院子，一直追到西南方，把魔怪赶出家门，赶到西南方的魔怪世界去。

---

① 甲立：满语，亦作栽立，二大神。

② 拨楞：辽东方言，抖动。

一阵驱魔除妖之后，大萨满又回到屋里，开始给索长阿纠艾子，燻艾蒿、拔罐子、这摁那揉地一直折腾到后半夜。

交罗哈拉全族人，老老少少，男男女女，按辈份，跪在院中，叩拜神灵，祈望三玛法痊瘉。

第二天，接着跳神，祭祀祖先，祈望祖先神保佑全哈拉的人平安康健。

第三天，跳神祭天，叩拜老天，保佑交罗哈拉的人百年无病，年年平安。

三天来，在波罗密山寨里，都有二三百人参加祭祀，每天都杀三口猪，做几大锅的饭，人们吃喝管够造。

索长阿经过三天的萨满除魔驱怪，又拔又燻的，精神好了许多，也能倚着炕墙坐起来了。他要说话，龙敦几个兄弟忙制止大家，都肃静肃静，听三玛法说话。

到这时，交罗哈拉的六祖，只剩下三祖和五祖、六祖了。索长阿就是大的了，他说话就有了权威性。

只听索长阿在里屋说："咱们上辈人有几句老话，我说给你们听听。老辈人说，一百个人吃一百只羊就不够，一个人吃一只羊就吃不了。这是什么意思呢，这就是告诉我们，大家都抱成一个团儿，就什么事情都能干好。老辈人还说，弓离不了箭，箭也离不了弓。弓和箭若分离开了，就什么用也没有了。弓和箭是亲兄弟啊。我们哈苏里哈拉①的人，就得像弓和箭一样，不能分离，若是分离了，就会像一群冲出栅栏的马群一样，分散开了，跑的哪都是，就会被人抓住宰杀，就会被野狼吃掉！李岱、龙敦、康嘉，你们听着，这两年我身子骨软弱，什么事都懒得说话。你们做了那么多损事，努尔哈赤和哈哈纳扎青两口子并没计较。过去了的，我不管了。打今个儿起，谁若再做出以前那样的蠢事，我一句话放到这了，死了，不准进祖坟！"不知谁在外屋大喊了一句："谁若再不听阿玛努尔哈赤和阿沙哈哈纳扎青的，我第一个砍掉他的脑瓜子！"

① 哈苏里哈拉：满语，母氏族的姓氏。

第二十六章 三岁看到老褚英霸道 一心盼儿长春秀伤神

波罗密山寨里一天比一天热闹了。孩子们也一天天长大，一天比一天更活泼可爱，也一天比一天淘气了。不信，你们看——

这天，正是天气晴朗，风和日丽。褚英喊来那些孩子，说："走！咱们上河边玩去！"

"噢！"孩子们雀跃着一窝蜂似地跑下了山寨。到了河边，褚英叫着几个孩子的名，"达尔察！和硕图！遏必隆！察克尼！来！你们都来！一人找一块石片儿，咱们打老百①！"褚英找到一块较大的片石，立在地上，又步量了一下远近，约有十步远，在地上划一横线，让这些孩子站在线外，一人手拿一块较小的石头，依次投石，谁打倒立的石头，就是老百，就算赢了。

褚英说："你们都过来，站成一排，快！"上前又将一个孩子往前拽了拽，说："站好！"

孩子们高高矮矮地都站好了。褚英说："从左边把头的开始，报名！"又补充说："先报自己的名，再报阿玛的名。报！"指着那左边第一个孩子，"你先报！"

那孩子报说，"我叫巴当格，阿玛是安费扬古！"褚英指第二个说："该你了！他报完了，你就报，往下接着报。"第二个孩子报，"我叫阿巴哈布，阿玛是安费扬古。"

第三个接着，"我是达尔察，阿玛是穆尔哈齐！"

"我叫务达海，阿玛是穆尔哈齐！"

"我叫和硕图，阿玛是何禾里！"

"遏必隆，阿玛是额亦都！"

"我阿玛是舒尔哈齐，我叫胡得！"

"我阿玛是费英东，我叫察克尼！"

最后边还有两个孩子，都比较小，一个是阿敏，是舒尔哈齐的次

---

① 打老百：一种旧时儿童的玩法，将一片石头立在十步之外，再用小石扔打立片石，即打老百。

子，另一个是准塔，是扈尔汉的儿子。

这些孩子都一一报完了，褚英说："你们都散开吧，一人找一块石头，咱们打老百。"又说："谁把老百一下子打倒，谁就是巴图鲁。你们看，我先打。"

褚英先打，没打中。他的小脸立时呱嗒下来了，跑过去把自己的石头拣了回来。那些孩子"噢噢"，举起两个胳膊，一跳一跳地说："屁货，没打着！"第二个孩子是察克尼，一下子把老百打倒了，孩子们雀跃着喊："察克尼，巴图鲁！"第三个打的是遏必隆。遏必隆猫着腰，眼睛盯住老百，拿石头的右手丢当两下，一下扔了出去，把老百打倒了，又赢得了赞扬声。

褚英很不高兴，因为别人比自己强，别人当上了巴图鲁，自己却是个老白。这时轮到和硕图的了，一下用劲儿大了，扔过了头，没打着，却笑着自我鼓励地说："这把没打着，下把准能行。"

褚英这时提议，"咱们打水漂吧！"

有的孩子赞成，有的反对。务达海说："打老百玩得好好的，干什么又打水漂？"

褚英一下子红头涨脸地说："我说玩什么就玩什么，你敢不听！"务达海年龄小两岁，一看褚英急眼了，有点怕，可又不服气，就小声顶撞说："你也不是贝勒贝子[1]，更不是汗王，干嘛就得听你的？"

"我这阵不是，可以后准是，你就得听！"褚英有点恼怒了。

务达海人小，更不示弱，说："你以后做了贝勒是以后的事，现在不是，我就不听！"

"你不听，就不带你玩。"褚英上去就推务达海。

务达海拽了一下代善，说："咱俩打！"

代善拽住褚英的一只胳膊，说，"我要打老百嘛！"

"你不听我的，"褚英真的急了，"我打你！"上去就一个嘴巴子，代善哭着回去找讷讷诉苦去了。佟春秀叫扎青把孩子们都叫回来，问褚英："是怎么回事？"褚英如实地说了。又问遏必隆，也说是这么个事。这时务达海说："他们说的都对，是那么回事。大讷讷，褚英也太霸道了！还不是贝勒呢，若真当了贝勒，我们这些人还不都叫他给吃了啊！"

---

① 贝子：清代爵位名。满语"贝勒"一词的复数，即"众贝勒"之意。清代定爵位时，居第四等，即在亲王、郡王、贝勒之下，镇国公之上。

佟春秀说："好了，我知道了，是褚英的不对！你们先出去玩吧！褚英你好好站住！"那些孩子一溜风地跑出去了。佟春秀说："褚英，你小小年纪，就这么霸道，还有谁爱和你一起玩啊！"

"我怎么就不对！他们不听我的才不对。我要打水漂，他俩为什么不听？"褚英理直气壮。

佟春秀说："你说说，为什么人家得听你的？"褚英不吭声。佟春秀又说："大家都愿意玩的，你提议了，人家听你的，是人家也愿意。人家有不愿意的，自然就不听你的。你还是个孩子，你比他们大，你应该做个好阿珲，要跟阿珲德们好好相处，像个阿珲样，不能动手打人。你总这样，还有谁愿意跟你玩啊！没人跟你玩，你不就成了光杆一个了吗！"

褚英还是不服劲儿，说："没有人跟我玩拉倒，我自己个儿玩。"说完，转身就跑了。

佟春秀看了一眼，一股阴影袭上心头。褚英这孩子心胸太狭窄了，这样下去长大了怎么行呢！

打完场了。努尔哈赤挑选良马，打点货物，要去马市交易验马，然后进京朝贡。佟春秀说："大家劳累一年了，你这一走就得一两个月，杀口猪，犒劳一下大家。"张妍手巧，她给努尔哈赤做了件新羊羔皮袄，好进京时穿。佟春秀叫过扎青、阿秃，"抓一口大肥猪杀了，扎青多备些黄酒和烧酒，今天让大家痛痛快快吃喝一顿。"

衮代说："俄云，这次进京，让谁跟去？"

佟春秀明白，这是她要去啊，心里乐了，笑着说："衮代，你不想去？"衮代低头笑着不说话。佟春秀抬高了一点声音说："别寻思了，你和哈扎跟去。可不是叫你们游山玩水的啊！你们要侍候好主子。"

衮代高兴地说："放心吧，俄云。"

扎青烧开了水，阿秃几个人已经把一口大猪杀完收拾出来了。张妍在里屋召唤阿秃说："把猪胰子[①]摘下来给我，好做成胰子洗手洗脸用。"阿秃把猪胰子刷刷刷地摘了出来，张妍下地告诉扎青怎样做。扎青将猪胰子剁碎碎的，放在泥盆里，又将面硷块砸碎，碾成面，兑到猪胰子里，用一个小擀面杖搅，一直搅得匀匀的，干干的，才团成一个团

① 胰子：辽东方言，旧时用猪胰脏兑面硷做成的，用于洗衣、洗手脸，顶香、肥皂用。

儿，又把一轱辘[1]细麻绳的一头团在胰子团里，放在干燥的地方干燥硬实了，再挂在柱子上，顶肥皂用。

猪排骨熟的快，扎青用肉钩子捞出一块剁开，装到碗里，又倒了点大酱汤，端进里屋，召呼褚英、代善过来吃。又把猪连筋放在干粮叉子上，在火炭上翻来覆去地烤，一会儿工夫就烤熟了，送给代善几个孩子吃。汤古哈趴蹲在代善脚下，哈吃哈吃地伸着舌头，摇晃着毛绒绒的尾巴，不时地歪头仄脑地瞅着代善。代善不时地偷着扔一块啃得不干不净的骨头给它。

褚英见了，说："别给它！我还没啃够呢！"

代善说："你啃多少了，还嫌少！怎么那么贪！我给它的是骨头，也不是肉。"

褚英有点变调地说："我说不给就不给，什么贪不贪的！"

代善不服气地抢白说："你怎么那么霸道，你若当了汗王，还不把人吃了！"

褚英一边啃着骨头肉，一边神气拿架地说："哼！我若是当了汗王，你不听我的，我就杀了你。"说着，伸出油渍渍的一只小胖手，照着代善的脖子后就横砍了一下子。代善气得将一块没啃完的骨头"啪"地撂在碗里，也用油渍渍的手，指着褚英的鼻子说："你敢！你还没做汗王呢，就这么蛮横霸道，就你这样子，恐怕连狗都不会理你，你就像个索伦竿子立在那吧！哼，小不点儿的人，就对阿珲德杀杀杀的，这长大了还了得！"

代善一口气抢白说完了，一转身，召着汤古哈就跑出去了。在外屋跟讷讷说了与褚英斗嘴的事。佟春秀听了，心一沉，心想，褚英这孩子大了也是个孤家寡人，终究不可大用啊！一层阴云蒙上了心头。

努尔哈赤带领几十人的马队要走的时候，说："哈哈纳扎青，你就多操心吧，注意一下山寨的安全，小心有人偷袭。"

佟春秀说："放心吧！"

努尔哈赤的人马走了以后，佟春秀叫过阿秃，说："汉人有句话说，

---

① 一轱辘：辽东方言，一段。

春睏秋乏夏打盹儿，冬天睡不那么一会儿。吃完晚饭后，叫阿哈们支凳子扒线麻。”

那个时候，种线麻是普遍的，农家所有生产生活用的粗绳细绳都用线麻自己搓，扒线麻属于零活，不用成天老日地干，往往都是冬天的夜晚扒麻。

阿秃叫羊尔成麟、留许冬顺扛来几条长凳，顺炕沿放在炕上，将麻捆子放在凳上一搭，人们两个人坐一条凳，麻捆放在当间，一根根地抽出麻杆，一批儿批儿地扒了起来。线麻批儿在人们的手上一抖一抖地飘动着，那扒完了的麻杆儿一截截地撅成几截，顺炕撂在炕上，当引火的麻柴。

大家一边扒着麻，一边说着笑话。佟春秀过来站在二道门看了看，巴楞眼尖，一眼看见佟主子来了，用手指挡住嘴，“吁!”大家悄默声地光听见撕麻批儿的“嘶嘶”声，和撅麻柴的“咔咔”声。

佟春秀看了看没说什么，折身就走了。不一会儿，扎青拿来几只蜡烛和两只灯碗，都点上，让屋子里亮了许多。“佟主子说了，屋子里灯不亮，摸黑儿扒麻，看不出好赖。”她把一盏油灯挂在刘哈身边，接着说：“叫再点几只灯来。”刘哈说：“拿来，我挂吧!”刘哈借着灯光向扎青挤了挤眼儿，扎青在刘哈的大腿上拧了一把，刘哈“唉哟”了一声，说：“尼堪说，春叫驴，秋母狗，五黄六月浪丫头。这都是冬天了，你拧我大腿，浪的什么劲儿呀!”

扎青顺手抽了一根粗麻柴，就去戳刘哈的腿，刘哈将两腿蹬起来，笑得差点仰后边去。羊尔成麟取笑说：“刘哈这小子想在扎青面前露一手，来个后滚翻，可没翻过去，你们说为什么，原来他的尾巴给拴凳子上了。”

刘哈挺直了身子，坐稳了，见扎青出了屋子，说：“唉，别闹了，我给你们破个闷儿[1]吧!”

大家伙齐呼啦地说：“好哇，好!”

刘哈说了：一天哪，猴子在河边的树上玩，正好看见有个老鳖从水里钻出来，看猴子在树上正玩得高兴，就说，猴大哥！猴大哥！我领你去个地方玩好吗？猴子问，什么地方啊？老鳖说，海底啊，那个地方你没去过吧？没去过。猴子说，那有什么好玩的？老鳖说，那可好玩了，

① 闷儿：辽东方言，就是讲谜解谜。

青山绿水，鲜果累累，鱼鳖虾蟹，游来游去，特别是今儿个，那就更热闹了。东海龙王过生日，各个海的龙王都来送贺礼，什么样仙桃果子都有，随便拿，管够吃。这还不算，东海龙王还在龙宫里唱大戏，可热闹了。猴子问，可我不会水啊，怎么去啊？老鳖说，那好办啊，咱俩是兄弟，我驮你去啊！猴子高兴地说好，这就走。说着跳到老鳖背上，闭上眼睛，忽忽悠悠，不一会儿就到了海底。

到了海底，猴子一看，也没什么热闹啊。光见一面墙前聚集了许多鱼鳖虾蟹，在看一张什么告示。猴子问，他们聚那看什么？这回老鳖说了，猴大哥，那告示上说东海龙王的女儿得了一种怪病，得用猴心才能治好。猴心本来是陆上的物，水里哪有啊。我把你骗下水来，是要用你的猴心给龙王的女儿治好病，我就可以当驸马爷，享不尽荣华富贵。猴哥，对不起了，我要取你的猴心。猴子一听，知道自己上当了，可在水里它有能耐也施展不开啊。它眼珠一转，计上心来。连忙说，咳，鳖大哥啊鳖大哥，咱们是谁跟谁呀，别说要我的心，就是要我的脑袋，你也可以拿去啊！可惜的是你怎么不早说呢，在下海的时候，我把猴心拿出来挂在树梢上了啊！老鳖一听也后悔不迭。说，这好办，来，你还坐在我背上，我驮你出海去拿去。

猴子跳到鳖背上，很快就出了海，游到了海边。在离海沿还有两三庹远的时候，猴子站起身，用力一蹦，跳到了沿儿上。回头说：老鳖老鳖不可交，哪有猴心挂树梢啊！

讲完了，刘哈说：“大家猜吧，这个闷儿是什么。”大家寻思来寻思去，也不知道，只好说实在猜不着了。还是羊尔成麟见多识广，他说：“是槟榔，一种中药！”大伙七嘴八舌地说：“不行，这东西我们没见过，怎么猜。这个不算数。”

阿秃说：“谁再破一个，让大家猜，还有点意思。”羊尔成麟用他那瓮声瓮气的鼻音说：“我破一个，大家猜。”他说：有一个货郎天黑的时候，走到一个前不着村，后不着店的山沟里，吓得他挑着货郎挑子走得一头汗。走着走着，冷丁见前边有一撮房子亮着灯，他像见到了救星似的，急忙上前敲门，怎么敲也没有人答应。他就一边使劲地敲门一边大声喊。这时，一个姑娘开了门。货郎说，大姐大姐行行好吧，积积德吧，留我住一宿，只要能叫我住一宿，我挑子里的针头线脑、胭粉脂红，你随便拿。姑娘说，不行啊，家里就我和嫂子俩，怎能留个生男人住呢！货郎苦苦哀求说，天黑了，没有铺，没有店，这大山沟里，什么山牲口都有，留我住一宿，救了一条命，神仙都能保佑你找个好婆家的啊！姑娘一寻思，可也真是的，心一软，就说，那好吧。就把货郎让进了屋里。让货郎住了外间，姑娘和她嫂子住里间。

第二天一大早，天刚放亮，货郎就起来了。一寻思，我不能白住一宿啊，怎么也得给留下货物做酬劳啊！他就把胭粉哪、口红啊什么的，样样数数都包了一包，一包包了十多包。见里屋姑嫂二人还在睡，就把这小包摞成了两摞，放在嫂子的枕头头上，出来挑了挑子就下山了。走到半截道，遇到从山外上来一个汉子。两个人见了，谁也没有说话就过去了。这个汉子走过了还回头瞅了瞅那货郎挑，心想，这货郎子这么早下来，昨晚上准是住在自己家里。想到这里，他气不打一处来。回到家里一看，她姑嫂两人还在睡，枕头头上还有两摞包包，就更气了。我不在家，你个臭老婆竟敢留野汉子住，还给了你这么多包东西，看我不收拾你们的。他抡起两个榔头一样的拳头就打了起来。这汉子的媳妇挨了打，不知道是怎么个事，一看枕头头上的两摞包，心里明白了，就哭着落泪说：事打包上起，多亏她二姑，打个三五下，两眼泪哭梳。

闷儿讲完了。羊尔成麟说："大家猜吧，这是一种什么劳动。"

不大工夫，留许冬顺高声说："我猜着了，是油坊榨豆油。"

这一提醒，大家说："对，是油坊榨豆油。"

一直没说话的宫正六说："大家静静，我给说一个。"

他说，有一个年轻的小媳妇和她的小姑子在大门口推碾子。这时有一个过路人，问嫂子说：大嫂大嫂，往哪哪去怎么走？见那小媳妇光顾着干活，连头都不抬，以为没听着。就又问，大嫂大嫂，往哪哪去怎么走？这小媳妇还是不吱声。见过路人问了两三遍，没办法，这小媳妇就递眼色，让过路人问她身边的姑娘。她这一递眼色不要紧，正好让小姑子看见了，就一呱哒地跑进院里，告诉她妈妈说，她嫂子跟一个野汉子分眼儿了。这老婆子一听，立时叫出儿子，说，你看看，你媳妇这个小臊老婆精，我说她不正经[1]你还不信，说我瞎掰扯[2]，这回怎么样，连个过路的人她都跟人家分眼吊棒的[3]，不是臊货是什么？这儿子一听，气得一呼哧的，上大门外，扯住媳妇的头发就打，越打越来气，越来气

① 不正经：辽东方言，作风不好，与其他人有男女关系。

② 掰扯：辽东方言，信口胡说。

③ 分眼吊棒：辽东方言，与人用眼神说话、交流。

越打，一下子把媳妇打死了。媳妇临死的时候说：为条路，把我挑，一口气，算完了。

宫正六说：“讲完了，大家猜吧。”

褚英把着二道门的门框上，听里屋讲破谜故事。听到这里，他小脑袋一转，就大声说：“我知道，我知道，刚才我还给讷讷打着来，是灯笼。”

宫正六笑着赞扬说：“还是褚英聪明，一下就猜着了。”

这工夫，张妍过来，扯着褚英的胳膊，叫他回去睡觉，说明早还得起来练功呢！褚英还要听，不回去，张妍抱起褚英就走了。又回头说：“快半夜了，你们也收拾了休息吧，明晚上再扒。”

俗语说得好，“说书的嘴，唱戏的腿。”这是什么意思呢？这是说，说书的人嘴快，三句五句话，几十年、几百年就过去了。唱戏的腿呢，也快，说从这到那，几十里、几百里地，唱戏的噔噔噔噔，在戏台上一磨圈儿，唉，到了。我们说的故事，刚才还说正是严冬，冰天雪地，十冬腊月的哪，转眼之间，又开春了，天头要暖和了。

练武的人说了：“冬练三九，夏练三伏。”这是说不管冰冻三尺，哪怕撒尿成冰的天，也得练，不能停。说夏练三伏呢，是说不管伏天怎么热，晒得暴皮，汗流浃背，也得练，不能歇。练功就得持之以恒，坚持经常，不能三天打鱼两天晒网，那是练不成好功夫的。

张妍是管孩子们练功的。这天早晨，她叫醒了褚英。褚英嗯一声翻过身又睡了，张妍有点心软了，就看着没再叫。佟春秀叫了一声，“褚英！起来，代善都在外边练上了，你还睡！”褚英一听，巨练一下子[①]爬起来，迅速地穿好衣服鞋脚[②]跟张妍出去了。

这个时候，天刚蒙蒙亮。张妍把褚英、代善、遏必隆、察克尼、和硕图、胡德、阿敏、准塔、巴当格、阿巴哈布、达尔察、务达海等十多个孩子，都叫到院子里，开始举重石、举石锁、推重石，耍刀射箭、蹦坑踏木桩的，都一个个地练了起来。

那个时候的女真人，个个都要强，人人都逞能，你练的比我好，我努力刻苦练，一定要超过你，没有服气认输的，就是真的输了，嘴上也

① 巨练一下：辽东方言，冷丁一动。

② 鞋脚：辽东方言，即鞋。

不服输。只有刻苦练，非要赶上超过你不可。这种民族精神，恐怕就是一个弱小的民族，能够一统华夏，统治全国的原因吧！

说书的说了，那可真是：

练成钢筋铁骨，
铸就英雄辈出！

正是这种不屈不挠的精神，使女真人在战场上才能以一当十，以十当百，战无不胜，勇往直前的吧，正是这种自强不息的精神，才造就了大清王朝的吧！

话扯远了，咱们再说回来。褚英比胡德大几岁，可胡德虽小，却处处不服软，不认输。他俩一动就较劲，非要比个你输我赢不可。两个孩子拿起木刀，乒乒乓乓地对打起来，褚英瞅准一个空档，一刀将胡德的刀打飞了，褚英的木刀直指胡德的胸口。胡德就势来了个后滚翻，两脚一下踹在褚英的两腿上，褚英一下子哈趴在地上，摔了“叭叽”一下子，可他并没哭，一轱辘又翻身起来了。这时，胡德也拾起了掉在地上的木刀，两个孩子又对打起来。两个孩子直到打累了，才歇手。

褚英歇了一会儿，起来叫过巴当格，说：“咱俩摔跤！”巴当格说：“我还没练完刀呢！”褚英去叫遏必隆，遏必隆说还要举重石。褚英有点急恼恼地说：“你不敢和我摔，怕怎么的?”

遏必隆不服劲儿地说：“有什么不敢的！来！”

两个孩子互相斜抱住肩腰，上身扭动，腿脚使绊子，摔了起来。遏必隆被摔倒了，起来，两个人又头顶头，搭起了黄瓜架，支巴了一大气，又爽又挟，又扭又绊，褚英右脚往前一搪一别，右手一挟一扭，遏必隆又被摔倒了。

褚英说：“怎么样，你不行吧！”

遏必隆说：“不算，不算，这两把不算！再来！”

褚英说：“再来你也不行。”

“那可不一定。”遏必隆不服气。

两个人又支巴上了。遏必隆毕竟年小，又被摔倒了。他一边往回走一边说：“你等着，明天早晨再比，不赢了你，决不罢休！”

张妍和佟春秀看到孩子们的这种顽强倔犟的精神，心里快慰极了。

第二十七章 息纷争哈拉和睦 多宽容诸事顺心

在一个冰化雪消，地皮黄干了的一天晚上，佟春秀和张妍看着孩子们都睡了后，也脱巴脱巴倒下了。刚似睡没睡的时候，听窗下啪啦一声，佟春秀推了一下张妍，小声说："外边有动静，我出去看看。"就轻轻地穿上衣服，提着宝剑出去了。听了听，什么动静也没有，还以为是自己听邪耳了，就放心地去房山头茅房解了手，出来刚转过烟筒脖，忽然一个黑影蹿出来，一下子将她连胳膊从身后抱住，像一把大铁钳子似的，将佟春秀搂在了怀里。

这一下子佟春秀倒冷静下来了，没有惊慌，没有紧张，更没有喊叫，她知道，这是奔人来的。她轻声问："谁？想干什么？"

那大汉说："阿沙！我的好阿沙！我第一眼看见你的时候，就打心眼里喜罕[1]上你了，你害得我日思夜想，白天干活走神儿，到了晚上像丢了魂似的。现在，趁阿玛不在家，今天可算有了这个机会，你就可怜可怜我，成全我，让我亲亲吧！"

佟春秀一听，声音耳熟。她想起来，这个人来干活的时候，就是不蔫不语的，老是眼上眼下地瞅她，她就注意到了。就轻声说："女人被男人喜欢，自然高兴。可你总不能就这么地呀！"

汉子一听，心想，佟春秀是乐意叫他亲了。正高兴地搂抱着忘乎所以的时候，佟春秀冷丁抬起一脚，一下子猛地踹在那汉子的脚面子上，那汉子疼得唉哟一声，松开了双手，还没等回过味来，佟春秀回手就是一剑，用剑鞘的头戳在那汉子的肚子上。那汉子又蹦脚，又捂肚子，蹲在地上，疼得嘶溜嘶溜地，也不敢大声，只好小声哀求说："阿沙，饶命，再也不敢了！"

佟春秀转过身来，压低声音严厉地说："我放你一条生路，不杀你。我正告你，你赶快收敛起你的邪心，再有一点儿对我不轨的行为，我饶你，我的宝剑可不饶你。趁月黑头[2]，你走吧，免得见了面尴尬。你记

---

① 喜罕：辽东方言，喜欢。

② 趁月黑头：辽东方言，黑夜。

住，今晚的事不许你出去瞎掰扯，说走了嘴，小心你的舌头。滚吧！”那汉子双手捂着肚子溜下了山寨。

佟春秀一转身，心想，院里来了生人，这汤古哈怎么没递动静呢，连一声都没叫！她到狗窝去一看，在黑影里，汤古哈两个前蹄摁着什么东西正啃呢！佟春秀走到近前了，它才跑出来亲近。她心想，这畜牲，谁给它吃的就算堵住了它的嘴。

回屋里后，张妍问是什么动静，佟春秀说，可能是野猫吧！挂上了宝剑，就歇息了。

话说随着努尔哈赤复仇统一战争的节节胜利，声望日增，归附投降的人不断涌来，新的居落日日增添，已经是村寨相望，屯落毗连，门户连脊，家家人口兴旺。真是人事繁杂，关系错踪，各类矛盾，口角纷争，日益增多，既影响邻里和睦，更危及部族的团结。这些琐事，看似小事，却至关重大。而努尔哈赤整天忙于军政要务，率兵征伐，贸易朝贡，对这些繁琐小事无暇顾及，这就责无旁贷地落在了我们的女主子佟春秀的身上了。

这不，说着说着就来了。

一天晚上，佟春秀和张妍正在检查孩子的学业，让孩子一个个认出所学的字。突然，里屋门“呱哒”一下开了，闯进一个披头散发的女人，吓得代善张着口，愣愣地看着，那阿拜也直往张妍的怀里拱。

这女人进屋后，一把拽住佟春秀，就哭嚎着说：“阿沙，快救我！”

佟春秀细一看，原来是六玛法的孙子喀穆布的媳妇，就忙把她扶坐下，让她慢慢说是怎么回事。巴克给倒了碗开水，就退出去了。

佟春秀扶住她的肩头，说：“别着急，喝口水。”

只听那媳妇哭诉道：“阿沙，您给评评理，有这样的男人吗！”她说，“下晌我们几个女人扒苞米说闲话，唠屁嗑，俺那口子听了就拿棒槌当了针，吃完瞎儿黑饭，他就扯住头发问，说我跟你家阿珲有那个事，让我说出来。我还没弄明白是什么事，他劈头盖脑就打我。我问他为什么事，他说，你自己什么事还不知道！来问我！我追问，到底什么事。他说，我跟你家阿珲有那个事。我问，那个事儿是什么事儿？他说，你有什么事就说什么事。我说，我没有什么事，你有什么把柄说我有那个事！他说，你没有那个事，你怎么知道阿珲的那玩艺儿大？我一时蒙了，就说，我怎么知道！他说你下晌扒苞米时说的。我这才明白了，原来我们说的瞎话他听了个半头不到两的[1]，就想歪了。”

佟春秀问：“那你们扒苞米的时候，到底怎么说的呢?”

那媳妇说：“你让孩子们上外屋，我说。”张妍把孩子领外屋去了。她说，她们白天大伙逗乐说着说着就说到女人身上了。说女人是“黑紧黄松白流水，赤红面子累死鬼。”佟春秀不解地问：“这是什么意思呢?”那媳妇说，“俺们闲扯蛋说，男人鼻子大屌大，女人嘴小那个地方就小，说眉毛重阴毛重，没有眉毛是白虎星。刚才说的那话是说女人的皮肤……说赤红面子淫头子大。”

佟春秀刷地一下感到脸呼呼地热，觉得刚才的问话有些唐突，不好意思地低下了头。

喀穆布媳妇并没注意到佟春秀的表情，只管说她的。她接着说：“大伙说到兴头上，我说，阿珲的那玩艺儿准大，看他那鼻子又直又大，咱阿沙的那个地方准小，她那樱桃小口，多诱人哪！我们说到这的时候，我们那口子进屋拿什么东西，听了一句半句的，就错理会了。今晚上，就把我打了。……阿沙呀，你可得去说说他去，要不，我可不想活了。”说着，又呜呜地哭了起来。

佟春秀听了，心里想，“就这点破事，还闹腾到这个样。”可又一想，这倒提醒了自己，现在，属下的人口多了，各地的人各类的人都聚集到一个地方，今后还不知会发生多少大事小事，放个屁的事也来找主子出面处理调解，那不累死了吗！有多少生产生活的大事要想要做啊，一天天净去管这些鸡毛蒜皮的事，那山寨里的民生大事还干不干了！说来说去，得有个什么章法，让大家人人有所遵循，有所约束。俗话说，没有规矩，不成方圆，就是这个道理。她主意拿定，对喀穆布媳妇说：“你回去告诉喀穆布，就说我说的，男子汉要有男子汉的气度，别为说闲话唠屁嗑的事惹是生非。你回去吧，我保证喀穆布不会对你怎么样的。不过，你们以后，也说点正经的，没有正经的，说点笑话，也比扯闲话强。回去吧!”

喀穆布媳妇说让张妍陪她回去吧，佟春秀说，你就自己回去，没有事的。她就自己走了。

事情就是这样，说大就大，大的一句话憋在心里，人就去死；说小

---

① 到头不到两的：辽东方言，话说的没头没尾，不完整，不明确，没抓住中心。

就小，小的仅可置之一笑。压事的人，能一番话把死鬼说活，让人平安无事；起事的人，一句话能把人气死、噎死。那个时候的女真人，还有着群婚的遗俗，兄死弟妻其嫂，父死，子继其妾，寡妇不外嫁，等等。但是，女真人也有个婚后妇女坚守贞操的传统，妇女不守贞操，就可能挨打、受贬，甚至丢了小命。

这就是当时的女真人。

波罗密家口密集，门户相依，一天天没有不起事的。就是六祖子孙也是人口繁衍，户户人满，每天盘来碗去，锅锅勺勺，没有不嗑嗑碰碰的。这家吵，那家叫，时有发生。特别是三玛法索长阿家，人多户大，几十口子人，隔不了几天，总得闹上一顿。自打努尔哈赤和佟春秀为三玛法治病请了大萨满，隆隆烈烈地闹上了四五天跳神驱鬼，还别说，索长阿还真的精神了许多，病情大有好转，他家的人还真没再起事。他们家不出头不起事了，其他几祖的家也就更没有抻头的了。打那以后，六祖子孙对努尔哈赤的态度真的是来了个大转弯，变得好了起来，努尔哈赤和佟春秀的威望也日益提高。虽说他们年纪轻轻，可已经成为掌有实际权威的穆昆达了。不管家族中出了什么事，好事烂事，都愿意找他们说道说道，掰扯掰扯，有什么纷争，都来找他们来给分解调停。

这不，这天晌午，刚吃完晌午饭，佟春秀想歇一歇，消停消停，就听院门呱哒一声推开了，一个老爷子的声音，吵吵把火地进了院子，一噢噢地闯了进来。努尔哈赤和佟春秀急忙出屋子，看个究竟，原来是大祖家的伯父腾格，来追杀逃跑的阿哈噶打珲，说噶打珲惹怒了伯父，伯父手执佩刀追杀。噶打珲跑到波罗密，跳过杖子，钻进了努尔哈赤家，他要进屋搜出噶打珲杀了。

努尔哈赤一听，原来是这么回事啊。就说："没见噶打珲进来啊！"腾格听了，就气哼哼地说："我眼见噶打珲跳过你家的杖子，躲进了你家的，怎么说没有呢！你不把他交出来让我拿回去杀了他，那我自己进去找！"佟春秀说："我们确实没见到，您就消消气，进屋喝杯茶吧！"

腾格说："让我进去搜搜，不让我搜，怎么知道噶打珲没跳进来呢！"

努尔哈赤一口咬定，说："您的家奴噶打珲确实没在我家里。"

"我眼看噶打珲跳进了你家的院子，"腾格大怒道，"你不给我，才硬说没进你家院子。”说着，转身出去，手使佩刀，将大门柱子砍了好几刀，发誓地说：“从今以后，我再也不上你家来，咱们再也不是一家人了！”一边说，一边解下红带子扔了，拎着佩刀，怒冲冲地走了。

这件事也叫努尔哈赤两口子挺生气，他们没看见噶打珲跳进院子里不说，也不能就因为惹怒了主人，就要杀死阿哈啊！再说了，就这么一点小事，急眼了，就不承认是一个交罗哈拉的人了，还把大门柱子砍了好几刀！那若是有别的什么事，或是什么大事，难道就不认一个祖宗了吗？

为了这事，努尔哈赤心里很不高兴。就在第二天特意召集了哈苏里交罗哈拉[①]会议，将发生在波罗密山寨的这件事的缘由从头至尾说给大家听听，让大家议论议论，评判评判。大家一致批评腾格做事太鲁莽了，不该说口外的话，更不该用刀砍廊柱，没有个长辈人的作派。腾格一听，自己就是铁齿钢牙也说不过众口一词啊，也只好坐在角落里不吭声了。

哈苏里哈拉会议，一致决定，既然是腾格自己扔了红带子，那就只好在宗谱里记上，是腾格自己不认一家人了，那就是不认孟特木是自己的老祖宗了，就不是一个哈拉穆昆了。打这以后，腾格就以居住地交尔察为姓了。

哈苏里交罗哈拉会议以后，努尔哈赤和佟春秀的声望越来越高，在家族中的地位也越来越巩固，也正因此，他们的事务也越来越多。

那可真是一波刚平，一波又起啊。

不久后一天，日头正当头顶的时候，院门一开，一个女人骑马进了院子，一下马就喊：“哈哈纳扎青在家没有？”张妍急忙开门出来，一看是二讷讷李佳氏，忙让进了屋，问：“讷讷，您这么急，有什么事啊？快进屋，慢慢说。”

佟春秀正趴在炕上，张妍用火罐给她拔后背，说：“佟姐受了风寒，我给拔拔。”

佟春秀说：“二讷讷，您坐。”说着就要起来，李佳氏连忙摁住说：“你趴着，你趴着！”

---

① 哈苏里哈拉：满语，母姓民族。

佟春秀说："二讷讷，您先坐，有什么事，说吧！"

李佳氏看佟春秀这个样子，有些为难地说："唉，这可怎么办哪！瓜尔察媳妇和阿玛卡打的不可开交，说什么也不行，谁说什么也不听，从一大早晨一直打到现在，连晌午饭都做不成。大家伙都说，只有请你去能说住他们，叫谁来谁不来，都说没有脸见你们，这才齐呼啦地叫我来了。没想到，你……身子不舒服。"

听李佳氏这么一说，佟春秀心想，可能事情闹得挺大，不然，也不能来找我去啊！自从三玛法索长阿病死之后，这一大枝子，也没有能压住阵脚的人了。虽说龙敦平时挺压茬的，可到上真章的时候，也还是自己的刀，削不了自己的把，看样子是没法收场了。她叫张妍把罐子拔下来，李佳氏忙制止。张妍把罐子拔下来一看，佟春秀那鲜嫩雪白的后背上，拔出了一个个小菜碟大小的紫黑色的罐子印，刚拔下的罐子像小馒头似的鼓了起来。李佳氏心疼地说："受风了，平时多穿件衣裳，千万可保重身体啊，这哈苏里交罗哈拉家里的事，可全靠你了！"

张妍接口说："佟姐若是累垮了，咱家这个天可就塌了啊！"

李佳氏忙问："行吗？不然别去了，让他们打去吧，看他们能闹到什么时候。"

佟春秀说："这么二十多里地的道您都来了，我这小辈人还有什么说的。"又对张妍说："叫阿秃备两匹马。"

"若不把罐子带上，到那再拔。"李佳氏说。

佟春秀说："不用了，我觉着好多了。"

三个人上马奔河洛噶珊而去。

路上，佟春秀说："人哪，就得有人品。阿玛死时，二讷讷三十六岁，阿玛卡叔龙敦抢着接了去，小讷讷才三十三岁，又有姿色，又会说会道，可至今还守在家里。我看她可怜，阿珲德巴雅拉又小，才让阿笃理接她去，可阿笃理不干，那也只好我接来养着她了。"

张妍说："小讷讷也够可怜的。"

"其实啊，"李佳氏说，"她并不坏，就是苛薄点，脾气酸点，不跟她计较也就是了。也就是你哈哈纳扎青心眼好。唉，不管怎么说吧，都是自家人，总不能看笑话，只是让你哈哈纳扎青多操心了。"

佟春秀叹息地说："二讷讷也是命苦，阿玛在时，受累受气，阿玛不在了，本应嫁个好男人，幸幸福福过日子，没想到，硬是让龙敦给抢了去。女人哪，女人，到什么时候能自己主宰自己的命运，自己做自己的主呢！”

三人打马驰行，很快就进了草苍北沟，过了罗家堡子，老远就听到河洛噶珊城里一男一女的狂喊怒骂声。只听男的骂道：“我操你讷讷，你讷讷怎么下出你这么个王八犊子！”

又听那女的回骂着：“我操你玛玛，不知你玛玛从哪个草棵里下出您这么个崩种。”

那男的又用那已沙哑的声音骂道：“我操你讷讷，我可有家把什儿[1]。”

那女的更来劲儿了，骂的更狠更难听了，“我操您玛玛，没有那家把什儿，我上山砍根腊木杆子，插在您家坟茔门儿里，出来一个操一个。”

龙敦听了，气得简直炸了肺，操起一根棍子上去就要打，被人叽儿哇儿地喊着拉住了。那女的根本就不怕，嘴里硬硬地说：“您打，您打，您敢打我，我就敢给您家房子点把火烧了。”

女真人也好，后来的满族人也好，就是打架骂人的时候，也还说“您”。

正这时，佟春秀三人进了院子，有人先瞧见了，忙说：“快住嘴吧，哈哈纳扎青来了！”

一句话说出，叫骂声也憋住了。

龙敦在外边的名声不怎地，在家中的威望也不怎么高，不大受人尊重。可他的这个儿媳妇更不是个省油的灯，说不好听的话，不是个物，说不出的话她也能骂得出口。索长阿这一大枝人口兴旺，这一大家子人，就属龙敦拔横横。他大哥李岱、二哥务泰、三哥绰气阿朱古、弟弟飞永敦，五枝人，还就数他龙敦这枝人口最多。所以，索长阿去世后，龙敦就成为宗支的穆昆达了，可他家的事，谁也不愿靠前。他见佟春秀来了，也可以说佟春秀是半个总族长了，所以，他不能不尊重。

这边卦尔察媳妇见阿沙佟春秀进了院子，也不哭不闹了，连忙拽住佟春秀的胳膊，急三火四地诉起屈来，“阿沙，听说您这两天身板软弱，还让您跑来一趟，为我们家的事操心，真是过意不去啊！”

---

① 家把什儿：辽东方言，指生产、生活工具、用具，泛指东西，这里指阴茎。

李佳氏看了，忙说："卦尔察媳妇，让你阿沙进屋坐下歇歇再说话，怎么能就站在院子里说啊！"

佟春秀一边往屋里走，一边说："咱们不是一家人嘛，一家人不说两家话，不用客气：说说吧，今个是怎么回事儿，闹的这么惊天动地的！"

她们光顾说话了，却还站着。李佳氏又说："你阿沙正在家拔罐子呢，来，快坐下，先喝口水。"

卦尔察媳妇不好意思地说："我都气糊涂了，阿沙，您快坐！"她把佟春秀推上炕坐下了。这卦尔察媳妇本是萨克达氏，名叫莫勒根敦敦，这名字的意思就是勇敢的小蝴蝶，可见她是个很泼辣的年轻女人了。

大家都坐下后，莫勒根敦敦说："阿沙，我先说说事情的原委，您可别认为我是恶人先告状，我说错了，还有俄莫克李佳氏作证。您不是来解决问题的嘛，我不把事是怎么个事说了，那也解决不了。您听我说说，给评评理，若是我错了，我向阿玛卡认错。"

原来索长阿这大枝儿人不再无端起事以后，都向努尔哈赤靠拢，听从努尔哈赤调遣。努尔哈赤率兵征讨，他们也都踊跃参战。头两天，卦尔察弟兄几人参加战斗，努尔哈赤命令将城主兄弟的财物人畜全部作为战利品分了，卦尔察兄弟几人分得的是衣物。回来后，交阿玛卡龙敦处理。结果，龙敦按参战人头平均分的，莫勒根敦敦听卦尔察细说了战斗的过程，觉得弟兄几人数卦尔察攻城卖力气，不仅杀死两个守城敌兵，自己的腿还挨了一刀，贡献大，功劳大，应多分。她看中了衣物里有块花布，希望能给自己做件上衣。就说要花布，就是不多分的话，也希望阿玛卡能把花布分给卦尔察。谁想，她的话一说，龙敦老爷子倒来劲儿了，不仅不给，倒还数落了她嘴尖猴怪，挑肥拣瘦。莫勒根敦敦本来就认为分的不公平、不合理，不仅没赞成，老爷子三句话没来，就急勺子了，反倒挨了一顿撸[1]，有理的事反倒没了理。她据理力争，述说道理，话没说完，老爷子龙敦竟开了茬子骂上了，说莫勒根敦敦没教养，耍混。莫勒根媳妇哪受得了这个呀，就顶了几句嘴，两人的口角更激起了莫勒根敦敦的恼怒。她没听那个邪，上大堆里抓起那块花布就回了自己屋里去了。这老爷子哪里能允，两个人就这样干起来了。

听完了莫勒根敦敦的述说，佟春秀看了一眼李佳氏，李佳氏点点

① 撸：辽东方言，批评、指责。

头，没吱声。

这件事让佟春秀意识到了一个大问题。这就是，对战利品的分配不能按人头平均分，要按每个人的功劳的大小多少来分配，这才能激发每个人的积极性，提高战斗力。假若把这利益当作一种物品的话，那就应该将这物品分成三份儿，一份给有功劳的人，一份给指挥者，一份归公入库，作为其他赏赐，扩大公众大家的利益。分给兵卒的，就应按功劳大小，功劳大的多分，功劳小的少分，只有这样，人人都能愿意参战，发挥战斗力，又能给府库增加财富，以备公用。

可眼下的事怎么办呢？佟春秀想了想，说："莫勒根敦敦，你能听阿沙的话吗？"

莫勒根敦敦连连点头说："我听，我听。"

"好！那你先把那块布拿过来，"佟春秀说，"放到大堆里，然后听我说说应该怎么办，好吗？"

莫勒根敦敦痛痛快快地回屋拿来了那块布。

佟春秀说："阿玛卡，您在外屋也能听到我说的话吧！我说说，您也听听。打仗所得的物品，按功劳大小分配最合理，这事我一定跟努尔哈赤说，以后一定要按这个方案去分，你们放心。这回呢，我看首先是莫勒根敦敦的不对，不该自己去拿。阿玛卡呢，也不对，莫勒根敦敦是小的，年轻人，是刚结婚，喜欢花衣裳是很自然的，阿玛卡就按卦尔察应得的份，用这块花布顶，不就行了吗。骂人不对，首先骂人的就更不对。可莫勒根敦敦你是小的，老人骂两句听着就是了，怎么能跟老人对着骂呢！"

莫勒根敦敦追悔莫及地说："阿沙，是我不对。"

佟春秀说："要向阿玛卡说自己不对了，不用跟我说。"

龙敦这时进了屋，说自己也不对，老的不像老的样，又对莫勒根敦敦说："那块花布你拿去吧，应该按哈哈纳扎青说的办。卦尔察打仗勇敢，还受伤，咱们也应该多给他，鼓励他以后更好好干，对别人也是鼓舞。"他拿起那块布交给了李佳氏，李佳氏返身塞给了莫勒根敦敦，推了她一把，让她先拿回去。佟春秀又说："打过闹过就算了，谁也不要往心里去。"

佟春秀又过去，看看卦尔察，伤势不大，就鼓励他说："好好养着，很快就会好的。别泄气，再有战争，还得勇敢，还得英勇，当个巴图鲁。”

莫勒根敦敦是个爽快人，她说：“阿沙！我听你的，俺们卦尔察以后会勇敢的，东西也会多得的。其实，我倒不在乎这么块布，我就是觉得多亏了卦尔察了，他那么冒死杀敌，又受了伤，多危险啊，我就是想为他打抱不平。”

莫勒根敦敦赶过来向阿玛卡道歉，老龙敦说：“我都是老糊涂了，没有个老人样子，过去的就算过去了，都别往心里去。”那媳妇说：“只要您不生气，小的就放心了。”

李佳氏忙插嘴说：“唠了半天了，乌孙[1]快落了，卦尔察萨尔甘，快做饭，让你二位阿沙在这吃晚饭。”

莫勒根敦敦高兴地说：“好嘞！”

佟春秀看风波已经平息了，就起身要走，李佳氏等人说什么也不让走，佟春秀说：“二讷讷，我得回去，家里一大摊子事呢！再说，您也看到了，我还得拔罐子呢！”

李佳氏等说：“去送送吧！”张妍推托说：“天还亮着，不必送。哪天有工夫了，再来多坐会儿。”

二人打马回了山寨。

龙敦一次次地谋害努尔哈赤，努尔哈赤为什么还那么宽容他呢？这里还有一个不便说出的原因。拿佟春秀的话说，除了其他各种原因之外，就是看中了索长阿这大家子人多丁壮，个个身强力壮，能征惯战，人人都是英雄好汉。从另外的原因说，索长阿这枝人也是抱着一种立功赎罪的心理，在战场上，他们的英勇强悍、刚劲，得到了充分的展现，成为努尔哈赤军事力量中的骨干。

打这以后，波罗密山寨平静了好一段时间。

可是，谁也没想到，一件意外的事发生了，虽然不是什么大事，可也惹起了不小的风波。那是七月的一天晌午过后，阿秃哭叽尿相地回来说：“佟主子，咱们的大黄犍牛被屯布禄给捅死了，那牛可是拉独犁儿的啊！”

佟春秀一愣，问：“什么！为什么捅死牛啊？”

---

① 乌孙：满语，太阳。

阿秃说："我放牛往纳绿窝集赶，那些牛都在山上吃草，我一看，少了大黄犍子，就可哪找，没找着。我让巴楞布看着牛，我就顺着上山的道往回找，找来找去，发现大黄犍子死在了一块苞米地头上，屯布禄正蹲在牛身边掉眼泪呢！牛血淌了一地。"

佟春秀听明白了，准是这头牛走出来，吃了屯布禄家地里的苞米了，屯布禄失手把牛打死了。就说："好了，我明白了。你叫巴尔太、达哈、刘哈，拿上两个大抬筐，带上刀，去把牛先剥了皮，卸了肉，抬回来。"

佟春秀带了几个人到地边一看，屯布禄蹲在地上，两手抱头，还真的掉了眼泪，他的阿珲谭布禄正狠歹歹地撸他呢！他说："哈哈纳扎青，听说他把您家的大黄犍子捅死了，我还不信，来一看，果不其然。我问他为什么捅死牛，他喔喔了一大气，才知道，原来他看见牛吃了苞米苗子，就往外赶，没想到，他手里拿的草镰刀，一打牛，镰刀头子割断了牛的大血管子。"

佟春秀说："我知道了，不用说了。"

谭布禄又数落起屯布禄来，"吃几棵苞米苗子，算得了什么，就能下狠手用刀打牛吗？这下好，看你拿什么赔吧！唉，咱们家的人净做些损事，大阿玛康嘉勾连哈达劫胡吉寨，今天想起来，我们小辈人都觉着脸上发烧。春天种地，咱们缺牛使唤，人家把这大黄犍子借给咱们用，咱们才把地种上。这，你都忘了！咱们办喜事，娶媳妇，哪个没用过人家的钱，到今儿个连一文都没给，你好好想想吧！"

佟春秀说："别说了，牛死了就死了吧，死了吃肉，快动手把牛肉卸巴了！"

这时，康嘉也赶来了，说："哈哈纳扎青，你看这样行不行，我们家没有这么好的牛，一时也没有钱买，牛顶牛赔你们，你们就亏了，我拿两头棒子牛顶你们这大犍子吧。"

佟春秀笑了，说："阿玛卡，您老快别说这赔的话，都是自家人，这么说不劈生了吗！屯布禄不是有意砍死牛的，是失手了。牛死了不要紧，只要咱们人和和气气的，大家都平平安安的，干什么都能齐心合力，就比什么都强。"她又喊了一句："屯布禄，快动手，扒牛皮，卸牛肉。阿秃，给屯布禄一把尖刀。"又告诉阿秃，"把牛肉卸了以后，到河边好好洗干净，回去烀熟了做酱牛肉，冬天吃。"又对康嘉说："阿玛卡，有话说勤俭可致富，生意能发家，你们不能老蹲在家里啊！干点什么不是财物呢！”

说完，佟春秀要走，屯布禄站起身来说：“阿沙！我真的很对不起！”

“别说了，快干活去吧！”佟春秀回了山寨。

屯布禄媳妇在家里听说屯布禄把那大黄犍子给捅死了，惊得愣了半天，长长出了口气，就嚎了起来，说：“拿什么赔人家啊，咱们也太对不起人家了。”她一边哭着嚎着，一边拍手打掌地说：“古语说‘是亲三分向，是火就热炕’。种地没有牛，人家借给咱，咱家老爷子勾引哈达兵抢劫胡吉寨，人家没怪咱们，还说‘一笔写不出两个姓，一个祖宗一个坟，一个姓氏一家人’，咱们怎么就老是不醒脑子啊！”

佟春秀回山寨后，正好努尔哈赤也回来了，听说了牛的事，没有说什么。可哈扎听了，却愤愤不平地说：“这也太便宜他们了。”

佟春秀笑了笑说：“杀一个人容易，说服一个人难啊。树立一个敌人容易，可若把一个敌人变成自己的朋友就难上加难了。我苦口婆心地总算把康嘉说服过来了，这可是一大家人啊，说服了他一个人，就争取了一大家子人。我们不能为一件小事再去制造事端，那我们也太不宽宏大量了。我们得罪了一个人，树立了一个敌人，就是削弱我们自己的力量，这可是大事啊！一头大黄牛是值不少钱，我们这里还真缺牛，种地少不了牛。可牛毕竟是可以买到的。我们疏远了人，失去了人，就失去了朋友，我们就孤立，我们的事业就困难重重。你们看，究竟哪个重要？况且他屯布禄并不是有意的，是失手了，我们何必斤斤计较呢？我们汉人有句话说：‘家和万事兴’，为一点小事闹的叽哩格生的[1]，就不好了。”她看了看大家，又看了看一直没有说话的努尔哈赤，接着说，“这就像我们两个人走在一条小道上，只能一前一后地走，若是对面来个人，就得有一个人让路，否则谁也走不了。古语说得好，‘让人一尺自己宽’，就是这个道理。”

哈扎大笑着说：“我们的佟主子就是心胸宽，一顿话说得我这榆木疙瘩脑袋也开了窍了。”

努尔哈赤看哈扎那天真纯静的样子，也不由得笑了起来。

---

① 叽哩格生：辽东方言，不和睦、生性之意。

康嘉一家子因屯布禄捅死牛的事儿，原本很担心。没想到，佟春秀这么宽容，真是大出所料，十分意外。康嘉深有感触地说："积善存仁，后代必昌；性逆必有祸，意顺必昌兴。以后，我们家的人处事做事，一定要对得起努尔哈赤佟春秀这两口子，可不能再做对不起他们的事了。"

打这以后，佟春秀的威望越来越高，越来越受到人们的尊敬和爱戴了。

第二十八章 鄂尔珲城大血战 尼堪外兰终殒命

听客朋友，现在我们回过头来，说说努尔哈赤攻破图伦城，后来又是怎样活捉他的仇人尼堪外兰的。

人们常说，家有贤妻，不出横事。这话一点不假。贤妻不仅是男人的好妻子，孩子的好母亲，更应该是贤内助！不是说吗，“枕头风最硬”，哪个男人不听妻室的话啊，塔克世若不听小妾肯哲的话，恐怕也不能造就成努尔哈赤那丰富的阅历和聪明的才智。努尔哈赤若没有佟春秀这么个贤内助，他怎能一心无挂地领兵出征呢？俗话说，“妻贤夫祸少，子孝父心宽”，说的是妇女的贤德，是男人的福分。

可这些都远远不能跟我们的主人公佟春秀相比。佟春秀出身于门阀世家，官宦府第，她身上所代表的可是汉族的先进文化。在她嫁给了女真人的努尔哈赤以后，她在努尔哈赤家族中所起的作用，那可是非常人可比的啊。

咱们就说努尔哈赤在父祖双双蒙难三个月后，就能率百人队伍起兵复仇，攻图伦城。可以说，佟春秀是努尔哈赤的第一个名不见经传的高级参谋和得力的军师。她不论是在襄夫教子上，还是在战略战术、指导思想、军事行动、军事训练、用计侦探、军备后勤、奖功罚过、制度策略、战利俘获等方面，都积极参与谋划，制定方针政策，而且在总理内务、管辖部民、生产生活诸方面，都一一有独到的见解，不仅是努尔哈赤的最得力的军师和助手，更是管理家政后勤的总理大臣。

好了，咱们闲言少叙，书归正传，我们从头说起。

在努尔哈赤准备起兵的时候，苦于自己兵少力弱，要攻图伦城，向尼堪外兰复仇，还有许多困难。努尔哈赤虽然决心已定，可开头实在太难了。针对这种情形，佟春秀鼓励他说：“万事开头难。这起兵的大事，开头更难，确实不假，可只要开了头了，以后的事慢慢来，一点儿点儿解决，就没有过不去的火焰山。首先你要有几个敢于和你出生入死的固出死党，攻坚的时候，你能和他们一起先上，有了这种不怕死的榜样，再善待士兵，指挥得当，人少也可能取胜。你不是有噶哈善、额亦都吗，再有两三个像他们那样敢打敢拼的人，一个人就可以带动二三十人，甚至几十人。你不是说还有沾河寨主常书、杨书吗，可以和他们盟誓结义，这还何惧他一个尼堪外兰呢?”

一席话说得努尔哈赤顿开茅塞，心里亮堂了许多。主意已定，努尔哈赤带领额亦都、张义、舒尔哈齐、穆尔哈齐、王善、颜布禄、兀凌噶、洛汉、马三非等人，先到了嘉木瑚寨。不用说了，寨主噶哈善和额亦都是姑舅兄弟，更没有什么说的了，他们一拍即合，一同前往沾河寨，见了寨主常书、杨书兄弟，一说结盟攻尼堪外兰，常书、杨书高兴得直搓手。原来他们去抚顺马市，途经浑河口的时候，经常受到尼堪外兰的堵截刁难，早就想除掉这个拦路虎的了，可就是自己一个寨的人支楞[①]不过他，只好忍气吞声，遭受勒索了。这回有努尔哈赤、噶哈善一大帮子的英雄豪杰，联合对付尼堪外兰，力量就大了，准能造住[②]他。

噶哈善见他们都挺投缘的，为了增强实力，一下子破了图伦城，他说：“萨尔浒城主诺米纳、鼐喀达、卦喇他们都吃过尼堪外兰的苦，对尼堪外兰有气，也可以和他们联合，这样我们几下联合，肯定能一举破了图伦城。”

努尔哈赤问：“萨尔浒城和他尼堪外兰有什么仇口[③]呢?”

“有啊，”噶哈善说，“尼堪外兰在抚顺备御使那使坏，说了诺米纳兄弟的许多坏话，备御使也不知内情，就责罚了诺米纳兄弟，就这么的，他们就结下了仇怨，诺米纳兄弟怀恨在心，也说过，要伺机报复尼堪外兰。”

努尔哈赤听了，高兴地说：“好！咱们一同去萨尔浒城，跟他们联合，收拾掉尼堪外兰，大家都报了仇。”

噶哈善和常书、杨书兄弟说：“我们可是首先依附你努尔哈赤的啊，你可不能把我们当阿哈待。”

努尔哈赤掷地有声地说：“我们是固出，你们放心。”

他们一同到了萨尔浒城，见了诺米纳兄弟四人，谈起共同征讨尼堪外兰的事，诺米纳兄弟也一致赞成。于是四城城主歃血盟誓，约期联合起兵，征讨尼堪外兰。

---

① 支楞：辽东方言，精神，打架，打小仗。
② 造住：辽东方言，干得过，打得过。
③ 仇口：辽东方言，因说话而结下的仇怨。

可是，到了起兵的时候，萨尔浒城主却受了龙敦的挑唆，背弃盟誓，不仅不出兵，还向尼堪外兰走露消息，使尼堪外兰提早逃出了城躲避起来。努尔哈赤只好带不足百人的队伍，披甲的才三十人，去攻图伦城。额亦都等人统兵先行，还没等努尔哈赤赶到，额亦都已发起进攻，他以凌厉的攻势，奋勇登城，斩杀守城兵卒，等努尔哈赤领兵赶到时，图伦城已破。一搜查，却不见了尼堪外兰，审问降卒，才知是诺米纳从中作梗。后来得知，尼堪外兰带妻携子跑到甲板城去了。

努尔哈赤回到山寨后，仍余怒未息，对诺米纳背信弃义恨恨不平。佟春秀听了详细情况，分析说："古语说，干大事的人要结成死党，他们与你生死相依，甘苦与共，形成你的得力臂膀。有了这样的核心，何愁不克敌制胜！"

努尔哈赤深有感触地说："是啊，像额亦都、噶哈善、安费扬古、张义，还有舒尔哈齐、穆尔哈齐，这些人真的是我们生死兄弟啊，还有常书、杨书，他们真的是可以生死相依的啊，对这些人，我们不能亏待了他们，要让他们跟我们有福同享啊。"

佟春秀接着刚才的话题说："我还有两件事跟你说，你看看对不对，你若觉得对的话，就商量一下，定出个条条来，让人人都知道，人人都遵守。"

努尔哈赤说："你说吧！"

佟春秀说："头些日子我和妍妹去河洛嘎珊调停他们家中分获衣物不公闹纠纷的事，给我提了个醒。我看是不是定出个条条，谁作战的功劳大，谁就多分财物，这样才能让人人都争立战功，个个争当巴图鲁。至于财物嘛，我看是不是总的分成三份，……"

努尔哈赤忙说："我明白了，这条很好！等大家到一起议论一下，定出个比较具体详细的条条来。这样才能让人人都使出浑身的劲儿，这很好。大混套子，不能调动每个人的积极性。还有什么？"

佟春秀说："还有一件事。咱们属下的人越来越多，各个氏族的，各个部落的，还有汉人、朝鲜人、蒙古人。这些人刚来，都是单家独户，几家几户，什么人都有，住在一起，什么事都会发生，口角纷争的，打架斗殴的，偷盗行窃的，通奸嫖宿的等等。这些看起来是小事，但它却影响家庭和睦，邻里团结，也牵扯我们的精力。我看是不是可以立下些条条，定出些规矩，谁不遵守，轻者斥责，重者处罚，对那些好的人好的家给以奖励，促使大家都能和睦相处，遵守法度，也省得让我们为些小事劳神费心。”

“唉呀，你可真是我的好管家、好参谋啊！”努尔哈赤高兴地说，“你说的这些都非常好。那样吧，哪天我们召集各村长、屯长、穆昆达，好好合计合计，定出些条条框框，公布出去，对人人都是个约束。你们尼堪人不是说嘛，没有规矩，不成方圆，这回就给大家立个规矩。哈哈纳扎青，你不光是我的萨尔甘啊！你多费费心，多注意一些事情，多动些脑筋，多帮我想些道道，我才能更好地治理咱们的小天下啊！”

休整几天后，努尔哈赤要带兵去攻甲板，说尼堪外兰在甲板筑城，想在那扎根。佟春秀说：“对付像诺米纳那样的人，也可以用计谋来取他，他不是图小利，忘大义，要点小聪明吗！咱们就用小计去治他。你不是常说些《三国》故事吗！那里就有许许多多的用大计小计取胜的事，最著名的是连环计，诸葛亮用连环计在赤壁大败曹操，把曹操打得落花流水。我们能用武力征讨的就用武力，能用计的用计，这就是征抚并用，计战结合。”

努尔哈赤说：“好！”于是领兵征甲板，结果又扑了空，还是诺米纳给报的信儿，尼堪外兰逃到了河口台。努尔哈赤领兵追向河口台，远远看见明兵与尼堪外兰比比划划、争争讲讲的，不知是怎么回事，就没进兵，退兵扎营。

晚上，有一人来投，说是尼堪外兰的部下。他说，是诺米纳第二次给尼堪外兰送的信儿，尼堪外兰才逃离甲板的。还说，尼堪外兰在河口台要进边，求明兵保护，明兵阻拦，不准许他进边。那个降人说：“眼看你们要追上了，怎么又退兵了呢？”

努尔哈赤气愤地说：“若不是诺米纳这个王八犊子里挑外撅，传递军情，走露风声，我军早就抓着尼堪外兰那个兔崽子了。”

正在努尔哈赤回军的时候，萨尔浒城主诺米纳和鼐喀达派人来说：“您努尔哈赤回军得走我们萨尔浒的路吧？我们城主诺米纳说了，栋嘉和巴尔达那两个城寨跟我们有仇，咱们何不联兵攻下来给我们。可是，浑河的杭嘉和扎库木两个地方，你们不能侵犯，因为那是我们的地方，你们若是不按我们城主诺米纳说的话办，我们就卡住路口，不让你们通过。”

努尔哈赤听了，肺都要气炸了。可冷丁想到佟春秀的话，能用计取的用计取，该用力攻的就用力攻，在任何时候都要冷静思考，之后决断。心想，诺米纳不是希望我们联合打下栋嘉、巴尔达吗，可以，我就将计就计，先拿你诺米纳的脑袋，破了你萨尔浒城，先除掉你这个拦路虎，除掉我心头之恨，扫平我攻取尼堪外兰的道路。

努尔哈赤心想，佟春秀常说，军事上的智取，常常胜于强攻，这回我就用计取你诺米纳。于是，他高兴地对诺米纳的来人说："好啊！你先回去报告你们的城主诺米纳，我乐意和你们联兵去攻栋嘉、巴尔达，攻下来给你们，我什么都不要，只要让我军可以通过萨尔浒路就行。"那人兴匆匆地回去了。

噶哈善、常书、杨书听了诺米纳人的话，十分气愤，说诺米纳也太霸道了，若不先破了诺米纳，我们必然遭受他的制约，不先除掉他，既难通过他的地界擒拿尼堪外兰，报父祖之仇，也难以号令这附近的各城寨人。

努尔哈赤说："你们都说得好，不先除掉诺米纳，我也难解心头之恨。可是，我们的兵力弱，兵器少，也很难攻下萨尔浒城。以力强取，势有不济。我们只有智取，才是上策。他不是要和我们联合兵力攻栋嘉、巴尔达吗？我们就同他联合，到时候就……。如此这般，我一下令，你们就……。"噶哈善、额亦都、常书、杨书、舒尔哈齐、穆尔哈齐、阿敦，还有兀凌噶、额布禄，大家一听，好，太好了，真是群情振奋，意气昂扬。

努尔哈赤胸有成竹地率兵来到了萨尔浒城下，见城主诺米纳、鼐喀达早已带领全副武装的兵丁正在城下等他们。诺米纳听说努尔哈赤同意了他的要求，联合攻打自己的仇敌，极为高兴，就早早地领兵出城了。

两军集结以后，开赴巴尔达城下。努尔哈赤就以萨尔浒城的兵铠甲兵器又多又好，而自己的兵甲少武器少，让诺米纳的士兵先攻。诺米纳听了，担心先攻吃亏，死不同意。努尔哈赤心中高兴，诺米纳上套了。于是，他说："你不同意领兵先攻，那就我先攻，把你的士兵的铠甲兵器借给我军，这样一定能攻破这巴尔达和栋嘉两城给你，铠甲兵器还你，我能走你的萨尔浒路就行了。"

诺米纳不知是计，只想贪便宜，就同意了，命令全军将铠甲、兵器统统交出来，给努尔哈赤的兵穿上使用，心想，我可以不伤一兵一卒，就能拿下这两块地盘，消灭了仇人，真是天大好事啊，你不就是要借道走走吗，走呗！他正高兴的时候，努尔哈赤的兵士已将诺米纳的兵的铠甲全部装备在身上了，又拿起了他们的尖兵利器，全部武装了起来。

这时，只听努尔哈赤一声令下，额亦都等几员大将一拥而上，眨眼工夫就杀死了诺米纳、鼐喀达，萨尔浒城的兵士全体招降。努尔哈赤命令安费扬古回军，一举破了萨尔浒城，萨尔浒城全城陷落。努尔哈赤随后入城，命令不许杀害已降军民，安抚居民，夫妻子女离散的让他们团聚，仍居城里。

努尔哈赤智取诺米纳萨尔浒城的胜利，大大地壮大和武装了自己，为他追杀尼堪外兰，统一建州扫清了道路。这一场战争的胜利，在努尔哈赤的内心里，更对佟春秀有新的敬意，使他懂得了一个指挥官的意志和智慧，对一项事业的成功与否是多么重要。因此，他更加敬重佟春秀了。

努尔哈赤的英勇神威和仁义之举，一阵风似的传扬开了。尼堪外兰的属下听了，都觉得官兵连河口台都不让尼堪外兰进边，朝廷又怎么会真正扶持他做满洲之主呢！便纷纷离散，投奔努尔哈赤。尼堪外兰看到这种情形，真的害怕了。于是，他不得不携妻子亲属到法哈纳所属的鄂尔珲地方筑城，以图自卫。

努尔哈赤率军回到波罗密山寨后，佟春秀杀猪犒劳军士，庆祝萨尔浒城的胜利。

尼堪外兰所筑的鄂尔珲城，属于建州的浑河部，与苏子河部相邻，鄂尔珲城就筑在浑河边上，靠近抚顺城。尼堪外兰隶属塔克世的时候，常常为交昌安、塔克世办理外交事务，经常跟朝廷的封疆大吏和官兵将领打交道，相互都很熟。他想，自己就是不做满洲之主，一旦有险，进边避避，总还是没问题的吧。你努尔哈赤来，我进边躲，你努尔哈赤还是没辙。他就是以这样的心态，督促部下，日夜不停地修筑城池。

努尔哈赤探听到尼堪外兰在鄂尔珲筑城的消息，就决定第三次去征剿。临走时，他恨恨地说："这回看他往哪跑！"

佟春秀说："古书上说，穷寇莫追，说的是穷寇会拼死反抗。常在江湖走，难免不挨刀。我说艾根哪，你可千万注意保重身体啊。身体受了损伤，就什么宏图大志也难以实现了啊！打仗，要首先保证自己的人少受伤害，第二才是消灭敌人，若是光顾消灭敌人了，到最后，敌人是消灭了，可自己也元气大伤，就不合算了。”

努尔哈赤听了，说：“你的意思是说，先保住自己，才能最后消灭敌人。我明白了。”

佟春秀说：“尼堪外兰现在是内无实力，外无援兵，已经穷途末路了，这次征剿，他必死无疑。等你们凯旋回来，还设庆功宴!”

努尔哈赤心急如焚，督兵日夜兼程，一天多工夫就到了浑河边，将鄂尔珲城团团围住，立即发起凌厉攻势。将士们奋勇拼杀，英勇登城，不到半个时辰，就攻破鄂尔珲城。

进城后，一一清查人口，却不见尼堪外兰。努尔哈赤好生奇怪，他登上城头遥望，一眼发现城外逃遁的四十多人中，为首的一人头戴毡帽，身穿青色绵甲，这一定是尼堪外兰！他迅速下城，驱骑纵骥，单枪匹马，疾驱驰追，直入那遁逃的四十人中。只见他两眼冒火，拼力厮杀，虽陷重围，却无丁点胆怯，越战越勇，乱矢中胸贯肩，中了三十多箭，仍毫无惧色，奋死力战，终于射死八人，砍杀一人，其余三十多人惊慌逃散，那个穿青色棉甲戴毡帽的人，也不知逃到哪里去了。

努尔哈赤杀退敌人，带伤回到鄂尔珲城内。这时，有人猜说，可能是明兵把尼堪外兰保护起来了。他听了之后，恼怒异常，乌云遮住了智慧之光，

仇恨令他失去理智，他亲手杀死了无辜的十九名汉人，又捉住中箭的六人，把箭重新扎入伤口，命令他们给朝廷官兵送信，说，“赶快把尼堪外兰交还给我，不然，我努尔哈赤必定发兵讨伐。”

朝廷官吏看努尔哈赤势力日益强大，留着尼堪外兰也无大用，就派人来说：“尼堪外兰既已投附朝廷，岂有送出之理。你要杀他，可派人来捉去就是了，官军不加阻拦。”

努尔哈赤不信，说：“你们莫非又要骗我?”

那使者说：“若不信，你不必亲自去，只派几个兵去，就能把尼堪外兰捉来。”

努尔哈赤叫斋萨带四十人去明边捉拿尼堪外兰。斋萨等人到了明边，尼堪外兰一看，不禁胆战心惊，心想，这下完了，小命今天算丢在这里了。可求生的欲望还是很强，他急忙登上梯子，想要登台匿藏，以期明兵掩护。谁想明兵早已得令，不准他登上台子。明兵将梯子推倒，

尼堪外兰摔在地上，还没等爬起来逃跑，斋萨等上去就将他砍死斩杀了。努尔哈赤为父祖报仇雪恨，终于如愿以偿了。

在征伐尼堪外兰、破萨尔浒城等战斗中，与努尔哈赤歃血为盟的亲密战友噶哈善，出谋划策，赞襄军务，英勇无畏，很得努尔哈赤的赏识器重，为了令其余各族众归投，特将同母妹沾河嫁他为妻，以联姻收其心。

尼堪外兰，英雄一世，就这样被朝廷出卖，丢了自己的小命。他本姓佟氏，原属苏子河部，是交昌安、塔克世的部下。他祖居佟佳江，在逊扎甘居阿林一带以打猎为生，后来才迁到嘉哈地方。他的父亲名叫都尔图噶，他爷爷跟随阿古都督王杲犯边作乱，王杲失败被杀后，他爷爷也死在了古勒城里。都尔图噶趁乱逃回佟佳江，后来被交昌安招抚归降，都尔图噶和尼堪外兰就都成为塔克世的部下了。塔克世看尼堪外兰巧言善辩，巧舌如簧，为人精明，善于结交，便叫他办理外交事务。于是他便在苏子河部的西部边陲建城以居。因为他跟明边大吏朝廷官兵混得很熟，人缘较好，便招纳聚拢流人散勇，在浑河南岸山上筑图伦城，自己做了城主，与塔克世分庭抗礼，妄图借朝廷之力，做建州之主。

听客们不禁要问，听您这么一说，他尼堪外兰不也是佟春秀一家人了吗！讲书人说了，他们是一个祖宗一个坟，一个姓氏一家人啊！可到了尼堪外兰这一辈，早已经出了五服了。佟春秀这枝人早在七八世以前就恢复汉人籍了，而尼堪外兰却是汉满各半。不信你看，他女真人名本来是叫外兰，可因为他们佟氏的佟百万是汉人，在辽东又卓有影响，也就把他的名前加上了“尼堪”两个字，成了尼堪外兰了，人们习以为常，约定俗成，相沿成习，他也不伦不类地成了尼堪外兰了。

第二十九章 众酋长群议定决策 佟春秀一言献奇谋

听客们听到这里说话了，你讲书的扯的也太远了，这些往事的回忆咱们就撂下，还是回到现实中来吧。

话说努尔哈赤在统一了苏子河部以后，就对外称苏子河部酋长，而不再叫自己的满洲部了。这时，他，觉得该长出一口气，休息休息了。父祖的仇报了，苏子河部原来各自为政的城寨也已经统而为一了，下一步该如何行动呢?

努尔哈赤倒在炕上，晌午饭吃过，想休息一下。他闭目而眠，但眼球却在转动，佟春秀知道他没睡，就轻声问："你在想什么呢?"

努尔哈赤说："我在想下一步该干什么，怎么干。"说着，就睁开了眼睛，"你也倒下，歇歇身子。咱俩先虑量[①]出几条来。"

"这个事，我早有考虑，我说说，你听听。"佟春秀说。

佟春秀挨着努尔哈赤也倒下了，两个人枕一个双人枕头。她说，"我想是这样的，可不可以让各头头都来，专门呛嘁呛嘁[②]，听听大家的各种意见，各个想法，然后你再缕出几条总归意见。"

努尔哈赤说："行！让各员战将、各哈拉穆昆达、各村寨长、百家长、什家长，各城主、寨主，有点气候的都来参加，集思广益，大家的智慧，能顶几个诸葛孔明。"

佟春秀说："你说的下一步的行动计划，这是大事，是首要讨论的事情。另外，我头些天跟你说的两件事，一个是惩恶扬善、奖功罚过、赏功罚罪、订条拟律、戢盗禁奸，一个是如何鼓励全军士气。我看，这也是当务之急。"

"你说吧，还有什么。"努尔哈赤认真地听。

佟春秀接着说："还有，你们从萨尔浒回来，我看几个阿哈找磨石磨刀，我记得你曾叫我买铁的事，打仗没有兵器铠甲不行，若想成其事，必先利其器，我们得建铁匠作坊，制作铠甲弓箭兵器。"

---

① 虑量：辽东方言，大家讨论，发表意见。

② 呛嘁：辽东方言，议论议论。

努尔哈赤说："这件事我早有考虑，写上着手安排就行了，不必大家去议了。"

佟春秀说："那还有几件事，要各个村寨家户都要纺织麻布，纺的越多越好，一是自己穿用，来归人众，缺衣少食的可安抚他们；一是要多种粮食，多养马牛猪羊，可自用，可备军需；还要找几个兽医，马匹有个什么结症能诊能治；一是今后的战事要多，参战的人越来越多，所有参战的人用的马匹、兵器、粮食都要自备，不能等谁发给；一是让大家举荐人才，我们的事业不断发展壮大，需要有各种各类的人才，利用各种关系，扩大人力、兵力，谁带来十人、百人来投，就给他相应的头衔。我们还要撒出些人马，到各地去了解探听各种各类情况，回来报告，我们就可以知己知彼，制定战略战策……"

努尔哈赤笑了，坐了起来，俯身看着佟春秀，说："哈！还真没看出来，你这小脑袋瓜子里装了这么多事儿。"

佟春秀也笑了，说："还有哪！你愿意听不？"

"说吧！说吧！统统说出来！"努尔哈赤来了精神，高兴得连口称赞。

佟春秀说："我们现在的人多了，各地的人都有，各样的人都有，所以，不知哪天会发生什么事。我看，可不可以订出几条规矩条令，对各个人的不轨行为进行约束，让人们有所遵循。"

努尔哈赤说："这也是个大事，没有条令约束，不就乱了套了嘛！还有吗？"

"有！"佟春秀笑了，"你若愿意听，我能给你说几天几宿。"

"说吧！"努尔哈赤说，"我在听！"

佟春秀又说："各个村寨城池的穆昆，打仗时他们是领兵的牛录额真，平时呢，他们是管辖居民的酋长，各属下发生的事，要他们自行处理，鸡毛蒜皮的事，他们自己就可以解决，不要找上边决断。凡涉及到大家利益的大事，即使他们自己处理了，也要向上边报告，他们处理不了的一律交上边处理。我想，这些事都挺重要，就都说给你听喽！"

努尔哈赤认认真真地听完，思虑了一下，说："你说的这十几条都很重要，也都应该马上着手办的。可我想，有的是该大伙讨论讨论再定，有的不用，我就说一下让大家知道，回去照着做就是了。很好！"说着，又哈下腰，抱着佟春秀，亲了又亲。

当即，努尔哈赤就打发人下去传信，决定第二天召集会议。

第二天，在波罗密山寨，努尔哈赤召开了重要的会议，参加会议的各穆昆达、部长、酋长、城主、寨主、村长、百家长、什家长等等，共计四五十人。会上，首先讨论的是统一建州各部的计划步骤和方案。大家呛呛来呛呛去，议论纷纷，各抒己见，畅所欲言。有的主张先攻海西，拿下扈伦四部，咱们的声威大振，那时咱苏子河周围各部不用打，就会来投。然后再征东海，就轻而易举了。有的主张先招兵买马，扩大武装，人精马壮，武力强大，再对外用兵，征服各部。有的主张先把建州三卫都统一了，有了稳固的大本营、大后方，才能放心地对付其他各部。各种意见，都说出了各自的理由和根据，纷纷议论，不一而足。

努尔哈赤一直注意倾听大家的意见，这时，他说："大家伙先静一静，我说说。大家的意见非常好，特别是大家的这种精神，我觉得更可贵，只要大家有这种积极进取的奋发精神，我们就可以无往而不胜。大家的主张意见都说得入情入理，切实可行。大家总的目标都是一致的，也是明确的，就是把我们女真人——不管是建州的，海西的，东海的，把四分五裂的女真各部都统一起来，成为一个女真部。这是我们的共同的目标，而且必须实现这个目标，我们也一定能够实现。你们说是不是？"

大家异口同声地说："是！"

努尔哈赤接着说："我们住在山多林木多的地方，都知道砍倒一棵大树得怎么砍，树才能被砍倒。我们不妨把统一女真各部这件事比作一棵大树，我们要想把这棵树砍倒，只有一斧子一斧子地砍，不知得砍多少斧子，几十下，甚至几百下，才能把大树砍倒。这还像我们饿了，要吃饭，但不能三口两口就吃饱了，总得一口一口地吃，才能吃饱。我们要统一女真各部，这是一件名垂青史的事业，要完成这样的事业，想一朝一夕就完成，是不可能的，必须一点儿一点儿地去做，就如走路一样，我们要去抚顺马市，那路只能一步一步地走。统一战争的箭已经射出去了，我们只能勇往直前。原先我们是为报仇，追杀尼堪外兰，我抱着不善罢甘休的决心，非杀死他不可的信念，今天终于苍天有眼，让我如愿以偿了。我们这把火算是点着了，如不燃烧，必将熄灭。我们既然把火烧起来了，就不能让它熄灭了。刚才已经有人说了，我们不能仅仅满足于建州三卫的统一，我们要把建州、海西、东海，所有的女真人都统一起来。我们甚至要把大明江山都划归一个版图，干它一场前无古人，后无来者的伟大事业。我们女真人曾经有过辉煌时期，我们的先人完颜阿骨达就在咱们中华的大地上，打下了半壁江山，建立了大金王朝，历经十帝一百二十多年。难道我们就能满足于把海西、东海统一在我们的旗帜下吗？我们就不能建造一个比大金国更大的天下吗？这件大事需要我们一点点去做，一步步地走，一仗仗地拼杀，我们的地盘才能一块块地扩大，我们要一个个地扫清我们的障碍，想一口吃成一个胖子是万万不可能的。”

努尔哈赤一番惊天动地的宏篇巨论，大家听得目瞪口呆，心灵震撼，他们真是连想都没敢想啊！

大家踊跃发言。使努尔哈赤和佟春秀心情振奋的，不仅仅是提出了许多好的意见和合理的建议，而是看到了大家的精神！这就是不怕打仗，不怕流血牺牲，敢于英勇征战、艰苦奋斗的精神！有了这种精神，就能无往而不胜！

努尔哈赤看大家神情激昂，精神振奋，便兴冲冲地说：“大家再静一静，我还有话说。现在，我们的本部已经没有大的障碍了，还有几个小小的部落没有征服，我们可以先不用管它。现在，可以说，我们能够放开手脚地干了。头两天，有侦探回来报告说，栋鄂部内自相扰乱，我们可以趁此机会去一个个地征服他们，不能等他们都和好了再去征服，那就困难大了。”说完，他看了看佟春秀，用眼神问，“有什么话说没有。”

佟春秀知道努尔哈赤的意思。便说：“我说两句。”可能是声音小，有的没听见，大家还在说话，阿敦站起来大声说：“唉！唉！大伙先闭嘴，佟主子有话。”大家静了下来，鸦雀无声。

佟春秀说：“我听了大家的话，十分高兴，表明大家都有一种难能可贵的积极进取的精神，有了这种精神，我们就可以大展宏图。可眼下，我们的力量还十分薄弱，我们面临重重的困难，我们的对手又十分强大。我们只能一点一点地壮大实力，一城一寨地扩大领地，一兵一卒地消灭敌人，一族一部地收抚部民。我们在征服各部族的过程中，要实行远交近攻，抚剿同用，恩威并施，顺者以德服，逆者以兵临，号之以天威的策略。我说的这几条，是我们的根本方针。至于其他一些事务上的事，刚才我们的主子努尔哈赤已经说了要订出一些族规家训，政令律条，公布出去，让人人知道，个个遵守，让我们的建州人，人人奋发努力，个个安居乐业，建设一个平平和和的建州，人人都快快乐乐、幸幸福福的，该有多好啊！”

“噢，噢！太好了，太好了！”大家都交口称赞，心心向往了。

会上，努尔哈赤说了几十条律令，让回去告诉每一个人知道，人人遵守。最后，决定近期发兵栋鄂部。

第三十章 攻栋鄂罕王险丧命 伐哲陈八十败八百

这一年的九月，努尔哈赤率五百兵士前往攻打栋鄂部。当时，栋鄂部长名叫阿亥，是齐吉达城城主。他早就准备好了蟒血毒箭，要进攻苏子河部，因为内部起讧，就没来得及发兵。这回听说努尔哈赤率领五百精兵来攻他的齐吉达城，就督兵四百，紧闭城门，严阵以待。

齐吉达城位于浑河流域的拉法河北岸。努尔哈赤兵临城下，命令兵士放火焚烧城周围附近的房屋牲舍，又放火烧城楼，趁烟火升腾之机，猛烈攻城。正当城将陷落的当儿，不料想下起了鹅毛大雪，将火浇灭。纷飞的大雪，漫天飘舞，城下人看不见城上人，城上人也看不见城下人，战斗没法进行。努尔哈赤只好命令停止攻城，撤兵回军。为了撤兵安全，他自己带领十二人隐蔽于烟火笼罩之处，掩护士兵安全撤退。守城的兵士以为努尔哈赤已经回军远去，就打开城门，有几个兵士出得城来。努尔哈赤突然从浓烟处跳将起来，立马挥刀，连砍四人，缴获两副铠甲而还。

回军途中，完颜部的首领逊扎亲光衮从后边匆匆赶来，会见了努尔哈赤，说："大都督，请您且慢回军，我有一事相请。翁科洛城人以前曾欺侮羞辱过我，这回恰好赶上大都督率军途经此地，恳请大都督助一旅之师，以雪我曾被俘的耻辱，克城所获人畜财物，全部归大都督所有。"

努尔哈赤一想，兵马既然已经来到了这里，何不借机为完颜部雪耻复仇，攻克翁科洛，既施恩于完颜，又获利于自己呢！于是，决定星夜率军前去攻打翁科洛城。

可是，逊扎亲光衮与侄儿岱度密意见不合，暗中有矛盾。他听说叔叔请兵攻翁科洛城，就急急忙忙偷偷地跑到翁科洛城告诉信儿。翁科洛城主得知努尔哈赤率大兵来攻，立即聚兵守城，紧闭城门，亲自登城指挥兵士防守。等努尔哈赤率兵赶到的时候，翁科洛城已经严阵以待了。

努尔哈赤率兵来到城下一看，见城中守备森严，就巡视察看，寻找攻城的机会和方法。他命令士兵放火，焚烧城门悬楼，还把城周房舍一律烧光。霎时，大火熊熊，城周一片火海。努尔哈赤趁机首先登上房脊，奋前进战，发矢猛射，连连射中守城兵卒。不巧，恰在这时，翁科洛城中一个名叫鄂尔果尼的有名射手，发现了努尔哈赤，他暗发一箭，射中努尔哈赤肩膀子，透甲伤肉，箭深有一指。努尔哈赤拔出箭，血很快流到脚面子。正在这万分危急时刻，努尔哈赤见城内一人躲避在烟筒后，他就用拔下的箭反射，射中那人的腿，那人应弦而倒。努尔哈赤箭伤流血不止，血染衫襟。然而，两军混战正酣，烟尘滚滚，不能退兵，努尔哈赤只好带伤指挥兵士奋勇激战。

这时，城内另一名叫洛科的神箭手，乘烟火的掩护，潜近努尔哈赤，暗发一箭，正中努尔哈赤的颈项，“扑”地一声，箭簇穿透了锁子甲的围领，簇卷如双钩，创伤寸余。努尔哈赤拔下箭矢，带出了两块血肉，血涌如注。

部下见努尔哈赤身负重伤，要登上房子扶他下来。努尔哈赤急忙制止说：“你们不要上来，小心被敌人发觉，待我自己从容下来。”他一手捂住伤口，一手拄弓下房。下房后，因流血过多，几次昏迷，不得已，只好收兵而回，第二天才转危为安。

回波罗密山寨后，努尔哈赤养好伤，再次率兵攻翁科洛城。城内的兵卒早已领教了努尔哈赤的神威，听说他又来攻城，很是畏惧，战斗力大大减弱。大将额亦都、张义、安费扬古、舒尔哈齐、穆尔哈齐等人奋勇登城，兵士们个个奋勇力战，城池迅速被攻破，俘获了神箭手鄂尔果尼和洛科，兵士们说：“把这两个小子乱箭穿胸杀了吧，好解射主子的仇恨。”努尔哈赤连忙制止，说：“不能杀！两军交锋，志在取胜，将士各为其主。现在，他俩是我们的人了，不也为我们去射敌人吗？若在战阵中他俩死于锋镝，犹为可惜，怎么能因为射了我而杀了他们呢？不仅不能杀，我还要重用他俩呢！”

努尔哈赤这种不计私仇宽宏大度的胸怀，深深地感动了部下，从而加强了苏子河部的团结。

新一年的二月，严寒刚过，阳光融融，但早晚天气仍很冷峻。努尔哈赤要攻界凡城。富察氏衮代说：“界凡周围有五六个城寨，都对我们怀有敌意，他们若是起兵合击，您只带五十员兵，实在太少了，我们会吃亏的啊！”

佟春秀说：“我们的兵轻装偷袭，人多累赘。他们即便合兵一处，也不为惧，两军相逢，勇者必胜。再则，他们几城联兵，也是乌合之众，各城有各城的心计，都怕损伤自己兵卒，所以，肯定没有多大战斗力。我们可以临机应变，利用各种优势，先斩其酋，令其群氓无首，其兵则不堪一击。我们兵卒虽少，亦可就势取胜。”

努尔哈赤听了，嘿嘿笑道：“听听，我们的哈哈纳扎青不愧是巾帼豪杰，裙钗英雄啊！这若是给你一支队伍，你肯定是一员智勇双全的大将军啊！”

“那可太夸奖我了，”佟春秀也笑了说，“只不过受我爹爹影响，家庭熏染，对军事征战，文韬武略，从纸上谈兵，略懂一二罢了。若真正做个好将领，还是得从实战中锻炼成长啊！临机应变，从容指挥，才是好将领。”

努尔哈赤高兴地说：“那就是说，看我在实际战争中是怎样以少胜多，掌握主动，夺取胜利了！否则，我也不是好将领喽哇！”说的三个人都大笑起来。

当天晚上，努尔哈赤挑选五十员兵丁，令他们早早睡觉，半夜启程行军。次日晌午时分，努尔哈赤直逼界凡城，岂料界凡城早已事先得到信儿，有了防备。结果，努尔哈赤毫无所获。

无奈，努尔哈赤率军回师。当他们途经界凡城南的太栏岗时，突然发现界凡、萨尔浒、栋嘉、巴尔达四城合兵四百人，向努尔哈赤追袭而来。

努尔哈赤心想，还真应了衮代的话了！可他并不惊慌，沉着应对。他令张义先带队伍后退，说：“不要急速地走，要慢慢地撤退，不让敌兵看出，以为我们害怕。”他自己则与弟弟舒尔哈齐、穆尔哈齐、额亦都、安费扬古、常书、杨书几员大将殿后，隐蔽起来，等待来敌。

这时，只见界凡城主纳申、巴穆尼两人疾驰逼近。努尔哈赤一见，这马尔墩城的败将，领四城兵来追杀我，想报我杀你兄长萨木占、纳木占的仇啊！没门！你今天是来送死来了！我不杀你，回去妹夫噶哈善的在天之灵都不饶你。努尔哈赤怒从心头起，勇自胆边生。他单骑拦路，迎击恶敌。纳申率骑前来，见努尔哈赤一人一骑站在路中，兴冲冲地心想，这回为我二位兄长报仇的时刻可算来到了，你努尔哈赤再勇武，我四百劲卒一人一刀也把你剁零碎了。他策骑猛进，高高地举起明晃晃的战刀，恶狠狠地向努尔哈赤砍来。努尔哈赤机敏地一闪躲过。纳申用力过猛，又收不住身子，一刀将努尔哈赤的马鞭子砍断。努尔哈赤趁纳申人骑错过之机，眼疾手快，挥刀奋力一劈，纳申不及防备，被努尔哈赤一刀从肩背斜下，砍成两半儿，坠马而死。

巴穆尼随后，见纳申已死，便跃马扬刀，疾奔而来。努尔哈赤驻马稳身，拉弓搭箭，猛力一射，将巴穆尼一箭射死，坠下马去。那四百卒兵追来一看，见两位主将已身首异处，早已死亡，大惊失色，对手武艺高强，神箭超群，一个个唉呀吗呀直叫，惊吓得哪敢前进，只好伫立观望。

努尔哈赤心想，为了慎重，尽管已经镇住了眼前的四百敌兵，可敌众我寡，力量悬殊，不可硬拼。他想起了佟春秀讲的三国故事，临行前的一番话语，遂决定退兵，设计脱身。他趁敌兵惊魂未定的当儿，指挥自己的兵士下马，假装以弓梢拂雪，寻找箭头，徐徐引马而退。

兵马过了太兰岗，努尔哈赤命令兵士用盐水炒面饮马，自己则立马于纳申尸旁殿后，为疑兵之计。

纳申的部众大呼小叫地喊道："人都死了，你还站在那干什么，还不走？难道还要吃他的肉吗？"还有的喊道："你快走吧，我们好收尸回去。"

努尔哈赤回答说："纳申素来与我为敌，是我的仇人，今个儿我把他杀了，心里很高兴，吃他的肉又怎么样？"说完，他就缓缓地退走。他见部下兵马已经走远，为了安全，又率七人隐蔽于隐避之处，把帽盔放在高突的地方，让敌兵能看得见，做出伏兵之势。

纳申的部队远远地看见了，呼喊着说："你们有伏兵，我们已经看见了。我们的两个城主都被你们杀了，还想杀尽我们吗？"

四城的兵因为界凡城两个城主纳申、巴穆尼已经死了，没有人敢领兵战斗了，又见前边有埋伏，就没有追击。等努尔哈赤的兵马走得无影无踪了，界凡的兵才敢将纳申、巴穆尼的尸体收回。

这次出兵，努尔哈赤没有伤一骑一兵，安安全全地率兵回到了波罗密山寨。从这次战斗可以看出，努尔哈赤不仅勇猛善战，无惧无畏，而且能审时度势，足智多谋，不仅自己身先士卒，冲杀在前，而且处处爱护自己的部下，宁冒生命危险，也要保障兵卒的安全。这种精神，深深地打动了他的兵将，在以后的战斗中，更加英勇顽强，无形中增强了努尔哈赤的战斗力。

四月，努尔哈赤决定攻伐哲陈部，兵士部众听到又要出征的消息，人人斗志昂扬，个个意气风发，纷纷炒炒面，备兵械，制铠甲，争相参战，誓立功勋。

努尔哈赤集兵点将，率领马步兵五百，征伐哲陈部。大军集结之后，努尔哈赤立马队伍前面，佟春秀骑马站在身旁。队伍按城寨村屯族部序列排队站好，努尔哈赤说："队伍要出发了，听听你们的女主子要对大家说点什么。"

佟春秀驱马前进一步，说："两军相逢勇者胜，你们凯旋回来时，我为你们庆功！"

"出发！"努尔哈赤战刀一举，发出了命令，大军浩荡西行。不巧的是，老天爷不作美，正逢春季洪水泛滥，行军十分艰难。努尔哈赤一看，这样何时才能到哲陈！全军返回吧，又白白张罗一回，实在不甘心。于是，他命令大部队返回，只带绵甲兵五十人，铁甲兵三十人，驱骑西行，直奔哲陈部进发。

正在这时，嘉哈寨首领苏枯赖虎知道了努尔哈赤率兵攻讨哲陈的行动，心想，我们一向与哲陈部和睦为邻，哲陈部今有危机，我们怎能坐视不理，袖手旁观呢？我们即使不派兵参战，送个信儿去也算尽了友邦的情义啊！于是，他密令手下一人骑马快传消息，将努尔哈赤征讨哲陈部的兵力和行踪，分别通知了托木河、章嘉、巴尔达、萨尔浒、界凡五城城主。五城城主得到消息后，迅速做出反应，各城均倾城出兵，结兵联骑，共有八百人，集结在浑河岸边，依险结阵，严阵以待，单等努尔哈赤兵到，企图一举歼灭。

努尔哈赤督兵到了浑河，留下能古德在后边哨探，有了军警消息，要马上飞马赶上部队向努尔哈赤报告。后边留下了侦察人员，努尔哈赤也就放心大胆地率军前进，也就没加防范。没料到，能古德发现五城的敌兵，各城兵的旗帜鲜明，兵马势众，杀气腾腾追上来的时候，他即刻打马飞奔，向努尔哈赤赶去报告。结果，紧急之中走错了道路，没有及时赶上努尔哈赤的队伍。

正当努尔哈赤举兵行进的途中，五城的兵马猝然而至，从界凡、浑河，一直到南山一带地方结阵以待，阵容威武。大敌当前，令人望而生畏，族弟扎秦和桑古里见了，胆胆怯怯，畏首畏尾，缩头缩脑，踟蹰不前，忙解铠甲，意欲遁逃。

努尔哈赤见了，十分生气，怒斥道："你们平常在家，每每称雄乡里，今天遇见敌兵怎么就胆小如鼠，要弃甲而逃呢？像你们这样，还能算得上男子汉?!”说得扎秦和桑古里低头不语，无话可说，只好硬着头皮参战。

努尔哈赤见敌情紧急，自己的八十多兵马尚未赶到，想起出兵前，佟春秀说两军相逢勇者胜，就领弟弟穆尔哈齐、舒尔哈齐、近侍颜布禄、兀凌噶五人奋勇骑射，飞矢齐发，冲入重围，英勇杀敌，转瞬间他们五人就射杀敌人二十多人。这时，五城兵统帅不一，各城主自相保守，担心损兵折将，不敢迎战，相互观望不前。而努尔哈赤五人箭无虚发，杀势凶狠，实难抵挡，五城兵马顿时阵容大乱，互相碰撞，纷纷争渡浑河，竞相溃逃。

经过一阵激烈的奋力厮杀，努尔哈赤又饥又渴又疲惫，遂卸下盔甲，下马暂歇，等待后军的到来。

稍事休息后，努尔哈赤旋又重整盔甲，率领几人追杀敌兵四十五人。当他们五人追至界凡城险隘之处的吉林崖时，只见有敌兵十五人奔来。努尔哈赤和弟弟穆尔哈齐、舒尔哈齐三人隐身避马，张弓以待。见敌兵逼近，努尔哈赤奋力一射，正中为首之敌，穿腰而死。穆尔哈齐和舒尔哈齐继尔各射一箭，也射死二人，其余敌兵眨眼工夫见死三人，都惊慌逃窜，结果慌不择路，一一坠崖而死。其余敌兵，纷纷逃脱。等努尔哈赤的后队八十人赶到时，五城八百兵，扔下九十多具尸体，已经溃逃而光。努尔哈赤最终以甲兵八十，战胜十倍于己的五城兵马，取得了“两军相逢勇者胜”以少胜多的战绩。

打这以后，努尔哈赤更加敬重元妻佟春秀了。

第三十一章 征五部建州一统 筑首府佛阿拉城

努尔哈赤自起兵五年，先后降伏了建州女真的苏子河部、栋鄂部、浑河部、哲陈部和完颜部，统一了建州五部。后又经五年时间，兼并夺取了长白山讷殷部、朱舍里部和鸭绿江部，将蜂起称雄环满洲国部而居的各部一一消灭。这时，努尔哈赤开创的统一女真的基业日渐扩大，人口急剧增加，物资供应日丰，这就要求有适应新形势发展需要的根据地，建立新的设防城池。

这年的九月初，大部分庄稼开始收割了。佟春秀骑马进了东沟，察看庄稼收割情况，那满沟满坡的庄稼，都割得地里溜光，粮谷作物已经收下山运了回来。山寨下那装得满满登登的苞米仓子，一个紧挨一个。她心想，虽然现在建州五部和长白山鸭绿江三部已经都统一在满洲国部大旗之下了，可海西四部，甚至自己内部也仍然有不满的人，有不法之徒，防范坏人仍不能松懈。这命根子一样的粮食就这么孤零零地堆在这里，实在不放心，偷也好，坏人来放火烧也好，都得警惕，必须严加看管。虽然四周有高大的杖子围栅，也有专人看守，可一旦有贼人放火，还是不能保险。

回来以后，她问刘哈说："你们经常打猎，上山下夹子、下套子，这样的东西能不能夹住人？"

刘哈笑了说："连二三百斤的野猪、黑瞎子都能夹住，那人就更不用说了。佟主子，您问这个干什么？"

佟春秀笑了说："那好，你就负责让铁匠多做一些铁夹子铁链子，把粮仓周围下上铁夹子，若是有坏人来烧粮食、偷粮食，就能防范一下。再告诉看守粮食的巴尔太多养两条狗，好帮助人看粮仓。"想了想，又说："告诉巴尔太，把各个粮仓的木头腿绑些松树挠，松针朝下绑一圈儿，省得耗子钻进仓子嗑苞米，再多摘些老苍子，堵耗子洞。"刘哈刚要走，佟春秀又叫住，说："再让新哈、多之和慕义三个人和巴尔太一块看守粮仓，两个人一班，白天黑夜倒换着守值，不能有半点疏忽差错。"

刘哈答应着走了。

几天后的一个夜晚，正是巴尔太和慕义二人值夜班，一人在粮仓院内巡逻，一人在南边的一棵大树上守望。突然，院内的几条狗狂吠起来，巴尔太细心观望，见西北角的那个哈什下有人用火镰"哧儿哧儿"打火，他大叫一声跳在地上，举刀就向那人奔去。慕义听到狗咬，四处紧急察看，只听巴尔太叫着向西北角奔去，他也提刀追奔而去。狗咬声也惊醒了新哈和多之两个人，他俩跳下地提起刀也奔了出去。

这时，那贼人还没有打着火，听到狗咬，知道已被发觉，又听有人大喊，就更加手抖不灵。这时，见有人大喊着奔来，他跳起来就要跳杖子，刚一起身，"啊呀"一声倒地，原来右脚被铁夹子死死夹住，铁夹子又用小铁链拴在仓子腿上，根本跑不了，被巴尔太四人逮个正着。

巴尔太等人将那贼汉捆了，留下两人看守粮仓，两人将那贼汉押送进寨，交佟主子处理。巴尔太说："佟主子想的真周到，这若不是有铁夹子夹住了他，哪能这么容易就逮住了他。"

佟春秀的智慧，不得不令人佩服。

一连几天的秋雨好歹住了，太阳暖烘烘地晒着大地。吃完晌饭，努尔哈赤坐在院前的大柳树下一块大石头上，逗弄着汤古哈。佟春秀看了看，觉得他并不是有闲心在消遣，他似有心事，两眼直直地盯着地下，并没看汤古哈，就叫巴克拿两个小马杌子，两个羊羔皮儿来，她也来到柳树下。巴克拿来了小马杌子，给他二人坐下。

佟春秀轻声问："想什么呢？"

努尔哈赤并没从思绪中回过神来，顺口说："随便想想。"

佟春秀说："我有件大事，想说给您听听，能影响您不？"

"先说出来听听，"努尔哈赤说，仍没有转动眼珠子。

佟春秀说："我们现在极需要解决个大事，这就是要重新建立个更大规模的城池，"努尔哈赤听了这话，立时直腰坐起来，转过头面对着妻子佟春秀，眼里放出异样的光来，静静地聚精会神地要听佟春秀说下去。

佟春秀说："我们的地盘越来越大了，人口也越来越多了，而且，将来会更多，可能要达到数千数万，甚至是数十万，我们这个波罗密山寨别说将来远远不能适应需要，就是眼下已经不能满足需要了，这还仅仅是从居住生活上说，若是说到军事上，那就更不用说了。我要跟您说的大问题，就是马上应该建筑一个大的城，既能容得下几万人生活居住，又必须具有军事性能，好为我们的宏图大业打个基础。”

努尔哈赤高兴得立即两手扶住佟春秀的双肩，两个人站了起来，说：“您真是我肚子里的虫啊，您怎么就知道我也正想的是这个问题呢?”说着，又扶佟春秀坐了下来，说：“来！您细细地说一说。”

两个人一边愉快地唠着，一边用小细棍在地上划着，说到兴奋的地方，努尔哈赤更是拍着大腿竖起大姆指地赞扬着佟春秀。

就这样，一个满族发展史上的重大事件，在他们夫妻二人的说笑中决定了下来。当天下晌，努尔哈赤派人分别通知，第二天要召开一次重要的决策性的会议。

第二天的会上，努尔哈赤和佟春秀说出了要重新建城的决策的重要性。大家一致赞同，意见一致，决定建立一个新的城。这就是后金地方民族政权的第一个首府佛阿拉城。

努尔哈赤是个果敢刚毅的人，定下来的事，说干就干，决不拖拖拉拉。努尔哈赤说：“咱们先去看看建州老营那个地方吧!”

佟春秀问：“那个地方能建多大的城，能住多少人，水怎么样？能通车马吗?”

努尔哈赤说，“住一两万人没问题，水吗，还可以。”

佟春秀又问：“那为什么不去玛法、阿玛的赫图阿拉地方建呢？那地方又平坦又宽阔，水又好。”

努尔哈赤说：“老营那个地方原来是高句丽时的一个山城。李满柱率建州卫刚来时，就落脚在那里，有许多现成的房框子，咱们去那建容易得多，特别是东、南、西三面可利用山险筑城墙。”

“那咱们去看看吧!”佟春秀说。

努尔哈赤说：“明天就去。”

说书的人讲话，努尔哈赤决定在哈尔萨山[①]前建一座山城，这就是后来被叫做佛阿拉的山城，这对努尔哈赤来说是一件十分重大的事情。

第二天，他们就在几员大将的陪同下，去呼兰哈达[②]山东南的哈尔萨山察看。哈尔萨山像一个巨大的簸箕一样，高高地耸立在二道河子之南，它的东边有硕里口河，西边是加哈河，两河相汇在山前，向北流入

① 哈尔萨：满语，蜜狗子。

② 呼兰哈达：满语，“呼兰”汉译作“烟筒”，“哈达”汉译作“峰”、“崖”，合译作“烟筒山”。

苏子河。

哈尔萨山北怀的大平岗山窝地带十分宽阔，大平岗南依高高的哈尔萨山，东枕鸡鸣山，西窥呼兰哈达，东南西三面拱环回抱，成为天然屏障，北面地势开阔，真是自然险要之处。东西两条河尤如二龙戏珠，回环于大平岗之前。大平岗山水环抱，地势优越。在这里筑城，既宜防守，又利出击，真是理想之地，难怪高句丽族人在此筑卫城，建州苍岩女真的大都督李满柱也看中了这个地方，经几次举族迁徙，而落脚于此。

大家看了这个地方，一致说“好”，在这里建筑山城，就这样轻轻松松地定了下来。

佟春秀有点担心地说：“这个地方从各方面看，都无可挑剔，若是人马多了，就有一样要困难，那就是水。这里的水，也只有岗下的山窝地方有一眼井，夏天可能水量充溢，可到了春天的时候，就怕水少，况且新城，人马上万，水少就不能满足需要了。”

努尔哈赤听了点点头，这倒是个大问题。他们商量来商量去，权衡了一下各种利弊，还是决定就在这建城了。

山岗筑城，何其容易！可就他们现在的能力、条件，也只能利用哈尔萨山岗的地形和原有的房基土石，在这里筑城。佟春秀不大同意，理由只有一个，就是水源不足。可她也只能是嫁谁跟谁，住哪随哪了，有什么办法呢，谁叫自己是女人，又相中了女真人的努尔哈赤呢！

努尔哈赤看佟春秀似有所思，定有所想，以为她不同意这地方，说：“这个地方，咱们只能说是暂时居住，我估摸着，十年八年，顶多不过十几年吧，我们一定可以脚踩辽阳，饮马沈水……”

佟春秀听了，笑了笑说：“您的壮志凌云，令我也浮想联翩了。可眼下，我们的两只脚还是踏踏实实地踩在地上，我们还是得先看看吧！”她指着远处近边的一些房框子，说：“这些石头还可用。我想，咱们眼下至少也得盖七百到八百间房子，再有些其他用场的房子，初步就按一千间房算，光石头就得有两千多车，冬天用爬犁往山岗上拉，一车石头得五张爬犁，就得一万张爬犁。我的天哪，这可是个惊人的数啊！冬天把牛马全用上，一天用二百张爬犁，拉两趟，一天拉四百爬犁，得差不多一个月的时间，房木……”最后，还是决定，就在这里建城了。

努尔哈赤一直把佟春秀的话挂在心上，广聚人才，只要有一技之长的，就都接纳收服。这回要建军事设防城，什么样的有技艺的人，都可用上，这可是一大批的人啊，你会掌尺用刨作木匠活，你会砌墙打炕盘锅灶，你会彩画雕刻，你会制砖烧瓦，你会医治马匹牛骡，你会打铁挂掌，你会编筐窝篓，你会……，你会什么干什么。在这里，都各司其职，各展其技，各负其责。

回波罗密山寨后，佟春秀叫来刘哈、巴楞布，让他俩去哈尔萨山南的大石头沟、小石头沟看石料，回来后好安排人去打石头备料。他们俩去看了回来说，那里整个山坡、山窝里都是乱石窖，一色的青沙石、金钢石、火岩石。佟春秀听了，说好，让他们准备粮菜，两人各带四十人住在山上打石头。他们一帮人在大石头沟里，一帮人在小石头沟里，在山坳里平场子，压地窨子，一个地窨子住四五个人，自己烧火做饭。打出的石料都要见方，垒成长方形大石垛，等冬天下雪后往回拉。算了一下远近，一天拉两趟，得起早贪黑干。佟春秀又安排第二帮人砍房木，捞下山，扒了皮，闯起来，风干着。割苫房草，背下山，垛起来。又安排第三帮人去瓦子沟先建烧砖瓦的窑，将可烧砖瓦的黄泥挖成堆，好在明年开春天暖后做砖烧瓦烧石灰。还有，又派了一些人去收拾房场，修道路，打井，凡是应提前能做应做的，都在年前做好，连捞石头的大抬筐也编了数百个。

人们都交口称赞，他们的佟主子总理内务家政，那可是十个头的大能人儿。

这年的冬天，雪特别地大，天也格外的冷。第二场雪后，佟春秀就指挥人捞房木、捞石头。捞房木的，一个人赶三四张马或牛拉的拖爬子①往山岗上的各个房场送，捞石头的一人赶六七张牛爬犁或马爬犁，将缰绳链在爬犁上，一个人可赶六七十来张爬犁。一路上，长长的运石大军，吱吱嘎嘎，喝喝咧咧，说说唱唱，一片欢歌笑语。

可是，捞房木的队伍里，却发生了意外事故。那个只会耍嘴皮子的羊尔成麟，干什么活也是个力巴头②，他把一个铁钎子钉在一根房木的大头上，拴上绳子往山下捞的时候，头一趟捞出了雪道，第二趟可顺着这趟雪道往下溜，木头会很顺溜地顺下山去。可他会说不会干，他把绳

---

① 拖爬子：辽东方言，旧时北方农村运木农具，小型木制，二脚二腿一棚。

② 力巴头：辽东方言，外行，不懂，不会。

子缠绕在手臂上，绳子放肩上往下捞，一下子没跑迭当[1]，脚下一滑，跐溜倒了，眼瞅着木头像箭打地似的，穿了下来，他横在地上，躲闪不及，他那大角瓜似的脑袋顶在了一棵树干上，还没等缩回腿，木头直冲下来，将左腿撞折了，人们赶快把他送下山。

佟春秀听了他受伤的经过，说："先把他养护好吧，可怜他这么个岁数了，有个老婆，连个儿子都没有，或许就是这么个命！"

还有一件意外的事，发生在汪子笑光的身上。这小子，身材短小，眼睛叽哩轱辘地，平时竟出些坏点子，坏心眼子，耍些小聪明，那两片黑紫的嘴唇子，不住声地嘎嘎嘎嘎，像似挺能干的茬，可实际上是个扔货[2]。捞房木让木头打倒了，撞肿了膀子。下山的时候，疼的他一头汗，汗珠子直往下滚，可嘴里还是噼哩啪啦地说个不停，让一个叫阿兰格布的阿哈呲搭了，"你闭嘴吧，像个叨木鹳子似的，光能说不能干，你穷叽叽什么！"挨了呲搭，他住嘴了。

回山寨后，佟春秀让人好好关照他俩养伤，把汪子笑光感动得直想叫奶奶。

转过年开了春，努尔哈赤又召集了会议，向各个族寨按人分派任务，按期完成盖房间数，各个村屯族寨抽人盖努尔哈赤和舒尔哈齐的办公场所和居宅等。要抓紧盖房，不能误了种地，凡没按期完成的，处罚穆昆达。盖房建宅，一个半月内全部完成，然后再集中人力修筑城墙、城门、哨所、烽火台、加宽道路和一切公用设施。

晚上，努尔哈赤问佟春秀，还用不用请来位先生。佟春秀说："阳宅风水的事我不懂，可我想，这住房主要还是得有些讲究，比如说吧，怎么样才能冬天暖和，夏天凉快，通风透光，人不得病，住着舒服。我看，还是把张占一请来吧！"

努尔哈赤说："还有一个就是得安全。那就派马三非去请吧。"张占一本来在交昌安父子死后留在了波罗密，住了些日子后，他就云游去了。这回建城，决定还是请他来。

四月初，在哈尔萨山上，数百上千人，一堆堆，一簇簇，像捅开了

[1] 迭当：辽东方言，顺。
[2] 扔货：辽东方言，什么也不是，干什么也不行。

蚂蚁窝似的，人山人海，热火朝天。人们天一亮就干，不点灯不收工，在山岗上临时搭棚子吃住。几架房排拉起来后，垫平墙脚，就和泥砌墙，几天的工夫，一撮撮、一片片的房子就竖叉叉地起来了。春天风大，天暖气燥，泥水干的快，几天工夫就可以上房椽，勒房笆，抹笆泥，苫草，打炕打间壁，盘锅灶。成套的活，按序地干，可以说争时争日，到了五月初，就已经全部完工住人了。

马三非请来的风水先生张占一是辽东著名的阴阳地理风水师。据传，辽南许多的城堡都是他给主持修建的。请张占一来，主要是看努尔哈赤、舒尔哈齐和各大将军的房宅。房架拉好后，首先要安立房门，这就有些讲究了，房门的向口，就是房子的向口。房门立好后，要在门眉上拴条红布条，并贴上对联，右上联是“太岁昨日从此过”，左下联是“他说今日好安门”，横批是“吉星高照”。

这时，掌尺木匠开始贺喜：

昨日太君从此过，
他说今日好上梁。
喜日上梁增百福，
良辰立柱纳千祥。
横批倒有四个字：
吉时上梁。

这是上梁时念的吉祥祝贺词。

接着，又开始唱《供神桌》歌：

新梁新柱照新房，
八仙桌子摆中央。
十五个包子上边放，
乌木筷子放四双。
香炉蜡台两边摆，
我请东家来上香。
又供墨斗又供尺，
又供鲁班老仙长。
鲁班留下墨斗和拐尺，

老君留下斧一张。
木匠我不是夸海口，
朝廷贵阁把名扬。
皇宫院内我去修，
修完东厢修西厢。
东厢就做阁老府，
西厢就是万年仓。
阁老府里生贵子，
万年仓里装余粮。

这时，木匠们开始安装房梁。掌尺木匠又唱起《钉八卦》来：

小斧头，圆又圆，
万岁爷的宝号在上边。
今天巧逢黄道日，
手拿斧头钉金钱。
一钉金来二钉银，
三钉朝纲不断臣，
四钉四平八稳，
五钉五子登科，
六钉六合同春，
七钉儿成双来女成对，
家中还有聚宝盆。
我把八卦钉下去，
富贵荣华万年春。

开始上梁，唱《上梁诗》道：

脚踏云梯步步高，
新造高厅接云霄。
上梯一步高一步，
下梯步步后来高。
小姐要上绣花楼，

官人要上读书厅。
读得书来识得字，
三鼎格里中头名。

大梁上完，又唱《浇梁》歌：

小酒壶，三寸高，
纯粮造曲把酒烧。
一敬天来二敬地，
今天用你把梁浇。
大梁好比檀香木，
二梁好比木檀香。
君子若问长何处，
众人若问长何方？
大梁生在卧龙地，
二梁生在卧龙岗。
东家有心把房盖，
成天每日来端详。
四大罗汉来放倒，
黑牛黄牛拉回乡。
掌尺的迎头先吊线，
徒弟砍的丹凤又朝阳。
大锯拉的哗哗响，
推刨推的四面光。
宽量丈尺师傅掌，
昨天把它做成梁。
浇梁头来浇梁头，
祖祖辈辈做王侯。
浇梁尾来浇梁尾，
祖祖辈辈做王位。
浇梁腰来浇梁腰，
祖祖辈辈做阁老。
大梁本是一条龙，

两头搭的红绒绳。
四大金刚用力拽，
摆头摆尾往上行。
行到空中等一等，
众位乡亲来挂红。
鞭炮齐响，
掌声齐鸣。
四大金刚把梁拽，
师傅把房才建成。

这时，大梁已经安装完毕。掌尺师傅开始跑梁，唱《跑梁》歌：

五升斗，怀里抱，
手扳银梯步步高。
众人问我哪里去？
我到中央撒仙桃。
一到中央四下看，
画红褚绿好热闹。
怀抱升斗我不撒，
听我把面名表一表：
小小麦子两头尖，
二月就往外头钻，
三月铲来四月趟，
一到五月麦子黄。
张铁匠，李铁匠，
打个镰刀月牙样。
大磨石磨，小磨石钢，
单手割，双手放，
捆个捆来匀净样。
伙计割，伙计码，
不到三天朝家拉。
黄牛一对，青牛一双，
咧咧打打拉在场。

连枷高打，
木楸高扬。
关公量斗，李志扛场，
扛进李三娘的磨房。
李三娘一看不怠慢，
套上张果老的神驴，
把磨拉响。
头箩拉的白霜雪，
二箩拉的雪白霜。
上方七仙女来蒸供，
馒头蒸的白如霜。
老的不可占，
少的不可尝，
留给东家好上梁。

《跑梁歌》唱完，大梁已经安好，掌尺木匠开始在梁上撒金钱，并唱《撒金钱歌》。那个时候上梁撒金钱，撒的主要是五谷杂粮，混拌上些许几枚铜钱和砸成小块的铧铁。边唱边撒：

五升斗，四角方，
五谷杂粮里边装。
五升斗，圆又圆，
四面八方撒金钱。
一撒东方甲乙木，
四个童子抱玉柱。
二撒北方壬癸水，
磉石底下压太岁。
三撒西方庚辛金，
金量斗来斗量银。
四撒南方丙丁火，
金银财宝数这多。
五撒中央留一把，
留给东家买骡马。

发福生财年年有，
荣华富贵头一家。

白：东家大喜！

管事的高高举起一个红喜封，高声说："东家有赏！"掌尺木匠从房上下来，接过红喜封，对努尔哈赤和佟春秀深施一礼，恭恭敬敬地说："谢谢东家！"

这时，扎秦逗着佟春秀说："尼亚其一样的阿沙，新房子盖好了，我给阿沙当个大黧猫吧！"

佟春秀笑着说："好哇！那我可有玩的了。"

扎秦笑着说："那我可有福享了，我可以天天摸着阿沙的奶子喽！"

佟春秀拣了个泥块，就打扎秦，扎秦笑着跑了。

新房建成后，掌尺木匠又站在新房前，兴冲冲地唱道：

一进新房，
灯火辉煌。
金银铺地，
子孙满堂。

停了一下，又接着唱：

前屋盖的阁老府，
后房盖的祖先堂。
阁老府内常赴宴，
祖先堂前常烧香。

白：东家大喜！

佛阿拉城经过一个多月的紧张施工，终于在五月初建成竣工了。房屋能住人的时候，努尔哈赤下令，迁居佛阿拉城！居住了整整十年的波罗密山寨，从此，只能留在人们的记忆中了。

佛阿拉城这座具有军事防御战略性质的城堡，经过五十来天紧张地劳动建造，终于建成了。这座城，后来被朝廷官方称之为"虎城"，可能是他的主人努尔哈赤后来被朝廷授为"龙虎将军"而得名吧，再不就是它的主人和这座城堡，就像一只雄猛的虎一样，卧踞在哈尔萨的山岗之上，一旦发起威来，就啸震山岳吧！这座城，后来还被朝廷称之为“酋巢”，这恐怕是朝廷人叫的吧，说努尔哈赤这个建州女真的酋长所居的城堡。又因为这里是建州女真人进入辽东以后的落脚的根据地，所以，又被朝廷称之为“建州老营”。这些称呼，都是官方的叫法，写进书里的。

努尔哈赤迁进佛阿拉城以后不久，就在这里“自中称王”，建立了民族地方政权，成为后来的后金政权的第一个首府。努尔哈赤在这里住了十六年，又新筑了赫图阿拉城，在赫图阿拉城也住了十六年，又迁都到辽阳，在辽阳筑了“新城”，就称赫图阿拉为“老城”，相对而称哈尔萨山城为“旧老城”。满语的旧、陈旧，汉字是“佛”字，因此，称哈尔萨城为“旧老城”，就是“佛阿拉”。“阿拉”，汉语意思是“横岗”。这就是佛阿拉城名的来历。

听客们说了，咱们扯远了，叫什么城，就叫什么城，跟咱们讲故事、说书没什么关系，我们还是书归正传吧！

咱们还是先说说这个佛阿拉城建的什么样，为什么说是军事设防城堡吧！

佛阿拉城东、南、西三面依山体自然峭崖筑成山险墙，北墙则是人工夯筑墙，上布圆木，一层夯土，一层圆木，层层上升。全城周长一里多，城内东端最高峰设有烽火台，有警时击木梆传信儿。站在这个台上，可瞭望呼兰路、鸦鹘路和西三道关路。外城墙上筑有巡城小路，利用自然山脊步行巡视。东面第三个山峰下设有上下两层候望屋，在这里可俯瞰全城，观察三条路通道情况。西南山角上设有瞭望台一处，与候望屋、烽火台遥相呼应，遇有敌警，可迅速报警全城。

外城墙设有四个城门，南一，西一，北二。门上设有敌楼，上边盖以草，立一把梯子，供人上下，门是板门，闭门后，门中插横木。

内城内南北向的小平岗上，北头筑的是努尔哈赤和佟春秀等家宅居室及办公的衙阁，南边筑的是舒尔哈齐的宅舍和他办公的地方。两座内城都有高大的杖半子夹成木栅。

努尔哈赤和佟春秀及努尔哈赤其他妻妾和儿女们，他们所住的楼阁、办公的衙署等，是全城最高的地方，有七道门，是一个用木栅围成的一个木栅城。木栅城正中，有一道南北砖墙，将木栅城均匀地分成东西两院。砖墙正中，开一道大门，门楼上盖有青瓦，北段中心开门一道，门楼上也盖有青瓦。东院盖房六栋四十多间，大多是砖瓦房，也有几个房顶苫草的房。这六栋房中，院正中的是客厅，客厅的西北是鼓楼。两处行廊，一在客厅东，八间，一在客厅西，三间。客厅是努尔哈赤处理公务、接待宾客和祭天神的地方；鼓楼是专司晨暮报闻，以礼乐迎送努尔哈赤和佟春秀出入栅城的地方。行廊则是召集臣属议事饮宴的地方。西院有房屋九所，三十余间，其中有楼三栋，这边主要是努尔哈赤的寝宫，位在院中央的是三间砖瓦房，雕梁画栋，丹青彩绘。此外，还有神殿、阁台、楼阁等。楼宇最高的是三层。楼台殿阁上盖丹青鸳鸯瓦，墙涂白灰，壁绘锦绣，柱椽画彩。这就是努尔哈赤的“大内宫阙”。东部是处理政务之“殿”，西面是起居之“宫”。所有屋宇全部为南向开门。

努尔哈赤的“宫殿”的南边便是舒尔哈齐的住房了，也是用木栅围绕而成单独的院落，全部房屋也是南向开门，居室也是三间。但建筑大大次于努尔哈赤，木栅内有十字墙将木栅城分成四大快，舒尔哈齐住在西部的南院。

佛阿拉城内城住有四百多家，全是努尔哈赤的亲近族人，外城也住四百多家，居住的是诸将和族党。内外城住有两万多人。

城中挖有水井四眼，但到冬季，水源干涸，就得到山谷间凿冰运进城里供居人食用。

佛阿拉城虽然是一个山岗上的城寨，且又草创初成，但是作为建州女真崛起辽东初期的大本营和首府，为进一步夺取辽沈乃至明朝中央政权奠定了坚实的基础。

第三十二章 佟春秀巧用阿敦 佛阿拉自中称王

在佛阿拉城，明廷授予努尔哈赤“建州都督佥事”，又授“龙虎将军”。在这里，努尔哈赤为了显示忠于大明王朝而一连八九次进京朝贡谢恩，向朝廷表示忠心，愿做大明王朝保疆命官，并积极准备“开基”的条件。甚至为显示称王的威严，出入栅城时在城门设乐队，吹打奏乐，兵仗列队，威凛无比，使这里成为建州女真人政治、军事、经济和文化的中心。

在佛阿拉城，努尔哈赤把一切可以团结、争取、利用的力量，都集聚到自己的身边，开始了他的宏图大业，一点一滴地壮大自己，一寨一部地吃掉别人。随着力量的不断壮大，由近及远，先弱后强，一寨一城，一族一族地并取女真各部。从他起兵复仇时候起，仅仅用了五年时间，就把建州女真各部都统一在自己手中；仅用了十一年，就成为女真人的“五霸”之首。这“五霸”都是谁呢？那就是叶赫、哈达、乌拉、辉发和建州，而他所掌的建州是这“五霸”中实力最强的。

努尔哈赤一面向朝廷称臣纳贡，互市通好，却又暗自独立，发展壮大自己，趁辽东总兵李成梁骄纵失算，被努尔哈赤的“恭顺”所麻痹的时候，排除外力的干扰，趁海西女真四部遭受重创，内部矛盾重重，实力大大削弱，元气大大损伤的大好时机，首先统一了建州女真各部。而朝廷从皇帝到大臣边吏，都认为努尔哈赤起兵征讨是女真人内部的事，失去了警惕和防范制裁的大好时机。趁此时机，努尔哈赤组建了一支雄武顽强、英勇善战的铁骑武装队伍。

迁入新居佛阿拉城后，佟春秀巡视了整个山城，思量了当前的形势，她想，应该让努尔哈赤树立一定的威仪，掌控更高的权位了，形势所迫，前途需要啊！努尔哈赤应该建立一种“王权”了啊！

于是，佟春秀叫来了衮代，对她说：“好嫩嫩，我有件事儿想请你帮忙。”

衮代笑了说："俄云，您怎么还跟我客气起来了，您是我的巴巴得力[1]，又是我的好俄云，您有什么事只管说，嫩嫩照办就是了。"

"其实呢，这也是咱们俩、咱们大家的事。我看，咱们建州已经划一了，咱们的势力已经强胜于哈达、叶赫，没有哪部敢跟咱们叫号，敢跟咱们放横的了，可以说，咱们已经强大起来了，这是总的形势。就咱们自己来说，咱们的人马精壮，辖属众多，按我们汉族的传统思想观念来看，不仅人分三教九流，三六九等，职衔和权位更是级别森严，阶级分明。我们的艾根努尔哈赤，虽然现在已是部落联盟的大酋长、大玛法了[2]，毕竟不是什么正式名位。"

这时，衮代插话说："好俄云，您的意思是不是要我们的艾根……"

佟春秀接话说："对，我们应该建立我们自己的政权！我们的艾根应该正式称王！"

衮代高兴地说："好俄云，你说吧，叫我干什么吧！"

"那好，你去把阿敦叫来，不要声张。"佟春秀说。

阿敦来了。佟春秀对他说："我对你说的事，和要你做的事儿，都要谨慎，不可泄露，你能保证吗？"

阿敦说："能！阿沙这么信任我，我保证。"

"好。"佟春秀让他在几位主要大将和侍卫中做鼓动、组织工作，让他们各自向努尔哈赤提出上尊号，"自中称王"的意见，只要这些人都一一提出，由下而上地提出，事情就顺理成章。这事总不能由努尔哈赤自己说出来，自己张罗啊！佟春秀又说："这事要背着舒尔哈齐，等努尔哈赤称王之后，再安排他和别的人。"

阿敦听了，兴奋地说："好阿沙，您放心，这事就包在我身上了。"

经过几天的工作，阿敦的力气没有白费，果然，各大将都一致拥护，交口赞成，纷纷向努尔哈赤提出来了。

实际上，这也正打努尔哈赤心上来。他跟佟春秀一合计，佟春秀说："形势需要，气运已到，该上尊号了。我们只有建立了地方王国，才能号令属下，四海归附，以成大业！"

"好！这也正是我的意愿。"努尔哈赤说："那就请音达[3]张占一占

---

① 巴巴得力：满语，大恩人。

② 大玛法：这里作大老爷解。

③ 音达：满语，先生。

卜一下，看哪天哪个时辰好，让阿敦张罗张罗吧。”

这件建国大事，就是在佟春秀的启动组织下，一步步地完成的。

那是佛阿拉城筑成并全部迁入居住的一个多月以后，就是六月二十四。这天的天气格外晴，瓦蓝的天空上，只有几朵雪白的棉絮一样的云，悠闲地飘浮在高高的天空。佛阿拉城，庄严肃穆而又热烈非常。努尔哈赤办公的大衙门里，内城的汗王府中，一派喜气洋洋、热烈隆重的气氛。

这天早饭后，人们早早地就按自己的组织方队集结，在努尔哈赤办公的客厅的大院子里列队，东院是大将武臣，西院是眷属女士，各旗色服饰的牛录兵丁，分别集结列队。

客厅里，坐北向南的正座中央，坐着努尔哈赤。他头戴貂皮帽，帽上防耳掩，防耳掩上钉有一团绒毛，有如小拳头大小。脖子上围着貂皮围巾。身穿貂皮缘饰五彩龙纹衣，腰系金丝带，身佩悦内、短刀，励石、獐角，足蹬鹿皮靴靰鞡，貂皮帽后是一条黑发辫子，有二尺多长，垂在后背。上嘴唇两角各留有十来根胡须。他长得不胖不瘦，躯干健壮，鼻大而直，长挂脸，一副严肃面孔。紧跟努尔哈赤身后的是元妻佟春秀，一身汉族贵妇打扮。再后即是长得体胖壮实，四方大脸的舒尔哈齐，耳穿银环，穿着和努尔哈赤一样的衣物。在左右两队欢乐的吹吹打打的鼓乐声中，他们三人走进了大厅，上了台子，努尔哈赤坐在正中，右为佟春秀，左为舒尔哈齐。

左右两侧则是穆尔哈齐、雅尔哈齐、额亦都、何禾里、安费扬古、扈尔汉、费英东、杨古利、常书、杨书等大将。

努尔哈赤身后站着全副武装的亲兵侍卫张义、颜布禄、兀凌噶、洛汉、多之，张妍则紧紧贴在佟春秀身后，一副巾帼英雄的装束，作为亲兵侍卫在佟春秀身边，阿敦更是不离努尔哈赤左右，成为贴身侍卫。

努尔哈赤一行人坐好后，客厅东侧是他的亲族，西侧则是他的子女，均依次站立。亲族前是诸将的妻室，子女前是兄弟的妻室。院中分别按各兵兵种划一旗色、服色，站成方队。气氛隆重，肃穆庄严。

巳时初刻，近侍颜布禄高喊一声“肃静”，院里院外迅速鸦雀无声，一片寂静。这时，近侍阿敦一声响亮地高喊：“上尊号！”

霎时，鼓乐齐鸣，一串串炸响的鞭炮，把气氛推向了高潮，浓浓的烟雾，更给隆重的仪式增添了热烈的色彩。

这时，大学士噶盖和额尔德尼从列队中走出来，同声宣布：

“丁亥六月二十四日，哈苏里交罗哈拉努尔哈赤受天命，上尊号为‘女真国昆都伦汗’”[1]。

这时，鞭炮声、鼓乐声、欢呼声一齐轰鸣，汗宫大衙门里外一片欢腾！

欢呼声过后，近侍阿敦又一声高喊：

“汗王宣旨！”

这时，聪睿恭敬的汗王努尔哈赤从黑漆椅子上站立起来，用他那洪钟般的声音宣布：

“我们昆都仑汗国成立了！我就是汗王了！从今日起，凡有作乱、盗窃、欺诈的，一律严行禁止，违犯者，一律惩罚治罪。”

接着，他一条一条地口述公布严行禁止的具体律令，凡有违背的，只要核准事实，一定严加处罚。

几天后，在佛阿拉城里又设置了监牢房，确定公布了处罚办法，建立了一整套简单的法令制度。

从此，努尔哈赤明着接受朝廷的封赏，并按期进京朝贡，而暗中却在佛阿拉城里“自中称王”，把他们所管理的地方，作为自己的王国来严格管理，他也就成为了“聪睿恭敬汗”了。

政令宣布完毕后，阿敦又高声喊：“鸣放鞭炮，以示祝贺！”

一阵鞭炮响过之后，阿敦高声说：“行庆贺礼！全体原地不动，向后转身，站立！”这时，努尔哈赤从黑漆椅子上站起身来，缓缓地走下莲花台，佟春秀、舒尔哈齐等人紧随身后，张义、张妍紧贴努尔哈赤、佟春秀两侧，一步步地出了客厅，从队列中间的空道向南走去，出了队列约二十丈远，站住，单膝跪地，后边的人也跟着跪地。阿敦在努尔哈赤前边左侧高声说：“向阿布哈[2]叩拜！”

叩拜完毕，努尔哈赤等又走回客厅坐下。然后，阿敦喊：“全体向后转身！站立！”

接着，又喊：“行庆贺礼！向昆都伦汗叩拜！”

这时，鼓乐又一齐奏响。

首先是诸将官叩头祝贺，继而是诸妻妾子侄叩拜祝贺，再后是各兵

---

① 昆都伦汗：满语，“昆都伦”，聪明恭敬；“汗”，王。

② 阿布哈：满语，天。

种旗队叩拜祝贺。

真是山呼海啸，隆重异常！

最后，侍从官阿敦大声宣布："庆贺完毕，欢宴开始！"

努尔哈赤和佟春秀高高地坐地莲花台上的黑漆椅子上，安然不动，内心中充满了异常的兴奋和空前的满足。

宴会开始后，努尔哈赤兴奋得甚至离开了桌子，操起了琵琶，熟练地弹奏起来。他耸动着双肩，"空空齐、空空齐"的鼓乐声，伴着琵琶清悠激越的弦声，显得十分悦耳动听。宴会厅里，众人见汗王高兴地弹奏，也纷纷举起了酒碗，用筷子敲击，发出一片"铮铮、啮啮"的响声。还有些人干脆拍手击掌，随声附和，把欢乐的气氛推向了高潮。

从此，一个新的国家政权的雏形，在辽东大地上诞生了。称王之后的淑勒贝勒①努尔哈赤，在他的辖区内实行了一整套的"顺者以德服，逆者以兵临"、远交近攻的策略，攻池略地，使自已迅速发展强大起来，称雄辽左，王霸女真。

① 淑勒贝勒：满语，即汗王。

第三十三章 争权利祸起萧墙 说船将肝肠寸断

宴会后当夜，努尔哈赤在元妻佟春秀和次妻张妍以及富察氏、钮祜禄氏、哈达那拉氏、叶赫纳拉氏、伊尔根交罗氏、嘉木瑚交罗氏等妻室的陪同下，回到了寝宫，佟春秀服侍他躺下后，轻轻地说："我去看看舒尔哈齐，宴会时，我看他只是喝闷酒，好像有什么心事。"

努尔哈赤也说："是啊，给了他船将的职位，是仅次于我的了，他还有什么不痛快的呢？你去看看也好，摸摸底，看他究竟是怎么回事。我累了，先睡了。"

佟春秀和张妍起身出来，让巴克在前边打着灯笼，佟春秀说："在家时，我跟爷爷常常出门，也走过黑路，这黑夜走路可是有学问的啊！"

张妍不解地问："走夜路有什么学问？"

"这你就不熟悉了。辽东山区跟辽南中原不同，在这山区走夜路，是要看'白水黑泥黄干土'的啊。夜里走时，白里发亮的地方是有水，黑黢黢的地方是稀泥，黄乎乎的地方才是干土干道，你可以放心大胆地走，不会踩到水里泥里，脏了鞋袜的。"

佟春秀和张妍三人出了居室往南走，经过了两间丹青盖瓦的房继续南行，又从一栋三层楼东头过去，出了内城的西南门，南行一小段路，西拐南折，这就是舒尔哈齐内城的大门。巴克敲门，守门丁一听是佟主子来了，急忙打开大门，请佟春秀三人进去。守门丁一人守门，一人前去报信。

佟春秀三人进了大门往左走，又东南折，穿过院子，自两栋房间穿行而过，越过内城中小栅栏门，南行过院，就到了舒尔哈齐常居之室。这是一栋二间苫草丹青房，东间开南门。

佟春秀一行还没进屋，就见一侍女站在屋檐下哭泣，就听舒尔哈齐在屋子里正怒声训斥他的次妻乌拉氏，也说不出乌拉氏有什么不对，就让乌拉氏跪在地当央儿。元妻瓜尔佳氏在一旁温语相劝，舒尔哈齐仍是不依不饶地说着骂着。骂着骂着，就动手要打，吓得乌拉氏"哇哇"直哭。正这时，那门丁进屋去小声贴耳对他说："佟主子来了！"舒尔哈齐一愣，心想，这个时候阿沙怎么来了！

正这当儿，佟春秀三人不经人开门就径直推门而入，还没进到里屋，佟春秀就说：“哟，干什么这么热闹，吵吵巴火的！”瓜尔佳氏见了，立即声音不高不低地说：“阿沙你们来了！，快这边坐。”

舒尔哈齐一见阿沙佟春秀，举起的手又缓缓地落了下去，大张开的嘴又无声地闭上了，一屁股坐在椅子上，他那胖墩墩的身体，像一尊活佛一样坐在那里，不言语了。

瓜尔佳氏招呼佟春秀和张妍坐下后，说：“阿沙来得正好，今天是全城人、全哈苏里哈达的人都高高兴兴的大喜日子，不知他因为什么就是不开心，不顺当，回家来跟谁说话都是杵撅横丧的①。这不，连他自己个儿也说不出来乌拉错在了哪里，说不上两句话，就叫人跪下，不跪就要动手打，也不让人家问个里表。”

这时，舒尔哈齐蒙哄着眼睛，大舌头滴溜地说：“你别瞎鼻儿鼻儿了，快拿皮垫子给阿沙垫上，别凉着！”又对乌拉氏说：“还不快起来，给阿沙倒碗开水！”

瓜尔佳氏动作慢，还没等动弹起来，乌拉氏“刷”地站起身来，动作麻利地取了两个皮垫，给佟春秀和张妍垫在椅子上，不等巴克去倒水，已经把两碗热水端来了。

瓜尔佳氏轻轻地笑着对佟春秀说：“您看看，他对您多关照啊，还得是阿沙哟！他对我们哪有这么一回儿啊！今晚啊，阿沙您来得正好，劝劝他，开导开导他吧！”

乌拉氏又给舒尔哈齐端了一碗开水，低着头站在瓜尔佳氏身边。

舒尔哈齐呷了口水，慢腾腾地说：“阿沙，您也不用劝，我心里的火气，谁也劝不了。”

佟春秀说：“那能不能说说让阿沙我听一听，知道知道到底是什么火这么大，不在外边发，回家来撒。”

舒尔哈齐忽地站起来，举起灯，拽着佟春秀的一只胳膊，说：“阿沙，你来，跟我看一看，就什么都明白了。”

他们屋里屋外，上上下下地看了几栋房屋，佟春秀真的是明白了，原来舒尔哈齐是嫌自己的家财物资少了，没和努尔哈赤的平均一样，是对他阿珲不满意了。心想，这个症结得如何解开呢？这又不是三五句话说得明白的。按他的军功贡献，给他这样的待遇，就已经是很关照他

① 杵撅横丧：辽东方言，说话态度粗鲁、不友好。

了，他的地位是船将，只比他阿珲努尔哈赤矮一截呗，可和那些贡献比他大的额亦都、安费扬古、何禾里一些人比起来，他就算格外多赏赐多得了。他怎么能跟阿珲比呢！他阿珲一天费多少心血，冒死拼杀哪一仗不是冲杀在前，捷足先登，哪一仗的谋划筹备不是比别人多熬心血啊！这怎么能比呢？再则说了，就算杀敌多少，受伤多少，你舒尔哈齐也不能跟你哥哥比啊！他做了汗王，你坐了船将，你们俩还是平起平坐，有哪一点小瞧你了呢？可这些话说出来，他舒尔哈齐能听吗？

他们看完了，回到舒尔哈齐常居的屋子，舒尔哈齐借着酒劲儿，有点气不愤地说："他称王，我是将，虽然我俩平起平坐了，可我的东西却比他差了一大截！人家叶赫还东城西城两贝勒呢，我们怎么就不这么做！他是阿珲，我比他小，从小我们俩就在一块儿，这阵他却高高在上了！"

佟春秀听了，缓缓地说："舒尔哈齐啊，阿沙我说的话，你可能听不进去，可我还是要说，你好好琢磨琢磨，看我说的对不对。我不是因为是你阿沙，向着你阿珲说话。"她呷了一口水，接着说："舒尔哈齐呀，你想想，咱们中国几千年的历史，经过了几十个朝代，到这大明万历皇帝算，从夏代开始，算正宗的皇帝，得有两百四十多位，你看有哪朝哪代哪个皇帝是两个人同时坐的，不都是一人做皇帝，众臣子辅佐，天下人景仰嘛！今天，众人推举你阿珲称王了，也让你做了船将，除了阿珲王外，你比哪个大将地位都高，你也算是二号人物了，你不满足什么呢？能不能说说，让阿沙我听听！"

瓜尔佳氏接口说："艾根哪！你不就是觉得你得的东西少吗？你就说说，你的道理是什么，也好让阿珲阿沙知道啊！"

张妍插嘴说："阿珲德，有什么话说出来，大家好排解排解，别闷在肚子里容易得病的啊。"

舒尔哈齐说："我还说什么，刚才你们也看到了，我也是功勋卓著的，我也没少卖命啊！我哪点比阿珲差，我的家什么样，阿珲家什么样，阿珲是汗的生活，可我却是阿哈的日子啊！这如何能让我服啊！"

佟春秀说："在这方面你比阿珲是差，可这不能作比较啊。我就问你，你平时晚上是几更天睡觉，早晨什么时候起来，你在吃饭的时候想什么事，走路的时候想什么事？再说，朝鲜啊、蒙古科尔沁啊、海西儿国啊，甚至是本部的各穆昆达啊，哪天你阿珲不接待处理事务？哪国的使者来了不接待，寒酸了不掉咱们大家的价，丢大家的脸面嘛！你阿珲打哪仗不是冒着死的危险，冲在前，殿在后，他哪天在二更天睡过觉，他吃饭、走路，甚至逗弄汤古哈的时候，脑子里都在想事啊，你知道吗?”佟春秀说着说着动了感情，又说：“在波罗密山寨的时候，你也知道的，有多少人想杀他，甚至族中人都发誓要除掉他，有多少次我们俩都是被贼人惊醒，刀光剑影地度日月，血光杀声中生活啊！这种睁着眼睛睡觉的日子，你经历过吗！那个时候，哪一天不担惊受怕啊！阿沙我学过武功，练过剑术，否则的话，就是那次瓦尔喀部的二十多骑，个个杀气腾腾，大敌当前我一是战斗而死，一是被人掠去啊。作为一个女人，不都是因为艾根才过这种杀杀砍砍的生活的吗!”佟春秀喝了口水，又说：“舒尔哈齐，你这种要求我会跟你阿珲说的，我想，他也会处理得公平合理的，你就不要拿萨尔甘煞气了。阿沙说句不好听的话，打萨尔甘的，算什么巴图鲁，有能耐在战场上用!”

舒尔哈齐听了佟春秀的这一番话，心里明白，嘴上糊涂。他只闷头抽烟，说不出个子午卯酉来。

佟春秀说：“阿珲德，记住，以后再不能在家里耍混了。”

舒尔哈齐抽了一袋烟，将烟袋锅子往炕沿底下一磕，说：“阿沙，我现在明白了，我只有也做个汗王，才能和阿珲一样!”

佟春秀听了，心里格登一下，说：“阿珲德，这话说说可以，可不能这么做啊!，你这么做，那就是搞分裂，那咱们的统一大业可就毁在了你的手里了啊！你那样做，就成为罪人了啊!”

舒尔哈齐说：“阿沙别说了，我只能这样了。我不管什么统一大业，树活一张皮，人活一口气。阿珲不是称王吗？我也拉出人马称王去!”他稍停一下，又说，“天头这么晚了，阿沙您也累了一天，早点回去歇着吧。”又对瓜尔佳氏说，“你送阿沙们回去吧!”

佟春秀一看，再说什么舒尔哈齐也不能听了，就阻止说：“不用送，我们这有灯笼。”

侍女巴克将蜡烛点燃，安在灯笼里，瓜尔佳氏送她们三个人出来，各自回房休息去了。

佟春秀回屋后，见努尔哈赤还没有睡，就说：“阿珲德有种很危险的想头，他这想头我听了很吃惊，以后得好好开导他。”

努尔哈赤说：“我分析，他肯定是不满意现有的地位和待遇吧。”

“不，”佟春秀说，“不仅仅是这个原因，他的最危险的念头，是他要自立为王。他说，只有他自己做了王，才能跟你一样。这种想法很危险啊，他这不是要搞分裂吗?”

“你说什么，舒尔哈齐是这么说的吗?”努尔哈赤也大为吃惊，急渴渴地问。

佟春秀说：“是的，他是这么说的。我当时说他，这想法很危险，这样做是搞分裂，那我们进行了五年的统一战争不就白费心血了吗?”

“……”努尔哈赤没说什么，他陷入了深深地思虑之中。

佟春秀又说：“艾根啊，我有个建议，你看是否可行。以后凡征战所得，我看都按功劳大小出力多少来赏赐分配，这样既能激励参战人的作战精神，也合情合理，这个意见我头些日子提出过。”

“噢，这个建议很好。”努尔哈赤立即表示赞成。“对阿珲德的这个念头，我们要好好跟他说说，他实在不听的话，那我只能采取强硬办法了，到时候再说吧，我们要尽最大努力去帮助他。”想了想，努尔哈赤又说：“哈哈纳扎青啊，舒尔哈齐的说服教育工作，你就多费心吧！”

佟春秀说：“好吧！”

几天后，佟春秀听说舒尔哈齐正在家喝闷酒呢，就去见了他。说：“我的好阿珲德啊，你听我说。人的一生，虽然离不开财富，虽然有了财富人才能享受，可是，我们生在世上，不是为了财富才活着，我们是为了让大家都快活，为了一个大的志向的实现才活着。财富乃身外之物，生带不来，死带不去。你没看新生儿都是两手攥空拳来到世上的吗？两只小手长成两只大手，忙忙碌碌，拼死拼活地干一辈子，创造了许许多多的财富，到死的时候，却两手空空，撒手而去！物质财富是人生的必需品，哪天也离不开。但是，就为了聚敛财富而生，财富越多，累赘越重。况且，财富是创造而来，不是看着它自地而生，只有我们去劳动、去干、去创造，才会有财富。人这一生，带不走的是财富，留下来的是名声。古语说得好，‘宁削其骨，莫毁其名’。阿珲德，我说的不知你爱听不爱听，能不能听进去。可是，你只要好好想想，就会明白的。”说着，站起来要走，侍女将灯笼点亮，佟春秀说：“你消消气，好好睡一觉。有什么不开心的事，咱们明天再唠。”

此后不久，建州兵与乌拉兵在乌碣岩发生了一场大战。贝勒布占泰是乌拉国始祖纳齐布禄的九世孙满太的儿子，在古勒山大战时，布占泰被建州兵活捉留养三年后，才送他回去继任乌拉贝勒的。努尔哈赤与布占泰五次联姻七次誓盟，但布占泰对努尔哈赤始终外亲内忌，他以世积威名自负，羞与建州为伍，更不愿屈从于人，总想东山再起，与努尔哈赤争雄论长。于是，引发了一场乌碣岩大战。

那年正月，东海瓦尔喀部蜚悠城主来降，请派兵护接五百户降民来建州。努尔哈赤一听，很高兴，这一下就降来这么多户，二三千人哪！于是，派出三千兵，由舒尔哈齐、褚英、代善等带领，去瓦尔喀，迎护蜚悠城部民来建州。

大兵还没出发，舒尔哈齐就偷偷派人把这消息告诉了布占泰。瓦尔喀部蜚悠城原来是向乌拉部进贡通好的，这回要背叛乌拉，主要是乌拉勒索欺压，使蜚悠部人实在不堪忍受，知道努尔哈赤大兴仁义之师，才主动来投。可这，对乌拉部的布占泰来说，是个很大打击，他不能允许他属部的叛逆，不能坐视不管。为了保证这次用兵的胜利，他率兵一万，在乌碣岩地方堵截上了。建州兵所护卫迎取的蜚悠城部民到达乌碣岩的时候，突然遭到了乌拉兵的伏击。建州兵仅三千，只好有一半兵保护所携部民，褚英和代善则率五百兵猛杀猛战，舒尔哈齐则率千余兵将停在山下观望，不参加战斗。费英东、扈尔汉率五百兵也死力拼杀。结果，一万乌拉兵，被一千建州兵杀得稀里哗啦，大败而逃。建州兵终于将五百户蜚悠城降民带回到了建州。

乌碣岩大战，舒尔哈齐率一半建州兵观战，这件事极大地激怒了努尔哈赤，决意要斩杀舒尔哈齐的两员大将常书和纳齐布，以儆他人。舒尔哈齐说："阿珲要斩常书和纳齐布，那就先把我杀了吧！大雁乱群治头雁，部落出事怨头人。乌碣岩的事，不怨我的大将，是我不让参战的，我甘愿受处罚。"努尔哈赤只好作罢。

乌碣岩事件使努尔哈赤兄弟俩的矛盾急剧尖锐化、公开化。佟春秀看在眼里，急在心上。她一次次地百般说理摆事，开导引发，讲解劝说，终无济于事。努尔哈赤更是认准死理，决不回头。两个人的神经都崩在弦上了。

舒尔哈齐一意孤行，说："阿珲能把我怎么样，总不能砍了我的头吧！"他怒气冲冲，誓与努尔哈赤分庭抗礼。

佟春秀心里话，自古以来，为争王夺帝位者，子弑父，弟弑兄，骨肉相残，屡屡发生，司空见惯了。谁能保证说，努尔哈赤为了创大业的需要，保大业的成功，而不肯杀掉肆意破坏阻碍他的人，哪怕是血胞兄弟呢!

努尔哈赤在统一了女真各部以后，就把大旗挥向关内，战刀直奔大明王朝。而这时，舒尔哈齐频频率队进京朝贡封赏，屡向朝廷表明忠心。终于，兄弟两人政见分歧，目标各异，矛盾愈演愈烈，几近公开化了。朝廷则暗中支持舒尔哈齐，继续实行分而治之政策，让舒尔哈齐另辟一地，自立为王，以削弱努尔哈赤的实力。

努尔哈赤眼睁睁地看着舒尔哈齐一步步地与自己分道扬镳，又气又恨。可舒尔哈齐并没有实际行动，也拿他没有办法，只能一忍再忍，一让再让，万分焦虑。他苦思冥想，终无计可施。

佟春秀对此更是日夜焦思，苦无良策。后来发现有的战将也公开支持舒尔哈齐新建王国，她想，可否来个釜底抽薪办法，抽调他的战将，削减他的兵员，限制他的权力。努尔哈赤想了想，说："不行，阿珲德绝对不能同意，那样的话，我们俩当面激将起来，倒不好处理。只能让他自己走向绝路的时候，再来惩治他，让他回头了。"

佟春秀听了，觉得也只有如此了。就说："那就派人严密监视，一旦他有分裂行动，立即报告，采取断然措施，绝不姑息，绝不能让他分裂出去。"

努尔哈赤点点头说："也只能如此了。"

不想，舒尔哈齐还真的公然搞分裂，要另立王国。他在进京朝贡回来的路上，就令进京的人马驻扎在嘉禾一带地方，自己先到黑扯木视察另立城寨之地。之后，令他的大将率兵马部族数千人，走嘉禾路，直奔黑扯木而去。

努尔哈赤得到消息，勃然大怒，立即亲自督兵追赶，在嘉禾地方，将舒尔哈齐的兵马截住，带了回来。又派人去给舒尔哈齐送信儿，说："如不回来，就派大兵去征剿。"舒尔哈齐得到口信，思虑再三，自己的兵马已经没有了，想自立为王也是办不到了，投明廷去，兵单力孤，朝廷会要吗！投奔其他部去，心又不甘。思来想去，还是得回建州去，向阿珲说点认错的软活话，阿珲会放过自己的。再说，好阿沙哈哈纳扎青心眼好，对阿珲德多有关照，她也会帮自己说好话的，更何况阿珲最听她的。对，回去，看能把我怎么样。于是，率领所剩的部分人马回了建州。

舒尔哈齐回到佛阿拉城后，努尔哈赤立即下令将舒尔哈齐绑了，关进监牢，监禁起来。

那个监牢狱建在佛阿拉城的西南角，仅有一间房大小，只开一个小窗，有一尺宽，一尺半高，能看见星月，照进阳光。一个小小的门，只能哈腰进出，门上留个送饭小孔，拉屎撒尿全在里边。

舒尔哈齐被关进去后，一句软活话没有，一句认错的话没有，只是不停地大叫大喊大骂，要酒要肉。佟春秀去了几次，从小孔中跟他说了一大车的话，百般说教，万言劝解，他只闷头，不吭一声，只是要见阿珲努尔哈赤，要跟努尔哈赤厮杀一场，大战一阵，一比高低，一决胜负，一战输赢。

努尔哈赤别无他法，后来下令毒死舒尔哈齐，将他的兵马部众分给了他的儿子和其他官将。可怜半世英雄，落得个如此下场。佟春秀也无可奈何，只能顺其自然，一场分裂就这样平息了。

第三十四章 女诸葛识大局制订法令 聪睿汗一声令强兵富民

舒尔哈齐死后，努尔哈赤总结经验教训，极力笼络子侄部将，严防分裂。说起来，也再无人如此大胆的了。为治理部众，赏功罚过，激励将士，争立战功，努尔哈赤想起佟春秀曾几次向他说过的话，提过的建议。于是召集大臣额亦都、费英东、安费扬古、扈尔汉、穆尔哈齐、扬古利、常书、杨书、张义等人会议，研究制定了一整套的奖功罚过制度和治军办法，大大地鼓励了将士们英勇杀敌，争立新功的战斗精神，使八旗军成为一支强大的独具特殊战斗力的军队，为以后全国乃至清王朝的建立创造了极为有力的条件和保证。

几天的劳累，弄得努尔哈赤和佟春秀体疲神乏。一天，午饭后，他们俩静静地躺在热呼呼的火炕上，真想好好睡一大觉，舒舒服服的做个好梦。

佟春秀躺在努尔哈赤身边，觉得努尔哈赤似乎还没有睡。就轻轻地问："在想什么呢？"

努尔哈赤没有动，也没有睁眼，说："降民越来越多，得安排好他们的生活，让他们无忧无虑，无牵无挂。"

佟春秀说："是啊，人多了事儿就多了，住房、吃粮、纺麻布做衣、牛马、武器，还有许多人没有家室，还有的两口子不和睦，成天闹叽叽……"

"谁没有萨尔甘，谁家不和睦？"努尔哈赤问。

佟春秀说："我也只是听巴克说的，是谁我也没问。我看，可以让各穆昆达和牛禄额真挨家挨户询问调查了解，把想知道的各种情况都一一汇总到汗王大衙，不就什么事都清楚了吗？"

"这倒是个好办法。"努尔哈赤说。

这时，阿敦在二道门轻声说："主子，主子！有人打起来了，来告状了，见不见？"

佟春秀问："是谁，因为什么事？"

阿敦轻声说："听说是男女的事儿。"

努尔哈赤听了，一怒而起，说："叫他们到大衙听候发落。"

佟春秀说："你这些日子也太累了，先歇息，我去看看。"

努尔哈赤立时起身说："阿敦，通知各穆昆达牛录额真到大衙，我有事和他们讲。"说完起身就出去了。

佟春秀叫阿敦，让那打架告状的人进来。原来是羊尔成麟养伤期间，留许冬顺见有空可钻，就和他老婆勾搭上了，隔三差五地就去睡上一回，把这女人当成了自己的老婆一样。留许冬顺是汪子笑光的姐夫，姐姐跟村长跑了，他二人又把村长老婆轮奸了，还把村长活活打死了，才跑到建州来避难逃命的。他见羊尔成麟腿折了，一半时候养不好，就溜上了羊尔成麟的老婆，两个人都是正在当年，不是有俗语说，女人三十如狼，四十如虎嘛，这说的就是女人对男女间的那事，三四十岁的时候正是如狼如虎地一样强烈雄猛，哪里空闲得了啊！所以，两个人勾搭成奸后，真都是如饥如渴，干起那事是如胶似漆的。这当儿，那鬼精灵似的汪子笑光发现了这秘密，心想，我差什么！就闲贴贴地粘乎上了。羊尔成麟的老婆一寻思，两个羊是放，三个羊也是赶，既然有人稀罕自己，也是作女人的荣幸。所以，也就没有冷淡拒绝他，就把留许冬顺和汪子笑光岔开日子，热乎乎地三天五日地睡在了一起。那羊尔成麟眼巴巴地睡在炕梢上看着听着，也不敢如何。他老婆长得也是个匀溜人[①]，个子不高不矮，不胖也不瘦，团脸大眼睛。在辽南的时候，羊尔成麟跟别的女人鬼混的时候，她就来气，心寻思，你能干我凭什么不能干，也就跟别的男人搞上了。羊尔成麟自己先理亏，跟别的女人鬼混被人发觉后，打得他没法呆下去了，也只好带着老婆逃来建州。到建州后，他为什么还那么放纵惯着自己的老婆跟人家乱搞呢？他也有个小九九，因为他只有几个姑娘，没有儿子，也想让老婆种上别人的种，好给他生个儿子。

没想到，这一天两个野男人一天都来了，就发生了打架的事。留许冬顺摸黑进屋，借着星光一看，羊尔成麟还是睡在炕梢，可炕头被窝里却有两个脑袋，一股无名的妒火直冲脑门子。他毕竟长得人高马大，不是说嘛，身大力不亏。他上去就把那小子捞出了被窝，拽下了炕，不说分晓，不问天王老子，不分三七二十一，就是乒乒乓乓一顿好打。那被打的小个子，知道自己理亏，也不知是什么人打的，咬住嘴唇子不敢吭声，只好赤条条地在地上滚来滚去挨打。可那老娘们知道这后来的人是

① 匀溜人：辽东方言，中等长相。

谁，也不敢放开嗓子哭喊吼叫，只好压着嗓子哀求说：“别打了，他是你小舅子！”

留许冬顺一听，只好气哼哼地住了手。可这挨打的汪子笑光不服气，这女人也不是你老婆，兴你睡就不兴我睡？非要跟留许冬顺说个里儿表儿不可，两个人就这样争吵了起来。这时，那老娘们说话了，“你们俩别争讲了，我实在说了吧，这汪子笑光早就跟我有一脚了，那死鬼羊尔成麟腿没折的时候，我们俩就那么地了。这事羊尔成麟是睁一眼闭一眼的，你留许冬顺才来几天啊！”那羊尔成麟也说：“咱们三个是哥们儿，不分里外，莫论先后。更何况是你们俩都没有家，你嫂子愿意，我也不挡，你们俩一天一个地来也行，两个一块来也可，只要你们俩不嫌弃就行。”

留许冬顺和汪子笑光一听，汪子笑光没说什么，可留许冬顺不干，他心想，我是你汪子笑光的姐夫，你得退出，不许再来。汪子笑光呢，不肯退出，说，我早就跟这女人睡上了，要退出，得你留许冬顺退出，这女人是我的，老婆孩子不让人，房屋土地不让人，我凭什么让给你！就这样，他们闹到佟主子那去了。

佟春秀听了他们的事，十分恼怒，但仍是怒在心里，面上宁静。他叫阿敦，“去把马三非叫来！”

马三非已经是六七十岁的人了，是跟随塔克世的建州外交大臣。来到后，佟春秀说：“你把羊尔成麟的老婆领去窑子房，卖了。”又对阿敦说：“明天叫留许冬顺和汪子笑光去庙岭烽火台哨所当差，五年不许换人。派个车给送半年的粮食，以后半年回来拉一次粮。告诉台达，看管好他俩，跑了，抓回来杀头。一个烽火台五个人，把两个年岁大的换回来。那个羊尔成麟嘛，派他去红石村墩台。”

阿敦答应着，将羊尔成麟、留许冬顺和汪子笑光三个人带走了。

第二天，在汗王大衙内，汗王召集了各穆昆达、各牛录额真、各兵种、各城寨村屯首脑的会议。会上，汗王说：“昨天下午我躺在炕上想了许多事。现在归附的人越来越多，到咱们这来了，是咱们的部民，他们有没有房子住，有没有牛种地，缺不缺衣服穿，有没有老婆，有老婆的，两个人打不打架，和不和睦，这些事，咱们都要给安排好。咱们安顿好了，他们就对我们有好感，有信任，出征打仗也就有了劲头了，他们就能一心一意地去打仗。现在，我就叫你们把你们所管辖的人户的各种情况报上来，让达尔祜奇巴克西，分各村屯城寨，一条一条记下来。哪一条的事由你们自己解决，哪些事由衙门统一办理。记完后，由我一一处理。”

这达尔祜奇是努尔哈赤的亲叔兄弟，是他老叔塔察的三儿子。努尔哈赤又叫噶盖巴克西把研究决定下来的事，一一记录下来，好公布出去，让辖下的军民去做，去执行。

大衙内的会议，大家研究决定了如下一些事项：

——无论官将军民，无论亲疏远近，一律尊努尔哈赤为“汗王”，称佟春秀为“佟主子”；

——由于人畜猛增，粮草不足，要抽各旗属人丁大力开垦荒地种田，储备足够的粮草，以应军需；

——限制宰杀大牲畜，祭祀喜庆用牲要限制数量；

——诸旗贝勒大臣要举荐各种管理、技艺人才；

——贝勒大臣要敢于直言进谏，广开言路，凡有益的建议要予以奖励表彰；

——建立庙宇，适应各种信仰的人的需要；

——惩恶扬善，作恶的人要人人喊打，使其无立锥之地；

——确立围猎行军之法，订立具体条文；

——爱惜财物，劫富济贫；

——不许打骂兵士，要爱兵如子，兵士生活有困难，要帮助解决；

——奖功罚过，奖罚分明；

——不许偷盗、作乱、奸淫，等等。

会上，还做出了一些处罚办法，公之于众：

——私通外敌者，视其后果轻重，处罚以斩杀、残肢、没收财物、射背、打脸、穿女人衣裤示众，等等；

——作战时观望不前，不英勇杀敌者，视其后果轻重，处罚以没收财产等。

会上，对通奸者，盗窃者，无故打架斗殴者，酗酒打妻损坏财物、影响公共事务者，私自杀人者，放火者，等等，均做出了不同的处罚规定。这些看似粗俗的法令条文，虽然没有形成文法，仅是口头宣布，但却具有法律效力，凡有违犯者，一经核实事实，必将严惩不贷，在努尔哈赤统辖区域之内，具有了强大的法律效力。这些法令一公布，立即实施执行。这样，就使努尔哈赤辖下的民族地方政权逐步走上正规的国家轨道。

会议之后，努尔哈赤回来休息，衮代和张妍服侍努尔哈赤倒下，还没睡，佟春秀说："汗王，有件事我还得说说。"

努尔哈赤听了，连忙坐起来，说："说吧，我听着呢！"

佟春秀认认真真地说："咱们的政权已经建立起来了，你这个王位也坐上了。有个大事儿，不知你想过没有，不能大事小事都你自己去干，那样的话，好铁能碾几根钉啊！你得任命几个大臣，或者是几个衙门，把各种事，各项事都分派专人管，若不就让各旗管理各旗的所有事务，大事交给汗王处理。你是汗王，不能事事都亲自去做。各项事务分派下去，各人管理自己应管的事，办完事要向汗王报告。哪个人干的好，就奖赏，谁干的不好，就处罚，这样才能树立汗王的权威。另外，汗王得有汗王的威仪，有大的行动，要举行一个仪式，威严些。汗王出征凯旋，要鼓乐齐鸣。大衙得有大衙的威仪，不能随随便便，水水汤汤，要雷厉风行。上上下下，要有个阶级，有个规矩。"

努尔哈赤说："是啊，这些都是汉族的优良传统啊，这些好的经验，我们得吸取啊，学习、掌握了这些好的东西，才能更好地治理我们的地方。"

佟春秀兴致未减，继续说道："我们的人，平时是民，拿起锄头镐头能种地；战时是兵，骑马持刀能征战。立功的晋升奖赏，有罪的处罚，做民规规矩矩，出兵纪律严明。这样，我们才能战则能胜，军民一体，军政一体，我们的力量才能日益强大。"

佟春秀的话，给努尔哈赤强烈的震撼，他深有感触地说："哈哈纳扎青啊，你真是我的好军师好参谋啊！你若做个统帅，不比任何人差啊！"

两个人说着说着，佟春秀冷丁想起来，说："你刚才不是说有事要出去一趟吗？"

"是啊！"努尔哈赤说，"听说酋长椒箕的属下有人闹事，不服天朝管了，我想去看看。"

佟春秀说："阿敦！你叫人跑一趟，去请椒箕到大衙，再把那闹事的也带来。"她回头又对努尔哈赤说："汗王，你先好好歇歇，明天椒箕带人来了，在大衙里审问处理，得给椒箕这位女能人树立威信啊！"

在佛阿拉城，凡有举兵征战、大众劳役、首脑集会等大活动，需要辖下各族寨村屯、各旗兵种参加的，汗王都是以他的箭为令，传箭为号，各首领见了汗王的箭，就会迅速赶到佛阿拉城的汗宫大衙内，或听令，或会议，或调遣，可以说，迅速快捷，不误工时，一些亲兵保卫不离汗王左右。一是侍卫汗王的安全，一是随时传送号令信息。

一天，红石村什家长阿得布来报告说，新分配给他的人口中有一个叫羊尔成麟的家伙，一派他活他就穷鼻儿鼻儿，嘴里噼哩啪啦地说个不停，总说自己有理由可以不出劳役，请汗王示下如何处治。汗王问："是那个尼堪人吗？"

那什家长说："是，就是那个捞木头撞折腿的那个尼堪。他说他腿撞折了，是为公家干活撞的，意思好像说他有功似的。"

汗王冷冷地说："他的腿不是好利索了吗？"

"好了，早好了！"那什家长说。

"把他叫来！"汗王仍是冷冷地。

羊尔成麟被带来了。汗王叫他在衙内再走两步，他走了几步。

汗王怒斥道："你不出劳役可以！阿得布，把他左腿踹断，叫他在家养着，不用出劳役。"

羊尔成麟一听，扑通一声跪下了，"汗王开恩，汗王开恩，我愿出劳役，我愿出劳役！"

"自己抽二十个嘴巴子！"汗王命令道。

"啪，啪，啪！"羊尔成麟自己抽自己嘴巴，两面开弓，不到十下，就已经嘴丫子淌血，不一会儿，两个嘴巴子、脸蛋子就肿了起来。

汗王又问那什家长："打翁科洛时，死的那个阿哈的独眼萨尔甘还在吗？"

"在！"那什家长说。

"把那个独眼儿女人配给羊尔成麟，叫他去孤角山那个烽火台去，跟台达说，换回一个健壮的，永不许羊尔成麟回来。"汗王对羊尔成麟说，"羊尔成麟，你听着，我原来以为你有两下子，又识几个字，本想好好用你，可你只是嘴上功夫。就是嘴上功夫行也行，可以学成个艺人什么的，可你屌毛不是，连个儿子都揍不出来，找拉帮套的[1]也不会找。现在成了这个样子，不是脚上的泡自己走的吗！你不是能穷鼻儿鼻儿吗？好，去那烽火台，成年的跟树木草叶鼻儿鼻儿去吧！"

---

① 拉帮套：辽东方言，一夫一妻的家庭中又找一个男人入户，帮助维持一家生活，第二个男人被称为"拉帮套"的。

“汗王爷，求求您了，汗王爷！别叫我去做台丁吧，我知道错了！”羊尔成麟连忙哭嚎着哀求，“汗王爷，……”

汗王说：“滚吧！”

那什家长阿得布扯着羊尔成麟的后脖领子就把他带走了。

在去往孤角山烽火台的路上，那个独眼的寡女人，坐在送粮的车上，气得直嘟嘟，说：“别看我长得丑陋，可我的心眼儿好使，我身子有残疾，我心里不残疾，我原来的丈夫是个巴图鲁。不像你，光属叨木鹳子的，一天天穷鼻儿鼻儿，干什么什么完蛋。若不是受你的拐带，能让我去烟火台受罪吗？一年年不见个人影，没个说话的人，在那山尖上呆着，跟山牲口有什么两样！我这真是托你王八犊子的福了，我……”

羊尔成麟也坐在车上，光闷着个头，耷拉着个角瓜脑袋，像霜打的茄子、出熊的屌一样，蔫巴了。

第三十五章 佟春秀做客椒萁寨 三美女纵情庙岭峰

春天很快过去了，这是迁往佛阿拉后的第二个春天。柳絮像轻飘飘的雪花满天飞舞，映山红花早已开放。这天，佛阿拉城内没什么大事，佟春秀心血来潮，想要出去溜达溜达，并叫来富察氏衮代，跟她交待了几句，就叫张妍备马，二人打马出城。只见大地阳光灿烂，春意融融。正是：

春光撒满大地，
彩霞映遍神州。

两个人出了北城门，广阔的大地展现在眼前，佟春秀在马上长长地吁了口气，自语地说："咱们去哪呢？"这时，她冷丁想到，头两天有人说女酋长椒箕族内发生了点事儿，汗王处理了，不知现在怎么样了。于是，她说："妍妹，你去问问守城门兵，椒箕的村在哪里，我在这里等你。"

不大会儿工夫，张妍跑马来到佟春秀身边，说往右走，进沟里。二人打马进了沟，沿着硕里口河顺沟往里走，边观赏大地新春，边信马由缰的散心。

佟春秀心血来潮，意兴风发，随口吟道：

祖国山河壮丽，
神州春意盎然。
春暖花开人健，
风调雨顺丰年。

张妍笑了说："姐姐，你这是作诗吗？"

"哪里！"佟春秀说着也笑了，"我说的是两副对联。咱们下来时，不是经过额亦都、安费扬克那两位大将的家门口吗？你没看他们过年时贴的对子还粘的牢牢的吗！那副对联还是我给编的呢！"

“啊呀！我的姐姐，你以为我识字吗？”张妍歇里打掌[1]地说，“斗大的字我不识一升，我哪会认出对联啊！”

佟春秀说：“唉，许多的孩子念不成书，不识字，更不用说女孩子啦。这实在是个悲哀啊！”

“别说什么悲呀哀的了，”张妍说，“咱们出来不就是散散心的吗！”

“好，好！”她们往右拐进了沟，见沟里十分宽阔。在穿过一个小屯子的时候，佟春秀说：“妹妹你看！那家门上的对联也没掉，写的是：

春到功劳门第
喜盈和睦人家

那家的对联剩半截了，是国贵安……家宜勤……，嘿，我想，这对联一定写的是：

国贵安定团结
家宜勤俭节约

要不就是……”

张妍说：“佟姐姐，你呀就是女的，不然，凭你的武艺，上阵可做将军，现在看来，凭你的书底儿呀，也能考中个一官半职的，当个什么……官的。”

“你看，还有一家对联，也没破损，写的是：

春风化雨吉祥日
庭院生辉呈祥年

好哇，编的不错！”佟春秀真是心旷神怡，满面春风啊！

她二人走着走着，不觉感到口渴，就打马进了村子，这村子大约有五六十户吧。二人进村一看，不觉一愣，眼睛一亮，这村子实在不一般啊！各家各户，庭院整齐洁净，街道利整卫生。各条村路两旁都修有顺水的壕沟，宅院的壕沟上都铺有较大石板桥通进院里，水壕沟两侧都是

---

① 歇里打掌：辽东方言，形容情绪欢快，口言手舞之状。

用石板镶砌的，大街上连一泡猪粪狗屎都没有。进村一看，就给人一种舒适顺意的感觉。她俩一边走一边看，一边看一边暗暗赞美。

佟春秀不禁脱口问："这村叫什么名？"

张妍也不知道，说："可能是到了椒箕酋长的村寨了吧，我去问问。"

其实，这时候早有人腿儿勤快，跑到穆昆达家报信儿去了，说从沟外来了两个天仙一样的夫人。穆昆达急忙赶出来一看，原来是佟主子和张佳氏，那穆昆达真是大吃一惊，大喜过望，根本没料到佟主子能上她的村寨来。她急匆匆地迎将出来。原来她就是出名的女酋长椒箕，年纪也不过是三十岁过一点的样子，也可以说是姿色诱人的啊！这女酋长可是个出名的人物啊，不仅武艺高强，卓有功绩，极富组织管理才干，她所管辖的部众军兵，秩序井然，和睦友爱。她带出的兵也是作战勇敢，攻城夺池，多有功勋，常常受到汗王的嘉奖。

佟春秀和张妍二人看到这样的村寨真是耳目一新，不得不交口称赞。

她们进了村中，椒箕已经站到马前，有礼貌而恭敬地请两位福晋下马，进屋喝茶，并自我介绍说："我是椒箕，在大衙门时见过福晋。"

她二人下马，早有人接过马鞭和马缰绳，牵马进了马圈。椒箕请二人进了屋子。

椒箕的宅院是个没有门房的四合院子，坐落在村中心路北。正房三间，东西厢各两间。干干净净，清清洁洁，让人心里特别敞亮。

二人坐下后，一个十五六岁的小女子，端上茶来，又上来干果一盘。椒箕笑着问："佟主子二位福晋，愿意喝酸茶[①]有酸茶，愿意喝梨驼水[②]有梨驼水。"她手一招，叫过一个小姑娘，耳语了几句，那小姑娘乐呵呵地轻轻快快地出了屋子。一会儿工夫，端上了两碗酸茶、两碗梨驼水，又匆匆出去了。

佟春秀二人见了椒箕，简直是一见倾心，一见钟情了，她们三个人天啊地呀地唠起来就没个完，那个投缘劲儿，那个开心劲儿，那个轻松愉快劲儿，是她们平常少有的。她们的话还没等说完，天头已经晌午

---

① 酸茶：辽东饮料，苞米面掺部分豆面和水烧开后，趁热搅和几遍，令其发酵，有酸味，春夏时饮用。

② 梨驼水：辽东饮料，秋日将梨六面削平晒干，穿成串儿存放，冬天干吃，即为梨驼；用其熬水当茶喝，为梨驼水。

了，椒箕说：“二位福晋，咱们边吃晌饭边唠吧，如果没有什么急事，能不能在这住一宿，明天我领你们上庙岭去看看，你们也好好轻闲轻闲。”椒箕见二人没说什么，就高兴地打发人回城里送信，报告汗王，说佟主子在椒箕寨玩两天再回去。

这个大山沟十分宽阔，沟长有三十多里地，椒箕的村寨正坐落在沟堂子的中间。椒箕说，从他们的村往沟里走，十三四里地有个较大的山岭，说是大岭，可岭并不大。岭上有个山神庙，是用石头雕刻砌的，也不知是哪个时代哪个人造的，很古老了。沟里林木茂密，山里野兽成群，人进山里，时不时地就有狍子撞上你，它站在你面前，愣愣地瞅着你，你一动，它才撒开蹄子蹽了。有时狍子就跑进了村里，甚至进了人家院子。有时冬天进沟，那狍子跑到冰湖上了，就站着不敢动了，你上去蹽倒它，砸折它的两条后腿，拴上绳子，能活着背回来。见椒箕说的活灵活现，佟春秀二人心里直痒痒。现在虽然不是冬天，不能打猎，可现在进山，风风凉凉的，阳子坡的草青了，小黄花开了，柳树抽芽了，山菜也钻出来了，地影皮也长出来了，小白蝴蝶、黄蝴蝶也飞起来了，进山里可好玩了。

椒箕这一说，真的把佟春秀二人说活了心，决定第二天进山。

第二天，椒箕叫上她的两个年轻的使女，又叫上四个壮汉跟随，带着水、点心什么的，跟在她们三个人后边。

他们走在山路上。这条路有一庹半宽，看不出人工修的痕迹，但已经踩轧成了明显的马车大道，露出地面的石头都磨得光光溜溜的了。佟春秀说：“看来这兵马大道，是有年头了，虽然不常有人走，可这道还是挺好走的。这可能就是汉武帝时设置高句丽县玄菟郡时通往朝鲜半岛各郡的兵马大道吧！”

椒箕说：“佟主子说得对。听说这条道是古道，说汉代玄菟郡时候的古道，是条兵马大道。”

佟春秀说：“噢！怪不得咱们走起来这么得劲儿。”看佟主子兴致很高，椒箕也十分开心。

她们悠哉游哉地，边走边唠，边走边看，马蹄踩在石子儿上，发出咔咔的声音，他们很快就上了岭顶。岭上比较平坦，也挺宽敞，看样子，在岭上休息个百八十号人也挤不出热痱子。

在岭顶平台的北头，有座石庙，有一人多高，庙建在石块砌成的二尺高的基座上。石庙由三块雕凿的较大的正方形石块砌成左右后三面，上盖是一块平底的约半拃厚，上面起脊的。石庙内供奉着一个不到一尺高的立姿石人，可能就是山神爷爷了吧！头戴树叶一样的帽子，穿着竖格的袍子，腰系带子，左肩上斜着一根长矛样的武器。像前有一个石刻的香楼碗。石庙没有门，对联刻在左右两块壁石的门面上，右上联是“在深山修神养性”，左下联是“出古洞四海扬名”，在檐上刻横批是：“有求必应”。

她们正看着，一条小花蛇从庙后的石缝中探出有一拃长的身子，那小脑袋不停地吐着信子，一上一下地伸缩着头。张妍眼尖先看见了，吓得“妈呀”一声，那军兵侍卫的壮汉，“刷”地抽出刀要一刀削掉那蛇的头，被椒箕摆手制止了。佟春秀并没惊慌，也是怔怔地看着那蛇。椒箕虔诚地说：“这是金龙向佟主子致意呢！”

佟春秀冷丁想起一件事，头几天把留许冬顺和汪子笑光派到了这庙岭的烟火台当了台丁，左右也来了，顺便去看看狼烟台，也算是关心下属啊！就问：“椒箕，这庙岭的烽火台在哪？离这多远？”

椒箕说：“不远，就在上边。”

“去看看！”佟春秀说。

椒箕留下一个侍卫看守马匹，领路向岭上的烽火台走去。到了烽火台，五个台丁见了，大惊失色，不知发生了什么事。佟春秀说：“不必惊慌，就是来看看。”留许冬顺和汪子笑光缕缕瓜瓜地低头站在一边。佟春秀看了看，觉得当台丁确实艰苦，就叫那台达说：“平时可以抽出一个台丁打打野兽，改善改善伙食。”那台达恭恭顺顺地说：“谢谢佟主子关心。”佟春秀又说：“平时留点神，有警放狼烟，不能误了军情大事。过些日子，这边没事了，就把你们撤回去了。”那台达说：“一切听凭主子的。”

她们在岭上休息了一会儿，喝了水，吃了些点心，一个个都很轻松愉快，尤其是佟春秀，显得格外开心。

佟春秀和张妍二人在椒箕家快快乐乐地住了两三天，玩了个痛快，才高高兴兴地回到了佛阿拉。

当晚，汗王说：“哈哈纳扎青，为了与哈达搞好关系，我应了哈达贝勒扈尔干的许婚，准备迎娶他的女儿。”

佟春秀说：“往哈达去，路途较远，山高水险，仇敌拦路，是凶多吉少，可又不能不去迎娶。为了彰显你的英雄本色，大无畏的精神，陪伴的人又不宜多，应少而精。现在，家里还有哪位大将在，就让谁陪你。”

汗王说：“我想叫何禾里陪我。”

佟春秀说：“何禾里？不是栋鄂部长吗？他在这？”

“是，他来见我，是想认识一下，”汗王说，“我请他陪我去，一是想看看他的胆识，也是想借机了解一下他的心胸为人。”

“那好吧。”佟春秀说。

两个人唠完了事情，小别几日，自然如新，一番鱼水之情，甜甜蜜蜜。

翌日，汗王同何禾里一说，何禾里爽快应允。

第三十六章 嫁东果联姻何禾里 慰厄赫彰显佟春秀

听客有所不知，这何禾里何许人也！听我慢慢道来。

何禾里，栋鄂氏。世居长白山瓦尔喀，大明中叶迁于栋鄂地方，二十六岁代其兄朱朱鲁作了栋鄂部长，统领栋鄂部众，成为栋鄂部中实力最雄厚的氏族。何禾里小汗王两岁，是个很有才干的部长。

汗王要迎娶哈达部贝勒扈尔干之女，他的许多仇敌都想借他千里迎亲的途中将他除掉，汗王自己也非常清楚这种形势。可他既然应允了婚事，就绝不中途而废，他那女真人的倔强的性格，和他那大英雄盖世何惧蟊贼的大无畏的气派，促使他非要亲自去迎娶不可。而且，他的行动，从来都是光明正大地干，不偷偷摸摸，不小家子气。他宁可战斗而死，也不能被人恐吓而亡！他要大摇大摆地去迎娶，在众目睽睽之下，风风光光地迎娶哈达纳拉氏。

何禾里应允了汗王的请求后，立即挑选了三十名披甲兵随同前往。一路上何禾里精神百倍，甲士也是一个个精神抖擞，护卫严防，使迎亲往返顺利成功。

迎亲回来之后，佟春秀设盛宴招待何禾里。席间，汗王与何禾里谈古论今，直抒胸怀，谈得十分投机，遂成莫逆之交。汗王十分赞赏何禾里的才干，何禾里更是钦佩汗王的宏图大志，宽阔胸怀。于是，二人决定合兵一处，共创大业。

何禾里回栋鄂部之后，立即举行了部务会议，商讨与汗王合兵大计。会上，他力陈汗王的才干和胸襟，大讲合兵一处的理由与前景，尽管如此，仍有许多人反对联合，坚持分部自立。何禾里力排众议，毅然率五百精兵驰来建州，而令其妻坚守城池，代为部长，主持事务。

何禾里的来归，使汗王的势力骤然大增。何禾里以他超常的智慧和惊人的胆识，勇武的将才，辅佐汗王共创统一大业。这样就迅速扭转了汗王的被动局面，增强了汗王的军事实力，令各部女真对汗王刮目相看。在短短的时间内，何禾里为汗王的统一大业做出了巨大的贡献，为汗王出谋划策，不离左右，甚至汗王都不遣派他外出，以便于随时参谋军务。为了增进两个人的情谊，保障两个人的密切关系，使其不受栋鄂部内的反对者的离间，断绝他反叛的后路，汗王决定将年仅 12 岁的长女东果，嫁给何禾里为妻。

这事决定后，汗王不能不跟元妻佟春秀说啊，因为这个时候，他还没有歧视妇女，更没有小看佟春秀，而佟春秀决不参与他的决断政权，她所尽的就是建议，你汗王听，就对整个建州有利，不听，佟春秀也决不急皮酸脸地变了样。所以，汗王还是离不开她佟春秀的。

汗王回到寝宫，似睡不睡。佟春秀也奇怪，汗王今天怎么回来的这么早！汗王见佟春秀十分疲惫的样子，关怀地说："你也太累了，千万要注意身体啊，没有健壮的身体，有天大的能耐，又有什么用!"

佟春秀说："是啊，身体才是本钱，身体健康了，本钱才大，本钱大了，才能做大买卖，挣大钱！我也觉着我的身子骨大不如前了，总是感到疲乏无力。"

汗王说："我跟你说个事，有个大事，想征得你的同意。"

"说吧，什么事，这么庄重。"佟春秀问。

汗王说："你看何禾里这个人怎么样?"

佟春秀说："那还用问我，你不更熟悉他吗?"

"我现在就是想听听你的看法。"汗王说。

佟春秀还以为汗王要重用何禾里呢，就说："是个大将之才。不过听说栋鄂部内有不少人反对他与我们兵力联合。"

汗王说："我也正是怕他不坚定，再有反复，才想与你商量个办法，好把他拴住。"

"那也只有一个办法，把咱们部里的格格嫁给他一个啊!"佟春秀不假思索地说。

汗王连忙接过话头，说："对啊！我也是这么想的，可咱们哪有大一点的格格啊!"

佟春秀想来想去，也确实没有，她挨着个地数，也没有。她冷丁想到唯有自己的女儿 12 岁，算是大的了。她急忙问："你不是要把东果嫁给他吧！……"

汗王没有吱声。佟春秀心里嘭嘭直跳，没再言语，她也仔仔细细地想了又想，为了从大局着想，"唉!"她打个了叹声。

汗王一听她叹气，心想，"有门!"停了一会儿，说："我想把东果嫁给何禾里。"

佟春秀真的很心疼自己的女儿，才12岁啊。虽然东果长得大些，但毕竟还是个没退稚气的孩子啊！哪怕再等两年呢！可又能怎么办呢，思来想去，她说："我同意。"

汗王问："你就没有一点想法？"

佟春秀说："有，若说没有是假话。"她毫不掩饰，说："一是东果太小，才12岁，还没成人，就做了媳妇。按汉人习俗，再怎么也得十五六岁啊。可你们女真人有早婚习俗，可再早婚，12岁也太小了啊！二是何禾里在部里是有妻子儿女的，让咱们的东果做二房，不太委屈了孩子？不过，我不反对，你之所以来跟我说这件事，你就是决定了的，我不能阻止，不能！因为，大丈夫言出如箭，吐口唾沫就是钉，不能说了不算，算了不说，若那样的话，怎么树立权威，怎能取信于人！其实，说起来，何禾里这人也无可挑剔，比东果年长十四五岁，也还说得过去，只要他对东果好，也算美满婚姻了。只是这件事，他的原妻是什么意思，还是说好了好，省得招惹事端。"

汗王说："这就不去管她了，她要好好看待这个事，是她的造化，她若恶言恶意，我就叫她永无出头之日。"

佟春秀听了这话，如有一股冷气灌在心里，她是了解汗王的为人的，与他为敌的人，不会有好下场。

第二天早饭后，佟春秀叫过东果，坐在炕上，两手攥住东果的手，两行热泪淌在她那粉腮上。

几天后，东果与何禾里成亲了。

何禾里与东果结婚的消息传到栋鄂部后，他的原妻，名叫厄赫，这位能征善战、有勇有谋的女部长，真是震怒不已，简直怒发冲天。这何禾里简直没把我厄赫看在眼里，放在心上。何禾里投归努尔哈赤后，带走精兵五百，临走时他把栋鄂部的部长大权交给妻子厄赫掌管，厄赫虽是女流之辈，却有大丈夫的作派，大将军的风度，掌管一个部，对她来说，轻而易举，小菜一碟。她精心管理，严格操练兵马，重视生产生活，使栋鄂部保持了自己的强大地位。

何禾里娶妻东果，厄赫不是反对，她就是觉得何禾里没有尊重她，没跟她商量，是瞧不起她。所以，她勃然震怒，暴跳如雷，立即率领栋鄂部的兵士，扫境而出，率领五万军马，直奔佛阿拉城而来。

厄赫率栋鄂部兵马来到了佛阿拉城北门外，就摆开了阵势，厄赫立马军前，大呼大叫，要何禾里出来，决一死战。

努尔哈赤得到消息后，与何禾里登上北城门上的镝楼，一看，心中立刻惊喜。听客们，你道努尔哈赤惊喜什么？原来他看到，栋鄂部的五万兵马，真是马肥兵精，枪刀锐利，这若是收在自己的帐下，听凭他汗王的号令，他部何人敢敌！他心中兴奋，苦思良策。何禾里不能正面与原妻交锋，厄赫正在气头子上，弄不好真的会动起刀枪的。而他努尔哈赤，也不能直接见厄赫，任凭你说什么，厄赫都听不进去，就要誓与何禾里对阵刀枪，拼个输赢，这如何收场！想来想去，他决定，还是让佟春秀出面的好，女人对女人，深浅都可说。实在僵了，他再出面，来个软硬兼施，两手准备。但是，他还是决定，不能轻易动武，要想一切办法，把厄赫说劝过来。

努尔哈赤回到寝宫跟佟春秀说了情况，佟春秀想了想，说："叫阿秃备马！"张妍听了，说："把我的马也备上！"她说："佟姐，我和你一块去会会她。"

佟春秀和张妍一边穿戴，一边胸有成竹地说："做几项准备：一、军民要夹道欢迎，气氛要热烈；二、鼓乐队准备好，在城门口准备迎接；三、准备盛大欢迎宴会；四、安排好五万兵马吃住。只要看到我和张妍调转马头，鼓乐就奏响。汗王，五万兵的吃住要安顿好，这可不是个小数目。厄赫的事就看我的吧！"佟春秀和张妍装扮好，上马出了佛阿拉的北门。

佟春秀和张妍披挂整齐，跨上战马，仗剑出城，真是英姿勃发，威风凛凛。汗王和手下的战将也都登城观看，大将们更是期望看看他们的佟主子的剑术，如何收降厄赫。可他们又希望能和平解决。人们都在翘首以待。

佟春秀二人出得城来，只见城北宽阔的大地上，数万的兵马远远地黑压压地一大片，大有黑云压城城欲摧之势。军前一员女将怒颜策骑，狂呼大叫，非要与何禾里战个你死我活不可。

女部长厄赫一看城门开处，闪出两员女将，不觉一怔：不是何禾里！竟是两员巾帼英雄，天仙美女！且又如此飒爽英姿，凛凛威风，令她大吃一惊：佛阿拉城竟有如此巾帼豪杰，真是大出意料。但她余怒未息，一看不是何禾里，不禁冷冷问道："你们是何人！为什么不放何禾里出来？"

佟春秀策马前驱，迎面对厄赫和善地微微一笑，在马上抱拳施礼说："厄赫福晋，请息怒。我是哈哈纳扎青，"又指张妍说，"她叫张妍，我们姐妹俩来请夫人进城，酒席已经备好。"

这厄赫，确是女强人，在栋鄂部赫赫有名。她手使的大刀，十个八个大汉不是她的对手。她的骑射也是绝妙精伦，在栋鄂部内，一提起她来，无不惊赞佩服。何禾里归附汗王后，把栋鄂部大权交给她执掌，也正是看中她的这个才干，在部内享有绝对的威望。她治军严厉，处事公正果断，确有大将风度。虽是女流之辈，却是女中豪杰。因此，佟春秀很赏识她，一心想把她争取过来。

厄赫见了佟春秀张妍两人，没说上几句话，就烟消云散了，被佟春秀的和善、友好、落落大方、诚心实意以及佟春秀的端庄秀丽所折服。她早就听说了，建州老营有位剑侠女主人，不仅花容月貌，还是个千百难寻的大管家，早就有心想会会，看看佟春秀究竟是何等人物。今天一见，她就打心眼里钦佩，不禁肃然起敬，大有相见恨晚之感。

佟春秀回头对张妍说："来！见过厄赫部长。"

张妍驱马近前，有礼貌地行抱拳礼，说："嫩嫩张妍，汗王努尔哈赤小福晋，见过厄赫部长！"

厄赫说："久闻二位福晋芳名，厄赫实在愧不敢当。今日能与二位福晋相见，真是厄赫的缘份哪！何禾里的事，唉，不再提了。"

佟春秀说："事情办得是有些唐突，没能事先跟您商量，征求您的意见，请您不要生气，更不要记恨在心，要怨，就怨俄云佟春秀好了，……"

"好了！"厄赫很爽快，"不再提了，就让它过去吧！今天能见到佟主子，张佳氏，也是我最高兴的事了。"

张妍回过马头，向城门上的人摆手。立时，城门处鼓乐齐鸣，鞭炮冲天，人们的欢呼声震天动地。

厄赫高兴地与佟春秀二人在马上相抱，努尔哈赤立即下令，"快备酒宴，大开城门！兵士列队欢迎！"

何禾里和东果骑马疾驰出城，迎接厄赫。厄赫没理何禾里，却在马上与东果紧紧抱在一起。抱了好大一会儿，厄赫松开了两臂，回头一挥手，五万大兵有秩序地一队队跟在身后进城了。

在马上，厄赫回头看了何禾里一眼，像是对佟春秀说，又像是对老天发泄，她气愤地说："我就是不服气，男人们为什么就瞧不起我们女人，我们哪点比他们差！这天下若没有女人，还有人吗？”她与佟春秀对看了一眼，就爽朗地大笑起来，这笑又像似在哭诉。佟春秀非常理解她此时此刻的心情，也想笑，却没能笑出来，可心里早已喜欢上厄赫了。

轰天震响的鞭炮和热烈欢乐的鼓乐声，使厄赫心旷神怡，一扫恨怨之气。那恢宏大气、热烈浓情的欢迎气氛，令厄赫意气风发，她大笑着同佟春秀、张妍一同进了城。

一场一触即发的风波就这样和和气气地而又简简单单地平息了，一场刀光剑影的厮杀就被几句温暖话语荡平了。努尔哈赤一夜之间军事力量猛增。

努尔哈赤早已派出了快马，请来了椒箕酋长，也来陪厄赫，让几位女能人聚会佛阿拉。努尔哈赤、佟春秀坐在主人座上，佟春秀的左边坐着厄赫，再左边东果、椒箕、衮代，努尔哈赤的右边是何禾里和几员大将。

厄赫性格豪爽，乐观开朗，说话大气，她开怀畅饮，大口吃肉，早把一肚子烦恼抛在了九霄云外。那椒箕更是与她对心投缘，频频劝酒，大家喝得心满意足。何禾里走下桌来，到妻子面前，给妻子斟满了酒，双手端给厄赫，自己也斟满了酒，举起来，二人互相看了看，就饮开了，两个人相对笑了笑。正如古语说得好，一笑泯恩仇啊！

喝得高兴，努尔哈赤首先下桌，在地中央“空空齐”地扭动双肩，跳了起来，大家也都十分开心，十分快活，人人都沉浸在一片欢乐之中。

第三十七章 举刀断案怒斥三国来使 诉诸武力大败九部联军

几天后，叶赫使者来到了佛阿拉城。

努尔哈赤了解了使者的来意，叫人先安排使者住下，明天再接见。

晚上，努尔哈赤和佟春秀一起吃饭，叫人把饭菜送到寝宫，两个人一边慢慢地吃着，一边唠着。

努尔哈赤说："叶赫派使者来了，跟我们要地盘。"

佟春秀听了，啪一声把筷子摔在桌上，说："什么？要地盘？要什么地盘？哪个地方是他们的！古语说得好，老婆孩子不让人，房屋地土不让人。他们凭什么跟我们要土地！割让地土，自古就是软弱无能的君王所为，就是被人欺负得直不起腰的人所为，那是被千古唾骂的行为。"

努尔哈赤说："我看这简直是讹诈，我岂能容！"

接着，佟春秀说："大丈夫活世上，宁可战而死，不可跪而生。一个君王执掌一个国家，只有两件事不能忽视，一个是土地，一个是人民，没有土地，何谈国家，没有人民，何谈帝王！"

第二天，努尔哈赤在会客大厅里接见了叶赫使者。使者说，他是受叶赫贝勒纳林布禄的派遣而来的。

努尔哈赤问："请问，贵国使者有何公干？"

那使者说："乌拉、哈达、叶赫、辉发、满洲，言语相通，势同一国，岂有五主分建之理？今所有国土，尔多我寡，你们满洲国应该先把额尔敏、扎库木两个地方，割给我们一地，这样才算合理，我们才能两国和睦相处。汗王，您看，什么时候把我们贝勒要的那个地方割让给我们叶赫？"

叶赫果真是来要土地的。努尔哈赤听了，拍案大怒，说："我们是满洲，你们是扈伦。你们国地盘虽大，我岂能取？我国虽广，你们岂能得分？况且，土地不是牛马，岂可分割？你们都是执政大臣，不能谏阻你们贝勒，还有什么脸面来告诉我们？滚回去吧！"

这样的一顿怒斥之后，把叶赫使者打发回去了。

可是，叶赫在建州碰了钉子之后，并不甘心，又召集哈达、辉发三国会议，决定三国同时派遣使臣到建州，妄图以三国之势压服建州，让建州屈服。

三国使臣很快到了建州，努尔哈赤自然以礼相待，备设酒席，待为上宾。三国使臣以为努尔哈赤这回可是怕了。于是，在酒席宴上，叶赫使臣图尔德很傲慢地说："我国叶赫贝勒有话，让我带给汗王，可又怕汗王责备，不知是说好呢还是不说好？"

努尔哈赤说："你不过是转达你国贝勒的话，你国贝勒说的是好话呢，我就听听；若说的不是好话呢，我也可以派人到你叶赫国贝勒面前，也说不好听的话，让你国贝勒听，我怎么能责备你呢？"

图尔德这才大胆地说："我们叶赫贝勒纳林布禄说，要分割你们建州的土地，你们不给，叫你们归附，你们又不从。倘若两国兴兵，我们叶赫兵能入你们建州境，你们建州兵能踏我们叶赫国土吗？"

努尔哈赤听了，勃然大怒，"霍"地起身，"刷"地抽出宝刀，一挥刀，砍掉了桌子的一角，怒斥道："你们叶赫部诸舅舅贝勒，有哪一个是亲临战阵，马首相交，破胄裂甲，经历一场大战的？过去哈达国孟格布禄、戴善，他们自相扰乱，你们才得掩袭攻战的。怎么看我也像他们那样软弱可欺、那么轻易可得吗？况且，你们叶赫也不是哪里都设有关隘，我进入你叶赫如入无人之境，白天不去，黑夜可去，你们能拿我怎么样呢？以前我以先人被误杀的原因，向朝廷问罪，朝廷不但归我丧，还给我敕书、马匹，后来又授我左都督敕书，不久，又赏赉我龙虎将军，岁输金币。你们叶赫贝勒的阿玛被朝廷杀害，连尸骨都没有收得！还跟我说大话，有什么用！难道这样就能吓唬住我吗？回去告诉你们的贝勒，他看错人了！"

接见后，努尔哈赤命噶盖写回书，遣使送到了叶赫，要使者当面念给叶赫贝勒听，然后再将回书交给叶赫贝勒。

一场政治斗争就这样止息了。事后，努尔哈赤回到寝宫，跟佟春秀详细地讲述了会见叶赫三部使臣的经过情形，佟春秀点头称赞说："宁削其骨，莫毁其名，这才是大丈夫！"

听客朋友们，你们知道，女真人都有一股子牛脾气，犟得很，不会因为一二次失败就服输，哈腰称臣的。那时，叶赫部贝勒纳林布禄对努尔哈赤既不能用联姻手段笼络，又不能以政治讹诈压服，没有别的办法，只好诉诸武力。聪明狡猾的纳林布禄想了想，应先放一把小火，看看努尔哈赤究竟有多大实力。

于是，就在第三年的六月，叶赫贝勒纳林布禄亲自纠合哈达、乌拉、辉发四部联合出兵，洗劫了建州的胡布察寨。努尔哈赤闻讯后，愤怒地亲自带兵前往追击，一直追到哈达部的富尔加齐寨，两兵相遇，努尔哈赤命令自己的步骑先行，自己一人殿后，引诱四部兵进入伏击圈儿。只见敌兵追来，为首的一人带刀猛扑，努尔哈赤回身扣弦，射中敌骑的马肚子，敌骑逃遁。这时，又有三个并马扬刀杀来，努尔哈赤挥刀迎战，将三骑兵砍杀之后，才坐直了身子，猛射一箭，将哈达贝勒孟格布禄的坐骑射中，马倒死去。孟格布禄的亲兵一看，飞马赶去，救起孟格布禄，主仆二人骑马逃回。

这一战，努尔哈赤率马兵三人、步兵 30 人，杀敌兵 12 人，获甲六副、马二十匹，胜利回军建州。从此，吹响了古勒山大战的号角。

叶赫四部失败以后，并不死心。又在九月，贝勒纳林布禄、布斋纠集了哈达贝勒孟格布禄、乌拉贝勒满泰的弟弟布占泰、辉发贝勒拜音达里四部，长白山朱舍里、讷殷二部，蒙古科尔沁、锡伯、卦尔察三部，一共是九部，结成联盟，集结三万雄兵，分兵三路，摇山震岳地向建州的古勒山杀来，妄图一举消灭建州。

以叶赫部贝勒布斋、纳林布禄为首的九部联军，想以强大的军事力量压服建州，叫努尔哈赤俯首帖耳，满以为这下子一定能制服努尔哈赤。

当九部联军赶到浑河北岸的时候，天已经黑了下来。于是，三万联军埋锅举火做饭，密密的灶火，有如清夜星辰。联军吃完了饭，立即起行，连夜渡过沙吉岭，向古勒山奔袭而来。建州的探骑武里堪，将联军的军情侦察明白，飞马报告努尔哈赤，说："联军要在拂晓到达古勒山。"

努尔哈赤得知九部联军分三路袭来的消息，发下军令，让将士们充分休息，第二天天一亮发兵。一切安排部署就绪，努尔哈赤安安稳稳地睡下了。这下可急坏了富察氏衮代，她对佟春秀说："俄云，大兵压境，他怎么就能睡得着觉！"

佟春秀笑笑说："嫩嫩放心，正因为对敌兵了如指掌，知己知彼，一切就绪，才能睡个安稳觉呢！若是对敌兵不了解，怎能安寝！你想想，叶赫纠集九部，联军三万，看似力不可抵，实际是不堪一击啊！九部军杂乱乌合，没有统一指挥训练，各部进退不一，领兵的头目众多，步调不能一致。这样，领兵在前的，肯定是头目，若将头目斩杀了，其兵必然自行溃乱。这时，我兵拼力厮杀，兵士虽少，也必保胜利。妹妹，你大可不必担心。”一席话，说得衮代心里轻松了许多。

第二天刚放亮，努尔哈赤的军队已经喂饱战马，吃完早饭，整装待发了。这时，努尔哈赤祭完了堂子，宣布了迎敌作战的战术原则，就是立险扼要，以逸待劳；敌兵虽多，头目也多，是乌合之众。我们只要据险诱敌，先杀敌兵头目，然后，集中兵力，奋起合击，必然胜利。他命令，行军时，不准说话，不准出声，勒住马口，下定决心，迎接战斗。

这时，九部联军已经到了扎喀城，围攻多时，没有攻下来。又调头去攻黑济格城，也不顺利。联军被重重障碍所阻，兵士不能成列，首尾不能相应，犹如长蛇一样，缓缓地行进到古勒山下。

努尔哈赤的精壮铁骑，这时早已在古勒山上据险结阵，整兵以待，专等联军的到来。这时，叶赫贝勒布斋和纳林布禄督率九部的贝勒、台吉统领各自的步骑围攻古勒山，拼力厮杀而来，势如潮涌，锐不可当。

努尔哈赤细细观察，镇定指挥。他命额亦都率领百人前去挑战，额亦都等射杀九人。这时，叶赫贝勒布斋一看，还没怎么交锋，就死了九人，怒气陡生，于是挥刀，直前杀来。没料想，由于驱骑过猛，战马被倒木绊了一下，向前扑倒，布斋被摔下马来。额亦都的兵武谈见了，猛扑上去，骑在布斋身上，将布斋杀死。布斋的弟弟贝勒纳林布禄一见哥哥被杀，惊呼一声，昏倒掉下马去。叶赫兵急忙抢前救起纳林布禄，把布斋的尸体裹携上马，夺命而逃。科尔沁贝勒明安的步骑陷入泥潭，他只好去衣赤体换马脱逃。叶赫兵见一个贝勒被杀，另一个昏倒，都失声恸哭。其他贝勒、台吉更是心胆俱丧，狼狈逃脱，九部联军四散溃乱。这时，努尔哈赤一声令下，建州铁骑像山崩一样从古勒山上呼啸而下，骑涛汹涌，矢石如雨，直杀得九部联军落花流水。一时间，古勒山谷殷红，积尸遍野。

古勒山大战，努尔哈赤的建州铁骑，斩杀了叶赫贝勒布斋以下四千多人，活捉乌拉贝勒满泰之弟布占泰，缴获马匹三千匹，铠甲一千多副。努尔哈赤命令军兵收拾完战场，载驮战利品，欢歌笑语，胜利凯旋。

这就是努尔哈赤起兵之后，取得的第一个伟大胜利。这一仗极大地鼓舞了建州军队的士气，增强了战斗意志。

第三十八章 积劳成疾佟春秀身染重病 后继有人富察氏勇担家政

在佛阿拉城，佟春秀过第五个新年的时候，她感到有些体力不支，四肢乏力，深感疲劳。她叫巴克请来了富察氏，说：“我总感到疲乏，又快过年了，事情挺多，我有点力不从心了，你就替俄云多操些心吧。”

衮代动情地说：“好俄云，你早该好好养养身子了，再这么累下去，身子会受不了的啊。”

佟春秀说，“你嫁过来有四五年了，对这家也早就了如指掌了。我虽然年纪不大，属狗的，努尔哈赤属羊的，眼看兔年就要过去，到了龙年了，我也就满30岁了，按汉人习俗说，是到了而立之年了。《礼记》书上说，三十曰壮，就是说，人到了30岁，就是壮年人了，称为‘壮室’。可我到了壮室之年，身体却不壮……”

张妍和衮代几乎异口同声地说：“佟姐姐，你这是累的啊。你一天操多少心，受多少累啊！你一个人操的心，顶我们多少人啊！你早该歇歇，将养将养身子了。”

佟春秀说：“衮代妹妹，我们是埋没了你这个人才啊，你虽是女性，却也有大将风度。今天请你来，我是想，让你多费些心血，为了这个家，衮代，就请你出山吧！家里的一切事，都由你主持，你就大胆地干吧！”

衮代说：“俄云，你累成这个样子，我也实在不忍心推辞，那我就先主擎两天，等你身体养好了，我再交鞭儿①。”

佟春秀一锤定音地说：“你就干吧！”

衮代接管家政之后，让巴克把各位福晋都请到佟春秀的寝宫，八位夫人到齐了，大家都不知什么事，有点莫名其妙，当然，已有三位夫人心里明白了。

佟春秀在几位夫人问候坐下之后，说：“今天请大家都来，是有一

① 交鞭儿：辽东方言，交班。

件事情向大家公布。就是从今天起，家里的一切事务，都由富察氏衮代总理了，你们都要听衮代的。衮代的意见，就是我的意见，你们支持了她，也就是支持了我。在这里，我向各位表示谢意，感谢你们这几年处处支持我，我相信衮代也能和我一样，善待大家，而大家也能像对待我一样去对待衮代，把这个家管理好，让艾根少为家费力操心。我谢谢大家！谢谢各位姐妹！”

衮代接着说：“咱们八个人，佟俄云没少为我们操心费力，我们也衷心感谢她，大家说是不是？佟俄云主持家务的时候，我们大家都有分工，这些分工不变，只是张妍你就专门侍候佟姐姐，照顾佟姐姐。”

佟春秀说：“这个家我管了十五年了，现在真的是力不从心，这回轮也轮到你们来管了。我已经跟艾根说好了，他也是同意了的。管好了这个家，就是对艾根负责，就是对汗王负责。衮代，我谢谢你了。”

衮代说：“都是一家人，不说两家话。还说什么谢字！我呢，是头一回管这么大个家，管好管赖全靠大家的支持了。有什么地方做的不好的不对的，就请跟我直说。”

富察氏问佟春秀有没有什么再说的了，“没有了”，佟春秀说，“你是新官上任，开头开卯要干好。好了！”大家又闲说了一会儿话，安慰佟春秀好好养身板，就散了。

衮代坐在佟春秀身边儿说：“佟俄云，你要放心，家里的事，你就不要再操心了，一定要把身子养好，这可是我们哈苏里哈拉的大事啊。”

又对张妍说：“给佟俄云熬人参鸡汤了没有？”

张妍说：“平常也总熬，可哪回熬了，佟俄云都不喝，都叫艾根喝。”

衮代说：“再熬的时候，多熬，够两个人喝的。”又叫：“巴克！你专管佟主子的饮食，别的什么也不用你干。”

巴克说了声“喳！”就退了出去。

巴克自从给龙敦收买，为龙敦用灯火明暗报信被发觉以后，原本是要逐出去干大活粗活的，或是配个伤残阿哈了事。可佟春秀没有那样做，却留在身边，侍候两位主子饮食，巴克很感激。后来，佟春秀又把她配给了一个牛录京章能古德，小两口十分恩爱，所以，她很感激佟主子。衮代让她专门侍候佟主子，她哪能不尽心尽力呢！

光阴荏苒，岁月如流，芳林新叶催陈叶，流水前波让后波。一年一度的新春佳节就要到了，佛阿拉城沉浸在一派喜气洋洋的欢乐之中。

过了这个年，佟春秀就是31岁了。从16岁与努尔哈赤结婚，一晃就是十五六年的时间，在人们的不知不觉中悄悄地过去了。

早先东北的冬腊月，天气十分寒冷，可不像现在这么暖和，一个大冬天，没几天冷天。那个时候的严冬寒天，可真是能“冻掉下巴”的，吐口唾沫掉地上能摔成八瓣儿。

当时的女真人，冬天都穿皮毛的衣帽，可以御寒，穿絮草的牛皮靰鞡，站在冰雪里几个钟点不会冻坏脚指头。屋子里是大长炕，烧得热热的，炕上放个泥火盆儿，殷实人家烧木炭，一般人家装火炭儿，就是烧火做饭烧木柴，把没燃烧尽的木炭火炭儿扒到火盆里，暖屋子。

汗王的寝宫里火炕烧得很热，火盆里的炭火也红得旺旺的，屋子里很暖和。巴克天天给佟主子熬人参鸡汤，殷殷勤勤服侍佟主子。这时，能古德进来跟巴克说，他要跟汗王出门去一趟，得晚上才能回来，就开门出去了。门没关严，留个大缝子，巴克正腾不出手、就大声叫能古德说：“唉！外面那么冷，你把门关靠了！”

能古德回手把门关靠，说：“你以为关靠门，外面就暖和了吗？”

巴克听了，笑了，自语地说：“说的什么屁话，苞米骨子话！”

佟春秀在里屋听了，却笑着说：“巴克，那既不是屁话，也不是苞米骨子话，那是笑话！”

第三十九章　昔词欢诵辞兔岁　新联高歌迎龙年

过年的前几天，佟春秀的身体比以前好多了，可是仍很虚弱。但她的精神很好，她依在炕头的墙壁子上，两脚伸在炕桌下，盖着被子，手中在玩着九联环。

这时，侍卫阿敦领着噶盖进来了，佟春秀见大学士巴克西来了，就放下了九联环，想起身。

阿敦连忙说："佟阿沙，您就这样坐着，大学士也不是外人。"

噶盖上前连连阻止说："佟主子您就这么坐，不要起来。"

佟春秀笑着说："这哪行，大学士巴克西来了，我不下地已经不礼貌了，哪还有这么躺不躺、坐不坐的道理！"

"不不不，您就这么坐吧！"噶盖忙说。

张妍过来给佟春秀的后背垫上一个软乎乎的枕头，又叫巴克上茶。

阿敦说："阿沙，那你们唠着，我还有事，先出去了。"

噶盖边喝茶边说："佟主子，今天来还是想请您能给编几副对联，年快到了，唉，年年请您，年年让您费心。我们也真是对汉文化懂得太少了。

佟春秀笑了说："其实，我只是班门弄斧，我这点墨水早就饭吃了，哪里还能编出好对联啊！"

"佟主子，您就不要客气了，在我们建州这里，您就是真正的汉文化大学士了，还有谁能超过您啊！"噶盖说，"头几年编的那些就很好嘛！"

佟春秀边想边说："今年是卯兔，新年到了，就是辰龙了。"佟春秀想了想，编了几副对联：

玉兔迎春春光撒满大地
蛟龙呈彩彩霞映遍神州

尼雅满阿林[1]脉连长白根深叶茂
苏苏子必拉[2]水系东海源远流长

建州雄兵驰骋疆场勇武冠日月
满洲儿女叱咤风云英气浩乾坤

迹地青山神州大地垂万世
身居绿林华夏儿女传千秋

佟春秀一连说了好几副，想了想，又说：

春到碧桃树上
莺歌绿柳楼前

春风春雨春色
彩霞映遍神州

千花盛开招蝶舞
万物竞秀报春回

噶盖一边记，一边说：“佟主子，这几副对联编得可太好了。佟主子，再费费心，再来几副吧！”

佟春秀说：“好吧！”好像她特别有兴致，于是，又编出几副：

五湖四海歌大雅
万家千户乐安宁

春风得意千秋怡荡
和气致祥万家欢乐

① 尼雅满阿林：满语，尼雅满，龙岗；阿林，山。
② 苏苏子必拉：满语苏苏子，指苏子河；必拉，河。

建州山河壮丽
辽东春意盎然

春新阖家幸福
雪瑞五谷丰登

“好了，先来这几副吧，您看哪副能用就用，不相当的你再改，不能用的就不用。”佟春秀说，“您喝茶！”

噶盖说：“佟主子，都非常好，非常好！真的是太好了！”

佟春秀仰脸望着天棚，似在沉思，说：“大学士，您觉得哪副好一点？”

噶盖沉吟了一下，说：“我对汉文不懂，我只是觉得跟我们的生活明显贴近的，是迹地青山那联和建州与尼雅满那三联。”

佟春秀说：“后边那几条短联，有点硬编的迹象，而且也一般化。咳！您看着用吧！”

“哪，佟主子，您歇着，我先走了。”噶盖起身，收起了记录纸。

佟春秀马上起身要下地送，噶盖说什么也不让佟主子下地，佟春秀说：“您有时间请来坐。妍妹，你替我送送大学士吧！”

衮代进来了，看了佟春秀，觉得比前些日子好多了，她高兴地说：“佟俄云，您比头些天好多了，过了年春天万物发旺，那时候就会完全康复了！”

佟春秀说：“我也觉得好了些。有什么事吗？”

衮代说：“佟俄云，没有什么事，就是过来看看。……佟俄云，我看是不是请大萨满跳跳神，您的身子肯定能很快就康复了的。”

佟春秀连忙制止说：“不不不！好嫩嫩，说句心里话，三玛法有病，跳了神，费那么大的劲儿，不也没跳好吗？人哪，生老病死，千古亦然，这是谁也改变不了的。不是说吗？生死有命，富贵在天嘛！我这是实病，是十几年累出来的病。好了，不说了，忙你的去吧！”

衮代说：“佟俄云，我要跟艾根说，给您跳大神，非要把您的病治好不可。”

张妍说：“佟姐姐的肚子上有个大硬包，有鸭蛋大。”

“我摸摸，我摸摸，”衮代急着要摸摸，“怎么不早说呢？得想办法化掉它啊！不行，我跟艾根说，非得请大萨满跳神不可！”衮代急匆匆地出去了。

张妍坐在佟春秀的身边，握着她的手，让她喝了半碗人参鸡汤，轻轻地开口说：“佟姐姐，汗王又有好几天没来看你了，你为他娶了七八房妻子，我看，他的心已经不在咱们的身上了，这样下去，我真很担心哪！”

张妍的话说得不错，努尔哈赤到这年已经娶了八房媳妇了，对佟春秀也不像过去那样恩爱了，可佟春秀并不在意，她说：“傻妹妹啊！你现在还不明白吗？他之所以娶这么多妻子，其实是一种形势需要啊，他是为了建州的统一大业啊！实际上，咱们女人哪，是被当作了一种……唉，到什么时候，能把我们女人当作人看待呢？”

“女人哪，女人哪，”张妍有点愤愤不平了，“女人也是人！”

“好妹妹，千万记住，这些话以后再也不要出口！”佟春秀说，“你要保命，就千万什么也不要说。你要了解努尔哈赤的为人，他可是铁面人哪！我们要自己管好自己啊！”

两个人相拥在一起，流下了凉冰冰的泪水。

佟春秀抚摸着张妍那柔美的头发，说：“好妹妹，我恐怕不久于人世了，我真想能活六七十岁，可老天就是不公平，……”

“看看，看看，又来了不是！”张妍说，“没事的，没事的，大伙都说佟姐姐一定会好起来的。”

第四十章　忧国为民春秀临终遗训　香销玉殒元妃英年归天

颠狂柳絮随风去，
轻薄桃花逐水流。

这两句古诗是形容看风使舵、投机取巧的人的。可是，我们这里说的是春天很快过去了，我们的主人公佟春秀如何了呢？

努尔哈赤可算回来了，他立即到了寝宫，来看原妻佟春秀。他见妻子正躺在炕头上，面容憔悴，精神萎靡不振，心里一酸，眼圈也红了，恼怒地说："为什么不请大萨满给看？"

衮代等人说："佟主子不愿意，就等您回来说呢！"

张妍正坐在佟春秀的身边抹眼泪。那些大将们齐呼啦地说："汗王，快请大萨满跳神吧！"张义看了说："汗王，我去找佟养性吧，看他能不能请到好的郎中。"

汗王说："请大萨满跳神！马上！张义，你立即动身去找佟阿珲，要快！"

佟春秀听努尔哈赤回来了，微微地睁开眼睛，看了看周围的人，轻轻地笑了笑，东果眼睛红红地坐在佟春秀身边，扯住妈妈的手。褚英和代善站在炕沿边上，脸上冷落落的。椒箕和厄赫两位女酋长更是神情沮丧。这时，厄赫招了一下手，让东果下地。东果下地，两人来到后屋，厄赫小声对东果说："快去请保家神老太太，供在里屋门墙壁子上，再到房后西北角砌个小庙，供保家狐仙，好保佑佟主子疾病痊瘉。"

东果回里屋将代善叫出外屋，让他快给砌个狐仙堂，供上狐仙，保佑讷讷，代善立刻出了寝宫。东果叫巴克找来了噶盖大学士，让他按照厄赫说的古代老年妇女形象，画两幅太太画像，身穿明朝廷宫中贵妇人的官服，供在西屋二道门两侧。门左那位保家神老太太，坐在一张椅子上，前面有一张条案，左右各站立一个侍女，两个侍女各端一个盘子，一个盘子上放一把壶，一个盘子上放一个碗，旁边还画有两棵树，每棵树上有一只鱼鹰。而右边那个太太也是一位年长贵妇，也是坐在一张椅子上，左手拄着拐杖，前面也是一张条案，两侧也各有一个侍女。头顶上有房子，脚下有青山。两位保家太太画像的下边各有一块板，称为神板，板上放着两个碗，碗中装着小米子，一籽香用红纸包着，横放在板上。寝宫后的小狐仙堂也很快砌成，有三尺高，底坐二尺，没有门扇，里边塑了一个贵富的老妇人，坐在椅子上，拄着拐杖，前面有一个碗，碗内装小灰，插着点燃的三炷香。

第二天，女酋长椒箕找人算了算，说从西北方向请大萨满来跳神好。努尔哈赤命马臣快去西尼雅满屯[1]请来大萨满。

大萨满叮叮咣咣、敲敲打打、又砍又刺、宫里宫外地又跳了三天大神。最后，又是给佟春秀用大火罐拔肚子，又是让佟春秀喝“干水”。什么是“干水”呢，听客们有所不知，我也是听说书师傅讲的，我再说给你们大家听，知道知道。其实，这“干水”并不神秘，就是煮人参的水。

萨满一边给佟春秀拔着火罐，一边念念有词：

巍巍长白山，
茫茫花果山；
低头就是药，
弯腰把宝拣。
祖师帮你采，
山神保平安。
蒲公英解毒治乳痈，
车前子利尿把目明；
清热泻火有苦菜，
……
肠痈肿痛用地丁。
……

大萨满跳完了神，治完了病，告诉努尔哈赤，赶快上山采地丁。新采回的地丁要洗净，生吃，熬水喝，熬水擦，捣碎了烀，要一直用。若是烀起泡了，不能烀也不能擦了，就生吃、熬水喝！这么一直用了两个

① 尼雅满山：满语，龙岗山。尼雅满山下有东西二屯，西屯为喜塔腊氏居住之屯。

多月，还真见了效，那个硬包真的下去了。

佟春秀的身体康复了许多。身上没病了，精神好多了，人们打心眼里庆幸。

可是，入秋以后，佟春秀旧病复发，身体日渐不支，又不得不躺在炕上将养，张妍和东果，还有巴克日夜守护在佟春秀身边，不离左右。

一天，佟春秀拉住张妍的手，说："好妹妹，我这回恐怕真的不行了，我这么年纪轻易地就死去，实在是不甘心哪！可又有什么办法呢？老天就是不开眼，对我不公啊！"

张妍哭着说："姐姐，不要紧的，春天那么重，夏天不是好了吗！我看不要紧的，养一阵子就会好的。这地丁不是一直在熬水喝吗！咱们连喝带烀，那地丁还有老鼻子①啦！用完了，再采去。不要紧的，姐姐，老天会可怜姐姐的。"

"妹妹，别说了，我心里有数。只是我有几件事托付给你，你一定要答应。"佟春秀说，"三个孩子的事，我不想管了，他们也都一年年地长大，他们的阿玛怎么待他们，我也不去想了。"

张妍看着佟春秀的脸，用力地握着佟春秀的手，眼里含着泪水，使劲地点着头，说："佟姐姐，你说吧，什么事我都答应你，叫我干什么我都干。"

佟春秀语重心长地说："你要答应，要记住，要做到：一，你是知道的，我自小就是在爷爷奶奶身边长大的，他们为我操心劳力，我没有报答上他们的养育之恩，没有尽一点孝道，多会儿想起来，心里都难受。"说着，她轻轻地哭泣起来。

过了一阵子，佟春秀理了理情绪，接着说："你能有机会的话，一定要替我去爷爷奶奶的坟上叩个头。"

张妍咬住嘴唇，眼含热泪，用力地点着头。

"你要替我服侍好艾根，他日理万机，日夜操劳，领兵征战，寝食难安，天长日久，身体会顶不住的。没有一个健壮的身体，难以保证事业成功。"佟春秀一字一板地慢慢地说。

张妍插话说："我以前跟姐姐说过，你给他娶了那么多媳妇，对你对我怎么样不说，对他的身体伤害也是不小的啊，我真替他担心。"

① 老鼻子：辽东方言，多，很多。

佟春秀笑了说："好妹妹，这个事你就不要担心了，你担心也是没有用的啊。他是精明人，他会自己有所节制的。我跟你说过，这种婚姻是他事业上所需要的啊，你慢慢想想就会明白了。你只要注意他的保养就行了。"

她闭目养神，歇了一气，又睁开眼，说："我走了以后，你要自己多注意自己啊，别人再关怀也还得自己注重才行啊！"

张妍给佟春秀往上盖了盖被子，说："姐姐，你就不要为别人操心了吧！"转过头去，自己抹眼泪去了。张研看佟春秀稳稳地睡了，她才又仰头长叹，心里问道，"难道说，真的是命运的安排吗？为什么老天既然生下了这么好的人，就给她这么短短的寿禄呢？这不是太不公平了吗？"她忍不住又哭泣起来。不想，却惊醒了佟春秀。张妍马上猫下腰轻声问："姐姐，喝口汤吧！"她端来了人参汤，还有地丁汤。佟春秀欠了欠身子，把两样汤都喝了。之后，又闭上眼睛睡了。

佟春秀的病情一天比一天重。三个孩子和张妍都寸步不离左右，努尔哈赤的七八个妻子也是轮番地来问候。她们都默默地祈祷着，起愿发誓地宁可自己折寿给佟俄云，东果更是天天给保家仙、保家神上香叩拜祝愿，只要她们的佟俄云、讷讷的病痊瘉了，她们一定还愿。

寝宫西墙上供的祖宗板子上的九个香楼碗子，女真人叫作香碟，整日的迎春花香燃着缕缕的青烟，向祖宗神、天地神祈请给佟主子增寿，那汤古哈更是懂事地天天趴在炕沿底下的角落里，不时地哼哼叽叽，像是难受的样子，牲畜也懂事，为它们的主子哀丧。

努尔哈赤率人进京朝贡回来，听说佟春秀病情又加重，心里格登一下子凉了半截，下马就来看佟春秀。两个月没见，佟春秀像变了一个人似的。他跳到炕上，抱起佟春秀，紧紧地搂在怀中，两眼满含着晶莹的泪水，哽咽着说："怎么六七十天工夫，竟病成了这个样子！不是不要紧了吗！老天啊！为什么这么对待我？"屋子里的人都哭了。

佟春秀睁开眼睛，笑了笑，眼角淌出大大的一滴眼泪，顺着脸淌落下来，用她那纤秀的手，擦去努尔哈赤的泪。她闭目养神，过了一会儿，又睁开了她那美丽的丹凤眼，嘴角动了动，微微地笑着说："汗王，别难受。你回来了就好。……我走了以后，你不要悲痛，要好好注意自己的身体，只有有了健康的身体，才能保证事业的成功，才能实现你的宏图大志。不然，什么也实现不了啊！"缓了缓，又说："我一个人走，不要紧，你看，有这么多的好姐妹，个个都比我强。你是要做大事的人，家里的事你尽管放心。衮代很有才干，她比我强，比我能干。我只是有几句话，想对你说。”她歇了歇，喝了一口张妍递上来的“干水”。

努尔哈赤爱怜地把佟春秀的头贴在自己的胸口上，他说：“你说。”

佟春秀一字一板地说：“汗王，请您一定要重视我说的话，任何时候都不能忘记，不能忽视，我说的话对您今后的方针大计肯定有益处，对您创建大一统的女真必有好处。”

努尔哈赤说：“说吧，我会记住的。”

佟春秀说：“一定要勤俭，要自立，要图强。这说小了，是对一个人，一个哈拉穆昆，说大了，对部族，甚至对一个国家，都是万不能丢掉的大政方针啊！”

努尔哈赤点头说：“我记住了。”

佟春秀说：“要善待部属，善待汉人，成就大事业，更离不开汉人的支持啊，汉人才是水，我们是只船啊。……汉人有四五千年的文明啊！……还要重用人才，有才干的人才要重用，不管他原来是干什么的，只要他有才干，就可以重用。人尽其才，物尽其用。哪怕是一个工匠，一个艺人，哪怕他只会编筐窝篓，都可用。……还有，要广开言路，好话赖话，不管是谁说的，都要听。好话可以使自己聪明，赖话，可以为自己开扩思路，了解情况，都是有用的啊！不要怕别人说什么，最后拿主意定夺决定，不还是汗王您吗！”

“还有，”佟春秀又说，“治理属民，首先要严法令。有了法令，还要严格执行。不管是谁，犯了罪的，一律治罪。有了功的，不管是谁，就要奖赏。明律令，严法规，赏功罚过，人人令行禁止，人人争立战功。赏罚分明，严行法令，号令天下，无所不从，你这个汗王才能做稳当了。”

努尔哈赤哭着说：“我的好萨尔甘啊！”他大声对外屋喊：“阿敦！传令下去，不管是谁，不管从哪里，快给我请来好郎中，一定要把佟主子的病治好！快！快请大萨满，只要能治好佟主子的病，把病魔全都赶走，许什么愿都应承。”

这时，佟春秀忽然又睁开亮亮的眼睛，对努尔哈赤说：“我还有一件事要说。”

佟春秀慢慢地说：“汗王，我们有了自己的军队，这是根本的一条。还有一件事，我们不能没有自己的文字，要创造自己的文字。汉人有汉字，蒙古人有蒙古字，朝鲜人有朝鲜文字，都有自己的文字。我们只有有了自己的语言，有自己的文字，有自己的法令，有自己的政权，我们才算真正站立起来了！”努尔哈赤频频点头说：“我记住了，您放心，您说的这些，我都能一一做到，放心吧！”

这时，进来人报告说：“佟舅舅和郎中到了。”

努尔哈赤说：“快请！”

佟养性风尘仆仆地领进来一个郎中，那郎中看着有六十多岁吧！

郎中进屋后，立即给佟春秀号脉，号了右腕，又号左腕，缓缓地站起身，摇了摇头，轻轻地说：“不行了，太晚了，肿痈。若是早点治的话，还能延缓一下，但这种病是治不好的。”

听了郎中的话，努尔哈赤和一屋子的人，都“哇”地一声哭了。

佟养性坐在炕沿上，俯身轻轻地唤：“春秀！春秀！我是你哥哥养性啊！”

佟春秀睁开了眼，泪水像清泉一样淌下了脸颊。她说：“哥，妹妹只有一件事，对不起爷爷奶奶，请哥哥给爷爷奶奶上坟的时候，给妹妹捎上一句话，春秀在九泉之下再去孝敬他们吧！哥哥，我的婚姻很幸福，如果人有下辈子的话，我还希望能做努尔哈赤的妻子，……”

佟养性说：“妹妹，你放心吧！”

佟春秀闭目休息了一会，冷丁就像喘不上气儿一样，浑身轻微抽搐。努尔哈赤一下子跳上炕，将佟春秀抱在怀里，大喊着说：“哈哈纳扎青！我是汗王啊！你可千万要挺住啊，我马上请大萨满来跳神，这还有你阿玛请来的最好的郎中，我一定要治好你的病，我离不开你啊！哈哈纳扎青！你醒醒啊！”说着，抑制不住地大哭起来！

屋子里的人都放声地哭了。那东果、代善更是哭得喊天叫地。

张妍贴在佟春秀身上哭着说：“姐姐，你要挺住啊，老天是不能放你走的啊！”

佟春秀安稳了，好像是在入睡。忽然，她睁开了眼睛，看了看周围的人，见了张妍，她笑着说：“妹妹，快把我那身衣服拿出来，给我穿上，我就是穿那套衣服认识汗王的，……”

张妍使劲地点着头，打开柜子……。

佟春秀又扬着脸，对努尔哈赤说：“汗王，我多么想再活三十年啊！那时我们就可以在辽沈大地上建我们自己的大衙寝宫了！……我的话，我跟你说的那些话，要记在心里啊！”

努尔哈赤哭着说；“我们的理想是会实现的……。”

佟春秀又轻轻地开口说：“我至死也不相信我的命就这么薄！天老爷太偏心！我……”她喘了喘气，说“我……”

忽然，佟春秀努力地扬起她那好看的下巴，嘴唇颤动着似要再说什么，却没能说出来，眼皮动了一下……。

努尔哈赤更紧紧地搂着她，俯身贴脸地亲吻着她，佟春秀满脸安祥幸福……。这时，两滴又大又亮的晶莹剔透的眼泪，从两个眼角里缓缓地滴落在她那白玉般的脸腮上，身子一抖，胳膊滑落下来，头一歪，歪在了努尔哈赤的胳膊弯里。一代女杰剑侠佟春秀，就这样安安静静地香消玉殒，英灵归天了。

秋风阵阵，一叶焦黄的柳叶，飘飘摇摇地落在窗前。屋子里、院子里，一片惊天动地的哭喊声。噩耗飞传出去，整个佛阿拉城，户户空室，院落街巷站满了人，伫立仰望那城中高岗。霎时，恸哭声如天塌地陷……。

努尔哈赤几次哭昏过去，醒来后就大嚎着说：“哈哈纳扎青！我的女诸葛啊！”

佛阿拉城浑天暗地……

正是：

无可奈何花落去，
自自然然水东流。

又曰：

流水一去无叹息，
白云千里莫追寻！

努尔哈赤坐了天下，被谥为清太祖，后金国无名的开国元勋佟春秀被封为元妃。女真人为了纪念这位元妃的丰功伟绩，就将《元妃佟春秀传奇》的故事，一直流传到今天……

后 记

《元妃佟春秀传奇》的出版，得以与广大读者见面，我们终于可以告慰九泉之下的满族民间故事讲述家张立忠老人了，我们衷心感谢满族说部丛书编委会和吉林人民出版社，是他们的不懈努力，才保证了丛书的出版发行，得以面世，从而，为传承和弘扬满族历史文化做出了巨大贡献。

《元妃佟春秀传奇》的故事，流传于辽宁省的沈阳、辽阳、抚顺等地，是讲述人张立忠老人年轻时代去辽阳购买交换棉花、布匹、大盐、煤油等生活必需品，住在辽阳大车店时，听大车店的佟姓掌柜的讲述的。由于张立忠老人博闻强记，又善于演讲，并逐渐将佟春秀的故事不断加工、润色，使之成为系列的完善的长篇满族传统说部，更因张老人的善说善讲，才使它流传了下来。

《元妃佟春秀传奇》是张立忠老人断断续续讲述的，并主要由其子张德玉记录整理，由其孙女张春光、学生赵岩协助整理完成的。

佟春秀出身于明代的勋阀世家，在清代被尊谥为清太祖努尔哈赤的元妃。佟氏，早在明代在辽东就被誉为“佟百万”，家资富庶，任官司封爵，代不乏人。而佟春秀的爹爹佟登在明万历初年即由险山堡参将升任辽东副总兵，后又调任陕甘挂印总兵，这些历史事实在本说部中都有反应。

佟春秀嫁给清太祖努尔哈赤，以及婚后的所做所为，在建州女真人中的一切活动，其对努尔哈赤析家、自立、起兵复仇、崛起辽左、建立后金政权等等女真族重大活动，重大事件中的不可磨灭的功绩，在清史中几乎没有任何记载。然而，在本说部中，一一有所记述，并与史载的努尔哈赤及女真历史，有着极相贴切的印证，这就是本说部的历史真实性。

然而，在清史文献中，为什么对佟春秀的生平事迹的记载如此惜汁吝墨呢？我们认为，其原因有四：一是佟春秀生活的时代，正是处于女真人社会的大动荡时期，能流传保存下来的东西自然很少；二是当时女真人没有自己的文字，不能记录全部的女真人的社会生活；三是佟春秀将毕生的精力用于襄夫教子、主政家务（内部事务），没有与明、李朝官私交往，因而明廷也好，李朝也好，均无有关她的文字记载；四是后期因继妃富察氏衮代等女性参与了努尔哈赤子嗣的权位之争，以及衮代生活的不检点，而令努尔哈赤极端愤慨、鄙夷、歧视，从而，促其下令严禁妇女参与政治、限制妇女的活动自由，更加降低了妇女的地位。因而，在努尔哈赤创制了老满文之后，并用所创制的老满文记录其本人、家庭生产生活和一切正事时，也绝禁记录妇女的活动。《元妃佟春秀传奇》故事，能将努尔哈赤青年时代的生活、能将这个时期女真妇女们的活动，用传奇故事的形式，使其记录保存下来，并且处处与历史文献相印证，其在史学研究上的价值弥足珍贵，可以说，补了史载的阙如和不足。

可是，《元妃佟春秀传奇》毕竟是满族民间传说，虽然其故事多与史互相印证，但它的演义性质，决定了它不是历史。基于此，我们在整理过程中，遵循着这样一个原则：尽力保持说部的本来面貌，基本上不做加工和修饰。

那么，我们是如何整理的呢？

首先，对原说部故事情节不做任何删减增写，不管它是否与历史文献记载相符，我们只依本故事来整理。如：努尔哈赤是否入赘过佟家，文献 无有记载，故事中这样讲了，我们就不做删改。

其次，保持讲述人使用的语言。比如，努尔哈赤，在大多数的清史学者和其著作中，都称努尔哈赤，而讲述人的讲述，用“努尔哈齐”，我们除把他订正为“努尔哈赤”外，其他如“交昌安”、“交尔察”、“交罗哈德”，均不作“觉”字。还有的地名，如“滴台”，1965 年修筑本桓公路时，已将此滴台铲平，今已无此小地名了，我们仍按讲述人说法，不做改动。还有“王胡”、“宫正陆”等，仍保持记录说法。

再次，保留使用辽东方言。如“这不，说着说着他就来了”、“你还干不干了你？”这类语言都是辽东地方话，我们均以保留。还有些话，如“漏了山”、“撒目撒目”、“松树挠”、“家巴什儿”、“支楞八翘的”、“造住了”、“可劲儿造”、“咬嘴”等等，这都是讲述人的原话，整理时，仍保留使用。

第四，有的事件和情节重复，我们未做处理，仍按讲述记录整理。比如：有关努尔哈赤的固出朋友、妹夫噶哈善的死，就有两处述及。我们分析了两次述及的情节、原因，认为还是有其道理的，就未做删动。

第五，有关满语词句的使用。我们基本按讲述人使用的原记录整理，不做修改。这类语词，如："萨尔甘佟春秀"。"萨尔甘"，满语是妻子之意，作为汉语，将妻子和名字连在一起说，几乎没有这样使用的。但我们不做加工，仍按讲述记录整理。

第六，有关职务名称的统一问题。如："巴克西"，多做"巴克什"，我们未动。

第七，讲述的口语化问题。在本说部中多次使用"听客们问了"、"客官们，请不要急，听我慢慢地说"、"我们扯远了，现在回过头来说"等等。这类语言我们均保留了原话，未做删削，原因就是它是讲述人与听众的书场联络，删削反倒没有了现场感。

我们整理人所加的，主要是章目，这是原来所没有的。但讲述人在讲述时，仍是明显地在章节结尾处有停顿稍事休息的过程，为了使一章一节在阅读时，对本章有个主题性地了解或概括性地认识，我们认为加上章目是适宜的。

还有一些其他方面的问题。总之，我们的整理原则，就是要保持原来说部的本来面貌和原滋原味，不显整理人的加工修饰。我们在有的地方稍作处理，使故事更加紧凑和完整。

整理说部，我们是首次尝试，对这个文体形式，我们既不熟悉，更未研究，因此，有错漏不当之处，在所难免，敬请读者指正批评。

张德玉谨识

戊子年仲春于珍玉斋

满族民间故事讲述家

张立忠小传

满族民间故事讲述家张立忠老人，汉族，光绪戊申年生于辽宁省新宾满族自治县大四平镇小四平村，戊辰年谢世，享年80岁。老人自少年时，即聪敏智颖，耿直廉明，善恶分明，宽和公正，博闻强记，口齿清利，能言善讲。青少年时代跟同老饱学孙笙合伙放羊，跟其在地上学认字，能熟读《三国演义》、《水浒传》、《聊斋志异》、“三言二拍”及“三案”和各种评书演义，能讲述传说故事四百余篇，能唱演民间小调歌谣俚曲百余首，被誉为民间传说故事讲述家。

抗日战争时期，老人是东北抗联总司令杨靖宇将军所率领的抗联一军抗日根据地大四平地方情报站的情报员、地方工作员；解放战争时期任村长，1948年8月15日加入中国共产党，任党支部书记；新中国成立后，任村党支部书记、村长；农业合作化时任村长、农业生产合作社主任，县人民委员会委员、县人民代表大会代表；大跃进时期任人民公社管理区主任，县人民委员会命名为模范村长。

张立忠老人经常向子女讲述《平民三皇姑》的传说故事。

张德玉小传

张德玉，男，满族，1940年生于辽宁省新宾县大四平镇大四平村。1956年新宾中学毕业，先任小四平教师、中学毕业班语文教师，后任《新宾日报》编辑，1968年任公社宣传员，1984年任县志办编辑、主任、编审，1997年任抚顺市社会科学院满族研究所所长、研究员，辽宁省民族研究所特聘研究员、吉林师范大学兼职教授等。

主要学术成果有：《满族发源地历史研究》、《满族家谱研究》（合作）、《朝鲜族谱书研究》、《满族家谱选》（合作）、《满族文化史》（参编）、《满族谱牒文化研究》、《努尔哈赤·满族·兴京》、《抚顺地区清前遗迹考察纪实》（合著）、《清前史人物列传》（合编）、《清前史论丛》（合编）等；主编、副主编、合编《新宾满族自治县志》、《新宾满族自治县概论》、《新宾县情》以及各农业部门志等10余部；发表清前史研究等论文146篇，新编方志理论研究论文22篇，文史文章30余篇。

张春光，女，满族。1971年生于辽宁省新宾满族自治县大四平镇大四平村。1994年考入东北大学文秘专科，毕业后在《辽宁广播电视报》社工作。从小爱听故事，喜看小说，爱好文学。工作期间，发表《张大民的幸福生活》、《老公不减肥》、《瓜子情缘》、《家有小女初长成》等文章20余篇，发表论文《试论电视文学〈三原色〉的艺术特色》、《资料工作是新闻采编的得力助手》（《声屏新论》，辽宁人民出版社1999年出版）、《满族家谱搜集整理的几个问题》、《从〈佟佳氏家谱〉研究看一个民族的形成与发展》、《满族家谱的文化特征》（《民族古籍》，1997年第2期、1999年第2期、2003年第3期）等10余篇。

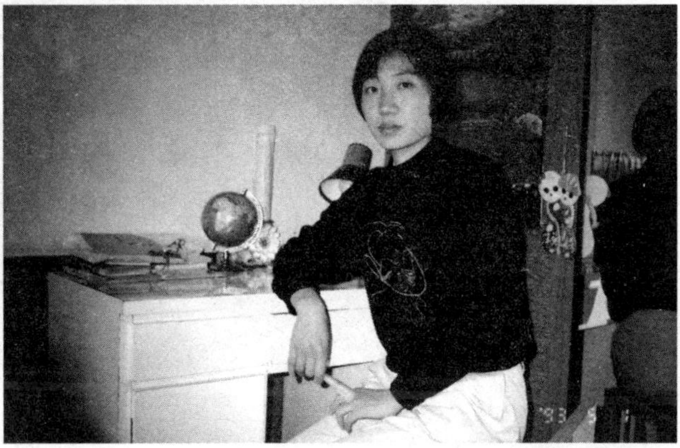

赵岩，女，蒙古族，1985 年生于内蒙古包头市。2005 年内蒙古大学法律系毕业。发表论文《少数民族妇女平等就业权的法律保护》（《满族研究》，2005 年第 2 期）、《满族佟佳氏姓氏再探》（《满族佟佳氏研究》，辽宁民族社出版，2004 年）、《浅论满族家谱的文化特征》（《赫图阿拉与满族姓氏家谱研究》，辽宁民族出版社，2005 年）、《满族“八大姓”再探》和《毛怜卫大酋长王兀堂》（《北方民族》2006 年第 2 期、2007 年第 2 期）等多篇。

图书在版编目(CIP)数据

元妃佟春秀传奇/张立忠讲述；张德玉，张春光，赵岩整理.
—长春：吉林人民出版社，2009.4
(满族口头遗产传统说部丛书/谷长春主编)
ISBN 978-7-206-06097-7

Ⅰ.元…　Ⅱ.①张…②张…③张…④赵…　Ⅲ.满族—民间故事—中国
Ⅳ.I277.3

中国版本图书馆 CIP 数据核字(2009)第 062105 号

元妃佟春秀传奇

丛书主编：谷长春
讲 述 者：张立忠　　整 理 者：张德玉　张春光　赵　岩
责任编辑：邢万生　　封面设计：李晓东　　责任校对：刘思佳
吉林人民出版社出版 发行（长春市人民大街 7548 号　邮政编码：130022）
网址：www.jlpph.com
全国新华书店经销
发行热线：0431-85395845　85395821
印　刷：北京铭传印刷有限公司
开　本：670mm×970mm　1/16
印　张：21.25　　字数：330 千字
标准书号：ISBN 978-7-206-06097-7
版　次：2009 年 4 月第 1 版　　印　次：2020 年 9 月第 3 次印刷
印　数：1-3 000 册　　定　价：56.00 元

如发现印装质量问题，影响阅读，请与印刷厂联系调换。